申光漢의 企齋記異 研究

柳 奇 玉

한국문화사

自　序

　　本書는 文學史의 지평 위에서 새롭게 이해되고 평가되어야 할 企齋
記異의 文學的 性格과 文學史的 意義를 파악하기 위해 시도된 연구이
다.

　　企齋記異는 조선 中宗 明宗 연간의 文人 企齋 申光漢이 남긴 小說
集으로 金鰲新話를 이어 조선 초 敍事文學의 발전 및 변모양상을 확
인할 수 있는 귀중한 자료이다. 뿐만 아니라 企齋記異는 작가가 생존
시 그의 門人들에 의해 공식적으로 출간되었으며, 金鰲新話가 일본에
서 출간되기 1세기 전인 1553년에 나온 최초의 고소설 단행본으로, 조
선초 소설사를 연구함에 있어서 주목할만한 가치를 지니고 있다. 또한
跋文을 통해서도 확인할 수 있는 바, 문학의 敎示的 기능과 快樂的 기
능을 검증할 수 있는 자료이다.

　　企齋記異에 수록된 네 편의 작품은 이전의 說話는 물론 傳奇體 假
傳 夢遊錄 등 다양한 형식을 독창성 있게 수용하여 각각 독립된 단편
소설 형태를 띠고 있다.

　　本書는 필자의 博士學位 논문의 체제에 따라 먼저, 作家의 生涯와
文學世界를 조명하여 작품의 문학적 성격과 形成背景에 관한 이해를
돕고자 하였다. 이에 그의 문집인 企齋集에 수록된 일부 자료들과의
상호 연관성을 검증함으로써 이들 작품 전반을 총체적으로 연구하고
자 하였다. 企齋 申光漢의 企齋記異는 그 내용이나 형식상의 다양성에
주목할만한 가치가 있는 작품으로 조선 전기 소설사의 작가와 작품

4

영역을 넓혀주고 있다. 그 결과 지금까지 중요 작가와 작품에 국한된 연구 영역을 확대하고, 이를 통해 金時習 이후 許筠에 이르는 소설사의 공백을 메우고자 한 점에서 그 의의를 찾을 수 있다.

그러나 본 연구는 그 동안 企齋記異 전반과 企齋集에 관한 구체적 언급이 거의 시도되지 않은 상태에서, 부분적이긴 하지만 이들 자료를 학계에 처음 소개한다는 의욕과 개척자의 긍지만을 앞세워, 管見淺學으로 蠻勇을 부린 自愧와 아쉬움이 없지 않았다. 차후 企齋集 전반을 연구하여 함께 발표함으로써 이러한 未盡함을 보완하고자 하였지만, 벌써 꽤 오랜 시간을 다른 작업에 눈 돌려 아직 이를 실천하지 못하고 현재 진행 중에 있어서 다음을 기약하지 않을 수 없다.

學問의 길을 택하고 深奧한 漢文學의 세계를 접할 때마다 老學과 賢哲한 大方家의 炯眼을 생각하며 自疑感과 恐懼함을 저버릴 수 없다. 옛 성현들의 謙虛의 美德을 생각하면 더더욱 自愧의 산물임을 自認하지 않을 수 없다.

本書는 다만 그 동안 몇몇 論著들 사이에 인용될 때마다 부끄럽게 생각했던 일부 誤字와 미흡한 부분을 바로잡음으로써 先輩諸賢의 질정을 통해 새로운 발전을 도모하고자 하는 뜻에서 上梓하였음을 밝힌다. 아울러 企齋記異와 金鰲新話 자료를 함께 수록함으로써 비교의 편의를 도모하고, 나아가 소설강독 자료로 활용할 수 있도록 하고자 하였다.

이제 부족하지만 지금까지 천만리 거친 學問의 登程을 激勵하고 指南이 되어주신 여러 선생님들의 學恩을 생각하며 다시금 깊은 감사를 드린다.

停年을 훨씬 넘기신 지금도 항상 龜鑑이 될 수 있도록 한결같이 연구 및 후학 지도에 여념이 없으신 一山 金俊榮 선생님과 古河 崔勝範 선생님, 항상 자상하게 일깨워 주시고 지도해 주신 두 분 선생님께 더욱 건강하시기를 祝手한다. 당신의 연구실 한 쪽을 선뜻 내주시며 학부에서부터 대학원까지 학문적 성장을 북돋아 주시고, 대학에서 강의할 수 있도록 아낌없는 사랑으로 마음 써 주시던 故 崔三龍 선생님을 생각하면 눈시울이 적셔진다.

또한 일찍이 부모님 역할을 대신하며 보살펴 지켜주시던 형님의 恩功과 가족들의 勞苦에 감사하지 않을 수 없다. 끝으로 흔쾌히 출판을 맡아주신 한국문화사의 무궁한 발전을 기원하며 깊은 謝意를 표한다.

1999年 9月

柳 奇 玉 謹識

目 次

I. 序 論

본 論文은 企齋 申光漢의 企齋記異를 대상으로 그 文學的 性格과 小說史的 意義를 이해하기 위해 시도된 研究이다.

企齋記異의 작자인 企齋 申光漢은 詩와 文章이 능한 文人으로서, 일찍이 조선 전기의 詩中四傑 가운데 하나로 일컬어지기도 한 바 있다.[1] 企齋의 문학적 역량은 그의 문집인 企齋集에 수록된 방대한 분량의 詩와 文을 통해 확인할 수 있으며, 근래에 발굴 소개된 企齋記異를 통해서도 새롭게 인식될 수 있다.[2]

企齋記異는 네 편의 단편 작품들이 수록된 소설작품집의 성격을 띠고 있는 것으로서, 기존의 傳奇體, 假傳, 夢遊錄 등 다양한 형식들을 수용하면서 그것을 독창적으로 발전시키고 있어 소설 문학적 측면에서 볼 때 귀중한 자료로 평가된다.

企齋記異를 통해서 보면 企齋는 金時習의 소설문학을 계승하고, 뒤

---

1) 조선 전기 詩中四傑은 許白(成俔), 訥齋(朴祥), 駱峯(申光漢), 芝川(黃廷彧) 등을 가리킨다.
金台俊, 『朝鮮漢文學史』(조선어문학회, 1931), p.129.
文璇奎, 『韓國漢文學史』(정음사, 1975), p.165, p.190.
李家源, 『韓國漢文學史』(보성문화사, 1987), p.177. 참조.
2) 蘇在英, 「申光漢의 企齋記異」(숭실어문 제3집, 1986).
_____, 「申光漢의 崔生遇眞記玫」(숭실어문 제5집, 1988).
_____, 「申光漢論」(숭실어문 제6집, 1989).

에 오는 林悌 權韠 許筠 등에 선행하는 위치에 서게 되는 인물이다. 이렇게 볼 때 企齋는 金時習과 후대의 작가들을 잇는 교량적 위치에 존재하는 작가로서, 소설사적으로 주목해야 할 인물이며, 그의 작품집 인 企齋記異에 대해서도 보다 면밀한 검토가 이루어져야 할 것으로 생각된다.

그러나 지금까지의 연구에서는 企齋와 그의 문학에 대한 연구가 그 다지 활발하게 이루어지지 못한 실정이다. 企齋는 金時習 林悌 權韠 許筠 등에 기울인 관심과는 달리 정당한 평가의 대상에 오르지 못하 고, 실제 연구에서도 소홀히 다루어지고 있다. 金時習을 비롯한 일부 중요 작가에 대해서는 깊은 관심이 집중되었고, 그 결과 刮目할만한 성과가 축적되어 있다. 이들 몇몇 작가와 작품론에 대한 偏重된 관심 은 기존 연구의 문제점 가운데 하나로 지적될 수 있다. 올바른 문학사 의 정립을 위해서는 중요 작가와 작품에 대한 집중적 검토도 필요하 지만, 보다 광범위한 자료의 섭렵과 연구범위의 확대로 폭넓은 연구가 이뤄져야 할 것이다.

그동안 申光漢의 작품과 작가론에 대한 구체적 언급은 많지 않았으 나, 근래에 蘇在英 교수에 의해 企齋記異가 발굴되어 학계에 소개됨으 로써, 새로운 연구의 발판을 마련하였다. 또한 그후 이에 대한 지속적인 관심 속에 申光漢의 문학 및 작가에 대한 재평가의 길을 열어 놓았다.

상기 연구에서는 우선 企齋記異의 異本가운데 하나인 日本 今西龍 文庫本의 내용을 소개하고, 이에 수록된 작품의 문학적 성격을 규명하 여 企齋記異가 갖는 문학사적 의의를 포괄적으로 파악하였다. 이러한 연구의 결과 企齋는 金時習 이후 공백으로 남아있는 소설사의 공백을 메워주는 중요한 작가임을 밝히고 있다.[3]

---

3) 蘇在英, 上揭論文. 주 2) 참조.

필자도 위의 연구를 바탕으로 企齋記異에 수록된 일부 작품에 대하여 構造的 特性과 意味 그리고 문학사적 위치 등에 관심을 가지고 검토한 바 있었지만,[4] 이를 좀더 포괄적이고 분석적으로 검토해야 할 필요성을 절감하게 되었다.

安憑夢遊錄만은 서울대 奎章閣本을 대본으로 그동안 宣祖 혹은 仁祖代 이후의 무명씨의 작으로 소개되어,[5] 그후 이를 계기로 일부 논저에서 거론되어 왔으나 그 결과, 형성과정 및 작품의 특성에 대한 정확한 이해가 부족했다고 보아진다. 한편 崔勝範 교수는 漢文本을 번역한 한글 필사본을 원문 띄어쓰기와 함께 소개하고, 화초의 의인화 대상, 주제 및 양식 문제 등에 대하여 논한 바 있다.[6]

이제 企齋記異의 보다 구체적이고 총체적인 특성의 파악은 소설사에서 그 위상을 정립하고, 企齋記異와 申光漢의 文學史的 위치를 올바로 이해하기 위해 매우 중요하고 의의 있는 일이라 할 수 있다.

본 論文에서는 이러한 연구의도를 성취하기 위해 연구방법상의 몇 가지 문제점을 검토한 다음에, 개별적 작품에 대한 논의를 진행하고자 한다. 우선 企齋 申光漢과 企齋記異가 비교적 근래에 소개된 까닭에 企齋記異의 작가인 申光漢의 生涯와 企齋記異에 대한 書誌的 검토가 충분히 이루어지지 못한 점에 유의하여, 작가의 生涯와 企齋記異의 書誌的 問題에 대하여 몇 가지 측면에서 살펴보고자 한다. 논의의 전개 과정에 있어서는 申光漢의 문집인 企齋集과의 상관관계를 파악하려 한다. 이것은 상보적인 고찰을 통해 객관성과 타당성을 기대할 수 있기 때문이다.

---

4) 柳奇玉, 「何生奇遇傳의 構造的 特性과 意味」(국어국문학 101, 1989).
　　　　, 「崔生遇眞記의 構造와 意味」(한국언어문학 27, 1989).
　　　　, 「安憑夢遊錄의 형성배경과 문학사적 위치」(전북대 국어문학 27, 1989).
5) 車溶柱, 『夢遊錄系構造의 分析的 研究』(창학사, 1981).
6) 崔勝範, 「안빙몽유록에 대하여」(국어문학 24, 전북대학교, 1974).

다음으로 企齋記異의 跋文을 통해 작가의 문제를 확인하고, 企齋記異의 異本과 전승의 과정 및 異本 상호간의 同異에 관한 문제 등을 다루기로 한다. 이에 企齋記異를 간행하게 된 동기와 간행시기, 작품 성격 등을 검토할 것이며, 企齋의 문집인 企齋集과 企齋記異와의 상관성도 함께 살펴보기로 한다. 또한 企齋記異에 수용된 전대 문학의 문학적 전통과 변이양상에 대한 형성배경을 개관해 보기로 한다. 이러한 전제적 작업을 거쳐 企齋記異에 수록된 작품들에 대한 구체적 논의를 시도하고자 한다. 企齋記異에 수록된 네 작품이 각기 어떤 소재를 취하고 있으며, 그 구조는 어떠한 특성을 지니고 있는지 엄밀하게 분석할 것이다.

이를 위해 다음의 문제들이 중점적으로 논의될 것이다.

먼저 작품의 構造的 特性과 樣式上의 변모양상을 파악하고자 한다. 構造分析 역시 작품해석의 기초작업이라 할 수 있다. 작품의 의미를 정확히 이해하고 올바른 가치평가를 위해서는 작품자체의 세밀한 검토가 요구된다. 특히 기존 작품의 類型과 表現技法 등에 있어서 변모양상을 추적하고, 영향관계에 있어서는 類似性의 비교에서 나아가 독창성과 발전적 변모양상을 구체적으로 살펴보고자 한다. 비교 분석 및 영향에 관한 연구는 단순히 형식과 내용의 類似性과 相異한 것을 대조하는 작업에 머물러서는 안될 것이다. 전대의 작품에 비해 얼마나 獨創性있게 재구성되었으며, 전래한 유형상의 공통적인 요소들이 어떻게 활용되고 있는지, 그 독창성과 구체적 特性을 파악하는 것이 중요하리라 본다. 이러한 特性의 파악은 곧 작품자체의 문학적 가치와 文學史的 위치를 올바로 이해하는 關鍵이라 할 수 있다. 따라서 각 작품의 구성요소들이 어떻게 결합되고 있으며, 題材의 활용 면에서 작품의 形成背景 및 창작동기 등도 밝힐 수 있으리라 본다. 이것은 곧 작가가 기존 작품의 構造類型과 技法上의 문제를 어떻게 활용하여 재구성하

였는지를 검토하는 작업이라 할 수 있다.[7]

이러한 개별작품의 분석을 통해서 각 작품의 構造的 意味를 고찰하기로 한다. 상기 문제들에 대한 관심은 궁극적으로 작품의 의미기능을 이해하고 가치평가를 위한 필수적인 과제라 할 수 있다. 각 구성요소들의 결합양상을 통해 構造的 본질을 파악하고, 이들이 어떤 의미를 지니고 있는가를 밝히는 일은 결국 작품의 주제를 추출하는 작업이라할 수 있다.

企齋記異는 그 유형 면에서 독창성을 보여 줄 뿐만 아니라 주제에 있어서도 同種의 장르와는 달리 새로운 변모를 꾀한 작품이다. 그러므로 각 작품이 지닌 構造的 의미와 독창성이 각각 구체적으로 충분히 검토되어야 할 것이다. 따라서 前代 작품과의 비교를 통해 作家意識의 발전적 면모를 살피고, 소설사적으로 作家意識의 지향점이 어떤 변화의 양상을 보여 주는지 파악하고자 한다. 이를 좀더 구체적으로 확인하기 위해 전후기의 문학작품과 비교함으로써 그 特性을 논하게 될 것이다.

마지막으로 상기 각 작품의 분석을 종합하여 企齋記異의 文學史的 意義를 검토하고자 한다. 이를 통해 소설사상 企齋記異의 위상이 보다 분명히 밝혀지리라 본다.

본 논문의 연구 대상으로 삼은 企齋記異 자료는 고려대 晚松文庫本이며, 企齋集의 경우는 서울대 奎章閣本이다. 企齋記異의 경우 현재 소개된 異本은 필사본인 日本 天理大 今西龍文庫本과 서울대 奎章閣本, 그리고 목판본인 고려대 晚松文庫本이 있다. 필사본인 前者의 두

---

7) 鄭夏英, 「沈淸傳의 題材的 根源에 관한 硏究」(서울대 박사학위논문, 1983, p.9)에서 지적한 바와 같이, 각 작품은 構造와 人物類型 表現技巧 主題 등에 있어서 일정한 樣式과 類型性을 지니고 있다. 또한 이들은 각기 根源과 歷史를 가지며 體系的으로 계통을 지닌다. 문학연구는 이러한 자료들이 작가의 창작활동에 어떻게 활용되고 있는지, 그 "根源의 探索과 創作過程"을 확인하는 작업이 선행되어야 할 것이다.

異本은 목판본에 비해 誤字와 脫字가 많아 작품의 정확한 이해에 많은 문제점이 보이는 반면, 晩松文庫本은 비교적 정확한 내용으로 되어 있으며, 跋文이 附記되어 작품의 書誌와 作家를 파악하는데 중요한 단서를 제공한다. 이 跋文을 통해 그 동안 寫本으로 와전되던 내용을 바로 잡아 간행했음을 알 수 있으며, 저자 및 간행경위와 시기 등을 분명히 확인할 수 있다.

본 논문은 企齋記異를 중심으로 그 연구범위를 제한하고 있기 때문에 申光漢 문학의 전반적인 特性을 이해하기 위한 하나의 기초작업이라 할 수 있다. 그러나 그의 주변적인 역사 전기적 자료와 문학작품을 충분히 활용함으로써, 본격적인 申光漢의 문학작품을 검토하기 위한 예비적 작업으로 삼고자 한다.

Ⅱ. 申光漢의 生涯와 文學世界

1. 生涯

申光漢의 생애는 그의 文集에 기록된 文簡公 行狀과 墓誌銘을 통해 비교적 자세히 알 수 있다. 그밖에도 많은 문헌을 통해 부분적인 언급을 참고할 수 있는데, 이들을 토대로 그의 생애를 살펴보려 한다.

申光漢(1484: 성종 15-1555: 명종 10)의 字는 漢之 時晦이며, 호는 駱峯 靑城洞主라 칭하였으며, 또한 그가 거처하던 바의 집을 企齋라 하였으므로 企齋라 불렀다. 시호는 文簡이며 本貫은 경남 高靈이다.

申光漢은 일찍부터 집안 대대로 縉紳名閥의 혈통을 이어 받았으니 始祖인 9대조 成用은 文秩로 顯達하여 高麗朝에 檢校軍器監을 하였다. 5대조 德隣은 벼슬이 諫議奉翊大夫 禮儀判書 寶文閣 大提學에 이르렀으며, 高祖인 包翅는 通廷大夫 工曹參議 벼슬을 하였다. 曾祖인 檣은 嘉靖大夫 工曹左參判 同知春秋館事 世子右副賓客을 역임했다. 그의 祖父인 文忠公 叔舟는 領議政 兩館大提學 禮曹判書 등을 역임하고 高靈府院君에 봉함을 받았다. 文忠公은 成三問 등과 함께 訓民正音 창제에 큰 공을 세웠으며, 뛰어난 학식과 재질로서 6대 왕을 섬기면서 東國正韻 國朝寶鑑 世祖實錄 등을 修撰하였다. 申光漢의 先大夫인 泂은 일찍이 文科에 급제하여 通訓大夫와 內資寺正에 이르렀다. 그는 鄭溥의 문중에 혼인하여 3남 5녀를 두었는데, 申光漢은 그 셋째 아들로 태어났다.1) 한편 申光漢은 錦山郡守 林萬根의 딸과 결혼하여 2녀를 낳았으며, 첫 부인 林氏를 잃고 石城縣監 吳玉貞의 딸과 혼인하여 2남 2녀를 두었다.

申光漢의 生涯는 成長期, 出仕期, 隱遁期, 顯達期 등 네 시기로 구분하여 볼 수 있다.

(1) 成長期 : 출생(1484년)후 科試에 급제하게 되는 26세(1509년)까지의 시기.

---

1) 高靈申氏 文獻通考, 高靈申氏 世譜, 萬姓通譜, 생질인 趙士秀가 쓴 文簡公 행장과 洪暹의 墓誌銘을 통해 그의 가계와 생애를 자세히 알 수 있다. 行狀과 묘지명은 企齋集 권14, pp.50-116에 자세히 나타나 있다. 行狀의 마지막부분에 의하면(p.91), 생질인 趙士秀는 어려서부터 오래도록 申光漢의 문하에서 수업하여 자신의 심사를 자세히 알기 때문에 行狀을 부탁하였음을 알 수 있다. 또한 묘지명에 의하면(p.112), 洪暹과 趙士秀는 교우관계임을 알 수 있는데, 묘지명은 行狀을 바탕으로 이를 좀더 간략히 축소한 듯하다. 高靈申氏 文獻通考에는 위 行狀에 한글 토를 附記하였다. 三魁堂派에서 家乘으로 전하는 高靈申氏 世譜는 누가 지은 바를 알 수 없다고 주를 달아 놓았는데, 역시 위의 글을 간략히 줄인 것처럼 되어 있다.

   한편 企齋文集을 보면 洪暹이 申光漢의 묘지명을 찬한 반면, 企齋는 洪暹의 부친인 文僖公 洪彦弼(1476-1549)의 묘지명(企齋文集 권1, pp.107-118)을 남기고 있어 일찍부터 내왕하였음을 보여준다.

   참고로 申光漢의 가계를 간략히 도시하면 아래와 같다.

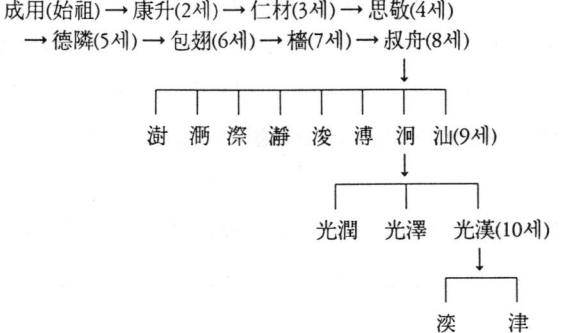

(2) 出仕期 : 처음 承文院權知에 輔任하게 되는 27세(1510)부터 己卯
士禍에 연루되어 削職되기 전 37세(1520년)까지의 官人期.

(3) 隱遁期 : 관직에서 물러나게 된 38세(1521년) 이후 驪州 元亨里에
서 15년간 은거하며 詩文에 몰두한 54세(1537년)까지의 시기.

(4) 顯達期 : 다시 관직에 등용된 55세(1538년)부터 벼슬과 명망이 높
아져 세상에 더욱 드러나게 되었다가, 1555년 11월 2일 72세를 일기
로 세상을 마친 말년까지의 시기.

이제 위의 구분에 따라 그의 행적을 크게 4기로 나눠 살펴보기로 한
다.

1) 成長期

申光漢은 성종 15년(1484) 7월에 출생하였으며, 4세(1587) 때에 부친
을 여의었다. 그후 成童에 이르기까지 학문을 알지 못하여 집안의 노
비들에게 譏弄을 받았다. 그때마다 그는 지금은 비록 배우지 못했지만
배운 즉 수천의 무리를 뛰어넘을 것이라 하고, 1498년 15세에 비로소
평소 내왕하던 바 交遊를 끊고 날마다 어진 師友에게 나아가 학문에
전념하여 몇 해 안되어 마침내 宏儒가 되었고, 평소 宿儒로 자처하던
사람들도 그의 학문을 보고 박식함을 칭찬하게 되었다.

> 十五始知讀書 沛然發憤 絶其素所往來遊者 日就賢師友 講劇探討 必究奧突
> 而止 未幾數歲 遂成宏儒 平時以宿儒自處者 見公之文 慕公之博[2]

---

[2] 企齋集 권14, 文簡公行狀(奎章閣本, 5책, p.53).
　한편 涪溪記聞을 보면 학문에 전념하게 된 申光漢의 일화가 자세히 나타나 있
다. 이를 보면 申光漢은 어려서 婢女의 손에서 길러졌으며, 15세로 된 行狀과는 달
리 18세가 되어도 글을 알지 못한 것으로 되어 있다. 그후 이웃 노비 아이에게 발
로 채이어 물 속에 엎어지자, 申光漢은 감히 공자를 업신여김을 꾸짖게 된다. 그러

申光漢의 학문과 문학적 재능은 이밖에도 여러 가지 일화들을 통해서 입증된다. 당시 嶺南 名儒로 알려진 裵秀才와 古賦를 겨루어, 申光漢의 작품이 평형을 다투지 못할 정도로 월등하다는 평을 받은 사실을 통해 잘 알 수 있다. 또한 당시 燕山君의 폭정을 풍자한 有鳥辭를 지어 그의 才名을 크게 떨친 사실도 이를 잘 말해준다. 특히 有鳥辭에서는 사나운 猛禽에 시달리며 굶주리고, 둥지마저 기울어져 가는 열악한 환경을 寓意하여 세상의 비리와 모순에 대한 강직한 태도와 냉철한 비판을 보여준다.3)

그밖에 企齋集 권2 賦 補遺篇에는 19세에 지은 萬里鷗賦와 1507년 進士覆試 때의 黃金臺賦를 비롯하여 1509년 課試에 장원한 大牢祀孔子賦 등이 있는데, 그의 문학적 역량을 짐작할 수 있다. 이와 같이 申光漢은 1507(中宗 2)년 24세에 司馬試를 거쳐 1509년 26세에 課試에서 일등을 하고 이어 會試에 나아가게 된다.

학문연원을 보면 六經에 근본을 두고, 특히 四書에 정통하였을 뿐만 아니라 易學에 뛰어났으며 推數에도 민첩하였다고 한다. 經世書를 읽다가 알지 못한 것이 있으면 침식을 전폐하고 七日 七夜를 사색하여 읽지 않은 곳이 없었다 하며, 오직 蘇軾 三父子의 文은 그 학술이 바르지 못하다고 하여 좋아하지 않았음을 보여준다. 한편 文에 있어서는 孟子, 韓愈를 준칙으로 삼았고, 詩에 있어서는 杜甫와 江西派를 祖宗으로 삼아 규범으로 하였다.

참고로 清江先生鯸鯖瑣語에 나오는 내용을 인용해 보면 다음과 같다.

나 이 말에 글을 모르는 無腸公子라는 기롱을 듣고, 이를 크게 부끄럽게 여겨 그후 마음을 돌리고 글을 읽어 문장이 물 쏟듯 하였으며, 다음 해에 萬里鷗賦를 지은 것으로 되어 있다. 大東野乘 XVII(民族文化推進會, p.519)

3) 企齋集 권14, 文簡公行狀, pp.53-54. 참고.
有鳥三年不飛鳴 天地寂寞無好聲 我欲披肝出赤血 飲啄必與鷙鳥爭
山深路絶風雨惡 恐有雛饑巢亦傾 因循則今頭欲白 暮年血淚成淋零

企齋는 스스로 말하기를 젊었을 때 다른 사람의 시를 읽어보지 아니하였고, 처음으로 杜牧의 華淸宮 絕律을 배우다가 시 짓는 법을 배웠는데, 비록 말년에 있어서도 지을 것이 있으면 반드시 먼저 한 번 외운 연후에야 집필하였다.[4]

그런데 자신의 文集을 통해서는 학문의 계통과 수학과정을 자세히 알 수 없으나, 그와 司馬試에 같이 나아간 直長 楊君墓誌銘(文集 권1, p.104)을 보면 그가 관직에 나아가기 전 山寺에서 얼마동안 같이 공부하였음을 알 수 있다. 그의 漢詩 중 神勒寺를 소재로 한 몇몇 작품은 이를 말해주는 듯하다. 그밖에 雲庵上人詩軸序(文集 권1, p.52)에는 拙翁은 선배요 淸心 訥齋는 좋아하는 사람이고 梨湖는 스승으로 섬기는 사람이라고 적고 있다. 또한 문집에는 당시에 詩文으로 손꼽히던 사람들의 시를 次韻하거나 詩交를 짐작할 수 있는 인물들이 많이 등장한다.

한편 허균의 答李生書를 보면 申光漢의 학문에 대한 대략적인 계보를 참고할 수 있다. 權韠의 부친 權擘은 駱峯 申光漢으로부터 배웠고, 申光漢은 容齋 李荇이 추천하고 장려한 바 있으며, 申光漢과 李荇은 모두 占畢齋 金宗直의 학문을 얻었고, 金宗直의 부친 金叔滋는 冶隱 吉再를 스승으로 섬겼으며, 冶隱은 陽村 權近과 權遇 형제에게서 배웠고, 牧隱 李穡은 그의 스승이라 하였다.[5]

申光漢의 학문은 性理學에 바탕을 두고 있으며, 그의 사상은 근본적으로 儒家的 士大夫 의식에 기초하고 있다. 그의 인생관 세계관 가치관 등은 儒敎的인 사유체계를 높깊게 반영하고 있다.

앞에서 인용한 허균의 答李生書에서 말해주듯이 申光漢의 학문은 金宗直의 영향을 받았으며, 이러한 계통의 영향관계를 짐작할 수 있는

---

4) 淸江先生鯸鯖瑣語(大東野乘 XIV, 民族文化推進會), p.423.
5) 許筠의 答李生書(『許筠文集』, 성균관대학교 대동문화연구원, p.119). 참고.

몇 가지 예를 다음에서 확인해 볼 수 있다.

> 申光漢의 집에 공(權近)의 초상이 있는데, 金安國은 절을 하면서, 이 분
> 이 우리 道에 공이 있다 하고, 宋麟壽는 절을 하지 않고, 이 사람은 절개
> 를 못 지킨 사람이다 하였다.(海東文獻錄)6)

이를 통해 權近에 대한 申光漢의 관심을 짐작 할 수 있다. 한편 企
齋文集을 통해 보면, 申光漢은 佔畢齋 金宗直을 평소 흠모하였음을 보
여준다.7) 金宏弼은 金宗直의 門下에서 수학하였고 趙光朝는 金宏弼의
문하에서 수학하였음을 고려할 때, 申光漢과 切磋琢磨의 道를 허물없
이 논하던 趙光朝와의 관계를 통해서도 그의 학문적 영향을 받았으리
라 쉽게 짐작할 수 있다.

그의 學問은 碩人君者의 도리를 익히고 실천하는 儒者로서 士意識
에 바탕을 두고 있으며, 근본적으로 儒敎的 現實主意의 人生觀을 취하
고 있다. 申光漢의 이러한 儒家的 이상의 추구는 일찍부터 잠재하였음
을 볼 수 있다. 앞에서 살펴본 바와 같이, 그는 자신의 재능을 펼 기회
를 오래도록 얻지 못하고 늦게 학문에 전념했지만, 그가 19세에 지은
萬里鷗賦를 통해 보면, 속세와 타협을 거부하고 구속을 꺼리는 호방한
기운을 볼 수 있다.

萬里鷗賦는 눈이 점점이 흩어져 내리고 구름이 한가로운 가운데 떠
노는 두 서너 마리의 갈매기를 보고 자신의 위치를 돌아보는 내용이
다. 申光漢은 이를 통해 흰 바탕에 검지 않고, 서리 옷에 티끌이 없는
모습을 연상한다. 煙霧와 물결 속으로 浮沈하며, 世簡을 돌아보고 입

---

6) 燃藜室記述 권2, 太祖의 文衡 權近(民族文化推進會, 1986), p.157.
7) 企齋別集 권2, 次佔畢齋韻 書普願禪師 詩軸 竝書,
   ─ 噫佔畢吾所欽也 石軒(朴昌邦)吾所善也 ─ (8책, p.91), 참고.

술을 번득이며, 고기잡이 어부와 짝하는 갈매기를 보고, 마음이 본래 江湖에 있으며, 宦海의 바다에 골몰하는 것을 미워하고, 성품이 시내와 산을 사랑하고, 푸른 물줄기와 안개 낀 달을 즐김을 묘사하였다. 또한 홀로 높이 날면서 스스로 즐기는 경지가 있음을 적고 있다. 따라서 이와 같은 갈매기는 기틀을 알고 용감히 물러선 자인지, 아니면 飄飄한 萬頃蒼波에 자기 생명을 온전케 하기 위해 害를 멀리 한 것인지를 마음속에 되물으며, 자신은 어떻게 된 셈인가를 반추한다. 스스로 그러한 처지에 있는가를 돌아보면서도, 冠과 佩玉을 떨어뜨리고 세상으로 더불어 배치되었음을 돌이켜 깨닫는 내용이다.[8] 이 작품을 통해서 申光漢의 現實觀과 人生觀의 바탕이 무엇인지를 어느 정도 엿보게 된다.

2) 出仕期

申光漢이 처음 관직에 나아간 것은 1510년(中宗5) 27세 때이다. 그 해에 그는 1510년 式年文科에 乙科로 급제한 후 처음 承文院權知에 나아가게 된다. 그 이듬해인 28세에는 承文院 正字, 29세에는 著作 弘文館 正字에 올랐다. 그는 이 같은 관직을 거치는 동안 강직한 성품으로 높은 節操를 지켰다. 行狀을 통해 보면, 관직에 나아간 이후 弘文館 正字에 선임된 때에는, 뒤에 己卯士禍를 주동한 沈貞이 그가 蹈世의 기량이 있음을 알고, 여러 차례 맞이하려 했으나 끝내 거절한 일이 있다. 뿐만 아니라 沈貞의 逍遙堂에 쓴 시에는 "낙엽은 가을 산골에 쌓이고, 斜陽은 半山에 비춘다" 하여, 沈貞을 간신으로써 논하였지만 그는 깨닫지 못하였다 한다.[9]

---

8) 企齋集 권2 賦補遺, 萬里鷗賦(1책, pp.47-49).
9) 企齋集 권14, 文簡公 行狀, p.56.

1513년 30세에는 病免하였다가 다시 承文院官博士에 전보되고, 1514년 31세에는 弘文館 副修撰 司諫院 正言 承文院校理 民曹朗 水曹朗을 거쳐 賜暇讀書하였다.[10]

1515년 32세에는 弘文館修撰 正言 弘文館副校理 司諫院獻納에 除授되고, 1516년 33세에는 成均館直講 弘文館校理를 거쳐, 1517년 34세에는 司憲府持平 忠勳府都事 水曹正朗 弘文館校理에 제수된다. 1518년 35세에는 副應敎 應敎 司諫 典翰에 陞拜되고, 임금과 매일 밤 대하여 古今을 변론하기를 힘써 행하여, 五更에 가깝도록 책을 다시 펼친 적이 여러 번 있었다고 한다. 이에 中宗은 십 년 동안 帷幄에서 정회가 각별하니, 의리로는 비록 君臣의 관계이나 친하기는 父子와 같다고 하였다 하니, 그에 대한 신임이 얼마나 두터웠는가를 짐작할 수 있다. 7월에는 趙光祖 등과 함께 新進士類로서 成均館大司成에 특진되었다. 특히 일찍부터 趙光朝와는 친분이 두터웠고, 趙光祖 역시 講劘切磋하는 道를 敬愛하고 탄복하였다고 한다. 이어 大司諫 承正院左承旨에 이르고 잠시 病免後 다시 吏曹參議에 제수된다. 이듬해 1519년 36세 때는 都承旨에 제수되고 僉樞에 이배된다. 東閣雜記에 의하면 이 해 經筵에서 性理大全抄選을 進講하기에 앞서 합당한 사람을 미리 강습시켰는데, 南滾 金安國 金淨 趙光朝 金湜 奇遵 등 22명 가운데 申光漢도 포함되어 있다. 9월에는 僉知 申光漢 尹自任과 舍人 閔壽千, 掌令 朴薰 등이 尙書 無逸篇을 進講하였음을 알 수 있다.[11]

한편 이 해는 己卯士禍가 일어나 勳舊勢力인 南滾 沈貞 등에 의해

清江先生鮲鯖諧語 詩話, 大東野乘 XIN(民族文化推進會, 420)

— 落葉藏秋壑 斜陽映半山 —

10) 中宗祖 文衡에는 동일시기인 1514년에 申光漢과 더불어 蘇世讓(1486: 성종 17-1562: 명종 17), 鄭士龍(1491: 성종 22-1570: 선조 3) 등도 같이 賜暇讀書한 인물임을 보여준다.

11) 東閣雜記, 中宗祖 故事本末(燃藜室記述 II, 民族文化推進會, 1984), pp.280-281.

趙光朝 金淨 金湜 등 新進士類들이 화를 당하게 된 해이다. 申光漢도 결국 이에 연좌되게 되었는데, 1520(中宗 15)년 37세에는 承旨로서 배척되어 강원도 三陟府使가 되었다. 이에 貧孤를 賑恤하고 예로써 風俗을 교화하였으나 이어 파직되고, 1521년 38세에는 관직이 削奪되었다.[12]

3) 隱遁期

申光漢은 38세 이후 15여 년을 관직에서 떠나 驪州 元亨里에서 책을 벗삼고 詩文으로 자위하며 杜門不出하는 隱遁期를 맞이한다. 그러나 그러한 속에서도 항상 불변하는 向主丹心을 보여주며, 儒家的인 士大夫로서의 인생관을 잃지 않고 있다. 그는 安分自足하며 추호의 것이라도 남에게 구하지 않았고, 구원을 바라는 일이 없어 사람들이 그의 처신을 칭송하였다고 한다.

行狀과 墓誌銘을 보면, 申光漢은 1522년 39세에 內艱喪을 당하고 1523년에는 高陽에서 守廬하였으며, 1524(中宗 19)년 41세에는 3년 喪을 마침에 驪州 元亨里에서 杜門不出하고 54세까지 15년 동안을 閑居하였다.

三陟府仕의 外職에서 물러난 후 관직에서 멀어진 그는, 55세에 다시 등용되기 전까지 오랜 기간을 은거하면서 詩文을 짓고 지내게 된다.

---

12) 己卯錄 속집(大東野乘 II, 民族文化推進會, 1984, pp.226-227)과 己卯錄 補遺 (大東野乘 III, p.82)에 의하면, 중종 15년 1520년(庚辰)에 면직되었다가 이듬해 1521년(辛巳)에는 추가 논죄하여 각각 죄목을 만들어 삭직되었으며, 1537년(丁酉) 54세에 다시 등용되었음을 보여준다.

　　東閣雜記 中宗祖 故事本末(전게서, p.310, p.343)에 의하면, 1519년(己卯) 12월에 대사헌 李抗과 대사간 李瀨 등이 合啓하여 승지 申光漢 등 36명을 죄주기를 청하여 단자에 써서 아뢰었고, 또 賢良科를 파하자고 청하였다. 1521년(辛巳) 9월에는 安處謙 柳仁淑 柳雲 鄭順朋 申光漢 등을 소급 탄핵하여, 모두 죄목을 만들어 관직을 삭탈하였다.

특히 企齋文集에 나오는 眞珠軒記는 企齋記異에 나오는 崔生遇眞記의 창작배경을 잘 말해주며, 眞珠古府에 있는 竹西樓에 대하여 쓴 漢詩 역시 이를 구경하고 지은 내용이다.[13] 그밖에 많은 작품이 이 시기에 창작된 것임을 미루어 보아, 관계에서 멀어진 元亨里 은거기간은 自我省察과 본격적인 문학활동의 면모를 보여주는 시기라 할 수 있다.

그 대표적인 예로, 元亨里 敍事 30운(39세)을 비롯한 많은 漢詩는 관직에서 물러나게 된 이후의 자신의 생활과 심회를 나타내고 있다. 또한 49세에 지은 和離騷經, 和歸去來辭, 登樓賦와 50세에 지은 氷賦 등 많은 賦 역시 이 때를 배경으로 자신의 심회를 나타내고 있다. 한편 聞杜鵑賦는 모친상을 당한 뒤에 창작되었고, 蜾蠃化螟蛉說(40세) 圃田合歡瓜說(48세) 再生契志(45세) 등도 元亨里 은거기간에 창작된 작품이다. 企齋記異에 나오는 書齋夜會錄 역시 元亨里에서의 은거생활을 배경으로 한 自傳的인 성격을 지니고 있다.

儒者인 士大夫로서의 壯志를 품고 高節과 淸白의 자세를 견지한 申光漢은 관직에 있을 때는 물론, 관직에서 멀어져 있는 기간에도 儒家的 이상을 잃지 않았다.

元亨里에 은거하던 기간 중에도 그의 聘舅인 金安老가 권세를 누리고 있어 東湖別業으로 맞이하려 했으나 끝내 거절하였고, 또한 신축한 保樂堂에 시를 지어줄 것을 청하자 作詩하여 이를 기롱하였다고 한다. 그 내용은 새로 신축한 華堂을 보고 進退에 걱정을 해야 되는데 즐거움만을 보존하는 것을 풍자하였고, 자신은 行藏에 뜻이 없이 진실만을 온전케 하고자 함을 밝히고 있다. 또한 雲山이 陶甄의 한 손아귀에 농

---

13) 眞珠軒記(企齋文集 권1, pp.8-11)의 내용은 崔生遇眞記의 창작배경과 神仙思想의 수용 및 주제를 이해하는데 중요한 자료가 된다. 企齋別集에 나오는 次竹西樓韻이나 竹西樓八詠, 그리고 企齋集 권5에 나오는 竹西樓夜吟 등은 이를 배경으로 하고 있다.

락되며, 달 아래 피리 또한 비단 옷 입은 사람에게 마땅하다는 내용으로 은유와 풍자의 기롱이 엿보인다.14) 이에 金安老는 이를 佳作이라고 여겼으나 識者들의 비웃음을 사게 되었다고 한다.

임금을 堯 舜으로 만들기를 꿈꾸었던 그의 이상은 元亨里 隱居 기간에도 변치 않고 있다. 다만 이 시기는 이러한 理想鄕을 추구하고자 하는 노력이 孔孟의 도를 익히고 실천하는 內面的 省察의 자세로 부각된다. 따라서 임금을 향한 충성심에 있어서는 자신의 처지에 대하여 먼저 죄의식을 드러내게 된다.

驪江 元亨里로 돌아가 卜築하고 지은 元亨里 敍事 三十韻을 보면, 白首로 元亨里에 내려간 후, 忠心은 항상 임금을 향하나 依然히 갈포를 입은 자신의 신세를 돌아보고, 이미 임금의 絲綸을 파한 지 오래되었음을 깨닫게 된다. 그 결과 충성은 오직 임금께 귀를 밝게 해주는 일에 있으나, 이름은 죄지은 신하와 같으니 한마디 말도 토로할 수 없음을 피력하고 있다.15)

1523년(癸未, 40세) 여름에 지은 蝶蠃化螟蛉說은 元亨里 생활에 앞서 내적 성찰의 생활자세를 보여주는 일면이라 할 수 있다.16)

그 내용을 보면, 뜰에 모인 나나니벌들이 진흙을 뭉쳐 그것을 안고

---

14) 聞說華堂結構新 綠窓丹檻照湖濱 雲山亦入陶甄(酌)手 月笛還宜錦繡人
　　進退有憂公保樂 行藏無意我全眞 風光點檢須閑熟 可使何人佐上賓
　　　이 시는 企齋集 권14, 文簡公行狀(5책, p.65)과 企齋別集 권5, 保樂堂(10책, p.20)에 수록되었다. 위의 ( ) 안은 企齋別集에 다르게 나오는 부분이다.
15) 해당부분을 소개하면 다음과 같다.
　　白首征南郡 丹衷向北辰 依然還布褐 久矣罷絲綸 忠在惟聰后 名同負罪臣 片言那得吐)
　　　企齋集 권3, 驪江 元亨里 敍事 三十韻(1책, p.67).
16) 企齋文集 권1, 蝶蠃化螟蛉說(6책, pp.42-44).
　　　첫 머리에 보면 歲在昭陽協洽夏 企齋先生 宅憂于廬로 시작되고 있다. 따라서 昭陽協洽은 元亨里에 들어가기 전인 癸未년 여름 모친 喪을 당한 뒤 廬幕에서, 두 다리로 진흙을 뭉쳐 왕래하는 나나니벌(蝶蠃)을 보고 기록한 내용이다.

왔다 갔다 하는 모양을 보고, 童子를 불러 그것이 무슨 벌레이며 무엇에 쓰기 위한 것인가를 알아보도록 한다. 그후 자세히 보니 이 벌레들이 벽 가운데 들어가 움집을 만드는 것을 알게 되고, 수일 후에 다시童子로 하여금 그 벌레가 어떻게 변화했는가를 알아보게 한다. 그후前者의 나나니벌이 애벌레로 변화했음을 童子에게 가르쳐 주며, 莊子의 말을 인용하여 물건인즉 때에 따라 변화하는 것이 있음을 가르쳐주게 된다. 그 예로 귀뚜라미(蟋蟀)가 달에 따라 각각 달리 불리는 것과, 누에(蠶)가 누에고치를 만들고, 고치(繭)는 벌레(蟲)를 내고, 蟲은 나비가 되고, 나비가 다시 알을 낳고, 알은 또 누에를 낳는 관계를 설명한다. 나아가 童子의 물음에 사람도 역시 그렇게 할 수 있음을 예시하였다. 예컨대 孔子는 郰나라 사람의 아들로 聖人이며, 顔回는 顔路의아들로 賢人이다. 孔子는 능히 顔路의 아들인 顔回로 하여금, 보는 것을 孔子 자신과 같이 하였고, 言動을 자신과 같이 했으니 이도 또한변화시킨 것임을 설명하였다. 그러나 사람이 능히 사람을 변화시키는것은, 오직 孔子만이 능한 일로 그후로는 사람이 능히 사람을 교화시킴이 없고, 사람도 또한 사람에게 변화됨이 없음을 슬퍼하는 내용이다.

1532년 49세에 지은 登樓賦에서는 孟子의 浩然之氣를 배우고, 沮溺와 屈原의 고사를 교훈삼아 修身을 함으로써, 장차 자신의 포부와 기개를 펴고자 함을 보여준다. 다음에 이어지는 내용을 보면,

朝扶桑之將暾兮 夕咸地之未匿 吾將乘此以上征兮 願一見敷腴之色[17]

---

17) 企齋集 권1, 登樓賦(1책, pp.19-21).
   登樓賦에서는 세상을 버리고 서쪽 밭에서 짝지어 농사만 지으며 은거하는 沮溺과는 근본적으로 다른 위치에 있음을 알 수 있다. 또한 초 나라의 憂國志士인 屈平(屈原)에 대한 관심도 엿볼 수 있다. 이에 대해서는 和離騷經에 더욱 자세히 나타나 있다.(pp.1-16). 역시 屈原이 汨羅水에 몸을 던진 것이나 彭咸이 물에 투신한

아침해가 장차 扶桑에서 떠올라 아직 咸地에 떨어지지 않았음을 적고 있다. 장차 이를 타고 上征하여 부유한 빛을 한 번 보고자 함으로써, 굽히지 않는 자신의 포부와 기개의 면모를 대할 수 있다.

이와 같이 내면적 성찰을 통해 자신의 수양과 儒家的 이상을 잃지 않았던 申光漢은 漢詩 중에는 江湖에 閑居自適하는 가운데, 자연과의 교감을 노래하기도 하였다. 따라서 世俗의 부귀와 名利를 멀리하고 物外閑適 安貧樂道 風流的인 생활자세와 달관의 경지를 엿볼 수 있다. 51세에 孤山村舍에서 지은 漢詩는 음식을 먹는데 醬을 얻지 못하고 채소 소반에 항상 소금을 맛보며, 국은 간을 맞추기 어려워 나물 색이 그대로 나타나 그것이 오히려 고운 것을 묘사하였다. 그의 어려운 생활의 일면을 충분히 짐작하게 한다.[18] 그러나 전술한 바와 같이 顔子와 交遊하며 自足하는 淸貧의 면모는 변하지 않고 있다.

산중에 날마다 경영함이 없는 것이 괴롭더니
눈이 다한 뒤 수풀엔 봄이 다시 생동하네
촛불을 살라 책을 열람하니 오직 스스로 기쁠 뿐이오
세간에 어찌 다시 이름 얻음을 헤아리랴[19]

산간에 묻혀 名利를 멀리하고 책을 가까이 하는 즐거움이 잘 나타나 있다. 결국 申光漢은 隱居期를 전후하여 관직에 있어서는 儒者인 士大夫로서의 현실 중심적인 자세를 잃지 않았고, 治國의 궁극적 이상을 추구하였으며, 은거시기에 있어서는 隱逸處士로서 自我 수련의 자세를 보여준다.

것을 그대로 따를 수만은 없음을 보여준다.(pp.1-16)
18) 企齋集 권3, 甲午夏 僑寓孤山村舍 食不得醬 菜盤嘗鹽戱書(2책, p.64)
19) 企齋集 권5, 書堂偶成(3책, p.28).
山中日日苦無營 雪盡園林春復生 燒燭檢書聊自喜 世間那得更商名

다음 시는 이러한 입장을 잘 반영하고 있다.

> 이로부터 쇠한 병에 드니
> 도리어 세상 분화함을 사직한 것 같네
> 꿈에 서늘한 걸 느끼니 연잎에 쏟는 이슬이요
> 옷은 돌에서 나는 구름에 젖더라
> <u>관리가 됨에 참으로 은일을 겸할 것이요</u>
> <u>산에 깃들여도 임금을 저버리지 못하니</u>
> 푸른 향기를 누구와 한가지로 할 것인고
> 이를 가지고 서로 나누고자 하는도다[20]

위의 내용 중에는 聖人의 행동은 한결같지 않아 때로는 멀리 숨어 살며, 때로는 벼슬을 하여 임금을 가까이 하며, 혹 나라를 버리고 떠나기도 하는 遠近의 자세를 반영하였다. 그러나 귀착하는 바는 몸을 깨끗이 하는 것뿐임을 잃지 않고 있다. 儒者로서 行藏이 분명히 드러난다.

이것은 孟子 萬章章勾上에 보이는 聖人行 不同也 或遠或近 或去或不去 歸潔其身而已矣에서, 隱遁을 말하는 遠과 임금의 곁에서 벼슬을 하는 近의 내용을 상기하여, 결국 몸을 깨끗이 하고자 하는 데 귀착하는 입장을 반영하고 있다.

그러나 이와 같이 전통적인 유교사상을 기초로 하여 修身과 현실적인 이상을 굳건히 하고자 하는 儒敎的 이념이 정신적 지주로 지탱하고 있으면서도, 한편으로는 정치 사회적 환경의 영향을 인식하지 않을 수 없었다. 그 결과 정치 사회적 모순으로 자기실현의 기회가 제한되고, 儒家的 이상실현의 한계에 직면한 그는 일면 道仙家的 취향에 傾

---

20) 自是嬰衰疾 還如謝世紛 夢凉荷瀉露 衣潤石生雲
　　作吏眞兼隱 <u>栖山不負君</u> 淸芬誰可共 持次欲相分(山齋卽事) 大東詩選 권2, p.114.

倒된 면모를 보여준다.

成宗代 이후 대두된 勳舊派와 士林派의 대립은 新進士類들로 하여금 관계 진출을 단념하고 江湖에 묻혀 자연의 閑寂한 정취를 동경하는 한 動因이 되었다. 이에 따라 문학사조에 있어서 道學을 중시하는 處士的인 문학이 형성되는 결과를 낳게 된다. 申光漢 역시 이러한 분위기를 짐작할 수 있다. 元亨里에 은거하는 동안 작성된 漢詩와 賦 기타 雜文 중에는 儒者로서의 생활자세를 유지하면서도, 惆悵한 정서를 보여주는 작품이 상당수 발견된다. 따라서 눈앞에 인식된 현실세계는 自我의 세계와 대립된 현실 한계를 반영하는 한편, 일면은 이러한 한계를 극복하고자 하는 분출구를 道仙思想을 통해 모색하고자 한다. 인간의 有限性을 극복하고 無爲自然의 超世的인 경지를 꿈꾸는 道仙家的 취향을 확인해 볼 수 있다.

먼저 현실적 한계를 나타낸 몇 가지 예를 예시해 볼 수 있다. 그가 50세에 지은 氷賦는 얼음을 소재로 물건이 때에 맞춰 귀히 쓰는 것이 마땅함을 적은 내용이다.[21] 다음에 이어지는 木賦에서도 나무마다 각각 적합한 사용용도가 있음을 들고 있다. 그런데 열매를 먹고 그 잎은 옷으로 하던 것이, 그 이로움이 다양해져 살았을 때는 祭器를 만들고, 죽어서는 棺을 만드는 관계를 역설하고 있다. 또한 나무는 먹줄을 따르는 것이 오직 귀하지만 너무 곧기만 하면 이루어진 것이 없고, 굽거나 우뚝하기만 하면 형벌로 죽임을 당하는 교훈적인 내용을 담고 있다.[22]

이것은 자신과 같이 때를 얻지 못하고, 失機한 자에 대한 우의적인 의미가 함축되어 있다고 보아진다. 결국 자아와 현실과의 고립된 세계의 인식은, 다음의 경우 구체적으로 나타나며, 먼저 神仙思想에 傾倒

21) 企齋集 권1, 氷賦(1책, pp.28-32). 癸未(1533)夏 擬雪賦作
22) 企齋集 권1, 木賦(1책, p.33).

된 경향을 살필 수 있다.

이러한 사람이 있음이여. 산 가운데 텅 빈곳에 홀로 처해서 짝이 없는
지라. 鶴의 말을 지나간 글에서 듣고 참 몸을 丹丘에서 기르는지라. 群鷄
와 먹는 것을 다투지 않으니 본래 성품이 凡類와 다른지라. 아침에는 蓬
萊島에서 이슬을 마시고 저녁에는 瀛洲에서 안개를 머금은지라. 대저 어
찌나 성명이 착하고 조출한고.23)

위의 내용은 病鶴을 소재로 하고 있다. 그러나 전편을 통해 볼 때
神仙思想을 배경으로 자신의 理想과 현실의 限界를 寓意한 내용이라
할 수 있다. 이 작품의 마지막 부분에서는, "학이여, 塵世 가운데를 생
각하지 말라. 宦海에는 바람이 많고 구름은 벌려 들을 가리고, 비의 피
가 공중에 질펀한지라. 아, 학이여 나를 상심케 말라. 너는 나를 불러
서 놀고, 나는 너를 불러서 高翔할 것이라. 마음껏 놀아서 백년토록 오
고가고 배회함을 기다려라"라고 하였다. 현실의 한계와 이상의 갈등을
극복하고자 하는 데 있어서 神仙思想의 취향이 드러남을 알 수 있다.
또한 和愁陽春賦에서는, "미인을 생각하되 보지 못함이여, 三島의
구릉과 연기가 막혔도다. 하늘을 치솟는 黃鶴을 馭車함이여, 가벼이
날아서 표연히 하기를 원하는지라." "화려한 때가 저물지 않음에 미쳐,
그대와 더불어 서로 친하기를 기약했더니, 그 시절의 차례가 잠깐인
것을 어찌 하늘을 원망하고 사람을 원망할 것인가"라고 하여 화창한
봄을 근심하며, 자신의 위치에 대한 상념을 술회하고 있다.24)
이와 더불어 和悲淸秋賦에서는, "옛 고을이 보이지 않음을 슬퍼함이
여, 蓬萊가 막힌 것이 여기서 몇 천리나 되는고." "미인을 생각함이여,

---

23) 企齋集 권1, 病鶴賦(1책, p.55).
24) 企齋集 권1, 和愁陽春賦(1책, pp.16-17).

멀고 아득한 것이 參商星과 吳나라와 越나라 같고, 靑鳥는 가서 돌아오지 않음이여, 길은 길게 막히고 생각은 悠悠하다"라고 표현하였다.25) 역시 앞의 것과 동일한 정황을 엿볼 수 있다.

이상을 통해 확인해 본 바와 같이 이들 내용 중에는 儒者로서의 한계를 惆愴하게 보여주는 면도 없지 않아 강조된다. 그러나 이에 나아가 현실적인 이상과 갈등을 벗어나기 위해, 超脫의 경지인 仙界를 상정하고 이를 동경함을 알 수 있다. 특히 企齋記異에 나오는 崔生遇眞記는 이처럼 儒者로서의 자기실현의 기회를 잃은 한계와, 이를 극복하고자 하는 이상향으로서 仙界 憧憬이 구체적으로 나타나는 작품이라 할 수 있다.

그러나 허무적이거나 염세적인 내용을 강조하기보다는, 超世的인 無爲의 세계에 돌아가 절대적인 경지에 逍遙遊하는 老莊的 세계관을 희구하게 된다.

예컨대 모든 만물은 有에서 생기며, 有는 無에서 생긴다는 道의 개념과 作爲에 의한 德의 실현보다는 언제나 無爲의 덕을 기를 것을 인식하게 된다. 그중 몇 가지 예로 無爲 無形 無常 등 老莊의 중심사상이라고 할 수 있는 無로서의 道를 추구한다. 또한 근원으로 돌아가 無爲自然의 道를 배움으로써 체득하는 虛靜의 경지와, 만물을 齊同視하는 莊子의 一如的인 사상에 기초하여 천지자연의 理法을 추구함을 보여준다.26)

이처럼 老莊的 사유에 기초한 한 예를 보이면 다음과 같다.

---

25) 企齋集 권1, 和悲靑秋賦(1책, p.17).
   또한 이 뒤에 이어지는 和感春賦(pp.18-19) 역시, 때와 해가 자신을 위해 머물지 않음을 슬퍼하는 내용이다.
26) 企齋記異의 書齋夜會錄은 老莊사상을 바탕으로 한 寓言의 효과를 문학적으로 구체화시킨 작품이다. 이에 대한 구체적인 설명은 본론 書齋夜會錄 참조.

一氣肇判而成三物 萬類其同性 夫人生而本靜 靜乃爲性之正 乾道元而主貞
時序春而自冬 惟元氣之肅種物 反朴於鴻濛

夫夜乃一日之冬 豈大小之云異 群動関廖兮 兩間類 未判之太始[27]

한 기운이 비로소 나뉘어 天地人이 이뤄지며, 만가지 종류가 다 성
품이 같다고 하였다. 또한 무릇 사람은 나면서부터 고요한 것이니, 고
요한 것은 곧 성품의 바른 것임을 나타내고 있다. 乾坤은 본래 으뜸으
로서 貞을 주로 삼고, 때의 차례는 봄이 겨울로부터 오니, 오직 元氣의
엄숙한 것이 물건을 빛나게 하고, 다시 천지기운의 질박한 데로 돌아
간다고 하였다. 또한 밤이란 것은 하루동안의 겨울이니, 크고 작은 것
이 다름이 없음을 적고 있다. 한편 많은 움직임(群動)이 고요하고 고요
하다고 하여, 곧 動과 靜이 한 이치라는 一如的인 사고를 보여준다. 이
와 같은 구체적인 예를 漢詩 가운데도 찾아볼 수 있다.[28] 漢詩에서도
動靜이 원래 둘이 아님을 분명히 밝히고 있다.

그밖에도 無를 근본으로 無心 同心 無形 有形 등의 老莊的 사유를
반영하여 이를 문학적으로 형상화한 작품들이 많이 눈에 띈다.[29]

이상과 같이 申光漢은 元亨里에 은거하는 동안 많은 詩文을 남기고
있으며, 企齋記異에 수록된 작품들도 소재 및 배경사상을 보면, 주로
이 隱遁期를 바탕으로 창작되었음을 시사해준다. 隱遁期는 自我省察과
修身의 생활자세가 부각되고, 일면 현실한계를 인식한 갈등을 극복하
기 위해 道仙的 趣向의 자세를 보여준다.

---

27) 企齋集 권1, 夜氣賦(1책, p.41)
28) 企齋集 권6, 次祐灣云 書 惠仁師 詩軸(3책, p.52) 欲談動靜元非二 將謂五儒亦可詢
   이라 하여 動과 靜이 한 이치임을 표현하였다.
29) 登樓賦(企齋集 권1, 1책, p.21), 聞杜鵑賦(앞과 동, p.25), 書再生契軸(企齋集 권6, 3
   책, p.53) 등 참고.

4) 顯達期

1537년(中宗 32) 11월 己卯士禍에 연루된 인사들이 다시 등용하게
되자, 1538년 55세의 나이로 折衝將軍 成均館大司成 大司諫에 제수된
다. 文集에는 이 해 겨울 大司諫을 맡고 中宗內禪東宮箚와 弭災救弊箚
등을 올려 諫言한 기록이 나온다.[30] 특히 후자에서는 奢侈가 극심하고
貪官汚吏가 풍속을 이루어 폐단의 근원이 고질이 된 것은 奸兇의 탓
이요, 남쪽 倭寇가 틈을 엿보고 북방에 飢饉이 일고 변방의 경비가 소
홀하며, 어진 이는 많으나 조정에 오래 있지 못하니, 무릇 공평하기 어
려운 것은 마음이요, 치우치기 쉬운 것은 권세임을 들어 이와 같은 일
들을 도모하지 않으면 안 됨을 밝히고 있다. 이를 위해서는 절약과 검
소한 것을 숭상하고 사치를 억제하며, 貪官汚吏를 바로잡고 나라의 기
틀을 충실히 하며, 군령을 엄격히 하고, 밖으로는 경비를 견고히 하는
것이 재앙을 제거하는 길임을 極諫하는 내용이다. 오랜 기간 은거 후
겪은 忠君爲國의 간절한 심회가 엿보인다.

---

30) 企齋文集 권1(6책, pp.73-76, 77-88). 참고.
　　그밖에 企齋集 권2 賦補遺篇에 나오는 喜雨賦(p.64) 역시 1538년(戊戌)에 應製한
내용이다. 천지음향의 조화는 곧 上下가 화합하고 공경함으로 비롯되며, 임금이
잘 다스리는 것과 같음을 비유하고 있다. 陰陽의 조화에 따라 내리는 비의 기쁨이
조정에만 그침이 아니오, 농토에 기쁨이 되며, 民生뿐만이 아니라 온갖 초목들이
다 기뻐하는 것임을 나타내었다.
　　한편 企齋文集 권3 雜著 처음에 나오는 訴旱魃文을 보면(7책 pp.79-82), 1530년
(庚寅) 6월부터 이듬해 1531년(辛卯) 5월까지 혹독한 旱魃이 계속되었는데, 역시
은거하는 기간 중에 작성되었다. 하늘이 많은 백성을 냄에 士農工商 네 가지가 있
으니, 下等에 있는 것이 工商이요, 제일 위에 있는 것이 士이고, 農이 그 가운데에
있어서 이 세 가지 일을 돕고 있음을 적고 있다. 마치 쇠와 옥이 녹을 것 같고 들
판이 불사르는 것 같이 뜨거운 기운에, 농사도 조금 짓는 농부의 답답한 가슴을
염려하여, 하늘에 하소연하기를 목마름 같이 하는 내용이다. 산촌에 은거한 후 농
사일을 알고, 이를 걱정하는 그의 심정을 헤아려 볼 수 있다.
　　企齋集 권3, 世旱寄吟(2책, p.8)을 보면 삼 년 동안 농사일에 힘썼는데, 두 번이나
湯 임금 때와 같은 가뭄을 만난 것처럼 묘사하였다.

1539년 56세에는 다시 大司成에 제수되고 이어 중국사신을 맞이하는 宣慰使가 되어 이들로 하여금 詩文을 인정받게 된다. 이어 兵曹參議 漢城府右尹 京畿監司 등을 맡았고, 1540년 57세에는 星州史庫가 불에 타자 實錄廳을 설치하고 國史를 修撰하는 일에 참여하였으며, 同樞右尹 兵曹參判 藝文館提學同知春秋 司憲府大司憲 兵曹參判 등에 제수되었다. 1541년에는 同樞, 1542년 59세에는 刑曹參判 世子右副賓客 戶曹參判 漢城府判尹을 맡았다. 1543년 60세에는 刑曹判書에 제수된다. 1544년 61세에는 吏曹判書, 弘文館提學을 역임했다.

1545년 62세에는 華使 張承憲의 遠接使가 되었는데, 그는 文詞가 넉넉하고 도량이 큰 申光漢을 공경하고 흠모하였다고 한다. 9월에는 乙巳士禍 때 小尹에 속하여 尹任 등 大尹을 제거하고 衛祀功臣이 되었고,[31] 正憲大夫 右參贊 兩館大提學을 겸임하였다.

1546(明宗 1)년 63세에는 議政府左參贊 禮曹判書에 제수되었으며, 대마도의 해적선 출몰을 막고 일본과의 외교관계에 공을 세웠다. 1547년 64세 때에는 병환으로 사직하고 知樞府에 移拜되었으며, 崇政大夫 靈城君에 올라 會盟에 참여하였다. 1548년 65세에는 判敦寧府事에 제수되었는데, 병으로 인해 文衡을 누차 사임코자 하였으나 허락되지 않았다. 1550년 67세에는 議政府左贊成에 제수되었고, 文定王后의 비호를 받은 普雨가 禪敎 兩宗을 부활하려 하자 상소를 올려 異敎를 崇信할 수 없음을 極諫하였다. 한편 名臣錄에 의하면 이 해(明宗 5)에 紹修書院을 증액하고 申光漢을 명하여 記文을 짓게 하였는데, 書院에 賜額하는 것과 책을 내린 것이 이로부터 시작되었다고 한다.[32]

---

31) 企齋集 14, 文簡公行狀(p.71)에는 이 시기를 전후하여 두어 줄이 비어 있다. 한편 乙卯錄에 의하면 1545년(乙巳, 인종 1)의 偉社勳錄은 1597년(丁酉, 선조 25) 겨울 혁파된다.(乙卯錄 補遺, 大東野乘 III, 民族文化推進會, p.82. 참고)
32) 燃藜室記述 IX, 別集 4권 書院(民族文化推進會, p.270). 참고.
   企齋文集 권1 紹修書院 應製(6책, pp.30-36)를 보면, 風基郡 白雲洞은 高麗 文成

1552년 69세에는 병으로 찬성을 사임하고 다시 判中樞에 제수된다.
1553년 70세에 다시 議政府左贊成에 제수되었다. 한편 임금께 箋을 올
려 벼슬을 그만두고자 하였으나 허락되지 않았고, 都承旨를 보내어 几
杖宴을 하사 받고 耆老所에 들어갔다. 1554년 71세에는 병이 위중하여
2월 文衡을 사임하고, 7월에는 三公이 계를 올려 府院君에 오르게 되
고, 輔國崇祿大夫 靈城府院君에 特加되었으며 經筵事를 겸하였다. 1555
(明宗 10)년 병으로 모든 관직을 사임하고 11월 2일 72세를 일기로 세
상을 마쳤다. 이에 임금은 內使로 하여금 雲柩 앞에 올릴 黃橘을 친히
보내고 祭文을 지어 禮官에게 보내었을 뿐만 아니라, 3일을 朝會하지
않고 素膳을 들며 勳舊重臣이 세상을 떠났음을 애도하였다고 한다.

한편 만년에는 駱峯 西麓에 松竹이 우거지고 林泉이 勝景인 곳에
겨우 寒暑를 庇護할만한 精舍를 卜築하고, 藏書를 가득 채운 가운데
아들을 이끌고 시를 읊조리며 지냈다 한다.33) 이상의 주요 年譜를 통
해 알 수 있는 바와 같이, 申光漢의 生涯는 元亨里에서 은거하던 기간
을 제외하고는, 세 조정에서 오랫동안 두루 현직을 역임하였다. 그러
나 평소 多病으로 누차 자리를 사임하였으며, 文章과 筆力이 뛰어나
많은 작품과 일화를 남기고 있음에 비해, 정치에는 능하지 못했던 일

公 安裕가 藏修하던 곳으로 자신의 藏獲과 전답을 國學에 헌납함으로써, 이에 힘
입어 후대에까지 그 공과 가르침이 이어졌다. 풍기군수 周世鵬은 본래 儒敎를 좋
아하고 사람을 가르침에 힘써 白雲洞 서원을 창립하였고, 文成公 安裕의 祀宇를
창건하였다. 이어 李滉이 군수가 되어서는 조정에 건의하여 송나라 때 朱子의 白
鹿洞 書院의 고사에 따라 扁額과 書册을 내려 줄 것을 청하여 賜額하였다.
    또한 孔子의 가르침을 들어 修身이 근본임을 논하고, 孟子는 孔子의 가르침을
이은(紹) 분으로, 역시 修身하는 자세가 가장 종요로운 것임을 나타내었다. 나아가
書院을 창건하고 조정에 건의하여 장려한 것은 人爲的인 일이지만, 이것은 하늘
이 啓導한 것으로 위로는 임금이 몸소 이끌고, 학자는 능히 興起하여, 그 교화가
國學으로부터 書院에 미치고, 서원으로 말미암아 사방에 달하게 되어 宋나라의
조정에 비할 바가 아님을 적고 있다.
33) 企齋別集 권1(8책, p.17)에 나오는 詩(朴民獻이 來訪하여 作詩)를 통해, 1546년(丙
午, 63세) 駱峯에 瀑泉精舍를 새로 지었음을 알 수 있다.

면도 남기고 있다.[34]

그의 사람됨은 다음 明宗實錄에도 잘 나타나 있는데, 이에 申光漢의 인품이 종합적으로 요약되어 있다.

사람됨이 性稟이 순후하고 풍도가 고고하며 學問이 駭博하고 문장이 精麗하여 중국 사신을 접대함에 항상 칭상을 받았다. 그러나 처사할 때 고집스러움이 短點이라고 사람들이 말하였다. 사관이 말하되 '光漢은 문사에 뛰어나게 우수한 사람이다. 형용은 깡마르나 신체는 脫凡했고, 집에서는 治産을 돌보지 않고 조정에서는 淸廉과 勤直으로 처신하여 아첨하는 태도가 없고, 長者의 풍도가 있으며 文章이 典雅하였다. 때로 바른 말을 하되 채택되지 않고 迂闊하다 하여 閑職에 두니 그 主張하는 바가 世態에 맞지 않는 까닭이었다'.[35]

그는 身長이 九尺에 용모는 龍章鳳姿요 氣質이 淳恢直毅하며, 사람을 대함에 貴賤과 賢愚를 가리지 않고 반드시 禮로써 하고, 비록 弟姪親戚이라도 손님과 같이 대접하였다고 한다. 그의 성품은 放縱하고 완만한 것을 싫어함은 물론 粉華한 것을 싫어하고 淸廉 檢束한 것에 익숙했다. 항상 疾言을 하지 않았으며 醇厚하고 고고한 풍모를 지닌 碩人君子로서 일컬어졌다. 또한 그는 평생 효심이 지극하였다고 한다. 매양 때에 물건

---

34) 行狀과 企齋集을 통해 보면 申光漢은 평소 多病에 시달려 왔으며, 병중에 지은 많은 작품이 남아 있다. 말년에 남긴 乞致仕箋(文集 권3, pp.103-105)이나 病鶴賦(집 권1, pp.55-58), 기타 病中에 지은 여러 漢詩들은 그 가운데서도 자신의 심회와 인생관을 잘 말해준다.
   한편 涪溪記聞(燃藜室記述 2, p.552)을 보면, 형조판서시 獄事를 능히 판결하지 못해 죄수가 獄에 가득하게 되어 이를 수용하지 못하고 獄을 더 늘리기를 청하자, 이에 판서를 許磁로 대신하였음을 적고 있다. 寄齋雜記(大東野乘III, p.146)에서도 글만 좋아하고 생계를 일삼지 않았음을 보여준다.
35) 명종실록 권19, 명종 10년 乙卯閏月條, 姜周鎭, 保閑齋 申叔舟正傳(세광출판사, 1988).
   蘇在英, 「企齋 申光漢論」(숭실어문 6집, 1989), p.20. 재인용.

을 얻으면 반드시 눈물을 드리우며 사당에 올렸으며, 사당에 올리지 않으면 들지 않았고, 季子로 제사에 참여하지 못할 때에도 四時에 제사를 올렸다 한다. 이상과 같은 申光漢의 인품은 그의 諡號에서 말해주듯이 넓게 듣고 많이 보았다고 해서 文이요, 공경 속에 살고 간략하게 행동했다 하여 簡이라는 내용에서 그 압축된 일면을 볼 수 있다.

2. 文學世界

1) 著作

申光漢은 조선 전기의 문학사에 있어서 詩와 文章에 능하고 筆力이 빼어난 文人으로 평가 받은 인물로, 이러한 역량은 그가 남긴 企齋集과 企齋記異의 문학유산을 통해 확인할 수 있다.

申光漢의 문학세계는 자신의 문집인 企齋集이 일찍부터 간행되었고, 또 이들 原集 別集 補遺 文集 등이 유실되지 않고 보존되고 있기 때문에, 그의 다양한 문학세계가 보다 분명히 드러난다.

企齋記異의 書誌에 대해서는 蘇在英 교수의 자료해제에서 간략히 소개된 바 있고,[36] 이에 대해서는 다음 장에서 다시 논의될 것이기 때문에 여기에서는 먼저 企齋集의 書誌와 異本에 대하여 살펴보기로 한다.

우선 그 대략적인 개요를 보면 五言・七言 絶句와 律詩, 그리고 古詩 등 다양한 詩體를 통해 1300여 題(1500여 首)의 漢詩를 남기고 있다. 아울러 보기 드물게 25편이나 되는 많은 賦를 남기고 있어, 그의 탁월한 문학적 역량을 짐작할 수 있게 해준다. 이밖에도 辨(1) 記(10)

---

36) 蘇在英, 「申光漢의 企齋記異」(숭실어문 5집, 1986), pp.231-232.

志(1) 說(2) 論(1) 序(7) 箚(2) 狀(2) 碑銘・墓誌銘(11) 祭文(12) 文(4) 表箋
(19) 銘(2) 歌謠(1) 歌詞(28) 등이 나온다.

그러나 申光漢이 저작한 企齋集과 企齋記異는 아직 학계에 구체적으
로 소개된 바 없다. 따라서 이 장에서는 다음에 논하게 될 企齋記異의
본격적인 검토를 위한 예비작업으로, 먼저 企齋集을 중심으로 書誌的인
문제와 詩歌文學 및 散文文學의 作品 槪況을 간단히 살펴보려 한다.

현재 확인된 企齋集은 서울대 奎章閣本과 고려대 晩松文庫本이 있
으며, 최근 民族文化推進會에서 이를 종합하여 影印標點한 3점이 있
다. 이들의 관계를 좀더 구체적으로 비교하면 다음과 같다.

(1) 서울대 奎章閣本

서울대 奎章閣本은 총 10책(24권)으로 每 面(半葉) 10행, 1행 17자의
목판본이며, 半郭의 크기는 19.8 × 14.5(cm)이다. 1책이 95면 이상 140
여 면으로 이를 종합하면 1160여 면의 분량으로 되어 있다. 이를 구체
적으로 살펴보면 企齋集(原集) 5책(14권), 企齋文集 2책(3권), 企齋別集
3책(7권)으로 구분된다.37)

이 중 企齋原集은 14권으로 권1-2는 賦, 권3-9는 漢詩인데 권3의 번
호가 중복되어 2권인 반면 권10의 번호는 누락되어 있다. 그러나 중복
된 권3의 경우 내용은 서로 다름을 알 수 있다. 따라서 企齋集에 수록
된 漢詩는 중복된 권3에 해당하는 2책과 4권부터 9권까지 합하면 8권
이 되는 셈이다. 권11-12는 皇華集이며, 권13은 申光漢의 祭文과 挽章
이고, 권14는 申光漢의 行狀과 墓誌銘으로 되어 있다.

---

37) 奎章閣本 企齋集은 奎章閣 한국본 도서해제 제 11집, 集部 1(도서번호: 규4786, 서
   울대 도서관, 1979, p.127)을 참고할 수 있으며, 정신문화연구원 발행의 문집소재
   자료집(1983, p.367)에서는 辨記 志 說 論만을 뽑아 소개되었다.

企齋文集은 3권으로 권1은 辨 記 志 說 論 序 箚 狀 碑와 墓誌銘의 순서로 되어 있다. 권2도 타인의 碑·墓誌銘이며, 권3 역시 타인의 碑·墓誌銘과 祭文이 앞에 놓여 있고, 뒤이어 雜著 부분인 文 表 箋 銘 歌謠 순서로 되어 있다.

企齋別集은 7권으로 권1-6은 漢詩이며, 권7은 歌詞로 구분된다.

이를 종합하면 漢詩가 총 24권 중 14권으로 많은 분량을 차지하고 있다. 한편 企齋集 권1-2에는 25편이나 되는 많은 분량의 賦가 실려 있는데, 企齋文集 권1에 있는 10편의 記와 辨 1편, 志 1편, 說 2편 등과 함께 그의 학문적 연원과 문학적 역량이 심원함을 엿볼 수 있는 내용들이다. 또한 이를 통해 파악되는 企齋의 문학관은 企齋記異를 이해하는 데 좋은 역사 전기적 자료가 된다. 이에 대해서는 뒤에서 재론하고자 한다.

(2) 고려대 晚松文庫本

고려대 晚松文庫本은 半葉 10행 17자로서 半郭의 크기는 20.8 × 14.7(cm)로,[38] 企齋集(原集)이 12권인 점이 奎章閣本과 상이하며, 企齋別集은 7권으로 동일하다.

企齋原集을 奎章閣本과 비교해 보면, 晚松文庫本의 경우는 중복되거나 누락됨이 없이 12권으로 되어 있는데, 다만 賦 25편의 순서가 서로 相異함을 보여준다.

晚松文庫本의 企齋集은 권1에 賦가 15편으로 되어 있고, 권2에서 권9까지는 漢詩이며, 권10은 다시 10편의 賦가 補遺篇으로 나뉘어 있다. 그리고 권11과 12는 皇華集으로 구분된다. 따라서 晚松文庫本 권10에

---

38) 고려대 중앙도서관 晚松文庫本(도서번호 : D1 - A 2037)

수록된 10편의 賦가 奎章閣本에서는 권1의 賦 뒤에 권2로 합해지면서
권10이 누락되고, 晩松文庫本 권2에 해당하는 漢詩가 권3으로 밀려나
면서 권3의 번호가 중복되었음을 알 수 있다. 그러나 이와 같이 순서
만 누락되거나 중복되었을 뿐 그 내용 면에서는 서로 동일하다.

(3) 民族文化推進會 影印本

民族文化推進會에서 影印 標點한 企齋集은 晩松文庫本과 奎章閣本
을 底本으로, 순서상 중복되거나 누락됨을 피하고 상호 보완함은 물
론, 해당 목차를 작성하여 이를 참고하는데 편리를 도모하였다.

또한 이 자료의 범례에서는 企齋集의 간행연도를 밝히고 있는데, 原
集과 別集은 1573년 경 海州에서 목판으로 간행하였으며, 그 후에 附
錄과 文集이 追刻 合附되었음을 밝혔다.[39]

이를 통해 보면 原集 12권 別集 7권 附錄 2권 文集 3권으로 총 10책
24권 575판으로, 전체적으로 볼 때 企齋原集에 있어서 奎章閣本과 배
열 순서만 조금 다를 뿐 내용은 동일하다. 이상을 종합하면 앞에서 본
原集 別集 文集 이외에 附錄이 추가되었음을 알 수 있다. 奎章閣本 企
齋集(原集) 권13과 14에 나오는 申光漢에 대한 祭文과 行狀이 곧 여기
에서 말하는 附錄에 해당된다. 결국 企齋別集과 文集은 서로 동일하
며, 企齋集(原集)의 경우에 배열 순서에서 차이가 있음을 보여준다. 따
라서 원래 企齋原集과 別集은 晩松文庫本의 경우와 같이 간행된 듯하
며, 후에 申光漢의 祭文과 行狀에 해당하는 附錄과 文集이 추가되면

---

39) 影印標點 韓國文集 叢刊 22 企齋集(民族文化推進會, 1989), p.232. 참고. 이 자료는
原集과 別集은 晩松文庫本을, 附錄과 文集은 奎章閣本을 대본으로 하고 있다. 또
한 총 목록에서는 본 原集과 別集은 蒼雪齋 權斗經의 舊藏本임을 소개하였다.
海東雜錄 권3(大東野乘 V. 民族文化推進會, 1885, p.489)에서도 企齋集이 전하고
있었음을 보여준다.

서, 奎章閣本의 경우처럼 企齋集의 賦를 서로 통합되는 과정에서 권3
의 번호가 중복되고 권10이 누락된 결과로 보여진다.

2) 詩歌文學

(1) 詩歌文學 槪觀

企齋集에 수록된 申光漢의 시는 1,255題, 1,513首의 작품이 남아 있
다. 그 중 七言 律詩가 570首(38%)로 가장 많고, 七言 絶句 550首(36%),
五言 律詩 258首(17%), 五言 絶句 54首(4%), 五·七言 古詩를 비롯하여
기타 유형은 81首(5%)로 분류할 수 있다. 이를 좀더 구체적으로 살펴
보면 다음과 같다.

형 식		企齋集		企齋 文集		소 계	
평	7언 律詩	197題	197首	191題	191首	388題	388首
	7언 絶句	201題	210首	221題	221首	431題	431首
	5언 律詩	142題	142首	61題	61首	203題	203首
시	5언 絶句	24題	24首	4題	4首	28題	28首
연	7언 律詩	27題	86首	41題	96首	68題	182首
	7언 絶句	18題	59首	20題	60首	38題	119首
	5언 律詩	18題	41首	6題	14首	24題	55首
시	5언 絶句	7題	22首	1題	4首	8題	26首
기 타		64題	75首	3題	6首	67題	81首
총 계		707題	856首	548題	657首	1,255題	1,513首

위의 분류 중 평시는 각각 소제목별로 한 수씩 있는 것을 말하고, 연
시는 5·7언 律詩나 絶句 모두 한 제목 아래 두 수 이상 있는 경우 각

각 따로 계산한 숫자이다. 그밖에 5·7언 古詩, 律詩와 絶句가 혼합되
어 있는 경우, 혹은 30, 60, 100, 120韻, 俳律 등은 기타로 분류하였다.[40)]

이를 종합하면, 七言 律詩와 絶句가 74%로 가장 많음을 알 수 있다.
허균의 惺叟詩話에는 당시 사람들의 말을 인용하여, "申企齋는 모든
詩體를 다 갖추어 짓지만, 鄭湖陰은 오직 七言律詩만을 잘 지으니 企
齋에 미치지 못하는 것 같다"고 하였다. 이에 湖陰도 "그의 모든 詩體
가 어찌 감히 나의 七言律詩 하나를 당하리요"라고 자부한 기록이 나
온다.[41)] 위의 자료에 나타난 바에 의하면, 申光漢 역시 七言 律詩와 絶
句를 善好하였음을 알 수 있다.

---

40) 위의 분류는 皇華集(企齋集 권11, 12)에 수록된 94首의 작품은 제외하였다. 또한
   企齋集 권9에 附記되어 있는 申潛의 寄駱峯叔父와 李純의 贈企齋는 제외하였다.
     위의 분류 중 평시와 연시는 같은 제목 아래 같은 형식으로 된 경우만을 말한
   다. 예컨대 企齋別集 1에는 詠史라는 큰 제목 아래 소 제목으로 堯 舜을 비롯하여
   총 65명에 해당하는 七言絶句가 나온다. 이 때 65題(총 65명), 67首(한 사람이 2首
   로 된 경우가 2번)로 계산하였다.
     律詩와 絶句가 혼합된 경우(8題, 20首)는 기타의 분류에 따로 포함시켰다.
     참고로 기타에 분류된 작품 중에 絶句와 律詩가 각각 혼합되어 있는 경우를 구
   체적으로 보면 다음과 같다.
     먼저 企齋集의 경우는 7언 律詩+7언 絶句가 2題(4首). 5언 律詩+7언 絶句가 2
   題(4首). 7언 律詩+7언 律詩+5언 律詩가 1題(3首). 7언 律詩+7언 絶句+7언 絶句
   가 1題(3首)이다.
     그밖에 5언은 12구(4수), 14구(2), 16구(3), 18구(1), 20구(5), 22구(1), 24구(2), 26구
   (3), 28구(1), 32구(1), 40구(1), 46구(1), 50구(1), 60구(2), 80구(1), 100구(1), 120구(1)가
   있다.
     7언은 6구(1수), 10구(2), 12구(1), 14구(1), 16구(2), 20구(2), 22구(1),24구(5), 26구(1),
   32구(1), 38구(1), 40구(2), 120구(1)가 나온다.
     나머지는 5언+9언+7언 46구(1수), 7언+9언 40구(1), 5언+9언+7언+7언(1), 7언
   12구+7언 6구(2)로 세분할 수 있다.
     企齋文集의 경우는 7언 律詩+5언 律詩가 2題(4首), 7언 絶句+5언 律詩가 1題(2
   首)이다. 企齋文集에는 이 두 가지 경우 이외에는 다른 유형이 없고, 나머지는 위
   의 분류대로 5언 7언 律詩와 絶句에 속한다.
41) 其時稱 申企翁 衆體皆具而 湖陰 獨善七言律 似不及焉 浩陰曰 渠之衆體 安敢當吾
   一律乎 其自重如此(許筠, 惺叟詩話, 『許筠全集』, 성균관대 대동문화연구원, 1972,
   p.234)

그밖에 企齋別集(권7)에는 歌詞 27 首가 나온다. 일정하지는 않으나 5언 7언을 주로 하고, 때로는 2·4·9·12언 등을 혼합하여 새로운 양상을 보여준다. 이것은 瀟湘八詠을 비롯하여 校生謠 敎坊謠 등 주로 역사적인 故事와 人名 등을 배경으로 作詞하였음을 알 수 있다. 滿江紅 戲贈 歌妓 滿園紅의 題下에 보면, 우리 나라에는 益齋 李齋賢 이외에는 歌詞를 지은 사람이 없으므로 시험삼아 지었다는 내용이 나온다. 이것은 10여 首의 高麗代 민간가요를 七言絶句 漢詩(樂府體)로 번역한 益齋의 小樂府를 일컫는 듯하다.

이밖에 앞에서 언급한 바와 같이 25편의 賦가 나오는데, 여기에서 같이 논하기로 한다.

먼저 권1에 수록된 15편을 보면, 대부분 관직에서 물러나 元亨里에 은거하는 기간에 지은 내용임을 알 수 있다. 和離騷經 和愁陽春賦 和非靑秋賦 和感春賦 和歸去來辭 등은 관직에서 물러나 田園歸居하는 초기에 지은 작품인 듯하다. 위 작품 중 屈原과 陶潛의 離騷經과 歸去來辭에 和答한 두 작품은 이들의 隱逸處士的인 자세를 회상하여 교훈적인 내용을 수용하고 있다. 나머지는 계절이 바뀜에 따라 더해 가는 자신의 쓸쓸한 감회를 엿볼 수 있는데, 때를 잃은 현실세계와 자아의 갈등이 仙界를 憧憬하는 이상향으로 묘사되고 있다. 그밖에 登樓賦 聞杜鵑賦 聞鶯賦 氷賦 木賦 등도 이들 사물을 대상으로 자신의 심회를 假託하여 자신의 수양으로 삼는 교훈적인 의미가 부각되고 있다. 二妃祀賦 續擬恨賦 哀三良賦 夜氣賦 擬招隱士 등은 주로 역사적인 어진 인물이나 隱士를 대상으로 이를 기리고, 자신의 安分과 修身의 자세를 보여주는 내용이 부각된다.

한편 상기 작품들과는 달리 賦補遺篇에 수록된 10편은, 元亨里 은거 기간이 아닌 일상생활이나 관직에 있으면서 지은 작품임을 알 수 있다. 19세에 지은 萬里鷗賦 이외에, 黃金臺賦(進士覆試), 大牢祀孔子賦(課

試居魁), 爲善最樂賦(東堂覆試), 喜雨賦(55세 應製) 등은 課試 혹은 관
직에 있을 때 지은 작품이다. 그밖에 아지랑이를 대상으로 지은 遊絲
賦와 자신의 처지를 病鶴에 寓意한 病鶴賦, 고려 名將 尹瓘이 女眞을
맞아 싸운 先春嶺을 소재로 지은 先春嶺賦, 그리고 迎賓館賦와 長子인
濮으로 하여금 賦를 가르치기 위해 지은 鼎湖賦 등이 있다.

(2) 詩世界의 特性

가. 旣往의 평가와 作詩論

申光漢은 文學史에서 소중히 평가되어야 할 작가이며, 그의 詩文學
역시 중요한 文學遺產으로 간과할 수 없는 위치에 놓인 작품이다. 그
러나 그 동안 다른 작가들과 작품에 기울인 관심과는 달리 정당한 평
가의 기회를 얻지 못하고, 논외의 대상이 되었던 점을 고려할 때, 보다
구체적이고 종합적인 고찰이 요구된다.

그러나 本稿 역시 企齋記異를 중심으로 그 연구범위를 제한하고, 본
장에서는 이를 보충하기 위한 범위에서 申光漢의 文學世界에 대한 전
반적인 특성만을 살펴보고자 한다.

申光漢의 詩世界에 대한 관심은 당대는 물론 조선조 후기에까지 이
어져 왔으며, 詩文에 능한 문인으로 높이 평가되어 왔음을 볼 수 있다.

이들의 평은 대부분 지극히 단편적이고 지엽적인 평가이긴 하지만,
몇몇 선인들의 詩評이나 詩話를 통해 그의 詩世界에 대한 문학적 가
치를 재인식하게 해준다.

특히 申光漢의 死後 50여 년 뒤에 나온 허균의 惺叟詩話를 통해,[42]

---

42) 허균(1569-1618)은 申光漢(1484-1555)의 死後 14년 뒤에 출생한 인물이다. 성수시화
    는 허균의 문집 醒所覆瓿稿 권25 說部 4에 실려 있다. 惺叟詩話引에 의하면 惺叟

成宗 明宗代의 시단에 있어 申光漢의 위치를 짐작할 수 있는 몇 가지 자료를 확인할 수 있다.

> 우리 나라의 시는 중종 때에 이르러 크게 이루어졌다. 容齋(李荇) 상공이 처음 시를 짓기 시작하고, 訥齋 朴祥, 企齋 申光漢, 沖庵 金淨, 湖陰 鄭士龍이 나란히 일세에 나와 불빛과 같이 빛나고 악기와 같이 높이 울렸으니 천고에 칭찬할 만하다.[43]

또한 中秋에 배를 長灘에 정박하고 지은 申光漢의 시를 인용하여, 맑고 빼어나며 우아한 정취(清絶雅趣)가 있다고 하였다.

> 외로운 배를 하루 갈꽃 핀 물굽이에 정박하니
> 두 길엔 맑은 강이요 사방은 모두 산일세
> 인간 세상에 어찌 오늘 같은 달밤이 없으리오 마는
> 백년동안 이 가운데의 달을 보기는 어려울 것일세[44]

이어 朴大丘에게 붙인 시를 인용하고 편편마다 모두 외울만하며, 비록 굳세고 기이한 점(確奇)은 鄭湖陰에 못 미치지만 맑고 쭉쭉 뻗은 점(清𥳑)은 그보다 낫다고 하였다.[45]

특히 위의 清𥳑하다는 평은 후대의 대부분의 사람들이 그대로 이어받고 있음을 볼 수 있다. 예컨대 金台俊은 朝鮮漢文學史에서 虛白 成

詩話는 그가 43세 되던 1611년 정월부터 세 달 동안(4월 20일)에 걸쳐 咸山에 유배되어 있는 동안 지었다.(허경진, 성수시화연구,『許筠의 詩話』, 민음사, 1982, p.228. 참고). 따라서 56년 뒤에 나온 셈이다.

43) 我朝詩至 中廟朝 大成 以容齋相 倡始而 朴訥齋祥 申企齋光漢 金沖庵淨 鄭湖陰士龍 竝生一世 炳烺鏗鏘 足稱千古也 (許筠,『惺叟詩話』, 대동문화연구소, p.233)

44) 申駱峯詩 清絶有雅趣 中秋 泊舟長灘曰 孤舟一泊狄花灣 兩道燈江四面山 人世豈無今夜月 百年難向此中看 (許筠,『惺叟詩話』, 상게서, p.234.)

45) 篇篇俱可誦 雖確奇不逮湖老 而清𥳑過之(許筠, 惺叟詩話, 상게서, p.235)

俔·訥齋 朴祥·駱峯 申光漢·芝川 黃廷彧을 일컬어 成宗 明宗代 詩
中四傑이라 하였고, 그는 "淸鬱한 詩句로 一時를 風靡하였다"고 평한
바 있다.[46]

崔海鍾 역시 槿域漢文學史에서 "世稱 企齋는 爲淸鬱하고, 湖陰은 主
西昆而又有唐人意云"이라 하여 동일한 평이 그대로 이어지고 있다.[47]

南龍翼(1628-1692)은 그의 壺谷詩話에서 "申企齋光漢之葩秀 余欲以
企齋敵司諫"이라 하였고, 任璟은 金錫冑의 평을 인용하여 "企齋申光漢
漁游明鏡 花粧層厓"라 하였다.

이러한 내용은 李家源의 韓國漢文學史에서도 확인할 수 있다. 또한
文璇奎는 秀逸로 표현하여, 두드러지게 우수함을 지적하였다. 나아가
世祖 후에는 徐居正과 金宗直이, 成宗代에서 燕山君 무렵에는 成俔이,
中·明宗代에는 朴祥 李荇 朴誾 申光漢이 가장 뛰어났음을 지적하였
다.[48]

申緯의 東人論詩絶句 중에도 이상의 평이 그대로 나타남을 볼 수
있다.

成俔과 朴祥은 奇健으로 내기를 하고
申光漢은 맑고 맑아 黃廷彧에 맞섰다
中宗과 宣祖 때 후진들이 개원과 천보라면
徐居正은 초당의 四傑과 같지[49]

李德懋의 靑莊館全書 雅亭遺稿 중 城市全圖에는 "뜬 남기(嵐氣)와

46) 金台俊, 『朝鮮漢文學史』(조선어문학회, 1931), p.129, p.131.
47) 崔海鍾, 『槿域漢文學史』(靑丘大學, 油引本, 1958), pp.236-237.
48) 李家源, 『韓國漢文學史』(보성문화사, 1987), pp.177-178.
    文璇奎, 『韓國漢文學史』(정음사, 1975), p.191.
49) 李丙疇, 『韓國漢詩의 理解』(민음사, 1987), p.292. 참고.
    許白訥齋角奇健 駱峯淸鬱抗芝川 中宣後進開天是 徐四佳如四傑前

따스한 취미(翠微)는 탁월한 필법이었으니, 학사 살던 집터 이름 企齋로다"라고 표현하였다. 이것은 곧 모든 景物은 주인 될만한 사람이 있을 때 빛이 나고, 그 사람이 없어지면 빛을 잃는다는 뜻을 申企齋에게 비유한 내용이다.50)

이처럼 靑莊館全書에 나타나 있는 바와 같이 조선조 후기에 이르기까지 申光漢에 대한 평가가 높깊게 이어지고 있음을 짐작할 수 있다.

이상을 종합해 보면 成宗 明宗代에 시를 논함에 있어서 申光漢은 각 사람의 평에 공통적으로 언급되고 있다. 또한 시에 있어서 淸絶 淸豐 葩秀 등 빼어나게 우수함을 공통적으로 지적하고 있다. 이러한 평가는 당대의 文學論에 있어서 시는 性情의 표현이며, 정감을 중요시한 결과로 보아진다. 결국 시에 욕심이 섞이지 않고 맑고 깨끗한 마음의 상태를 표현하여, 修身과 世敎를 목적으로 하는 靑澄碎落한 점을 그 특성으로 지적할 수 있다.

이제 作詩論에 있어서 內容面과 形式, 技巧面을 간단히 살펴보기로 한다. 申光漢의 경우 전자에 있어서는 用事와 蹈襲, 후자에 있어서는 練琢의 자세를 찾아볼 수 있다. 주지하고 있는 바와 같이 用事는 고사에서 뜻을 따라 좇는 경우를 말하고, 蹈襲은 用事와 관련하여 故人의 시 또는 시 짓는 태도를 모방하는 것을 말한다. 練琢은 作詩에 있어서 師友를 찾아가 묻거나 교정을 받는 것에 해당된다.51)

申光漢의 한시 중에는 인용고사가 방대하여 마치 文을 위한 詩와 같은 느낌이 드는 작품이 많이 눈에 띈다. 이것은 위에 인용한 바와 같이 朝鮮 前期의 作詩論에 있어 그 내용 면의 일 특성을 반영한 것으로 보인다. 또한 이것은 載道的인 效用論에 있어서, 윤리적 가치를 보

---

50) ― 浮嵐暖翠卓筆高 學士遺居齋名企 ― (靑莊館全書 IV 20권, 雅亭遺稿 12, 민족문화추진회, p.23). 각주 참고.

51) 鄭堯一, 「朝鮮前期의 詩學」(『한국고전시학사』, 홍성사, 1985), p.183, p.188. 참고.

다 높은 차원에서 문학적으로 구현하기 위한 방편으로, 교훈적인 典據
를 많이 인용한 탓으로 볼 수도 있다.

申光漢은 앞에서 예시한 바와 같이 처음 作詩하는 과정에 있어서
杜牧의 華淸宮 詩 排律을 배우다가 시 짓는 법을 알게 되었고, 말년에
이르러서도 지을 것이 있으면 반드시 이를 한번 욀운 뒤에 집필하였
다 한다. 그밖에도 成夢井의 病懷賦를 항시 한 통 써서 벽에 붙여놓고
읽었다고 한다.52)

月汀漫筆에는 申企齋는 무릇 시를 지을 것이 있으면, 곧 直講 申護
에게 보여서 그의 시정을 얻은 뒤에 세상에 행하였음을 적고 있다.53)
또한 淸江先生鯸鯖讚語에는 企齋集에 나오는 山齋卽事 중 夢凉荷寫露
一句를 얻고, 수년동안을 對句를 얻지 못하여 朴蘭을 만나 고심한 내
용이 나온다.54)

이러한 내용들은 바로 用事와 蹈襲 練琢의 좋은 예들이라 할 수 있
다.

나. 主題의 구현 양상

申光漢의 시는 만년에 이르기까지 평생에 겪은 많은 일들을 투영하
고 있기 때문에 작품의 양에 비례하여 그 소재에 있어서도 다양함을
보여준다. 따라서 소재 면이나 내용상의 특성을 간단히 몇 가지로 분

---

52) 淸江先生鯸鯖讚語 詩話(大東野乘 XIV, 民族文化推進會), p.423, p.428.
53) 月丁漫筆, 大東野乘 XIV, 상게서, p.332.
    企齋記異 跋文에서 확인한 바와 같이 申護는 企齋 申光漢의 門下生의 한 사람
    이다. 師友는 물론 문하생에 이르기까지 시를 닦고 연마하기 위해 묻기를 주저하
    지 않은 練琢의 면모를 충분히 엿볼 수 있다.
54) 淸江先生鯸鯖讚語, 大東野乘 XIV, p.419.
    이 詩話에는 朴蘭이 짝으로 지은 詩句를 쓰지 않고, 수년동안 구하지 못한 것으
    로 나온다. 그러나 실제 작품 중에는 朴蘭이 말한 衣濕夕生雲 그대로 되어 있다.

류하기에는 어려움이 뒤따른다. 그러므로 여기에서는 企齋記異와 관련하여 은거기간을 중심으로 그 특성을 살펴보기로 한다.

그의 생애는 成長期를 제외하면 그 변화의 굴곡에 따라 크게 두 시기로 구분 할 수 있다. 그것은 元亨里에 은거하던 15년 동안의 시기와 이를 경계로 관직에 머물러 있었던 전후의 시기가 이에 해당된다.

작품 주제의 변화 양상도 元亨里의 생활을 배경으로 창작된 작품과 관직에 머물러 있던 기간 중에 나타나는 작품과의 차이를 볼 수 있다. 물론 그밖에도 양 시기에 공통적인 양상을 찾을 수도 있으며, 전체적으로 보면 보다 다양하게 구분할 수 있다.

그런데 대부분의 작품의 경우 그 소재는 景物을 읊은 敍景詩와 感物抒情을 읊은 작품이 많다. 또한 즉흥적인 景物을 노래하거나 혹은 詠物托意한 작품도 많이 눈에 띈다. 특히 후자에 있어서는 꽃이나 대나무 새 등을 대상으로 한 작품이 많다. 그밖에 元亨里 생활이 아닌 관직에 있을 때는 <契會圖>가 수십 편 나오며, 많은 사람과의 왕래 교유 및 대인관계를 엿 볼 수 있는 작품이 상당 수 있다. 또한 관직을 옮기는 사람을 전송하며 臨別哀傷을 다룬 작품도 많다. 그밖에 挽詩도 많은 양을 차지한다. 한편 많은 곳을 紀行遊覽한 작품도 많이 있는데, 이 경우는 여러 수의 연시 형태로 된 작품이 많다. 또한 65題나 되는 많은 詠史詩를 남겨 해박한 지식과 교훈적인 주제의식을 보여준다.

이들 중 敍景과 感物抒情을 노래한 한 예를 보면 다음과 같다.

산밖에 외로운 마을에는 오가는 사람 적은데
눈 개인 강 길은 멀리 가느다랗게 뻗어 있네
밭 가운데 새는 나무를 쪼며 빈 숲을 즐기고
다락 위 사람은 짧은 난간을 의지하여 보는도다

은세계가 멀리 이어지니 넓은 바다가 끝없이 펼쳐지고
옥 같은 봉우리는 높이 솟아 있고 저무는 하늘은 차갑도다
앞 시내는 밤새도록 얼음집을 더하니
고기잡이 집에서는 옛 낚싯대를 한가로이 물리치네[55]

겨울 풍경이 한 눈에 펼쳐지는 繪畵的 敍景을 묘사하고 있다. 눈 온 뒤의 은세계와 그 앞에 펼쳐지는 강 길과 넓은 바다와 주위 배경이 정겹게 와 닿는다. 인적이 끊어진 어촌 마을의 한적한 정취와 숲 속의 새를 조화시켜 생동감이 부각된다.

다음은 許筠의 鶴山樵談에서 자신이 직접 밟아 본 후에 이 시의 절묘함을 알았다는 洞山詩를 예시해 보기로 한다.

봉래섬은 아득히 멀고 지는 해는 시름겨운데
흰 갈매기 날기를 다하니 해당화 핀 물가에 이르네
이제야 처음으로 바삭거리는 모래 길을 밟는 것 같지만
이십 년 전 옛 꿈에서 놀던 곳일세[56]

현실의 한계를 극복하기 위해 흔히 봉래섬은 道仙的 理想鄕의 경지로 묘사된다. 그러나 위에서는 해당화 핀 물가에 갈매기가 멈추고, 바삭거리는 모래 길이 펼쳐지는 배경이 이를 대신하고 있다. 오래 전부터 동경하던 낭만적 이상향임을 알 수 있다.

---

55) 山外孤村小往還 雪晴江路細漫漫 田間鳥啄空林樂 樓上人憑短檻看
　　銀界遠連滄海闊 玉峰高拱暮天寒 前溪一夜層氷閣 閑却漁村舊釣竿(竹西樓)
　　　　위와 같이 竹西樓를 대상으로 읊은 시가 竹西樓 八詠을 비롯하여 여러 수 보인다. 大東詩選 권2, pp.112-18에도 申光漢의 시가 18수 수록되어 있는데, 이 작품도 포함되어 있다.
56) 蓬島茫茫落日愁 白鷗飛盡海棠洲 如今始踏鳴沙路 二十年前舊夢游
　　　　許筠, 鶴山樵談, 『許筠全集』, 대동문화연구원, p.363.
　　　　이밖에도 許筠의 『惺叟詩話』에는 申光漢의 시 4首가 실려 있다.

다음은 元亨里에 은거하면서 詩文으로 소일하던 시기의 작품을 중심으로 주제별 양상을 종합하여 살펴보고자 한다. 元亨里 은거 시기의 작품은 그 생활상과 심회를 다양하게 형상화하고 있다.

먼저 은거기를 배경으로 창작된 작품 중에는 歸田隱居 物外閑適 安貧樂道를 주제로 하여 현실적 갈등을 초극하고자 함을 볼 수 있다. 元亨里에서의 생활자세를 좀더 자세히 알려주는 대표적인 시로 驪江 元亨里에 卜築하고 지은 元亨里 敍事 三十韻이 있다.

이 작품도 다른 양식의 작품에서와 마찬가지로 먼저 "丹忠向北辰"의 표현과 같이 向主丹心을 보여준다. 그러나 벼슬을 그만두고 元亨里에 은거하게 된 자신을 돌아보고, 자신의 道를 마침내 어디에 의탁할 것인가를 돌이키며, 浮名은 스스로를 더럽힐 뿐임을 깨닫는다. 계속하여 이어지는 내용을 보면 巢父나 許由와 같이 逸民이 되고자 함을 알 수 있다.

본래 마음에 스스로 병 됨이 없어서, 오히려 어진 풍속이 있는 마을을 구하리라
元亨里에 새로 집을 마련하니, 까마귀와 오리가 가까운 이웃이 되도다
芝草는 漢나라를 도망치지 아니하니, 桃花가 어찌 秦나라를 피하리오
삶에 堯舜에게 굴함을 만났으니, 마침내 巢父 許由와 더불어 친하리라[57]

또한 책을 벗삼아 屈原이 行吟澤畔한 것과 같이 이슬 맺힌 돌 연못에서 읊조리고자 하는 내용이 이어진다. 이와 더불어 名利를 멀리하고 자기수양을 즐기는 安貧樂道의 면모가 나타난다. 또한 逍遙할 뜻을 깨달으니 뜬 명예가 다 수고로울 뿐이요,[58] 어지러운 세상을 멀리한 채,

---

57) 本自心無病 猶求里有仁 元亨新卜宅 烏鴨近爲隣
芝草非逃漢 桃花豈避秦 生逢堯舜屈 終與許巢親
企齋集 권3, 驪江元亨里 敍事 三十韻(1책, p.68).

몸은 쑥대 사립을 편안히 여기고, 簞瓢에 즐거움이 있음을 묘사하였
다.59) 이와 같이 安分知足한 가운데 修身을 주제로 한 작품은 散文에
서도 많이 볼 수 있는 공통점이라 할 수 있다.

그밖에도 物外閑適 兄弟相思 客懷述懷 등을 주제로 한 작품도 눈에
띈다.

이를 종합해 보면 뒤에서 논하게 될 企齋記異의 경우와 동일한 주
제의식을 찾아 볼 수 있다. 崔生遇眞記의 경우는 失意한 文士의 隱逸
處士的인 주제를 담고 있다. 安憑夢遊錄과 書齋夜會錄은 자신의 수양
을 강조하고 安分知足하는 도리를 부각시킨 내용이라 할 수 있다. 이
러한 내용은 결국 詩에서의 物外閑適 安分知足 田園隱居 등의 주제의
식과 깊은 관련을 맺고 있다. 이를 통해서도 企齋記異는 주로 자신의
은거생활을 배경으로 창작된 작품임을 확인할 수 있다.

3) 散文文學

申光漢이 남긴 散文은 그의 企齋文集을 통해 다양하게 나타난다. 그
러나 이들 散文은 방대한 양의 漢詩에 비하면 얼마 되지 않는다. 企齋
의 산문 중에는 그의 生涯 및 思想의 변모와 人生觀 文學觀 등을 파악
할 수 있는 자료가 나타난다. 예컨대 論(五經論), 說(蜾蠃化螟蛉說, 圃
田合歡瓜說), 文(旱魃文), 序(皇華集序), 記(企齋記, 紹修書院記) 등을 통
해 이를 확인할 수 있다. 또한 한시와 마찬가지로 企齋記異의 형성배
경을 살펴볼 수 있는 자료도 발견된다. 여기에서는 문집에 나오는 散

---

58) (전략)悟得逍遙意 浮名摠是勞
　　企齋集 권3, 卜居偶吟(1책, p.98).
59) (전략)身安蓬蓽鶴巢樹 樂在簞瓢颺飮江(하략)
　　企齋集 권3, 閑中寓意 復用江韻(1책, p.91)

文의 전반적인 槪況만을 소개하고, 企齋記異의 형성배경을 살펴 볼 수 있는 구체적인 내용 및 企齋記異와의 비교 고찰은 다음 장에서 詳論하고자 한다.

企齋文集은 3권으로 되어 있는데, 권1은 辨(1편), 記(10편), 誌(1편), 說(2편), 論(1편), 序(7편), 箚(2편), 狀(2편), 碑銘 墓誌(4편)로 되어 있다. 권2는 碑銘 墓誌(8편)이고, 권3은 祭文(12편), 雜著 文(4편), 表箋(19편), 銘(2편), 歌謠(1편)로 되어 있다.

위의 다양한 양식 중 企齋記異와 관련하여 記 전편을 보면, 眞珠軒記 企齋記 泛槎亭記 驪州迎賓館御額記 公州復按舞亭記 俱慶堂畵鍾記 十一亭記 紹修書院記 嶺南樓重修記 凌波堂小記가 나온다. 이 중 企齋記에는 자신의 집을 企齋라고 부르게 된 이유가 나타난다. 나머지는 모두 亭 堂 樓 書院 등을 신축하거나 개축하고 지은 내용이다. 이 가운데 嶺南樓重修記는 申光漢의 祖父인 申叔舟에 의해서도 씌어진 바 있다.[60] 한편 硯銘 素屛銘 두 편의 銘이 나오는데, 이것은 위에 제시한 眞珠軒記와 더불어 企齋記異에 수록된 崔生遇眞記와 書齋夜會錄의 형성배경을 살펴볼 수 있는 좋은 자료가 된다.

이상에서 소개한 詩歌 및 散文 작품을 수록하고 있는 企齋集과는 별도로 전하는 企齋記異는 朝鮮 前期 소설사의 재인식과 문학사적 위치의 정립을 위해 간과할 수 없는 귀중한 자료라 할 수 있다. 企齋記異는 金時習이 남긴 金鰲新話의 맥을 이어 오랜 기간 소설사의 단절을 극복한 중요한 문화유산이며, 소설 발달사에 있어서 전대에 이미 존재했던 전통적인 문학장르를 고루 수용하고 있으면서도 傳奇體 假傳 夢遊錄 등의 새로운 변모 양상을 보여주는 점에서 주목된다. 이에 대한 본격적인 고찰은 아래에서 구체적으로 밝혀지게 될 것이다.

---

60) 東文選 VII, 民族文化推進會, p.78.

III. 企齋記異의 形成背景

1. 異本 검토

한 작품의 形成背景을 파악하기 위해서는 여러 가지 복합적인 요인이 다양하게 검토되어야 할 것이다. 本稿에서는 이러한 문제들을 검토하기 전에, 먼저 企齋記異의 異本들을 살펴보고 이들의 상호관계와 간행경위 및 企齋集과의 관계를 파악하고자 한다. 이를 토대로 企齋記異의 形成背景을 파악하고, 企齋記異가 前代의 文學的 傳統을 어떻게 수용 변모시키고 있는지를 분석하기로 한다. 이는 다음 장에서 논하게 될 企齋記異의 각 작품이 지닌 개별적 특성을 고찰하기 위한 선행작업이 될 것이다.

현재 확인된 企齋記異의 異本으로는 고려대 晩松文庫本과 서울대 奎章閣本, 일본 天理大 今西龍文庫本이 있다. 이에 대해서는 이미 蘇在英 교수에 의해 확인된 바 있다.

天理大學 今西龍文庫本 企齋記異는 표지를 企齋記라고 적고 있다. 86면 1책의 필사본인데, 첫 면에는 네 작품의 목록을 쓰고, 둘째 면부터 安憑夢遊錄(22면) 書齋夜會錄(20면), 崔生遇眞記(24면), 何生奇遇傳(19면)의 순서로 굵은 楷書體 달필로 필사하고 있다. 이 책의 하단에는 <1970년

天理圖書館>이란 정리인이 찍혀있고 말미에는 <今西文庫>라는 藏書印
만 찍혀 있을 뿐, 다만 도서목록에만 企齋集과 더불어 企齋記異를 <申光
漢 조선초>로 적어 놓고 있다. 한편 서울대학교 奎章閣에는 愁城志라 題
한 書目에 愁城誌와 더불어 書齋夜會錄 安憑夢遊錄 崔生遇眞記의 세 작
품이 필사되어 있는데, 권미에는 <仲秋永平梁園玩荷亭謄書>라 쓰고 필
사자인 듯한 李後詠印이 찍혀 있다.

　(中略) 규장각본의 필사지 <永平>도 企齋의 연고지 고양과 이웃인 점
에 착안하여 필자는 企齋記異가 申光漢의 창작일 것이라는 확증을 잡아
그 근거되는 문헌을 찾던 중, 高大晩松文庫本 貴重本 가운데서 木版本 企
齋記異를 발견하게 되었다. 97면 매면 9행 16자로 版心題는 記異라고만
새겼는데 내용과 순서는 今西龍文庫本과 같고, 권말에는 3면에 걸친 跋文
이 있다.[1]

　이들 중 목판본인 고려대 晩松文庫本을 좀더 구체적으로 보면, 版心
題는 記異인데 처음 表題는 企齋記異로 시작된다. 安憑夢遊錄(1-25면),
書齋夜會錄(25-48면), 崔生遇眞記(48-75면), 何生奇遇傳(75-95면) 순으로
되어 있으며, 跋文(97-99면)이 붙어 있음이 특징이다.[2] 이처럼 企齋記

---

1) 蘇在英, 전게논문(자료해제), pp.231-232.
　　위 異本 중 今西龍文庫本은 表題가 企齋記로 되어 있고 內題는 企齋記異로 시작
　되고 있는데, 企齋 文集 권1(6책, 12면) 記에도 企齋記가 있으나 이것은 齋를 企라
　고 명명한 이유에 대하여 기록한 내용이다.
　　한편 李家源,『韓國漢文學史』(보성문화사, 1987), p.213에도 芝峰類說 권7 경서부
　저술 부분에 소개된 申光漢의 企齋記異가 인용되어 있다.
2) 고려대 晩松文庫本 귀중본(도서번호 : 만송 귀 287).
　　이하에서는 편의상 작품 제목을 아래와 같이 약칭하기로 한다.
　　崔生遇眞記→<崔生> 何生奇遇傳→<何生> 書齋夜會綠→<書齋> 安憑夢遊錄→
　<安憑>
　　위의 자료중 晩松文庫本은 <安憑>(25면), <書齋>(24면), <崔生>(30면), <何生>
　(21면), 跋文(3면)으로 중복되는 면을 제외하면 총 99면이 된다. 한편 奎章閣本의 경
　우 愁城志는 26면(매면 10행, 1행 17-19자)이고, 나머지는 매면 10행 15자로 <書齋>
　(20면), <安憑>(24면), <崔生>(27면)으로 되어 있다.

異에 수록된 네 작품은 모두 20면 이상으로, 한문단편으로는 적지 않은 분량이다.

企齋記異에 수록된 작품 중 <安憑>과 <崔生>은 林明德編 韓國漢文小說全集 3권과 9권에도 소개되어 있는데, 奎章閣本을 대본으로 활자화하였다. 金起東編 古典小說全集 3권에도 奎章閣本을 영인한 <安憑>이 수록되어 있다. 그밖에 <安憑>을 번역 필사한 한글본이 발굴되어 崔勝範 교수에 의해 소개된 바 있다.[3]

작품의 올바른 이해를 위해 현재 발견된 위 세 異本의 상호관계를 검토하고자 한다. 목판본인 晚松文庫本, 필사본인 今西龍文庫本과 奎章閣本을 상호 비교해 보면, 필사본의 경우 필사과정에서 잘못 기록된 誤字와 누락된 부분이 상당수 발견된다. 그러나 필사본은 선행본을 단순히 再寫하는 과정에서 생겨난 誤記이며, 필사자가 의도적으로 원문에 첨삭을 가하거나 정정한 내용은 발견할 수 없다.

따라서 異本의 상호관계에 관해서는 표기 상에 있어 그 차이를 제시해 보기로 한다. 먼저 필사본인 今西龍文庫本을 晚松文庫本과 대조해 보면, 誤字와 누락된 부분이 여러 곳에서 발견된다. 수록된 작품 순서대로 잘못된 부분을 예시하면 다음과 같다.

安憑夢遊錄의 경우, 4면 8행(상) 奪目이 奪日로, 5면 5행(하) 再拜가 再三으로, 7면 2행(하) 不拜日等이 不拜日幕(募?)로 불분명하다. 또 7면 9행(하) 靑(衣)邀之의 괄호 안 누락. 9면 5행(중) 國色王出席이 正出席으로, 10면 1행(상) 結長(思)折贈의 괄호 안 누락. 12면 5행(상) 春寂寂이 春寂寞으로, 14면 4행(상) 燕脂(落)步의 괄호 안 누락. 19면 끝 행(하) 秋風(恨)不妄의 괄호 안 누락. 20면 3행(상) 心唯李白이 心惟李白으로,

---

3) 林明德 編, 『韓國漢文小說全集』 권3(동서문화원), pp.3-11. pp.116-123.
   金起東 編, 『古典小說全集』(필사본) 권3(아세아문화사), pp.465-488.
   崔勝範, 「안빙몽유록에 대하여」(전북대 국어문학 24집, 1984), pp.125-145.

20면 끝 행(처음) 板(便)의 괄호 안 누락. 23면 1행(중) 生自比下가 生自 是下로 되어 있다. 그밖에 3면 8행(상) 艶는 同字로, 7면 1행(하) 洒는 灑로 필사되어 있다.

書齋夜會錄의 경우도 여러 곳에서 誤字와 脫字가 발견되며, 글자의 순서가 바뀌거나 1행이상 누락된 곳도 있다. 예를 들면 27면 2행과 4 행의 경우 墨衣者曰이 墨者衣曰로, 三君倡乃詩曰이 君三倡乃詩曰로, 29면 4행 旣謂莫逆又憚(…) 物怪心의 (…) 사이에는 한 줄 이상이 누락 되어 있다. 그밖에 人이 今으로(33면 5행 2번째), 斯가 期로(33면 8행 하), 秋가 愁로(38면 끝), 答이 笑로(40면 5행) 誤記되어 있다. 37면 8행 에서는 祖가 이름을 짓고 父가 字를 지어, 名을 銳라 하고 字를 退之 라 하였다는 내용의 祖名之父字之가 祖名曰父字之로 되어 있어서, 뒤 의 내용과 더불어 정확한 이해가 필요하다.

崔生遇眞記의 경우는 57-58면이 59-60면에 그대로 중복되어 있어서 이에 해당하는 면이 누락되어 있으며, 그밖에도 여러 곳에서 誤字와 脫字가 발견된다. 이를 예시하면, 48면 8행(하) 一雙下飮湫가 不飮湫로, 52면 4행(하) 無禮若是耶(門者)의 괄호 안 누락. 53면 7행(중) 坐西床(一 着仙衣)一着道服의 괄호 안 누락. 54면 7행(중) 玄夫六人人持六策이 玄 夫人六人持策으로, 58면 3행(하) 轟轟(電)火馳의 괄호 안 누락. 62면 6 행(하) 道仙(山仙)曰兩君의 괄호 안 누락. 65면 4행(하) 眈山(水)妄意의 괄호 안이 누락되어 있다.

何生奇遇傳의 경우를 보면, 67면 5행(중) 昔從軍棄繡의 從軍은 終軍 의 잘못된 표기이다.[4] 또한 69면 7행(상) 寒煙蔓(草)零露의 괄호 안 누 락. 71면 4행(중) 自喜遂(敲)門의 괄호 안 누락. 75면 2행(중) 有客借門 이 待門으로 相異하다. 76면 2행(하) 今又至此昨上宰가 時上宰로, 78면

---

4) 이 부분은 晩松文庫本 奎章閣本 모두 從軍으로 표기되어 있으나 漢나라 때 終軍棄 繡의 고사가 잘못 표기되어 있다. (中文大辭典, 7책, p.336, 中華學術院印行. 참고).

1행(하) 有方石存焉이 焉存으로, 78면 4행(하) 爾其墓賊乎(生)重의 괄호 안 누락. 80면 5행(중) 父母固問이 父母問固로, 끝행(상) 夫人謀曰이 未人謀曰로, 81면 8행(중) 有背生之志가 有生背之志로, 82면 끝 행(하) 生死肉(骨)黃泉의 괄호 안 누락. 83면 2행(중) 好父兮(母兮)自命令의 괄호 안 누락, 4행(하) 邂逅(我)願我의 괄호 안 누락, 6행(하) 我之不忠(不)慈의 괄호 안이 누락되어 있다. 그밖에 72면 6행(중) 寡居(僻)陋客의 괄호 안은 同字인 壁으로 되어 있다.

한편 奎章閣本은 晚松文庫本과 今西龍本과는 달리 <何生>이 없으며, 그 대신 별개의 愁城志가 맨 앞에 첨부되고 <書齋> <安憑> <崔生>의 순서로 되어 있다. 특히 <安憑>의 경우를 보면, 그 동안 학계에 소개되어 왔던 본 奎章閣本에서는 같은 뜻으로 쓰이는 간단한 경우는 異音同意語로 고친 경우도 있으며, 역시 誤字와 脫字가 많이 발견된다. 먼저 52면 2행에서는 姓氏가 姓名으로 生又問이 生復問으로, 60면 6행 첫 자는 亦云이 亦曰로 되어 있다. 誤字인 경우를 보면, 62면 6행에서는 偏譴이 偏見으로 9행 끝은 猶가 有로, 64면 마지막 행은 本欲各言이 可言으로 잘못 되어 있다. 한편 68면 3행의 경우 詩經에 나오는 편명인 淇澳의 首章과 簡兮의 卒章이 淇澳首章 兮卒章으로 되어 있다.[5]

또한 59면에서는 裏가 裡인 俗字로 고쳐져 있으며, 53면 마지막 행 끝 부분은 李夫人之가 李父人來之로 첨가되어 있고, 72면 1행의 경우 靑鳥噪漕之가 靑鳥噪之로 되어 있다.

나머지 작품에 있어서도 누락되거나 잘못 표기된 부분이 여러 곳에서 발견된다. 이 경우도 今西龍文庫本과 마찬가지로 필사과정에서 잘못된 부분으로, 50여 곳에서 誤字와 脫字가 발견된다.

---

5) 林明德 編, 韓國漢文小說全集 권3(동서문화원, 1986), 9면에서도 그대로 소개되고 있으며, 번역 필사한 한글본에서는 이 부분을 비롯하여 여러 곳이 빠져 있다.

이를 구체적으로 보면 書齋夜會錄의 경우, 28면 6행(중) 稍가 梢로, 29면 7행(하) 相視而笑가 相視而嘆으로, 8행(상) 祀가 祀로(이 경우는 晚松文庫本도 마찬가지인데 의미상 祀가 타당하다고 본다). 30면 1행(하) 骨(滑)의 괄호 안이 첨가 됨. 31면 5행(하) 吟情一發이 吟詩一發로, 8행(상) 頭白尙堪이 白頭尙堪으로, 32면 4행(중) 吾所慕於子者가 吾所於慕子者로, 32면 끝과 33면 처음 사이에는 默衣者寡默若不得已於詩者乃吟曰부터 이하 3행이 누락되어 있다. 34면 2행(중) 二謂五(鬼)則少一子의 괄호 안 누락. 8행(하) 欲低斜影이 欲低敍景으로, 38면 3행(중) 如是安敢이 如此安敢으로, 3행(하) 以誣知已가 以誣(?)已로 불분명함. 40면 1행(상) 至秦(始)皇의 괄호 안 누락. 41면 끝행(상) 以亂毛氏之가 以難毛氏之로, 42면 3행(하) 娶以爲配가 娶而爲配로, 43면 6행(하) 擧世誰憐이 擧世雖憐으로, 45면 9행(상) 夜月明甚이 夜月甚明으로, 47면 2행(중) 有五德(奧)維明友의 괄호 안 누락. 3행(하) 墮緒大道가 墮維大道로, 8행(상) 吟淸談語가 吟淸語談으로. 48면 8행(하) 以是相(報)後의 괄호 안이 누락되어 있다.

崔生遇眞記에서는 74면 4행(상) 龍湫洞(龍湫)孰能의 괄호 안 중복. 76면 6행(하) 老僧張燈이 張空으로, 78면 2행(하) 被惡緣이 被惡然으로, 10행(중) 竊看(玄鶴一雙下飮湫)玄鶴의 괄호 안이 다음 내용과 중복 됨. 79면 5행(중) 今子有不與老僧이 不如老僧으로, 7행(상) 無(隱)無若能爲의 괄호 안 누락. 80면 2행(상) (歟)若垂空의 괄호 안이 첨가됨. 8행(중) 嘆陀 悲嘯(一回踟躕)一回彷徨의 괄호 안 누락. 81면 3행(상) (寶)洞或可通等死(雖死)寶中可也의 괄호 안 누락. 82면 8행(중) 我亦爾王(賓之一也爾背何無禮若是耶門)者縮의 괄호 안 누락. 끝 행(상) 且出(可)少待의 괄호 안 누락. 83면 6행(상) (以九)種硫璃의 괄호 안이 (呪?)으로 됨. 끝 행(하) 狀貌가 貌狀으로. 84면 3행(중) 生(門)謁者의 괄호 안 누락. 88면 6행(하) 於萬億이 於億萬으로, 89면 1행(하) 鼓歲歲歌가 世世作으로, 2행

(중) 盤羅帝廚珍座飛瑤池가 盤羅廚帝珍飛座瑤池로, 93면 3행(하) 杖錫眞瑤池가 杖錫秦瑤池로, 7행(중) 人世益沾巾이 人世莫沾巾으로, 96면 1행(하) 皷雷가 雷皷로, 7행(상) 飮酒極歡이 飮酒樂極으로, 끝 행(상) 洞仙莞爾(笑)曰의 괄호 안 첨가, 끝 행(하) 足言歟仍이 足言歟乃로, 97면 2행(하) 蓬島가 蓬萊로, 7행(중) 一刀圭가 刀一圭로, 98면 끝 행(상) 內也(今)已數月乎의 괄호 안이 누락되어 있다.

한편 한글로 번역 필사한 <安憑>의 경우는 문맥이 통하는 범위 내에서 임의로 많은 곳을 생략하고 번역한 부분이 나타난다.

이상에서 異本의 상호관계를 고찰해 본 바와 같이, 晩松文庫本 이외의 두 異本은 필사과정에서 많은 부분이 잘못 표기되어 있다. 그러나 略字와 同意語 이외에는 의도적인 개작이나 첨삭은 보이지 않는다. 따라서 企齋記異의 異本 중에는 목판본인 晩松文庫本 이외에도 다른 선행본을 통해 필사했을 가능성도 없지 않다.

목판본인 晩松文庫本에는 跋文이 附記되어 있어서 企齋記異의 저자, 간행경위 및 동기, 작품의 성격, 간행시기 등을 종합적으로 확인할 수 있다. 이제 이를 소개하여 그 구체적인 내용을 살펴보고자 한다.

예로부터 不朽한 것이 세 가지가 있으니 立言(후세에 교훈이 될만한 말을 함)이 그 하나이다. 經史子集에서 내려 말할 때 齋譜와 稗官과 같은 것이 이것이다. 그러나 이러한 사람과 이러한 글이 한갓 언어문자의 末技에만 힘을 기울여, 돌아보건대 義理에 있어서는 아무 것도 없이 공허한 것이다. 尙論之士가 어찌 족히 취하리오.

企齋記異 한 질은 지금 贊成事 企齋 相公께서 지으신 바라. 상공께서는 일찍이 글쓰는 것에 즐겨 노닐매 奇異함에 뜻을 두지 않았다. 그러나 (企齋記異가) 그 奇異함이 없지 않으며 그 지극함에 미쳐서는 사람으로 하여금 기쁘게 하며, 사람으로 하여금 놀라게 하며, 어떤 것은 가히 세상을 잘 규범하며, 어떤 것은 세상을 일깨워, 그 백성의 떳떳한 도리를 붙들어 세

움으로써 명분 있는 가르침에 공이 있음이 하나 둘이 아니니, 보통소설과 同年으로 말할 수 없는 바라. 그것이 세상에 성행한다는 것은 확고한 일이다. 다만 사본이 와전된 것을 이어 와, 일을 좋아하는 자들이 병 되게 생각하는지라.

校書 著作 趙完璧은 나와 더불어 同年 進士니, 相公의 門下에서 같이 나온 제자이다. 하루는 예문각에서 모여 나에게 (企齋記異의) 교열을 부탁하여 급히 판각하고자 함에 말이 미쳤다. 나는 곤란하다고 여겨 그대의 이 舉事는 심히 좋으나 가만히 생각하건대 상공께서 바야흐로 예문관을 거느리시니 그 내용을 알지 못하는 사람들이, (책을 간행하는 것이) 상공의 뜻에서 나왔다고 할 것 같으면 혐의스럽게 되지 않겠는가 하여 안 된다고 말하였다.

(趙完璧은) 상공께서는 功名과 事業이 조정에 제일가고, 道德과 文章이 儒林들을 다 옷 입힐 수 있으니, 이제 이 편(企齋記異)을 평생 저술하신 것과 비교할 것 같으면 泰山의 한 터럭에 불과할 뿐이니 어찌 족히 상공을 위하여 輕重을 따지겠는가? 사람으로 더불어 즐거움을 같이 하고자 하는 것은 나의 본래의 뜻이요, 나는 차마 그것을 감추어 나오지 못하게 할 수 없는 바라. 古詩에 가로되, 「一代는 여러 사람이 아니라」 했거늘 내가 어느 겨를에 혐의되는 것을 가리리오.

나는 趙完璧의 말이 옳다 하였다. 이로 인해 그 때에 한 말을 간략히 서술하여 跋文을 삼는다.

(時 嘉靖 紀元之 三二年 孟秋 望後 三日 門人 校書館 別提 申濩 謹百拜 以書)[6]

위에 소개한 申濩의 跋文 안에 企齋記異의 저자와 작품의 성격, 간행동기와 경위, 간행시기 등이 자세히 나타난다.

먼저 企齋記異의 저자가 申光漢임을 분명히 알 수 있다. 이것은 마지막에 나오는 嘉靖 紀元 32년(1553)이라는 간행시기와 더불어 贊成事

---

6) 다른 異本과 달리 晩松文庫本은 企齋의 門下生인 申濩의 跋文이 있음이 특징이다.

企齋 相公이라는 내용을 통해 확인된다. 生涯에서 살펴 본 바와 같이 1553년은 申光漢이 70세의 나이로 議政府左贊成에 제수 되었으며, 또한 几杖宴을 하사 받고 耆老所에 들어간 해이다.

또한 企齋記異의 문학적 성격과 주제의식이 나타난다. 企齋記異는 사람들로 하여금 기쁨을 줄 수 있을 뿐만 아니라, 세상에 규범이 될만하고, 民彝를 돈독히 할 수 있으며, 명분 있는 가르침(儒敎)에 공이 있음을 지적하고 있다. 따라서 보통소설과는 같이 취급할 바가 아니며 세상에 성행하는 것이 확고한 일이라고 하였다. 이것은 企齋記異 전편을 통해 확인할 수 있다. 특히 <安憑>과 <書齋>를 살펴보면, 儒家的 理想과 修身을 강조하는 문학적 성격이 부각되어 나타난다. 이를 통해 조선 전기 사대부 文學觀의 일면을 살펴볼 수 있다. 企齋記異에 수록된 작품들이 유교적 질서를 일탈하지 않는 범위 내에서, 새로운 가치관을 추구하고 이를 모색하고 있음을 볼 때, 申光漢은 조선 전기의 전통적인 載道的 文學觀을 더욱 확고히 하고 있음을 보여준다.

간행동기와 경위를 보면, 이미 세상에 다른 寫本이 와전되고 있었음을 말해준다. 전술한 바와 같이 목판본인 晩松文庫本, <安憑> <崔生> <書齋>가 수록된 奎章閣本, 일본 今西龍文庫本, 그리고 <安憑>의 한글 필사본 등을 통해서도 이를 확인할 수 있다. 결국 企齋記異는 1553년 목판본으로 간행되기 이전에 세간에 전하고 있었으며, 이미 그 이전에 창작되었음을 말해준다. 그런데 寫本으로 잘못 전해왔기 때문에 이를 병 되게 생각하는 사람이 많아, 企齋의 門下生인 趙完璧과 申濩에 의해 誤記되어 잘못된 곳을 바로잡고, 세상 사람들로 하여금 즐거움을 같이하고자 간행하였음을 알 수 있다.

마지막으로 간행시기를 1553년 7월 18일로 구체적으로 밝히고 있는데, 企齋 申光漢이 1555년 11월 2일 72세를 일기로 세상을 마쳤으므로, 이에 앞서 2년 전인 70세에 간행된 셈이다.

따라서 다른 異本이 발견될 수도 있겠으나, 다른 異本은 전에 와전되던 寫本이거나 晚松文庫本을 그 대본으로 하였을 가능성이 높다.

2. 企齋集과의 관계

다음은 申光漢의 문집인 企齋集과 企齋記異와의 관계를 살펴봄으로써 企齋記異의 形成背景을 살펴보고자 한다. 企齋集에 수록된 漢詩 및 賦와 散文 등을 살펴보면 企齋記異의 작품에 나오는 소재, 배경사상, 창작배경 등을 고찰할 수 있는 자료를 확인할 수 있다. 먼저 한시를 통해 그 연관성을 살펴보면, 企齋集에 수록된 漢詩 중에는 企齋記異의 安憑夢遊錄과 書齋夜會錄에 나오는 詩文과 동일한 소재들이 발견된다.

安憑夢遊錄은 꽃을 의인화한 假傳와 夢遊錄의 양식이 혼합된 독특한 작품이다. 이에 대한 구체적인 논의는 본론에서 詳論하기로 하고, 우선 이 작품의 형성배경을 짐작할 수 있는 자료를 살펴보기로 한다. 安憑夢遊錄은 주인공 安憑이 꿈속에서 花草王國을 체험하고 覺夢 후 이를 계기로 더욱 자신의 수양에 전념하는 내용을 보여주는 작품이다. 그런데 다음에 인용된 한시 안에는 실제 꿈속에서 이와 같은 異境을 체험한 내용이 나온다.

癸酉夏 夢遊異境 庚辰春 出守三陟 行入旌善 江山所歷 惋若昔至 惕然異之 乃舊日夢華遊也 噫 人之去就 豈有數存焉 戲書一絶云

淸江白石尙依然 遙拜靈君禮百神 再入鳳城人不識 孰兮塵世夢非眞[7]

---

7) 企齋別集 권2(8책, p.72).

위의 인용문을 보면 1513년(癸酉, 30세) 여름 꿈에 異境에서 놀았는데, 1520년(庚辰, 37세) 봄에 강원도 三陟府使로 到任하는 길에 旌善에 들려, 강산을 지나면서 보니 놀랍게도 마치 옛날에 와본 것처럼 느끼게 된다. 이를 괴이하게 여겨 생각해 보니 전에 꿈속에서 화려하게 놀던 모습과 일치함을 깨닫게 되는 내용이다.

安憑夢遊錄은 이와 같이 자신의 夢遊 체험과 강원도를 지나면서 느낀 봄의 배경을 바탕으로, 三陟府使에서 물러난 뒤 지나간 과거와 소외된 현실을 소재로 하여 오히려 修身을 강조하기 위해 창작된 것으로 보아진다.8)

또한 安憑夢遊錄에 나오는 의인화된 꽃은 대부분의 경우 漢詩에서도 그대로 소재로 다루고 있다. 漢詩에는 여러 가지 꽃들을 심고 이를 玩賞하며 지은 시들이 많이 나타난다. 安憑夢遊錄은 이들 꽃을 중국의 역사적 인물로 의인화하고 있는데, 이 인물들도 역시 詠史詩를 비롯하여 많은 漢詩들에 자주 등장한다.

다음에는 書齋夜會錄의 창작시기 및 사상적 배경과 동일 소재를 보여주는 企齋集과의 관계를 살펴보고자 한다. 이 작품은 그 내용상 文房四友를 의인화한 假傳 양식을 원용한 自敍傳的인 작품이라 할 수 있다.

書齋夜會錄의 도입부분에는 歲在大荒落 仲秋 望前二日이라 하여 작품의 시간적 배경이 나타난다. 여기에 제시된 大荒落은 두 가지 의미로 생각할 수 있는데, 하나는 크게 거칠고 아주 쓸쓸하다는 의미이며, 다른 하나는 곧 巳年을 말한다. 그런데 書齋夜會錄이 自傳的인 내용의

---

8) 安憑夢遊錄에서는 桃花源記와 같은 경관을 묘사하고 있는데, 뒤에서 논하게 될 眞珠軒記를 보면, 三陟府使로 나아가는 중에 觀音峽을 지나 桃源景을 뚫고 頭陀嶺에 이르는 과정이 나온다. 이처럼 桃源景으로 인식된 배경묘사는 三陟府使로 있으면서 보게 된 경관을 소재로 하였음을 알 수 있다.

작품인 점으로 보아 元亨里 생활을 배경으로 창작된 것으로 보아진다. 이와 관련하여 후자의 巳年을 작가의 生涯와 비교해 보면, 38세인 1521년(辛巳), 50세인 1533년(癸巳), 62세인 1545년(乙巳)이 이에 해당된다. 물론 작품에 제시된 이 시기가 꼭 창작시기와 일치한다고 단정할 수는 없다. 그러나 그 내용상으로 보아 관직에서 물러난 후 元亨里 생활을 고려하면 1533년에 해당된다. 이렇게 본다면 혹 이 작품은 元亨里 隱居期를 배경으로 50세 이후에 창작된 작품이 아닌가 한다. 그의 生涯에서 살펴본 바와 같이 元亨里 은거 기간은 41세부터 54세까지 15년 동안에 해당된다. 38세는 관직에서 물러난 시기이며, 그후 55세 이후에는 다시 등용되어 계속해서 관직에 머물러 있었다. 62세 역시 張承憲의 遠接使가 되었고 正憲大夫 右參贊 兩館 大提學을 겸임하였다.

한편 이와 더불어 62세 이후 67세를 전후하여 창작되었을 가능성도 배제할 수는 없다. 書齋夜會錄의 도입부분에 제시된 漢詩에는 팔월 보름 이틀 전 저녁, 자신의 書齋를 나와서 이를 배경으로 그 심회를 적은 내용이 나온다.

그런데 이 한시에는 "停杯誰與問水輪"이라 하여, 술잔을 멈추고 누구와 달을 물어 보리오라는 내용이 나온다. 이와 동일한 소재가 企齋別集 권1에 나오는 七言律詩 2首에도 그대로 나타난다. 이 시에 附記된 내용을 보면 67세인 1550년(庚戌) 仲秋日 저녁, 駱峯 企齋에 홀로 앉아 水輪과 더불어 술잔을 대하는 심회를 묘사하였다.[9] 따라서 仲秋日이라는 시간적 배경과 水輪이라는 동일 소재로 볼 때는 50세 이후 67세를 전후하여 창작되었을 가능성도 시사해준다.

또한 書齋夜會錄은 老莊思想의 중심사상이라 할 수 있는 無와 一如

---

[9] 企齋別集 권1, 庚戌仲秋望夕 獨坐 駱峯企齋(8책, pp.34-35).
해당부분을 인용해보면 다음과 같다.
(前略)難抛流轉今宵好 獨與水輪對擧觴 嶠南何處共淸光(下略)

的인 사고를 바탕으로 한 同心 丹心 有形 無形 動靜 黑白 生假 死眞 無身 등을 소재로 寓言의 문학적 효과를 잘 활용한 작품이다. 이와 같은 소재 역시 漢詩와 散文 등을 통해서도 쉽게 확인할 수 있다. 그밖에 顔回와 交遊하며 安分自足하는 修身의 자세가 賦와 記 漢詩 가운데 자주 나타나는데, 이러한 소재 역시 書齋夜會錄에서도 찾아 볼 수 있다. 이들에 대해서는 본론에서 상론하기로 한다.

企齋集에 나오는 記와 銘을 통해서도 崔生遇眞記와 書齋夜會錄의 형성배경과 사상적 배경을 살펴볼 수 있는 자료가 확인된다.

崔生遇眞記의 경우는 강원도 三陟에 있는 頭陀山을 배경으로 神仙思想을 바탕으로 한 주제의식이 부각되어 있는 작품이다. 漢詩에 있어서도 神仙思想에 관련된 소재들이 많이 나타난다. 그뿐만 아니라 頭陀山을 비롯하여 그 주위의 경관을 배경으로 한 漢詩 중에는, 그 배경묘사에 있어서 崔生遇眞記의 형성과정을 짐작할 수 있는 동일 소재들을 찾아 볼 수 있다. 이를 통해 三陟府使로 부임한 이후 창작된 작품임을 알 수 있다. 특히 이것은 문집에 나오는 眞珠軒記를 통해 좀더 구체적으로 확인된다. 그러므로 崔生遇眞記의 경우는 眞珠軒記를 중심으로 漢詩와 같이 논하고자 한다.

眞珠軒記는 申光漢이 37세 되는 해인 1520년 강원도 三陟府使로 부임된 후 이를 배경으로 작성된 내용이다. 그런데 生涯에서 살펴본 바와 같이 申光漢은 1520년 三陟府使로 부임한 후 곧 이어 그 해에 다시 면직되고, 다음 해에 削職되었으니 일년이 채 못되는 동안 三陟府使로 있었음을 알 수 있다.

眞珠軒記에 나오는 내용에 의하면, 1520년 정월 老母를 편안히 봉양하기 위해 힘써 外職을 자원하여 眞珠古府(三陟府使)를 맡게 된 내용이 나온다. 竹西樓는 眞珠府에 있는데, 江湖의 먼 곳에 처하는 것은 비록 옛 사람이 걱정하는 바이지만, 한편 그윽이 기쁨이 있다고 하였다.

이에 仲春(2월)에 서울을 떠나 3월 1일에 到任하였는데,[10] 그 경유하던 곳의 빼어난 경관이 잘 묘사되었다.

星摩를 넘고, 觀音峽을 지나, 桃源을 뚫고, 花遷을 지나, 頭陀嶺에 올라 동쪽으로 渤海에 다다르니 거의 方丈山을 바라볼 수 있었다.[11]

企齋記異에 나오는 崔生遇眞記도 頭陀山을 배경으로 하고 있는데, 眞珠軒記에 보면 眞珠府에서 頭陀嶺까지의 거리가 40여 리로 나타난다. 두타령에서 내려와 진주부에 들어가니 쇠잔한 성과 옛 사당에 교목이 가리어 다만 슬픈 심회마저 자아냄을 보여준다. 그후 현지에 부임하자 제일 먼저 竹西樓를 찾았음을 알 수 있는데, 그 경관의 묘사는 崔生遇眞記의 배경묘사와 흡사하다.

제일 먼저 竹西樓를 찾으니, 죽서루는 城 서쪽 높은 낭떠러지에 위치하고 있다. 위로는 이 丹崖로 인하여 城을 이루고, 밑으로 못을 굽어보니 50개나 되는 내가 합류하는 곳이다. 頭陀嶺은 푸르고 太白은 가팔라서 洞壑 수백 리가 연이어 뻗쳐 있고, 강 위에 이르러 갑자기 끊어진 곳이 있으니 南山이라 한다.[12]

참고로 崔生遇眞記에 나오는 배경묘사 중 몇 가지 예를 인용해 보기로 한다.

---

10) 正德十五年 春正月 以親老便養 力求補外 得宰眞珠古府 所爲竹西樓 乃府之有也 江湖處遠 雖古人所愛 亦窃有喜焉 是年仲春 離京師 越三月初吉乃莅 其途道所經 江山環觀 固已衆矣(企齋文集 권1, 眞珠軒記, 6책, pp.8-9)

11) 至於踰星摩 歷觀音峽 穿桃源 過花遷 登頭陀嶺 東臨渤海 庶幾望方丈山 (眞珠軒記, 상게서, p.9)

12) 首訪竹西樓 樓在城西丹崖 上因崖爲城 下臨潭 五十川所合流處也 頭陀蒼翠 太白巃嵷 洞壑數百里 灑邐而來 至江上 斗斷者 曰南山(眞珠軒記, p.9)

眞珠府西 有山曰頭陀 山之勢 北控金剛 南把太白 其嵷礴穹窿 中豁天衢
者 界爲嶺東西 山之高不知其幾仞也

撥葉俯視則 其下皆蒼蒼然水也 一邊稍近岩崖 惟惟拮据 向崖而行至則 崖
石斗斷 有蘿一條 裊裊而垂 攀援曲僂 一步九踚 上皆壁立 更無着足

遂尋寶而入 但黑闇不辨物色 而步步鏘然 若金沙玉礫

　이밖에도 崔生遇眞記의 導入部나 용궁세계에 들어가는 과정의 배경
묘사는, 眞珠軒記의 내용을 좀더 허구적으로 긴장감 있게 묘사하였음
을 알 수 있다. 위의 인용문 중 마지막에 나오는 걸음마다 금모래 소
리처럼 들리는 배경묘사는 漢詩에서도 찾아 볼 수 있다.[13]
　眞珠軒記에서도 맑은 모래와 흰 돌이 찬연히 시원스럽고, 안개와 구
름이 빗겨나는 모습은 마치 아름다운 미인을 만난 것 같이 기쁘지만,
가까이 가서 볼 수 없음을 안타깝게 표현하였다. 계속하여 사방을 구
경하며 인간 세상에 이와 같은 경관이 있음을 감탄하게 된다. 이윽고
난간이 꺾여 휘어진 곳에 위치한 樓를 보니 단청한 색상은 희미하게
되었고, 좌석에는 먼지가 쌓이고 박쥐의 흔적만을 보게 된다. 童子로
하여금 그 까닭을 물으니, 전에 眞珠府伯으로 와 있던 南順宗이 처음
으로 新館을 지은 이후로, 그 水軒의 아름다움이 樓보다 나아서 그 뒤
로는 사람들이 이 곳에 올라와 조망하는 일이 드물게 되었음을 듣는
다. 水軒은 竹西樓 서쪽에 둘러 있는 仙路라는 길을 몇 십 보 지나서
위치하고 있다. 또한 이곳은 죽서루에 비해 올라가는 층계가 높고, 집
처마가 나는 듯이 추녀를 이어 있고, 複閣과 廊廡와 疱廚 등을 새롭게
만들었음을 보여 준다.

―――――――――――――

13) 金沙棼棼玉錚鳴 碧海波明夕照橫 騎馬踏殘新步障 却疑身向石家行
　　企齋別集 권2, 鳴沙路海棠盛開(8책, p.75)

이에 竹西樓는 일찍부터 嶺東의 山水 중 아름다움을 독차지하였고,
또한 水軒을 새로 지어 樓보다 아름다움이 있으나, 일찍이 이에 대해
한 사람도 글을 남긴 사람이 없었음을 안타깝게 여기는 내용이 이어
진다. 마침 監司 洪景霖이 글을 부탁하여 처음에는 겨를이 없다고 사
양하였지만, 그후 자신이 처음으로 이곳을 배경으로 四律을 지었음을
적고 있다. 특히 대부분의 사람이 한 계절만을 보고 시를 읊어 四時까
지 미치는 자가 적은 반면, 자신은 봄에 이곳에 부임하여 차츰 여름을
지나고 秋冬을 지나는 동안 逍遙한 바 있어 이들과는 다른 입장임을
밝히고 있다.

마지막 부분을 보면 維年 仲冬 有日이라 하여 겨울에 기록한 것임
을 알 수 있는데, 전반적인 내용으로 보아 1520년 3월 眞珠府에 부임
한 후 그 해 겨울에 지은 듯하다.

특히 위에서 竹西樓와 水軒을 보고 자신이 처음으로 四律을 지었다
고 하였는데, 崔生遇眞記 역시 頭陀山과 이들의 경관을 바탕으로 하여
지은 작품임을 알 수 있다.

崔生遇眞記에서는 위에서 본 배경 묘사가 神仙思想을 배경으로 좀
더 허구적이고 긴장감 있게 묘사되었다. 전래한 神仙思想을 바탕으로
독창성 있게 재구성한 작품이다. 역시 眞珠軒記의 처음에 나오는 다음
내용을 통해 申光漢의 神仙思想에 대한 깊은 관심을 짐작할 수 있다.

예로부터 일컫는 方丈山은 三韓 밖에 渤海 중에 위치하고 있어, 嶺東과
가까운 곳에 위치한다. 神仙의 신비한 자취가 이따금 존재하니 어찌 山水
의 아름다움으로 인하여 옛적에 이렇게 칭하였겠는가. 평소 서울에 거주
하면서도 일찍이 泉石의 뜻이 있어, 매양 사람들과 더불어 山水를 말함
에, 모두 嶺東이 최고라고 생각하고 竹西樓를 그 처음으로 삼았다. 일찍
이 한 번 그 사이에 눈을 붙여 나의 관람하는 것을 넓히고자 하였으나,

다만 직분이 金鑾에 매여 있어서 드나들며 侍從한 것이 팔구 년이라. 보통 때에도 주어진 일과로 기회가 주어지지 않는데, 하물며 멀리 海域을 조망함을 얻겠는가.[14)

崔生遇眞記에 부각되어 있는 神仙思想의 소재들은 漢詩를 통해서도 확인할 수 있다. 省洞先生의 시를 次韻하여 關東錄後에 쓴 시를 보면 이러한 배경사상이 더욱 구체적으로 나타난다. 이 시에서도 眞珠軒記에 나오는 神仙秘跡에 대한 고사나 永郎의 무리에 대한 관심이 표현되어 있다.[15)

그밖에 많은 시에서도 蓬萊 方丈 등을 비롯하여 神仙思想에 관계된 다양한 용어들이 빈번히 나타난다. 특히 崔生遇眞記의 결말부는 용궁을 떠나 올 때, 蓬萊에서 다시 만날 것을 약속하며 한 刀圭를 얻기를 청하는 내용이 나온다. 이와 같은 소재가 趙季任과 洪明仲에게 瓊玉膏를 구하고 쓴 한시를 통해서도 확인된다.[16)

그밖에 頭陀山을 배경으로 한 詩 중에는 頭陀山에 中臺寺가 있었음을 보여준다. 또한 그 가운데 崔同年을 만나 이를 대상으로 쓴 시도 몇 수 있다.[17) 崔生遇眞記의 경우는 無住庵과 證空禪師 崔生 등이 등장한다.

다음은 書齋夜會錄과 관련하여 銘에 대하여 살펴보고자 한다. 企齋

14) 古稱方丈山 在三韓外 渤海中 而嶺東爲近 神仙秘跡 往往而在 豈因山水之美 得是稱於古歟 平居洛京 寂有泉石之志 每與人談山水 多以而嶺東爲最 而竹西樓居其首 嘗欲一寓目其間 以博予觀 第以職係金鑾 出入侍從八九載 雖尋常使命且未授 況得遠眺海域哉(眞珠軒記, 상게서, p.8)
15) 企齋集 권3, 次省東先生登大嶺韻書關東錄後(2책, pp.17-20). 참고.
16) 韓湘道侶如邢尹 竝世洪君是葛洪 自有仙才從一念 未應眞訣契參同 膏成瓊玉東西伯 惠及刀圭老病翁 他日蓬萊歸去處 不妨聯鞚馭淸風 企齋別集 권1, 求瓊玉膏於趙甥季任兼示洪明仲兩公 一 詩以求之(8책, pp.18-19)
17) 中臺寺在頭陀山 居僧久絶煙火餐 猿愁鶴怨世月多 日夕西望空三嘆 企齋集 권5, 崔同年寓中臺寺見贈次韻答書(3책, p.15)

文集 권3에 나오는 硯銘과 素屛銘은 書齋夜會錄의 소재 및 교훈적인 주제와 밀접한 관계를 시사해준다. 書齋夜會錄은 文房四友를 의인화한 假傳 양식을 수용하여 寓言의 기능을 잘 활용한 自傳的인 작품이다. 또한 老莊思想을 배경으로 黑白 動靜 有無 등을 한 이치로 보고, 자기 성찰을 통한 修身과 교훈적인 의미를 부각시켰다. 이와 같은 특성은 硯銘을 통해서도 확인된다. 그 全文을 예시하면 다음과 같다.

介乎石 君子之吉也 靜而受動 仁智之用也 管子發揮 墨卿潤色 與傳斯道 功載竹帛 爾固孔氏之道也 吾亦願爾而私淑[18]

위의 인용문 중 앞부분은 周易의 雷地豫 卦에서 인용하고 있다.[19]
介石은 사람의 節操가 돌과 같이 굳은 것으로 풀이된다. 따라서 돌과 같이 굳은 것이 君子의 吉한 것이라는 위의 내용은, 이와 같이 돌보다 굳은 사람들의 節操를 교훈 삼기 위해 벼루에 비유하고 있음을 알 수 있다. 또한 靜하되 動함을 받는 것은 어질고 지혜로운 이가 쓰는 것이라 하였다. 仁靜은 仁者의 마음이 조용함을 말한다. 이를 바탕으로 행동을 신중히 해야 함을 우의하고 있다고 보아진다.[20]
管子가 붓을 휘두르고, 墨卿이 윤색하고 도를 전하여 공적이 역사에 기록되었으니, 벼루는 진실로 孔子의 무리라는 내용이다. 결국 이를 힘입어 孔子의 도리를 私淑하고자 하는 뜻을 담고 있다.

---

18) 企齋文集 권3, 硯銘(7책, pp.107-108).
19) 易經豫卦, 六二介于石 不從日 貞吉. 介于石의 介는 節, 또는 사이에 끼어 있는 뜻으로 해석하기도 한다. 于는 於 혹은 如의 뜻으로 새긴다. 그러므로 節操가 돌과 같이(돌보다) 굳거나, 機密이 돌 사이에 끼어 있듯이 굳게 지키는 것으로 풀이된다.
20) 이 부분은 論語 雍也篇에 나오는 知者樂水 仁者樂山 知者動 仁者靜 知者樂 仁者壽에서 응용한 듯하다. 書齋夜會錄에서는 動과 靜이 한 이치라는 老莊思想을 바탕으로 전개되고 있다.

또한 素屛銘은 論語의 繪事後素를 소재로 한 내용으로, 全文은 다음과 같다.

> 素其色質之美也 儉而不陋 君子之衛也 閑邪防逸 暗不可欺 終施繪事 于以爲資[21]

위 인용문에서는 희다는 것은 그 색의 바탕이 아름다운 것이요, 儉朴하되 비루하지 않는 것은 君子를 보위하는 것이라 하였다. 또한 邪慝한 것을 막고 안일한 것을 막아서 어두운 곳에서도 속이지 않으니, 결국 그림을 그리는 일도 여기에서 바탕을 삼았음을 나타내었다.

3. 文學的 傳統의 受容과 變移

企齋記異는 文學樣式 作品構造 表現技法 根源說話 등 여러 가지 면에서 金鰲新話를 비롯하여 다양한 전대 문학 작품의 영향관계를 짐작할 수 있다. 그러므로 그 形成背景을 파악하기 위해서는 전래한 문학과의 관계를 중심으로, 문학사적 배경 및 企齋記異에 수용된 文學的 傳統과 변모양상에 대한 검토가 선행되어야 할 필요가 있다. 이제 金鰲新話의 문학사적 위치에 대한 선행연구를 바탕으로 이를 비교 고찰하고, 또한 전래한 작품과의 영향관계를 종합적으로 개관해 보기로 한다.[22]

그 동안 조선조 초기 소설사에 있어 논의의 대상으로 삼은 대표적

---

21) 企齋文集 권3, 素屛銘(7책, p.108).
22) 金鰲新話에 대한 비교 분석은 薛重煥, 『金鰲新話研究』(고려대 민족문화연구소, 1983, pp.65-111)를 참고할 수 있다.

인 인물로 金時習(1435-1493), 林悌(1549-1587), 權韠(1569-1612), 許筠 (1569-1618) 등을 지적할 수 있다. 물론 그밖에도 부분적인 논의가 없진 않았으나, 본격적인 고소설 작품으로 정당한 평가의 기회를 인정받은 경우는 이들의 작품을 제외하고는 얼마 되지 않는다. 그 중 몇 가지 예를 보면 鄭汝昌 金時習 등과 친교가 있었던 秋江 南孝溫(1454-1492)의 경우, 허구적인 성격을 갖추고 있는 睡鄕記에 대해서는 道家的인 꿈을 형상화한 夢遊錄계통의 소설로 논의된 바 있다.[23]

月軒 丁壽崗(1454-1527)의 抱節君傳은 대를 의인화한 작가의 자서전적인 假託으로 고려조 의인문학을 그대로 답습하였으며, 조선 전기 의인소설 중 嚆矢격인 작품으로 간주되었다.[24] 한편 이 시기에 沈義의 大觀齋夢遊錄이 등장하여 비교적 많은 논의가 있었다.[25] 그밖에 일부 작가와 작품에 대한 단편적인 언급들을 참고 할 수 있다.

그러므로 企齋記異는 金鰲新話를 이어 본격적인 소설문학으로 손색이 없는 귀중한 문학유산인 점에서 문학사적 위치가 주목된다. 따라서 먼저 金鰲新話 및 剪燈新話의 문학사적 위치와 관련하여 企齋記異의 형성배경을 살펴보려 한다.

跋文을 통해 확인해본 바와 같이 申光漢의 企齋記異는 1553년에 간행된 작품이다. 金時習의 金鰲新話가 창작된 시기는 일반적으로 그가 金鰲山에 칩거하던 시기인 1465-1470년경으로 추정하고 있다. 따라서

---

23) 金昌龍, 「睡鄕記攷」(『韓國古典小說의 硏究』, 문예사상연구 1, 한국고전연구회, 1980), pp.89-98.
  李家源, 『韓國漢文學史』(민중서관, 1973), p.210. 참고.
  그밖에 秋江先生文集에 수록된 許翊傳 六臣傳 師友名行錄 등에 대한 논의를 참고할 수 있다.
24) 金光淳, 「月軒의 抱節君傳攷」, 『韓國擬人小說硏究』, 새문사, 1987, pp.321-337.
25) 沈義의 大觀齋夢遊錄은 大觀齋記夢 夢記 등으로 소개된 작품으로 동일 계열의 이본이며, 다만 附記에 차이가 있음이 지적된 바 있다. 柳鍾國, 『夢遊錄小說硏究』(아세아문화사, 1987), pp.10-11. 참고. 이 작품은 앞에서 언급한 바와 같이 張德順 교수의 고증에 따르면 1529년에 창작된 작품이다.

金鰲新話가 1470년 전후에 나온 것으로 볼 때 대략 80년 정도의 차이가 생긴다.

한편 明初 瞿佑(1341-1427)의 剪燈新話는 그 서문에 나와 있는 바와 같이 처음에는 剪燈錄이라 하여 洪武 11년(1378)에 40권으로 나왔으며, 그후 散滅되었던 것을 수습하여 永樂 19년(1421)에 작가 瞿佑의 교열을 받아 전 4권 21편의 剪燈新話가 간행되었다.26)

이렇게 보면 剪燈新話는 金鰲新話와 50년 정도의 시간적 차이를 두고 있으며, 企齋記異와는 130년 정도의 차이가 생긴다. 따라서 企齋記異의 形成背景에 있어서 이들 작품의 영향 및 발전적 계승을 쉽게 짐작할 수 있다. 薛重煥 교수는 金鰲新話의 形成過程을 당시의 문화적 환경과 외적 영향을 중심으로 분석하고, 전자의 경우 조선 초는 소설이 형성될 수 있는 충분한 내적 여건이 성숙한 문화적 상승기로, 많은 서적이 편찬 번역되었으며, 이와 더불어 麗末 鮮初의 설화 및 假傳類의 저작은 고소설 형성의 근간이 되었음을 지적하였다. 또한 문화의 主流的 성격을 이루고 있는 民本主義와 自主精神을 바탕으로, 전래한 문학적 전통을 수렴하여 발전적으로 형성되었음을 지적하였다.27) 이와 마찬가지로 申光漢의 탁월한 문학적 역량을 보여주는 企齋記異 역시 金鰲新話의 영향아래 이러한 시대적 변화와 문학적 전통을 발전적으로 계승하고 있음을 알 수 있다.

한편 일본의 경우 傳奇體 소설과 동일한 성격으로 명칭하는, 최초의 怪異(怪談) 소설인 伽婢子의 간행이 1666년임을 참고할 수 있다.28) 따라서 剪燈新話와 伽婢子의 거리는 대략 250년의 시차가 생기며, 金鰲新話

---

26) 한영환,『한·중·일 소설의 비교연구』(정음사, 1985), pp.22-23. 참고.
   朴晟義,「金鰲新話와 剪燈新話의 비교연구」,『古典小說 研究』, 국문학연구 총서 5, 정음문화사, 1984, p.126.
27) 薛重煥, 전게서, pp.65-111.
28) 한영환, 전게서, p.17.

에 비해 200년 이상이 뒤진 셈이다. 또한 企齋記異는 일본의 伽婢子보다 110년 이전에 나온 작품임을 알 수 있다. 伽婢子의 경우 13권 68편으로 후대에 이르러 양적인 팽창을 가져왔다. 그러나 이들 작품이 대부분 剪燈新話 剪燈餘話 그리고 金鰲新話를 번안한 작품이라는 점을 상기해 볼 때,[29] 뒤에서 상론하겠거니와 작가의 다양하고 독창적인 창작기법을 발휘한 企齋記異는 문학사적으로 중요한 위치에 놓여 있다.

선행된 많은 연구에서 지적된 바와 같이 剪燈新話가 이미 조선조초기에 전래하여 金鰲新話에 영향을 주었음은 자명한 사실이다. 이것은 또한 조선 후기에 이르기까지 지속적인 영향관계를 보여준다. 이들 영향관계에 대한 구체적인 고찰은 先學들에 의해 다양하게 논의되어 왔음이 주지의 사실이다.

金鰲新話에 대한 최초의 評說이라 할 수 있는 金安老의 龍泉談寂記에는,

    入金鰲山 著書藏石室曰 後世必有知岑者 其書大低述異寓意 效剪燈新話
    等作也[30]

라고 하여 剪燈新話의 영향관계를 언급하였다. 한편 李奎景의 五洲衍文長箋散稿에 나오는 剪燈新話에 대한 변증설을 보면, 후대에 이르기까지 吏文을 능숙하게 하기 위한 대본으로 전습하였음을 보여준다.

    지금 閭巷의 吏胥들이 오로지 익히는 것은 剪燈新話 한 책인데 이를 읽으면 吏文에 능숙하여지기 때문이다. 이는 刀筆吏의 熟習으로 志氣가 이미 그 속에 얽매였으니 굳이 책할 필요가 뭐 있겠는가.[31]

---

29) 한영환, 전게서, p.18. 참고.
30) 金安老, 龍泉談寂記(大東野乘 III. 民族文化推進會, 1971).
31) 李奎景, 『五洲衍文長箋散稿』 XIX(民族文化推進會, 1979), p.195.

企齋記異에 수록된 崔生遇眞記와 何生奇遇傳은 金鰲新話와 剪燈新話의 직접적인 영향관계를 짐작할 수 있는 작품이다. 물론 이러한 傳奇體의 영향 이외에도 전래한 설화들을 유기적으로 수용하고 있어 독창성이 인정된다. 安憑夢遊錄과 書齋夜會錄은 假傳과 夢遊錄의 양식이 혼합된 가운데 그 변이과정을 보여준다. 특히 金鰲新話의 영향은 金時習과 申光漢의 祖父인 申叔舟의 사이가 同抱之友로 가문간에 서로 내왕했던 사실을 통해 그 가능성을 시사해준다.[32]

그동안 金鰲新話에 대해서는 소설사에서 차지하는 비중이 높은 만큼 다양하게 논의되어 왔다. 특히 金鰲新話가 우리 나라의 본격적인 傳奇小說의 효시작이요, 고소설의 원류가 된다는 점에서 대부분 인식을 같이 해왔다.

> 金鰲新話는 前代의 說話 假傳를 繼承發展시켜 다음 本格的인 古代小說 淑香傳이나 洪吉童傳으로 導入하는 우리 나라의 本格的인 傳奇小說의 嚆矢요 古代小說의 모든 要求의 源流를 이루고 있는 것이니, 이는 마치 中國에서 唐의 傳奇小說이 前代의 說話를 받아서 다음 宋代의 白話小說로 引繼하는 위치에 서는 것과 마찬가지이다.[33]

또한 剪燈新話의 영향아래 이를 독창적으로 수용하여 향토색을 발휘하였으며, 인물, 풍속, 문장과 사상, 문체 등에서 진일보한 점을 지적하였다. 그 중 몇 가지 예를 보면, 다음과 같다.

> 그러나 金鰲新話에서 취할 점은 그가 한자로 표현되었을 망정 조선에 배경을 두고 朝鮮의 人物과 風俗을 그대로 묘사한 점에 있어서 본서의 성

---

32) 蘇在英,「申光漢의 崔生遇眞記攷」(숭실어문 5집, 1988), p.13. 참고.
   金時習,『梅月堂集』附錄 遺蹟搜補 秋江冷話 師友名行錄.
33) 鄭鉒東,『梅月堂 金時習研究』(신아사, 1965), pp.828-829.

가가 더욱 높고…가장 明白한 鄕土色을 發揮하고 自主的 정신을 보인 소설이 있다면 金鰲新話 아니고 무엇이랴[34]

金時習은 瞿佑의 作品을 完全히 吟味消化하여 自己의 血管속에 용해시켜 가지고 다시 創意에 의한 再創作이라는 점에서 가치가 있는 것이요, 또 전술한 바와 같이 絢爛한 文章과 能爛한 筆致로 풍부한 고사를 인용하여 가며 博學을 기울여 조선 操角界의 天荒을 파한 傳奇文學을 창출하였다는 것이며,[35]

瞿佑의 剪燈新話는 奇想天外의 創意的인 構成이 아닌 晋唐 傳奇小說의 일반 유형으로 非個性的인가 하면, 東峯의 金鰲新話는 작자의 기본정신을 작품세계에 昇華시킨 것으로 개성적인 작품이다.[36]

企齋記異 역시 상기 金鰲新話와 마찬가지로 전대의 문학적 전통을 수렴하여 발전적으로 계승한 특성을 지니고 있다. 이제 文學樣式 作品 構造 表現技法 根源說話 등을 중심으로 구체적인 특성을 살펴보고자 한다.

企齋記異는 전통적 문학양식을 고루 수용하고 있다. 그러나 이를 그대로 답습하지 않고 작가의 창의성을 가미한 독특한 유형의 작품을 창작한 점에서 발전적으로 평가할 수 있다.

우선 金鰲新話나 剪燈新話에 수록된 작품들의 表題를 보면 傳 記 志 錄 등 4종의 유형으로 분류된다. 金鰲新話에 나오는 작품의 경우 記가 2편이고 傳 誌 錄이 각각 1편이다.

記 : 萬福寺樗蒲記. 醉遊浮碧亭記

34) 金台俊, 『朝鮮小說史』(학예사, 1939), p.61.
35) 朴晟義, 전게논문, p.136.
36) 李在秀, 「金鰲新話攷」(『韓國小說研究』, 선명문화사, 1969), p.103.

傳 : 李生窺牆傳

志 : 南炎浮洲志

錄 : 龍宮赴宴錄

　이처럼 4가지 유형이 공통적으로 나오는 점에서 동일하다. 뿐만 아
니라 剪燈新話에 나오는 21편의 작품 중 記가 11편으로 가장 많고, 傳
이 5편, 錄이 3편, 志가 2편으로 분류된다. 따라서 양자가 記의 양식을
즐겨 사용하고 있음을 알 수 있다. 剪燈新話에 있어서는 記 傳 錄 志
의 순서로 큰 차이를 보여준다.

　한편 企齋記異에 있어서는 錄이 2편, 記가 1편, 傳이 1편으로 나타난
다.

錄 : 安憑夢遊錄. 書齋夜會錄

記 : 崔生遇眞記

傳 : 何生奇遇傳

　이상을 비교해보면 企齋記異는 錄이 2편인 반면 誌가 없음을 알 수
있다. 이것은 剪燈新話의 경우에서도 志라는 양식이 상대적으로 적은
것과 마찬가지로 그 양식의 수용 면에서 영향관계를 시사해준다. 문학
사적으로 볼 때 공통적인 변모 양상임을 짐작할 수 있다.[37]
　또한 이들 表題를 보면 書齋夜會錄을 제외하고는 安憑 崔生 何生과
같이 주인공과 주제를 상징할 수 있는 사건의 내용을 조화시켜 제목
으로 삼았다. 金鰲新話에서는 李生窺牆傳 한 편만 人名인 특색을 지니
고 있다. 특히 何生奇遇傳은 何生의 傳記的 내용을 기술하여 表題와

[37] 申光漢의 企齋文集 권1(규장각본 企齋集 6책)을 보면, 그 성격은 다르지만 역시 記
　가 10편으로 가장 많이 사용된 문학양식임을 알 수 있다. 그밖에 志 1편(再生契志,
　p.41)이 있으며, 說 2편, 辨 1편, 論 1편, 序 6편, 箚 3편, 杖 2편 등이 나온다.

傳의 문체가 일치함을 알 수 있다. 나머지 작품은 모두 짧은 기간에 주인공이 체험한 기록이라 할 수 있다.

그런데 企齋記異가 전래 양식을 수용함에 있어 剪燈新話나 金鰲新話에 비해 크게 다른 점은, 傳奇體뿐만 아니라 前代의 說話나 假傳 夢遊錄 등 소설에 대한 인식의 폭을 넓히고 보다 발전적인 변모양상을 보여주는 점이다.

企齋記異는 각 작품마다 독창적인 기법으로 독특한 유형을 새롭게 개척하려 한 점에서 공통점을 보여준다. 傳奇體 작품인 崔生遇眞記와 何生奇遇傳은 차츰 비현실적이고 傳奇的인 체제를 벗어나 현실성을 부각시키려 하였다. 특히 證空禪師나 卜師와 같은 현실 인물을 설정하여 傳奇的 요소를 차츰 극복하고, 현실과의 연장선에서 傳奇性을 탈피하려 한 점은 이를 잘 말해준다.

安憑夢遊錄과 書齋夜會錄은 각각 夢遊錄과 假傳 양식을 원용하고 있는 점에서 金鰲新話와 차이를 보여준다. 물론 金鰲新話에 있어서 南炎浮洲志와 龍宮赴宴錄의 경우 夢遊錄의 성격을 일부 갖추고 있다. 그러나 安憑夢遊錄의 경우 우선 그 題名에서 알 수 있는 바와 같이 金鰲新話와는 달리 이미 夢遊錄이라는 유형상의 분류를 시도한 점에서 그 차이를 인정하지 않을 수 없다. 또한 安憑夢遊錄은 꽃을 의인화하여 역사상 실존인물에 假託하는 假傳 양식을 동시에 수용한 점에서 이색적인 작품이다. 이러한 특성은 조선조 초기 소설사에서 假傳 양식과 夢遊錄의 변이과정을 보여주며, 전대의 문학양식을 그대로 답습하지 않고 독자적인 문학세계를 구축하려 한 점에서 독창성이 인정된다.

書齋夜會錄의 경우도 마찬가지로 文房四友를 擬人化한 假傳 양식을 원용하고 있다. 그러나 고려조 假傳 작품과는 달리 이를 계승 발전시켜 사건구성 면에서 소설로서의 체제를 고루 갖춘 自敍傳的인 형태를 보여주는 점에서 차이를 보여준다.

이와 같이 전래한 문학장르를 다양하게 수용하여 발전적으로 계승하고자 한 점은, 事件構成 면에 있어서도 마찬가지라 할 수 있다.

企齋記異는 각 작품이 독특한 구조와 의미를 지니고 있다. 각 작품의 사건구성을 보면, 安憑夢遊錄은 安憑이 의인화된 花草王國을 夢遊體驗한 구성으로, 入夢 覺夢과정을 갖춘 夢遊錄 작품의 일반적인 유형과 일치한다. 書齋夜會錄은 文房四友를 假託한 自敍傳的 구성이다. 崔生遇眞記는 崔生이 용궁에 들어가 眞人 眞境 즉, 神仙과 仙境을 체험한 사건구성으로 龍宮赴宴錄 및 水宮慶會錄과 做似한 구조이다. 何生奇遇傳은 何生이 再生한 여인과 정혼하여 행복한 결말을 보여주는 결구로 되어 있다. 그런데 이들 작품은 사건전개에 있어서 되풀이 되는 현실과 이상의 갈등을, 반복되는 초현실적 이상세계를 통해 제시하는 傳奇的 구조와는 구별된다. 예컨대 金鰲新話는 현실의 인간세계와 초현실계가 반복되는 가운데 인간과 幻神 혹은 神格人物이 교접하는 傳奇的 구조이다.

現實 → 超現實 → 現實 → 超現實
(不幸)　(幸福)　(熱望)　　(上昇) [38]

또한 金鰲新話는 현실 세계와 자아의 대립 갈등이 연속되는 구조로, 現實 → 理想 → 現實 → 理想의 양면구조로 분석된다.[39]

그런데 企齋記異는 각 작품에 따라 다양성을 보여준다. 傳奇體 작품인 崔生遇眞記와 何生奇遇傳은 現實 → 超現實(용궁, 무덤) → 現實의 구조이며, 安憑夢遊錄은 現實 → 夢遊世界 → 現實의 구조이고, 假傳 양식을 수용한 書齋夜會錄은 현실적인 배경에서 의인화한 文房四友와

---

38) 崔三龍, 『韓國初期小說의 道仙思想』(형설출판사, 1983), p.105.
39) 薛重煥, 『金鰲新話研究』(고려대 민족문화연구소, 1983), p.117.

주인공인 선비와의 交遊를 나타낸 평면구조라 할 수 있다.

특히 崔生遇眞記나 何生奇遇傳에서는 현실인물을 부각시켜 독창적인 額子構成을 시도하고, 비현실적 인물이나 배경에 있어서 傳奇體的 요소가 차츰 감소됨은 물론, 일상적 현실세계에서 도달 가능한 이상세계를 추구하고자 하는 사유체계를 보여주는 점이 특색이다. 따라서 초현실적 배경과 인물이 일회이상 반복되어 나타나는 前代의 剪燈新話나 金鰲新話와 차이를 보여준다. 崔生遇眞記는 도입 종결부에 꿈의 액자대신 證空禪師라는 현실인물의 이야기로 額子構成을 대신하였다. 또한 何生奇遇傳은 士大夫 艶情類 한문소설로서 전후기에 나온 同種의 작품에 비해 秀作이라 할 수 있는 작품이다. 何生奇遇傳은 조선조 유교 사회의 시대적 한계를 극복하고, 현실과의 연장선상에서 행복한 결말을 보여주는 現實(不幸)→超現實(理想鄕)→現實(幸福)의 독창적인 구조로, 소설사적으로 傳奇體의 변모과정을 보여주는 점에서 企齋記異의 독창적인 문학사적 위치를 한층 확고히 해준다.

安憑夢遊錄은 壬丙亂을 전후하여 등장한 본격적인 夢遊錄의 작품이 배태하게 될 발판을 마련한 작품이라 할 수 있다. 특히 꽃을 의인화한 고려조 假傳의 수법과 夢遊錄의 구조를 결합하여 새로운 유형을 추구한 점에서 작가의 독창성을 보여준다. 書齋夜會錄의 경우도 文房四友를 立傳한 假傳 작품의 변혁을 꾀함으로써 보다 소설적인 체제로 발전시킨 構造的 특성을 지닌다. 書齋夜會錄은 文房四友를 통해 작가의 自敍傳的인 擬人 假託을 시도한 작품이다. 특히 同種의 假傳類와는 달리 소재의 폭을 넓히고, 인물 사건 배경 등을 유기적으로 설정하여 본격적인 소설형식의 발전적 형태를 구축한 점에서 높이 평가된다.

다음은 表現形式 및 技法에 있어서 몇 가지 특성을 지적할 수 있다. 우선 두드러진 특성으로 企齋記異는 전편을 통해 공통적으로 漢詩가 삽입되어 있으며, 일면 詩가 사건전개에 중요한 기능을 담당하는 듯한 특성을 지니고 있다. 일반적으로 삽입한시는 사건의 발단과 전환의 계기를 예시하고 분위기 묘사 및 서정적 정서를 자아내는데 중요한 기능을 하게 된다. 이러한 삽입한시는 金鰲新話나 剪燈新話의 경우에서도 몇몇 작품을 제외하고는 공통적으로 나타난다. 그러나 企齋記異에 있어서는 假傳 양식을 수용하고 있는 書齋夜會錄의 경우도 마찬가지임을 볼 때, 일면 작가의 탁월한 詩文學的 역량을 시사해준다. 이와 더불어 문장수식에 있어서도 작가의 文才를 엿볼 수 있다. 작품 전편을 통해 보면 중국의 人物故事 및 詩文 등 다양한 典故를 적절히 활용하여 文飾의 깊이와 서정의 미를 더해준다. 이것은 한편으로는 表現技法에 있어서 진부한 점이라 할 수도 있으나, 독자로 하여금 보다 선명하고 구체적인 의미를 전달하기 위한 방편이라 할 수 있다.

登場人物의 행위와 人物性格 묘사에 있어서도 비현실성이 차츰 제거되고 있으며, 현실과 개연성을 맺게 한 表現技法은 傳奇的 성격을 벗어나는 발전적 변모양상이라 할 수 있다. 특히 企齋記異에 설정된 소외되고 불우한 처지의 주인공들은 자신의 처지를 단순히 운명적으로 처리하지 않고, 현실세계에서 다시 이를 극복하는 과정을 보여준다. 이것은 企齋記異가 작자의 生涯와 밀접한 관계를 맺고 있음을 시사해준다.

이러한 특성은 다음 인용문과 비교해 볼 때 전후기의 金時習과 許筠의 절충적 위치에 있는 입장을 발견할 수 있다.

또한 金鰲新話에서 작중인물들의 不遇한 처지가 運命的인 것으로 나타나 있거나 그 동기가 명확하지 않은 면이 있는 데 비해서 許筠의 소설에서는 주인공들이 不幸해진 동기가 명확히 제시됨으로써 矛盾된 사회에 대한 작자의 의식이 강렬하게 반영되어 있음을 볼 수 있다. 앞에서 언급한 대로 金鰲新話의 주인공들이 作者의 分身임에 비하여 許筠의 小說에

> 등장하는 人物들은 작자 자신의 모습이 아니라 作者가 관심을 가지는 주
> 변인물들이다. 金鰲新話에 비해서 許筠 소설에서는 <나>에서 <이웃>으
> 로 확대된 作家意識의 일면을 볼 수 있다.40)

주제의식을 표출하는데 있어서도 독자적인 문학세계를 구축하였음
을 알 수 있다. 申光漢은 사회에 대한 인식의 폭을 넓히고 새로운 가
치관을 실현하고자 한 작가라 할 수 있다. 그는 安憑 崔生 何生 그리
고 書齋夜會錄에 나오는 선비와 같이 모두 현실에서 소외되거나 불우
한 인물을 주인공으로 삼고 있다. 그러나 이들 등장인물들은 대부분
현실 안에서 自我와 理想과의 모순된 갈등을 극복하고 현실세계 안에
이상세계를 具現하는 주제의식을 담고 있다. 그 결과 현실에 대한 불
만이나 울분 등 부정적이거나 회의적인 현실 고발을 지양하고, 내적
省察을 통해 이상적인 가치의 삶을 추구하는 새로운 가치를 부각시켜
사대부로서 유학사상과 소설의 효용성을 조화시키고자 하였다.

예컨대 何生奇遇傳은 초현실계가 아닌 현실세계 안에서 애정갈등을
극복하고 행복을 추구하는 새로운 세계관의 확대를 제시한 사회적 의
미를 지닌 작품이다. 安憑夢遊錄과 書齋夜會錄은 부정적인 현실 고발
보다는 자기 성찰과 수양이 우선하며, 도덕적 교훈의식이 강조된 작품
이다. 이러한 특성은 企齋記異의 跋文에서 보여주는 바와 같이 儒家的
이상을 추구하는 작가의 文學觀과 깊은 관계가 있으며, 申光漢의 人生
觀 및 作家意識의 차이에서 비롯된 결과라 할 수 있다.

따라서 이것은 전대의 金時習이나 후대의 許筠의 작품과도 구분되
는 특성이다. 이것은 작가 자신 및 세태의 결함을 고발하고자 한 金鰲
新話와도 차이를 보여주며,41) 사회문제를 크게 중요시하고 현실 비판

---

40) 康奉根, 「燕巖小說의 人物研究」(전북대 박사학위논문, 1985), p.94.
41) 薛重煥, 『金鰲新話研究』(고려대 민족문화연구소, 1983), pp.228-230에서는 金鰲新話

적 성격이 강한 許筠의 산문문학과도 다른 차이라 할 수 있다.42) 특히
앞에서 인용한 바와 같이 金安老의 龍泉談寂記에 나오는 기록대로 金
鰲新話의 경우 石室에 감춰두고 후세에 알아줄 것을 기대했던 점과는
달리, 企齋記異가 申光漢의 생전에 세상에 간행되었던 사실과 비교해
볼 때 작가의식면이나 주제의식의 차이를 말해주는 좋은 대조라 할
수 있다.

根源說話 및 소재의 활용에 있어서도 전래한 문학적 전통과 영향을
보여준다. 企齋記異에 수용된 대표적인 설화로는 崔生遇眞記의 龍宮說
話, 神仙說話, 何生奇遇傳의 人鬼交歡說話 및 再生說話, 占卜說話 등을
들 수 있다.

위에 제시된 설화들은 전대의 많은 작품들에서도 흔히 볼 수 있는
보편적인 소재들이다. 이에 대해서는 이미 선행된 연구들을 통해 쉽게
확인할 수 있다. 崔生遇眞記에 수용된 龍宮說話 역시 동양에 널리 분
포되어 있는 설화로 직접적으로는 龍宮赴宴錄과 水宮慶會錄에서 그
영향관계를 찾을 수 있으며, 이에 앞서 그 연원을 거슬러 올라가면 印
度의 佛陀說話를 비롯하여 중국의 唐逸史 柳毅傳 龍女傳 輟耕錄 등
다양하게 나타난다.43)

神仙說話 역시 고소설에 두루 나타나는 설화로 그 연원은 黃帝의
시대에까지 거슬러 올라간다. 神仙思想에서 가장 핵심이 되는 것은 不
老長生 내지 永生不死를 꿈꾸는 것이며, 俗世를 超越하여 초연히 逍遙

　와 剪燈新話의 작가의식의 차이를 구분하여, 전자는 작가자신의 결함과 세상의
　결함을 고발한 문학이며, 후자는 권선징악을 목적으로 하였음을 지적하였다.
42) 李文奎, 『許筠散文文學硏究』(삼지원, 1986), pp.161-167에서는 許筠 산문문학의 특
　성을 4가지로 구분하고 있는데, 사회문제를 중요시 하고, 현실주의적 문학세계를
　지향하였으며, 현실비판적 성격이 강한 서민문학적 특성을 지니고, 사실주의적 정
　신의 산물인 점을 지적하였다.
43) 鄭鉒東, 『梅月堂 金時習 硏究』(신아사, 1965), pp.751-752.

自在할 수 있는 생활을 추구한다. 戰國 末葉에 유행하기 시작한 神仙
觀念은 혼탁한 세상을 피하여 더욱 믿음에 가까운 신념을 가지고 추
구되었다. 따라서 渤海 동쪽에 不死의 神仙과 神仙境이 존재하며 不老
草가 자라고 있다고 믿었다.[44] 이렇게 일어난 神仙思想은 道家의 莊子
와 列子에 의해 구체화되었으며, 역대 帝王의 관심과 더불어 더욱 성
하게 되었다. 한편 한국의 경우 檀君神話 및 揆園史話 靑鶴集 등을 통
해 일찍부터 神仙思想이 전래하였음을 확인할 수 있다. 예컨대 車柱環
교수는 檀君神話는 우리 上古의 山岳信仰과 神仙思想이 직결된다고
보았으며,[45] 揆園史話 檀君記는 上古時代 통치자를 道仙家로 그려 놓
았으며,[46] 靑鶴集에는 한국의 仙道가 桓人 眞人으로부터 시작되고 있
음을 피력하였다.[47] 또한 崔三龍 교수는 한국에는 上古代로부터 고유
의 仙家가 自生하였으며, 이 仙道는 韓民族의 文化的 信仰的 바탕이
되어 왔다고 보았다.[48]

何生奇遇傳에 나오는 人鬼交歡 설화는 金鰲新話 剪燈新話에서도 쉽
게 발견되는 설화이며, 唐代 傳奇 작품인 神女傳 靈鬼志 그리고 六朝
時代의 搜神記 등에도 흔히 나타난다. 뿐만 아니라 崔致遠傳 首揷石枏
桃花女와 鼻荊郞 설화 등에서도 이를 확인할 수 있다.[49] 占卜說話에
대해서는 蘇在英 교수에 의해 고찰된 바 있는데, 三國遺事 射琴匣條의
烏忌日 설화, 金庾信 설화 등 그 연원이 오래이며, 후대 소설에서 독특
하게 변형되었음을 지적하였다.[50]

---

44) 葛洪(金瑋永 譯), 『抱朴子』, 中國思想大系 7(大洋書籍, 1972), pp.59-60.
45) 車柱環, 『韓國道敎思想硏究』(서울대 출판부, 1978), p.32.
46) 崔三龍, 『韓國初期小說의 道仙思想 硏究』(형설출판사, 1982), p.150.
47) 北厓·趙汝籍, 「揆園史話·靑鶴集」(아세아문화사, 1976), pp.512-153.
48) 崔三龍, 「仙人說話로 본 韓國固有의 仙家에 대한 硏究」(한국언어문학 17·18, 1979).
49) 鄭鈺東, 전게서, p.582.
50) 蘇在英, 「何生奇遇傳」, 『國文學論藁』(숭실대 출판부, 1989), pp.81-83.

企齋記異에 수용된 이들 설화들은 사건전개에 따라 유기적으로 연관되어 주제를 부각시키는데 기여하고 있다. 예컨대 龍宮 체험을 서술한 崔生遇眞記는 전래한 神仙說話를 단순히 삽화형식으로 수용하지 않고, 자신이 체험한 사실적 배경을 유기적으로 결합하여 주제의식을 선명하게 해준다. 또한 龍宮說話도 보다 긴장감 있고 자세하게 묘사되어 있다. 何生奇遇傳은 傳奇體 작품에서 흔히 사용되는 人鬼交歡 모티프를 도입하였다. 그러나 何生奇遇傳은 죽은 여인이 再生하게 되는 과정과 이유가 구체적으로 묘사되어 있다. 따라서 숙명적으로 받아들여 이별과 만남의 과정만 간략히 묘사되는 다른 작품과 좋은 대조를 보여준다.

소재의 활용 면에서 보면, 書齋夜會錄은 文房四友인 紙筆墨硯을 폭넓게 수용하고, 주인공인 선비의 위치와 낡고 보잘 것 없는 文房四友와의 관계가 개연성 있게 연관되어 自敍傳的 의미가 부각되어 있다. 安憑夢遊錄의 경우도 꽃을 의인화한 假傳 양식과 桃花源記와 같은 배경묘사나 南柯一夢의 고사 등이 자신의 체험과 더불어 유기적으로 연관되어 있다.

이상을 통해 살펴본 바와 같이 企齋記異는 文學樣式 作品構造 表現技法 根源說話 등 전래한 문학적 전통의 영향아래 이들을 두루 섭렵하고 계승 발전시킨 독창적인 변모 과정을 보여준다. 뿐만 아니라 전대의 假傳 傳奇體 夢遊錄 형식을 독창성 있게 변용한 작품이다. 그러므로 조선 전기 소설사는 剪燈新話의 전래를 계기로 金時習의 金鰲新話가 나타나 본격적인 傳奇體의 정수를 보여준 이래, 다시 한 번 申光漢의 企齋記異에 이르러 새로운 전환기를 마련하였다고 할 수 있다.

이에 대한 구체적인 특성은 다음 장에서 밝혀지게 될 것이다. 다음 장에서는 이상에서 살펴 본 기초자료를 바탕으로, 각 작품의 독창성을 고려하여 개별 작품의 構造와 類型別 特性을 전후기의 작품과 비교

분석하고, 그 의미를 파악하고자 한다. 각 작품에 대한 논의의 순서는 晚松文庫本에 수록된 차례를 따르기로 한다.

IV. 企齋記異의 構造와 意味

1. 安憑夢遊錄

선행된 夢遊綠 작품의 주된 연구는 대부분 유형 고찰을 통한 장르적 성격과 내용별 특징에 따른 주제의 분류를 시도하고 작가를 구명하는데 중점을 두고 진행되어 왔다. 그 결과 전대의 說話나 假傳을 이어 壬丙亂을 전후로 전형적인 유형이 형성된 점, 주제 면에 있어서는 현실을 비판하거나 이상실현을 구현하고 있을 뿐만 아니라 寓意的으로 인간을 鑑戒하는 교훈적인 성격이 강함을 고찰하였고, 후대의 夢字類 작품과도 구별되는 새로운 장르로서 소설사에서 독자적인 위치에 놓일 수 있음을 파악하였다.[1] 일반적으로 이러한 연구들은 5-10여 종을 대상으로 유형별 공통적인 특성을 찾고 이를 종합적으로 고찰하여 그 총체적인 특성을 고찰하였다. 安憑夢遊綠의 경우도 일부 이들 연구

---

1) 대표적인 예를 소개하면 다음과 같다.
   張德順,「夢遊錄 小攷」(동방학지 4집, 1959),『國文學 通論』(신구문화사, 1976).
   徐大錫,「夢遊錄의 장르적 性格과 文學史的 意義」(계명대 한국학 논집 3, 1975).
   鄭學城,「夢遊錄의 歷史意識과 類型的 特質」(서울대 관악어문연구 2, 1977).
   車溶柱,「夢遊錄과 夢字類 小說의 同異에 대한 考察」(청주여사대 논문집 3, 1974).
   _____,『夢遊錄系構造의 分析的 研究』(창학사, 1981).
   金起東,『韓國古典小說研究』(교학사, 1981).
   柳鍾國,『夢遊錄小說 研究』(아세아문화사, 1987).

대상에 포함되고 있으나, 사적 위치에 따른 夢遊錄의 형성과정과 장르
적 위치를 고찰할 수 있는 개별적 특성에 대한 구체적인 고찰이 요구
된다.

그 동안 安憑夢遊錄은 작가 연대 미상의 작품으로, 대부분 宣祖代
이후에 나온 것으로 추정되어 왔다. 그 동안 학계에 소개되었던 작품
의 대본은 서울대 奎章閣本을 대상으로 하고 있으며, 古典小說全集과
韓國漢文小說全集에 소개된 작품도 奎章閣本을 대본으로 하였음을 알
수 있다.2)

그러나 企齋記異가 학계에 처음 소개됨으로써, 또 다른 이본으로 日
本 天理大本이 있으며, 申光漢의 작품임이 확인되었다.3) 한편 이에 앞
서 한문본을 번역 필사한 한글본이 학계에 소개된 바 있다.4)

작가가 확인되기 전에 선행된 安憑夢遊錄에 대한 연구는 宣祖代 壬
亂 전후 혹은 그 이후 仁祖代의 작품으로 추정하였으며, 그 결과 사적
위치를 그릇되게 인식하거나 文學史的 영향에 대해서는 구체적인 언
급을 피하면서도 구성면에 있어서는 예외적인 혹은 이색적인 작품으
로 언급되어 왔다.5)

---

2) 金起東 編, 필사본 고전소설전집 3(아세아문화사사, 1980)은 규장각본을 영인한 작
품이며, 林明德 編, 한국한문소설전집 3(동서문화원, 1986) 역시 이를 대본으로 활
자화 하였다.
3) 蘇在英, 『申光漢의 企齋記異』(숭실어문 3, 1986).
4) 崔勝範, 「안빙몽유록에 대하여」(전북대 국어문학 24, 1984).
5) 車溶柱, 전게서, pp.144-148에서는 규장각본 安憑夢遊錄을 처음 소개함으로써 연구
의 발판을 마련하였다. 작품 말미에 소개된 내용을 통해 仁祖 顯宗을 전후해서 나
온 작품이 아닌가 추정하였으며, 夢遊錄의 구성형식과 꽃을 의인화한 이색적인 작
품임을 지적하였다.
  金起東, 전게서, pp.111-112에서는 규장각본을 유일본으로 지적하고 꽃을 의인화
한 夢遊錄의 독창적인 수법상의 가치를 인정하고 있으나, 전자의 평과 같이 주제의
식이 미약함을 지적하였다.
  蘇在英, 『古小說通論』(이우출판사, 1983, p.53)에서도 車溶柱 교수의 견해를 바탕
으로 仁祖年間으로 추정하였다.

이처럼 본 작품에 대하여 그 동안 간략히 언급해온 대부분의 논저
에서는 화초를 의인화하고 夢遊錄의 양식이 혼합되어 있음을 인정하
면서도, 이에 따른 사적 위치나 전 후기 同系 작품 및 문학 장르와의
연계적 특성에 대해서도 구체적인 언급이 미흡하였다.

단지 南柯太守傳과의 비교를 통해 조선 전기에 창작되었을 가능성
을 시사한 바 있으며, 작품의 총체적인 구조에 관심을 두고 그 의미를
파악하고자 한 연구결과가 있었다.6)

본 작품은 현재 소개된 夢遊錄 작품 중 大觀齋夢遊錄과 함께 조선
前期에 창작된 작품에 속한다. 그러므로 전래한 夢遊錄의 변이양상과
유형적 특성에 따른 소설사적 연계성이 주목된다.

企齋記異에 수록된 작품들은 그 동안 소설사에 있어서 金時習 이후
林悌나 許筠의 앞 시기에 드러나는 커다란 공백에 대해 무관심했던
연구자세를 반성케 할 수 있는 중요한 작품이며, 조선 초 본격적인 소
설의 발생과 변이과정을 파악할 수 있는 위치에 놓인 색다른 작품이
다.7)

安憑夢遊錄 역시 夢遊錄의 연계적 특성을 파악하고 전대의 설화문
학과 假傳을 이어 본격적인 소설의 형성과정을 설명하는데 중요한 계
기가 될 수 있는 작품이다. 예컨대 桃花源記와 南柯太守傳, 그리고 꽃
을 의인화한 假傳 작품은 물론 剪燈新話와 金鰲新話 등에서 볼 수 있

6) 申載弘, 「夢遊錄의 類型的 考察」(서울대 석사논문, 1986)에서는 유형별 분류를 시도
하여 고찰한 순서대로 창작되었을 가능성을 시사함(p.57)으로써, 安憑夢遊錄이 大
觀齋夢遊錄과 더불어 초기에 나왔을 것이라는 추정(pp.43-48)을 유일하게 하였다.
그러나 내용분석에서는 이를 제외시키고 있어 구체적인 고찰이 요구된다.
　　柳鍾國, 전게서, pp.104-116에서는 蘇在英 교수의 자료해제를 바탕으로 구조적 의
미와 夢遊錄 일반의 양식적 특성을 구명하고 있으나, 夢遊錄 자체의 구성요소에 중
점을 두고 있어 前代의 다른 문학 장르의 수용에 대한 구체적인 언급과 誤記된 典
據의 확인이 아쉽다.
7) 柳奇玉, 「何生奇遇傳의 構造的 特性과 意味」(국어국문학 101, 국어국문학회, 1989).
　　　　　, 「崔生遇眞記의 構造와 意味」(한국언어문학 27, 한국언어문학회, 1989). 참고.

는, 여러 장르와 소재들을 유기적으로 수용하고 있음이 특징이다. 뿐만 아니라 구성요소 및 내용 등에 있어서도 壬·丙亂을 전후해서 출현한 타 작품과도 상당한 차이를 보여준다.

따라서 본고에서는 본 작품이 수용하고 있는 전대의 설화 및 전래 양식과의 관계를 고찰하고, 이를 변용한 유형적 성격과 文學史的 위치에 주안점을 두려 한다.

1) 構造分析

(1) 傳統 樣式의 變容

安憑夢遊錄은 전래한 장르를 다양하게 수용하고 있어서 그 변이 양상과 文學史的 위치를 재확인 할 수 있는 좋은 자료가 된다. 앞에서 언급한 바와 같이 그 동안 이 작품의 창작시기에 대해서는 대부분의 논자들이 仁祖代 이후로 보았기 때문에, 이 때를 전후한 타 작품과는 달리 꽃을 의인화한 이색적인 夢遊錄 작품임을 언급하였을 뿐, 전래 장르의 변용에 대한 구체적인 언급이 없었다.

이 작품은 沈義의 大觀齋夢遊錄과 더불어 현재 알려진 夢遊錄 작품 중 조선 前期에 창작된 작품이다. 張德順 교수는 大觀齋夢遊錄의 저작 년대를 1529년으로 고증한 바 있다.[8]

다른 작품에 대한 창작 년대는 대부분 작품의 배경을 통해 알 수 있는데, 전형적인 夢遊錄 양식의 작품들은 대부분 壬丙亂을 전후해서 출현하였음을 알 수 있다. 그 동안 元生夢遊錄의 작자에 대해서는 金時習, 元昊, 林悌 등의 이설이 제기되었다. 반론이 없지 않으나, 작품의

---

8) 張德順, 전게서, p.306.

변모양상으로 보아 후대에 林悌가 所作한 1568년으로 본다면9) 安憑夢
遊錄은 이에 선행되는 작품이다.

그밖에 崔睍의 琴生異聞錄(1591), 尹繼善의 達川夢遊錄(1600) 등도
16세기 말엽에 나온 작품이다. 그 이후 작품들은 주로 壬丙亂을 창작
배경으로 하고 있어 이를 통해 그 창작시기를 유추해 볼 수 있다. 皮
生冥夢錄은 壬亂이후, 江都夢遊錄은 1636년 이후에 나왔음을 알 수 있
으며, 한글본으로 전하는 泗水夢遊錄은 그 이후로 추정된다.10)

그러므로 본격적인 夢遊錄 작품은 적어도 16세기 말 이후에 창작되
었음을 말해준다. 한편 앞에서 제시한 바와 같이 企齋記異의 간행 년도
가 1553년임을 고려해 볼 때, 본 작품의 창작시기는 三陟府使로 부임한
1520년 이후 바로 이어 削職되고 1522년 內艱喪을 입은 뒤, 驪州 元亨
里에서 15년 동안을 詩文으로 閑居하던 1523년부터 다시 등용되기 전
인 1537년 사이에 나왔거나, 적어도 1553년 이전에 창작되었음을 알 수
있다. 이것은 작품 중에 나오는 배경묘사를 통해서도 짐작할 수 있다.

결국 <安憑>은 <大觀>과 비슷한 시기에 창작되었거나 아니면 조
금 뒤에 창작되었을 것으로 추정된다.

이러한 창작 시기에 맞춰 <安憑>은 전래한 소재와 문학 장르가 고
루 수용 변이 되어 있어 이를 통해 그 형성배경을 확인할 수 있다. 이
에 먼저 작품 소재와 유형에 따른 형성경위와 유형적 성격을 살펴보
기로 한다.

우선 꽃을 의인화한 假傳의 영향을 찾을 수 있다. 假傳은 사물의 상

---

9) 元生夢遊錄의 작자에 대한 시비는 車溶柱, 전게서, pp.149-152. 참고.
10) 車溶柱, 전게서, p.101. 119. 137. 150. 167에서는 達川夢遊錄(1600), 金華寺夢遊錄
    (1651년 경), 泗水夢遊錄(1683 이전), 皮生冥夢錄(1609), 江都夢遊錄(1636년 이후) 등
    으로 추정하고 있다.
    이후 이들 작품명은 <達川> <金華> <泗水> <皮生> <江都> <安憑> <大
    觀> <元生> 등으로 약칭하기로 한다.

징적인 의미와 戒世懲人의 교훈적 주제表出에 용이한 문학 장르이다. 특히 假傳이 곤궁한 시대적 처지나 욕구불만 등을 간접적으로 표현하고, 신진사대부들의 새로운 문학적 표현 욕구를 충족시킬 수 있었던 까닭은, 寓意的이고 諷刺 敎訓的인 격조 높은 문학성을 지니고 있으며, 또한 文士들의 破閑 자료로서 그들의 문장력 구사에 적절하였을 뿐만 아니라, 寓言의 대표적인 문학양식으로 世敎를 목적으로 한 敎術性이 강하기 때문이라 지적된다. 이러한 목적에 있어서 三國史記에 전하는 薛聰의 花王戒는 擬人文學의 효시로 일컬어졌으며, 왕자를 경계하기 위한 깊은 寓意와 諷刺 및 敎訓의 목적의식이 후대에 이어져 꽃을 의인화한 여타 작품의 표본이 되었다고 할 수 있다.[11]

　이렇게 볼 때 <安憑>은 薛聰의 花王戒를 이어 꽃을 의인화한 문학적 전통을 이어 받고 있으며, 전술한 바와 같이 鑑戒的인 주제표출에 있어서 이를 바탕으로 주제의식을 부각시키고 있음을 지적할 수 있다. 이들 작품과의 차이는 보다 허구적인 서술방식 면에서 진일보하였음을 보여주는 점이다. 특히 꽃을 대상으로 한 전후의 假傳 작품에 비해, 의인화된 등장인물 묘사에 있어서 보다 소설의 구성요소를 갖추고 이에 접근하고 있다. 이것은 夢遊 모티프를 도입한 夢遊錄의 양식과 假傳과의 조화를 꾀한 발전적 변모양상이라 할 수 있다. 이러한 구분을 용이하게 하는 것은 작품 말미에서 이들 등장인물이 꽃의 精靈으로

---

11) 金光淳, 『韓國擬人小說 研究』(새문사, 1987), pp.68-70.
　　후대에 내려와 林悌 혹은 盧兢의 작 등 이설이 있는 花史는 그 중 대표적인 장편 작품이라 할 수 있다. 그 이후 金壽恒(1629-1689)의 花王傳과 李珥淳(1754-1832)의 花王傳, 尹致英(1803년 경)의 梅生傳, 李家源의 花王傳 등으로 이어진다.
　　이들은 공통적으로 王을 諷諫하거나 富貴와 繁華 등을 경계하는 戒訓性을 지니고 있다.
　　그밖에 빅화국뎐 빅화국지셜등홍녹 뉴여미징춘 오화뎐 등의 한글본 작품도 소개된 바(崔勝範, 「五花傳에 대하여」, 한국언어문학 21집, 1982), 화초를 의인화하여 그 맥락을 같이 하는 점에서 영향 관계를 짐작할 수 있다.

나타나는 차이에서 찾을 수 있다. 이것은 단지 꽃을 의인화한 假傳만의 영향이라기보다는 전대의 설화나 志怪的인 소재들이 유기적으로 수용되고 있음을 말해준다. 그 대표적인 예로 羅浮之夢과 유사함을 들 수 있다. 이것은 隋나라의 趙師雄이 羅浮山의 梅花村에서 꿈속에 淡粧素服한 梅林의 精靈인 羅浮少女를 만나, 즐겁게 놀다가 깨보니 쇠잔한 달빛만이 흐르고 미인은 간데 없다는 내용이다. 羅浮라는 지명은 꽃을 의인화한 작품에서 매화의 출신지에 자주 인용된다.[12]

물론 <安憑>에서는 이러한 직접적인 내용을 찾을 수 없으나 작품에 도입된 唐代 傳奇나 그 밖의 설화들이 다양하게 수용되어 있어서, 단순히 꽃의 의인화만이 아니라 꽃의 精靈으로 변용된 것은 이러한 전반적인 영향관계라 할 수 있다. 한편 이와 유사한 소재로 太平廣記 賈秘 설화는 꽃이 아닌 일곱 가지 나무의 精靈이 會飮場에 참석하여, 때에 登用되지 못하는 울분을 吐露하거나 유능한 자신들을 용납하지 못하는 세상을 비판한다. 특히 마지막에 일어난 楮의 정령이 울분을 참지 못해 自歌自舞하자, 참석자 賈秘가 坐不安席하고 문득 일어나 작별하는 내용은, <安憑>의 구조와 흡사하여 이들 설화의 영향도 고려할 수 있다.[13] 결국 <安憑>은 화초를 의인화한 문학적 전통과 깊은 관계를 지니고 있음을 시사해준다. 이와 관련하여 崔勝範 교수는 今古

---

12) 羅浮는 廣東省 增城縣에 있는 산 이름이다. 晋나라 葛洪이 이곳에서 仙術을 깨쳤다하며(金昌龍,『韓國假傳文學選』, 정음사, 1985, p.199), 隋나라의 趙師雄이 梅林의 精靈인 羅浮少女를 만났다는 단편적인 고사가 전한다.
　　특히 羅浮라는 지명은 梅花를 의인화하여 그 출신을 말할 때 자주 인용되는데, 花史의 도입 부분과 尹致英의 梅生傳에서도 이를 찾아 볼 수 있다.
13) 金鉉龍 교수는 <元生> <江都> <達川> 등의 夢中 사건구성이 한 사람씩 일어나 자신의 心中所懷와 悲痛한 心境을 吐露하는 공통적인 구성 방식임을 지적하고, 특히 元生夢遊錄과 賈秘설화와의 영향관계를 밝힌 바 있다. 金鉉龍,『韓中小說說話 比較硏究』(일지사, 1977), pp.245-247. 참고.
　　賈秘설화는 太平廣記 9권 권415 草木條에 수록되어 있는데, 이와 같이 전래한 화초 및 초목류의 많은 설화에서 간접적인 영향을 짐작할 수 있다.

奇觀의 灌園嫂記와 같은 작품의 영향을 입은 중국 작품의 번역일 가
능성을 시사한 바 있다.14) 이 작품은 꽃을 매우 사랑하는 관원수가 仙
女를 만나게 되는 내용의 이야기로, 다양한 종류의 꽃들을 의인화한
명칭에 있어서는 일부 유사함을 발견할 수 있다. 그러나 그 구조와 의
미에 있어서는 이질적인 작품이며, 시기적으로 볼 때 <安憑>은 이 작
품에 선행하기 때문에, 오히려 그 이전에 창작된 동계 작품의 간접적
인 영향을 시사해준다.15)

　또한 夢遊 모티프와 관련하여 보면 南柯太守傳의 영향을 부인할 수
없으며, 그밖에 桃花源記와 같은 이상세계의 묘사와도 유사하다. 그밖
에도 花草王國의 형상이나 왕과 相會하는 장면은 剪燈新話나 金鰲新
話와도 유사한 소재들을 갖추고 있다.

　구조면에서 보면 <安憑> 역시 入夢 夢中事 覺夢의 夢遊 모티프를
서사의 기본구조로 하고 있다. 특히 入夢의 계기를 서술한 導入部의
경우, 世傳하는 槐安國의 이야기가 매우 虛荒되고 괴이하다고 한 동기
부여 기능의 入夢 과정은, 곧 南柯太守傳에 나오는 槐安之說을 연상하
고 있음이 분명하다. 그뿐만 아니라 覺夢後 安憑이 자신이 거처하는
뒤뜰의 꽃들과 夢中세계에서 경험한 꽃들을 확인하는 내용 역시, 南柯
太守傳의 결미에서 자신이 경험했던 꿈속의 세계가 자신의 집 마당에
서 있는 槐木 밑에 서식하는 개미들의 세계였음을 확인하는 내용과 倣
似하여 이러한 구조적 영향을 여실히 입증해준다. <安憑夢遊錄>의
題名에서 安憑 역시 槐安國과 같은 이상향인 花草王國에 편안히 의탁
하고자 함을 寓意的으로 연상함직하며, 槐安國의 槐安을 염두에 두고

_____

14) 崔勝範, 전게논문, p.145. 참고.
15) 『今古奇觀』은 明代 短篇小說 選集으로, 三言二拍을 選刊한 것으로 미루어 初刊은
　　崇禎 5년(1632년) 이후임을 참고할 수 있다. 『今古奇觀』, 趙靈巖 譯, 正音社, 1963,
　　pp.444-446. 後記 참고.

붙여진 명명이라 할 수도 있어 寓言的 성격이 강하다.

한편 이 작품은 企齋集 가운데 자신의 夢中 체험을 기록한 내용을 통해 그 창작배경을 짐작할 수 있다. 전술한 바 企齋別集 권2에는 癸酉(1513년-30세) 여름, 꿈에 異境에서 놀았는데, 庚辰(1520년-37세) 봄에 三陟府使로 부임하게 되어, 旌善을 지나면서 보게 된 강산의 모습이 전날 꿈속에서 華遊하던 것과 일치한다고 기록하고 있다.[16]

그 결과 이를 토대로 槐安國과 달리 花王國을 형상화하였으며, 현실을 초연히 벗어날 수 있는 환상적인 道家的 세계로 桃花源記와 같은 배경묘사가 필수적으로 수반되었음을 볼 수 있다. 그러나 夢中世界는 南柯太守傳에서 볼 수 있는 淳于棼의 일대기적인 夢中 활동과는 다르다. 예컨대 꽃을 의인화한 중국 역대 인물들이 등장하여 詩宴을 벌이는 가운데, 참석자 모두가 자신의 심회를 토로하고 이를 평하는 방식으로 되어 있음이 구별된다. 그러나 夢中세계에 초대된 손님들이 각각 위계를 따져 자리를 잡고 합석하는 장면과 이들이 시를 주고받는 서술구조는 剪燈新話나 金鰲新話와도 깊은 연관성을 시사해준다.[17]

이상의 고찰을 토대로 <安憑>의 유형적 성격을 다음과 같이 종합할 수 있다.

첫째, 교훈적인 주제의식을 강화하기 위해서 前代에 유행한 假傳 양식을 수용하였다. 특히 羅浮之夢이나 賈秘 등과 같이 夢遊 모티프를 도입한 화초 및 초목의 精靈을 의인화한 설화문학의 영향 아래, 꽃과

---

16) 企齋別集 권2(8책, p.72), 본 논문 III장 참고.
17) 龍塘慶會錄, 水宮慶會錄, 龍宮赴宴錄에서 용궁세계에 도입되는 과정의 묘사를 보면, 龍王이 몸소 계단에 내려와 초대된 손님들을 맞이하는 장면과 儒家的 예의를 강조하여 서로 坐定을 사양하는 내용 등이 서로 유관하다. 또한 作詩를 통해 교유하는 장면에서도 영향관계를 짐작할 수 있다. 한편 詩宴은 다음에 이어지는 전형적인 夢遊錄의 작품과 구분된다. 차츰 詩宴이 약화되고 탈락되거나 討論이 강화되는 점에서 변이양상을 확인할 수 있다.(申載弘, 전게논문, pp.17-18)

초목을 역사적 인물로 假託하여 그 寓言的 기능을 잘 활용하고 있음을 알 수 있다.

특히 꽃을 의인화한 假傳의 영향에 있어서는, 君主의 治國思想을 警戒하고 諷諫하는 교훈적 성격을 지닌 花王戒의 문학적 전통과 무관하지 않다. 인간들의 결함을 꽃에 비유하여 帝王을 諷諫하는 화초의 의인화는 이와 같은 직·간접적인 영향아래 조선조에 이르러서도 계속 이어졌음을 볼 수 있다.

둘째, <安憑>의 서술구조는 南柯太守傳의 구조에 접근하고 있어 그 영향을 부인할 수 없다. 또한 唐代 傳奇體나 金鰲新話에서 볼 수 있는 이상세계 묘사나 詩宴의 성격을 갖추고 있어서, 夢遊錄 작품이 唐代 傳奇體나 金鰲新話의 영향아래 독자적인 장르로 변이 되는 과도기적 형태에 있음을 보여준다. 후대에 창작된 夢遊錄 작품에서는 詩宴의 성격이 약화되거나 토론의 성격이 강화되는 차이를 보여준다.

따라서 본 작품은 꽃을 의인화한 假傳 작품과 隨筆類의 영향관계를 짐작할 수 있으나 이들과는 변이된 특성을 지니고 있다. 그것은 夢遊 모티프를 도입한 현실 꿈 현실의 구조, 등장 인물 성격의 부각, 허구적인 배경묘사, 그밖에 夢入과 覺夢 전후의 사건 구성이 서로 긴밀한 관계를 유지하고 있어서, 한층 소설구성에 접근하였음을 알 수 있다. 나아가 夢中世界에서 있어서도 현실세계에 대한 夢遊者의 사상 감정이 서술되기 때문에 더욱 두드러진 차이를 드러낸다.

이처럼 <安憑>은 전래한 설화, 假傳, 夢遊 모티프를 수용하여 이를 변용하고 있어서, 조선조 夢遊錄이라는 특이한 유형의 작품군이 독자적으로 형성되어 가는 과정에 놓여 있음을 보여준다.

<安憑>은 전대에 나온 假傳의 영향을 받은 바, 그 교훈적 성격이 강하게 드러난다. 따라서 16세기 초 중엽에 夢遊錄이라는 새로운 문학 장르가 출현함에 있어 초기작인 <安憑>에서는 假傳의 잔재가 구체적

으로 남아 있는 반면, 후기의 작품에서는 假傳의 교훈적 성격을 빌어오고 점진적으로 그 유형이 정비되어 夢遊錄의 독자적인 양식이 형성되었다고 본다.[18]

전술한 바와 같이 <安憑>이 현재 소개된 夢遊錄 작품 중에서 비교적 이른 시기에 창작된 작품임을 고려할 때, 夢遊錄의 양식사적인 변모 발전의 측면과 유형적인 특성에 따른 출현동인을 보여주는 자료라 할 수 있다.

(2) 事件構成

夢遊錄은 주지하고 있는 바와 같이 入夢 이전의 현실세계(導入部), 入夢 이후 覺夢 이전까지의 夢遊세계(展開部), 그리고 覺夢 이후의 현실세계(結末部)로 구분되는 액자 형식의 구조적 특성을 지니고 있다.

<安憑>의 경우, 導入部는 주인공 安憑에 대한 인물설정이며, 夢遊세계에 해당하는 展開部는 入夢후 朝元殿에 인도되어 회합하고 坐定하는 과정 및 詩宴과 交遊 장면이다. 結末部는 罷宴후 覺夢의 계기와 주인공의 동정을 서술한 부분이다.

(1) 安憑이라는 선비가 여러 번 과거에 실패하자 남산 別業에 閑居하며, 후원에 名花異草를 심고 이를 玩賞하며 시를 짓고 지낸다. 삼월 그믐 경 화초를 완상하며 後園을 소요하던 安憑이 권태로운 기운에 老槐에 기대

---

18) 문학사상의 장르체계는 고정불변하지 않고 유동적이기 때문에 동질성 있는 작품을 통시적으로 묶어 고찰할 필요가 있다. 그러나 企齋記異에 수록된 4편의 작품은 모두 전대의 장르와 조금씩 변모의 양상을 보이고 있어 이를 쉽게 확인할 수 있다.
예컨대 <崔生>과 <何生>은 차츰 傳奇體의 성격이 제거되고 있으며, 허구적인 꿈의 액자대신 현실인물인 證空禪師나 卜師의 도입을 통해 額子構成을 대신함으로써 현실성을 부각시키고자 하였다. 또한 文房四友를 의인화하여 假傳를 원용한 <書齋>에서도 자신의 자서전인 내용과 연관되어 있다.

고 世傳하는 槐安國의 말이 심히 虛誕하고 괴이하다고 생각하다가 홀연 入夢하게 된다.

(2) 入夢後 安憑은 彩蝶을 따라 桃李가 만개한 洞口에 이르고, 다시 靑衣童子와 두 시녀의 안내로 朝元殿에 인도되어 丹朱의 후예인 여왕을 만나게 된다.

(3) 왕이 李夫人과 班姬를 초청하여 安憑과 인사를 나누고, 이어 초대된 徂來先生 首陽處士 東籬隱者가 자리를 같이 한다. 李夫人의 청으로 玉妃와 芙蓉城主 周氏도 같이 모임에 참석하게 된다.

(4) 座次에 따라 坐定하자 盛饌을 벌이고 盛宴을 베풀게 된다. 먼저 풍류하는 기생 수십 인이 악기를 잡고, 金縷衣와 羽衣를 입은 두 기생이 折揚柳와 蝶戀花 두 곡을 춤추며 노래한다.

(5) 왕은 두 여인의 세속 풍류악이 사람의 귀를 어지럽힌다 하여 금하게 하고, 자신의 선조(堯)가 지은 南薰曲을 오현금을 지닌 시녀로 하여금 듣는다.

(6) 이어 다른 풍류가 금하게 되고, 왕이 각자 한편의 시를 지어 이를 대신하자고 제의한다. 玉妃 王 安憑 周氏 순으로 시를 지어 각자의 회포를 토로한다.

(7) 계속하여 徂來先生 首陽處士 東籬隱者 순으로 이어진다. 수양처사 東籬隱者의 시가 경계할 만 하자 왕이 이들을 기롱하는 뜻으로 회유한다. 그러나 둘은 자신의 절개를 바꿀 수 없음을 피력한다. 이에 安憑이 자리를 물러나려 사양하자 왕은 李夫人과 班姬로 하여금 자신의 뜻을 펴게 한다.

(8) 왕이 侍兒로 하여금 두 여인에게 상을 주려하자 徂來와 垂楊은 이를 기뻐하지 아니하고 담을 넘어 나간다. 安憑도 하직을 고하자 많은 선물을 받고 문을 나선다. 문밖에서 당에 오르지 못하고 泣訴하는 한 미인의 말을 듣는 순간 맹렬한 우레 소리에 꿈을 깨게 된다.

(9) 꿈을 깬 뒤 安憑이 후원에 나가 살펴보니 모란 한 떨기가 비에 맞아 떨어져 있고, 주위에는 桃 李 竹 梅 蓮 麴 芍藥 石榴 垂楊 老松 그밖에 잡꽃이 있음을 확인한다. 벌과 나비가 노래하며 춤추는 모양이 마치 꿈속에서 풍류하는 계집을 보는 듯하며, 문밖에 서있던 한 미인이 艶堂花인 것

을 깨닫게 된다. 安憑은 이를 통해 꿈에서 체험한 것이 이들의 作怪임을
알고, 그후 장막을 내리고 독서에만 전념하여 화원을 돌아보지 않는다.

이상에서 (1)은 導入部로서 주인공 安憑에 대한 인물설정이며 入夢
의 계기가 된다. (2)-(8)은 展開部로서 夢遊世界에 해당되는데, (2)(3)은
入夢 後 彩蝶, 靑衣童子, 侍女로 하여금 朝元殿에 인도되어 회합하고
坐定하기까지의 과정이다. (4)-(7)은 坐定 後 詩宴과 交遊장면이다. (8)
은 詩宴과 交遊가 마무리되고 罷宴後 覺夢의 계기를 서술한 부분이다.
(9)는 覺夢 後 주인공의 동정을 서술하고 있다.

이제 이들 구성요소를 入夢前의 導入部, 展開部인 夢遊세계, 結末部
인 覺夢후의 현실세계로 구분하여 살펴보려 한다.

가. 導入部

導入部에는 주인공 安憑이 入夢하게 된 계기와 夢遊者의 성격이 나
타나 있다. 과거에 누차 낙방하고 현실적으로 소외된 安憑이 槐安國의
존재에 愧誕함을 느끼는 가운데, 이를 동경하고 있음이 간접적으로 시
사된다. 다시 말하면 전래한 槐安國에 대한 설화가 安憑에게 있어서는
화초왕국이라는 새로운 이상향을 도출해 내는 원인으로 작용하였음을
말한다.

그 결과 동양적 이상향인 桃花源記와 같은 배경묘사가 수반되고, 彩
蝶이나 靑衣童子에 인도되는 가운데 夢遊世界가 도입된다. 南柯太守傳
의 영향에 의한 槐安國의 소재나 전래한 桃花源記類의 소재는 道家的
이상향의 추구에서 비롯된 이상향의 동경과 한계를 초극하기 위한 의
식지향을 보여준다.[19]

─────────────────────

19) 入夢과정에 있어서 彩蝶이나 靑衣童子가 등장하는 것은 전대의 설화나 傳奇體 작

결국 본 작품에서는 전래한 동양적 이상향인 武陵桃源 槐安國 華胥
國 등과 같은 잠재의식 속의 이상향이, 道家的인 소재로 수용됨과 동
시에 구체적으로는 花王國으로 변이 되어 있음이 특색이다.

導入部의 인물묘사에 있어서 누차 과거에 응시했으나 낙방하는 내
용은 剪燈新話나 金鰲新話에서도 흔히 발견되는 소재이며, 櫻桃靑衣나
企齋記異 중 <崔生>과도 공통된다.

이와 같이 導入部에 소개된 주인공(夢遊者)의 인물성격은 夢中세계
에서 주인공의 활동과 유기적인 관계를 맺는다. 따라서 展開部인 夢遊
世界에서는 夢遊者와 각 등장인물의 행위에 주목하지 않을 수 없다.
특히 이들 등장인물이 역사적인 인물을 의인화한 면에서 그 변이양상
과 역사적 사실의 수용 등에 대해 주목할 필요가 있다.

나. 展開部

安憑은 <大觀> <元生> <達川> <皮生> 등의 주인공과 같이 夢
中세계에 직접 참여하는 인물인 점에서 방관형인 타 작품들과는 일차
적으로 구분된다.[20]

논의의 편의를 위해 초기작인 <大觀>의 경우와 비교해 보면, 선행
된 연구에서 지적된 바와 같이, <大觀>의 주인공은 직접 사건전개에
참여하여 적극성을 나타내며, 출생과 죽음 부분이 생략된 일대기 형식

품에서 胡蝶이나 使者의 인도와도 같이 夢遊世界로 유도하기 위해 도입된 점에서
동일 의미를 지닌다.
  이와 같이 入夢과정에 있어서 안내자가 등장하는 작품은 <泗水>나 <達川>
등에서도 볼 수 있다. 안내자의 등장이나 道家的 이상향의 묘사는 夢遊 모티프의
설명에 好用되는 南柯太守傳의 槐安國, 列子의 華胥之夢, 莊子의 胡蝶夢 등에서
영향을 받아 이를 수용한 것으로 보인다.
20) 車溶柱, 전게서, p.79. 참조.

을 취하고 있는 점이 특색이다. 또한 夢中 일대기에 婚姻 장면이 나오
고 전쟁의 功에 의한 신분상승으로 부귀영화를 누리다가 覺夢이후 허
무의식을 표출하는 점은 枕中記 유형에 접근하고 있다.21)

이와 달리 <安憑>에서는 入夢과 覺夢 부분에서는 南柯太守傳의 영
향을 받고 있으나 夢遊世界가 개인의 일대기에 따른 부귀와 허무의식
을 다룬 것이 아니고, 여러 사람이 초대된 가운데 詩宴을 주고받으며,
각자의 심회를 표출하는 가운데 이와 相異한 주제를 드러내고 있는
점에서 큰 차이를 보여준다.

이미 언급한 바와 같이 安憑과 더불어 朝元殿에 초대된 인물들은
대부분 역사상 실존했던 인물들을 꽃에 假託한 점이 특색이다. 이처럼
假傳과 夢遊錄에서 역사적 인물이나 역사적 사실이 작품에 수용되어
있는 점은 주제의식의 형상화와 그 양식사적 특징과 밀접한 관계를
지닌다. 따라서 이들 작품의 주제를 올바로 이해하기 위해서는 역사적
사실과의 상관관계를 간과할 수 없다.

왜냐하면 작가의식에 따라 역사적 실존인물을 형상화하는 데 차이
가 있을 수 있으며, 주관적 해석에 따라 이를 비판적으로 수용하거나
새로운 허구적 의미로 수용할 수 있기 때문이다.

등장인물들의 행동과 인물성격의 표현은 대화나 詩文을 통해 파악
할 수 있다. 조선조 傳奇體 소설은 물론 夢遊錄에 삽입된 한시는 사건
발단과 전환의 계기를 豫示하고, 등장인물의 심회와 정서를 함축성 있
게 내포하고 있다는 점에서 간과해서는 안 될 부분이다. 夢遊錄 작품
의 경우 삽입 한시는 대부분 현실적인 제약을 떨치고 자신의 심회와
울분 혹은 자신의 이상을 마음껏 표출하기 위한 여과장치이며, 주제와
도 밀접한 사상 감정을 寓言의 양식을 빌어 제시하기도 한다.

---

21) 尹海玉, 전게논문, p.100.
　　申載弘, 전게논문, p.44. 참고.

이에 먼저 화초의 의인화 대상 및 이들 인물성격을 파악하고, 이어 작품의 대부분을 차지하고 있는 한시 부분은 구조적 의미에서 중점적으로 고찰해 보고자 한다.

사건전개에 따라 夢中 세계의 도입과정을 살펴보면, 彩蝶과 靑衣童子 그리고 두 侍女에 의해 安憑이 朝元殿에 이르는 과정은 道家的 이상향인 神仙境으로 묘사되고 있다. 채색 나비를 따라 도달한 洞口는 桃李 꽃이 난만히 피어 있고, 이윽고 한 집에 이르니 환하게 칠한 담장이 둘러 있으며, 붉은 추녀와 푸른 기와가 山谷 사이에 빛나는데 자못 인간세상의 제도가 아니었다. 이어 안내된 朝元殿은 황금과 백옥과 靑玉으로 장식되어 있다. 迎春樓와 花萼樓라는 편액을 통해 꽃의 세계임이 암시된다.[22]

安憑을 朝元殿에 안내한 시녀는 한나라 絳侯瓔의 후예로, 安憑이 성명을 묻자 絳樂이라 대답한다.[23] 붉은 입술과 푸른 소매가 自若하여

---

22) 주위 배경묘사에서 꽃이 만발한 봄임을 알 수 있다. 꽃과 꽃받침을 나타내는 花愕樓는 화초를 소재로 한 假傳에서 흔히 발견된다.

23) 지칭하는 꽃에 대해서는 車溶柱(전게서, pp.146-147), 崔勝範(전게논문, p.147) 柳鍾國(전게서, pp.107-108)을 참고할 수 있다.

이중 한글 필사본을 소개한 崔勝範 교수의 논문에서는, 필사본의 주를 토대로 각 등장인물이 지칭하는 꽃을 분류하여, 車溶柱 교수의 분석과 차이점을 지적하였다. 柳鍾國은 이를 비교하여 알기 쉽게 도표화하였다.

본고에서는 한글본의 견해를 따라 이들의 타당성을 검토하고 개인적인 의견을 덧붙이고자 한다.

한글본에서는 두 시녀인 絳樂을 芍藥으로 安留를 石榴로 분류하였으며, 車溶柱 교수는 두 시녀를 桃 李로 분류하고 芍藥은 班姬로 安留는 李夫人으로 보았다.

석류는 본래 西域의 산물로 한나라 때 張騫이 安石國에서 가져왔으므로 石榴 혹은 安榴로 지칭한다.(文一平, 『花下漫筆』, 삼성문고 19, p.93. 참고.) 따라서 安留는 곧 石榴임을 알 수 있다.

한편 한글본을 따라 絳樂의 의인화로 보는 芍藥을 살펴보면, 絳樂은 絳瓔의 후예라 하였는데, 絳瓔은 곧 붉은 꽃이라는 의미인 絳英의 동음을 빌어 사용한 듯하다. 芍藥은 牧丹과 並稱하는 名花로 잎과 꽃이 牧丹과 비슷하며, 牧丹은 木芍藥이라고도 하는데, 牧丹보다 먼저 존재하였다 한다.(文一平, 전게서, p.175).

따라서 이러한 의미를 따른다면 작약은 뒤에 나오는 玉妃를 의인화한 것으로

자태를 자랑함직한 모습이다. 이어 또 한 시녀가 등장한다. 安憑과 同姓이며 이름이 留라 소개한 것을 보아 安留는 곧 石榴(安石榴)를 의인화였음이 분명하다.

이윽고 神仙의 풍류소리가 들려오는 듯하며, 시녀 수백 명의 옹위를 받고 여왕이 등장한다. 나이는 십 칠팔 세 넘어 보이는데 紅錦滾龍袍를 입고 金精舞鳳冠을 썼으며, 豊盈한 피부와 붉은 뺨이며, 치장한 모양이 품위가 넘치고 광채가 사람을 움직이는 면모를 지니고 있었다.

이는 帝堯陶唐 堯의 맏아들 丹朱의 후예로 소개되고 있는데, 花王인 牧丹을 지칭하고 있다.[24] 여기에서 작가는 丹朱라는 역사적 인명을 수용하고 있으면서도 색상의 의미를 적절히 고려하여 유기적인 관계를 살리고 있다. 이와 마찬가지로 나무와 꽃의 색상인 푸른빛과 붉은빛을 숭상하여, 木德과 火德을 섞어 나라를 다스려 온 것으로 표현하였다.

이어 왕은 시녀를 명하여 李夫人과 班姬를 초청한다. 이들이 지은 시의 내용상으로 보아 李夫人과 班姬는 각각 漢武帝의 애첩과 漢元帝의 후궁을 상징하고 있다. 전자는 총애를 받았던 일과 후자는 성긴 대접을 받았던 일을 상기시키고 있다.[25]

이들이 서로 예를 나누어 상면하고 座次에 따라 坐定하려 할 때 문

생각할 수도 있다. 왜냐하면 작품 중에서 玉妃가 도착하여 자리를 정할 때와 뒤에서 玉妃에게 왕이 맨 처음 作詩를 부탁할 때, 형의 좌석이 짐의 다음으로 주인을 대신할 수 있다고 한 말을 통해 보면, 玉妃가 족속으로는 자신의 형이라고 한 내용과 유관하기 때문이다.

　일반적으로 玉妃는 매화와 양귀비를 지칭하는 말이고 보면 이와 일치하지 않는다. 玉妃의 시에 인용되는 梅花의 산지인 西湖나 梅鶴處士 林逋 등을 보면 玉妃는 매화로 봄이 타당할 듯하다.

24) 동양에서는 서양과는 달리 牧丹을 花中王이자 부귀 번화의 상징으로 여겨 왔기 때문에, 王戎를 비롯한 타 작품에서도 대체로 동일하게 사용되었음을 볼 수 있다.

25) 한글 필사본에서는 李夫人은 李로 班姬는 桃로 보았다. 李夫人의 용모는 맑게 꾸민 복색에 걸음걸이가 가볍고 옥의 아름다움과 구슬이 빛나는 듯하며, 班姬는 예쁜 얼굴에 조금 술기운을 띠었으며, 고운 빛과 태도가 붉은 비단보다 낫다고 묘사되어 있다.

밖에서 다시 徂來先生 首陽處士 東籬隱者가 이르렀음을 아뢴다.

이들의 인물묘사를 보면 그중 하나는 푸른 수염과 키가 큰 몸에 기개가 낙낙하고, 하나는 곧고 준엄하며 절조가 蕭洒하여 보이고, 하나는 누른 관을 쓰고 野人의 복장에 향기로운 덕과 순수한 얼굴이었다. 이들이 지칭하는 인물은 각각 石介 伯夷叔齊 陶淵明을 연상할 수 있다.26)

왕이 예의로써 몸을 낮춰 이들을 대하고, 安憑도 끝에 나아가 서로 상면하게 된다. 이렇게 하여 安憑을 上座에 자리하게 하자 여러 번 사양하다가 마침내 자리에 나아가고, 이어 徂來先生 首陽處士 東籬隱者 순으로 자리한다.

다음은 李夫人이 왕에게 玉妃를 맞이하기를 청하자 왕이 허락하고 玉妃가 이르러 알현한다.27)

玉妃는 마침 지나던 芙蓉城主 周氏를 이끌고 같이 왔음을 말하고, 감히 성대한 잔치에 당돌한 것은 아닌지 사과한다. 芙蓉城主 周氏는 蓮을 의인화했음을 쉽게 알 수 있다.

이에 왕은 심히 자신을 일깨워 줌을 말하고 坐定하게 하는데, 玉妃는 족속으로는 형의 항렬이요 陋邦의 손님이니 權座로는 자신의 아래

---

26) 한글본의 주를 따르면, 각각 老松 垂楊 菊花로 분류된다. 車溶柱(전게서, p.147)에서는 竹 梅 菊으로 구분하고, 徂來는 송나라 石介선생이며 竹의 의인화라 하여 상이함을 보여준다.

　　이들 차이를 보면, 먼저 徂來先生의 대상인 老松과 竹의 차이에 있어서는 柳鍾國(전게서, p.117)의 지적과 같이 푸른 수염과 기개가 落落한 묘사를 통해 落落長松을 연상할 수 있다.

　　垂楊處士의 경우는 곧고 초준하며 지조가 소쇄함을 볼 때, 일반적으로 梅蘭菊竹의 하나임을 생각할 수도 있으나, 시를 보면 首陽山의 伯夷 故事와 연관되어 있어 이를 구분하기가 곤란하다. 詩文을 통해 보면 후자를 지칭함직하다.

27) 玉妃는 소담하게 단장한 흰옷을 입고 백마를 탔으며, 한글 필사본에서는 매화로 지칭하고 있다. 玉妃는 일반적으로 매화나 양귀비를 지칭하는 말이다.

　　玉妃가 도착할 때의 묘사는 殷나라 微子가 祖廟를 찾아 뵐 때 불렀다는 詩經의 「有客」을 인용하고 있다.

에 앉아도 되고, 芙蓉城을 천단이 한 周氏는 그 다음에 앉아도 됨을 말한다. 이에 서로 겸양하다가 자리를 조금 뒤로하여 앉는다.

이렇게 하여 참석한 등장인물을 보면, 王과 安憑을 비롯하여 李夫人과 班姬 徂來先生 首陽處士 東籬隱者 玉妃 芙蓉城主인 周氏 등이 중심인물로 등장한다. 그밖에 등장인물로 풍류를 맡은 시녀와 童子가 있다.

이들이 한자리에 모이자 진수성찬이 배설되고 酴醾酒를 나누며 모든 풍류가 함께 울리고 詩宴과 交遊 장면이 이어진다.

다. 結末部

結末部에서는 覺夢후의 주인공의 동정이 나타난다. 주인공이 覺夢하는 순간은 자연 覺夢이나 他意에 의한 覺夢으로 구분될 수 있는데, <安憑>은 우레 소리로 꿈에서 깨어난다. 이것은 <元生>에서도 유사한데 夢字類의 導夢人에 의한 覺夢과는 구분된다.[28]

覺夢후 安憑은 꿈속에서 체험한 일을 후원에 나가 확인하게 되는데, 夢中에서 체험한 사건과 현실의 상황이 일치하는 覺夢후의 묘사는 南柯太守傳의 경우와 유사한 수법이다.

주인공 安憑이 覺夢후 화원에 나아가 확인한 화초는 入夢전의 상황과 관련되어 있고, 夢中 체험한 역사적 인물들은 이들 꽃들이 의인화되었음을 알 수 있다. 다만 夢遊 세계의 체험에 대해 현실에서 느끼는 반응이 夢字類나 기타 夢遊錄과도 다른 점이 주목된다. 南柯太守傳에

---

28) 車溶柱(전게서, p.57)에서 구분한 바와 같이, <皮生> <浮碧>은 山寺의 종소리나 닭소리에, <泗水>는 失足해서, <金華> <江都>는 홀연히 깨게 된다. 이것은 夢字類와도 구분될 뿐 아니라, 눈을 잠시 감고 있다가 使者 혹은 靑鶴 등에 인도되어 잠시 후 깨어 보니 꿈이라는 식의 비약이 심한 傳奇體와도 구분된다. 傳奇體와는 달리 좀더 현실적인 요인에 의해 覺夢하게 됨을 알 수 있다.

서는 꿈을 깨자 夢遊 체험이 일시적인 환상임을 알고 인생도 꿈처럼 허무한 것을 느끼고 미련을 버린다. 물론 <安憑> <金華> <泗水> 등에서도 覺夢후 현실에 돌아온 뒤 南柯一夢이라는 언사를 통해 夢遊 체험에 대한 허무감을 일부 암시한다.

그러나 이들은 南柯太守傳이나 후대의 夢字類에서와 같이 주제표출에 심각한 반응으로 작용하지 않는 점이 서로 다르다. 특히 <安憑>에서는 夢中 체험을 허황된 허무의식으로 받아들이거나 무상함을 강조하기보다는, 이를 계기로 현실에서의 새로운 인생관 가치관의 변화를 보여준다. 이렇게 볼 때 <安憑>은 夢中 체험을 바탕으로 覺夢후에 이르러 주제의식이 크게 반전되어 있음을 알 수 있다.

2) 構造的 意味

(1) 詩宴의 性格과 意味

夢遊世界에서 벌어지는 詩宴의 성격과 그 의미는 주제와 밀접한 관계를 지닌다. 먼저 金縷衣와 羽衣을 입은 두 기생이 일어나 춤을 추고 折楊柳와 蝶戀花를 부르자 왕은 세상의 속된 음악이 귀를 어지럽힌다 하여 금하게 한다. 그 내용을 보면 전자는 이별의 아쉬운 정경을 노래하였고, 후자는 봄의 꽃다운 조화가운데 塵世의 번뇌를 체험하고, 꽃답던 젊음이 쇠잔하여 늙어짐을 한탄하며 금일의 잔치를 마음껏 즐기자는 내용이다.[29]

왕은 이어 자신의 선조인 堯 임금이 짓고 重華(帝舜)가 노래하여 대

---

29) 折楊柳는 강변의 버들을 꺾어 떠나는 손님에게 주는 이별의 정경을 노래한 시로, 古樂府 折楊柳曲과 관계가 있으며, 蝶戀花는 唐 敎坊曲, 鵲踏枝에서 題名을 인용하고 있다.

대로 전습하였다는 南薰曲을 타게 한다. 이에 마치 吳나라 季札이 魯나라에 가서 여러 음악을 품평하면서 舜 임금의 음악인 簫韶를 춤추는 것을 보고 다른 음악은 듣지 않겠다고 한 것처럼, 참석한 무리들이 다른 음악은 듣기를 원하지 않는다. 그러자 왕은 다른 음악은 더 이상 연주하지 말라하고, 각각 한 편씩 시를 지어 미진함을 보충하자고 제의한다.

이렇게 하여 玉妃 王 安憑 周氏 徂來先生 首陽處士 東籬隱者 李夫人 班姬의 순으로 作詩가 이어진다.

왕은 玉妃에게 자신은 아직 술 돌리는 일을 끝내지 못했고 형(玉妃)의 자리가 자신의 다음이니, 주인을 대신하여 먼저 作詩하기를 청한다.

玉妃의 七言絶句를 보면, 은근히 천리의 강남 소식이 응당 孤山處士의 집에도 이르렀는데, 한번 옥 난간에 든 후 봄이 적적하며 성긴 그림자는 누구를 위하여 기울었는지 스스로 가련히 여긴다는 내용이다. 읊기를 마치자 옥이 한하고 구슬이 시름하는 듯 오열하며 말을 잇는다. 자신의 집은 본래 강남에 있었는데 뒤에 고산으로 이사하여 林逋와 더불어 이웃이 되었는데, 스스로 욕되게도 玉欄에 들어온 뒤로는 늘 梅花의 명산지인 西湖를 생각하니, 옛날을 그리워하고 오늘을 슬퍼하는 내용을 글에 표현했다고 하였다.[30]

왕이 이 말을 듣고 실의하여 즐거워하지 않자 좌우에서 그 연고를 물으니, 왕은 한숨짓고 탄식하며 자신의 입장을 토로한다. 실같이 뻗은

---

30) 시에 나오는 마지막 구인 自憐疎影爲誰斜는 梅花와 鶴을 사랑하기로 유명한 北宋의 시인 林逋의 詠梅詩(疎影横斜水清殘 暗香浮動月黃昏)에서 인용되었음을 알 수 있다.
　　林逋는 名利를 구하지 않고 절강성의 孤山에 들어 끝내 벼슬하지 않았다 하며, 처자도 거느리지 않고 梅花와 鶴을 반려자로 삼아 梅妻鶴子로 일컬어진 인물이다. 詩・書・畵에도 솜씨가 있었으며 詠梅詩로 유명하다.

등 넝쿨도 반드시 그 의탁함을 얻거늘, 여자 행함에 어찌 따를 바가 없
으리오. 자신도 東皇과 文定之祥을 이루어(봄과 결혼하여) 齊王后의 義
를 나타내고 葛覃喬木에 南國의 교화를 기약했더니, 東皇이 젊음을 자
부하여 번개 수레와 바람을 멍에하고 달과 꽃을 순행하며 놀자, 上帝가
노하여 동방으로 귀양을 보내게 되었으니, 한 해의 봄 석 달 중에 열흘
을 서로 만날 수 있도록 하였다. 그 이후로는 소식이 끊겨 마치 남북으
로 바다 먼 곳에 처하여, 바람난 말과 소가 서로 미치지 못함과 같고,
은하수의 견우 직녀가 이별한 것과도 비슷하다고 하였다. 이렇게 하여
玉妃의 말과 자신이 서로 느끼는 바가 같음을 나타내었다.

　이러한 왕의 말은 곧 시로 이어져 近體詩 七言을 지어 좌우에 보이
고, 安憑에게 화답을 구한다. 왕의 七言律詩를 보면, 먼저 전반부에서
는 東皇과 이별함이 어제 같은데 꽃다운 때를 원망하는 외로운 심회
를 나타내었다. 이어 하늘 위의 견우와 직녀의 기약은 오직 칠석뿐이
오, 술 동이 앞의 좋은 만남도 열흘을 넘기지 못함을 안타깝게 읊는다.
후반부에서는 견우와 직녀를 바라보며 시름을 위로 받고, 연주하기를
마치니 南薰曲은 다만 백성을 넉넉하게 하는 노래라고 하였다.

　이에 화답한 安憑의 시는 夢中 세계의 느낌을 묘사하였다. 먼저 우연
히 나비를 따라 깊은 곳에 이르게 되어 때아닌 봄에 놀라며, 靑鳥가 홀
연히 西王母의 소식을 전하니 늙은이는 이제야 紫皇辰(왕이 있는 궁궐)
에 절하게 되었음을 적고 있다. 이어 꽃들이 피어나는 것 같은 궁녀들
가득한 자리에서 風月은 사람을 머물게 하고, 술은 흥겨운 정취를 더해
줌을 노래하였다. 또한 묵은 인연으로 玉籍에 오름을 다행히 여기고 돌
아가면 잊을 수 없음을 나타내었다. 이에 좌우 사람들이 安憑의 기이한
재주를 칭찬하고, 安憑은 다음 차례로 周氏에게 읊기를 부탁한다.

　周氏는 이상에서 作詩한 玉妃 王 安憑 등 세 사람과는 달리 滄浪曲
을 노래하였다. 왕은 이에 원래 각각 자신의 뜻을 말하기를 바랬는데,

한갓 옛 글귀만을 외웠다 하여 벌주를 내린다. 그러자 周氏는 벌주를 받고 芙蓉 섬의 주인이 된 그 동안의 외로운 시름을 읊었다.

이상에서 作詩한 내용을 종합해 볼 때, 玉妃 王 周氏의 시를 통해 나타나는 공통점은, 현실 삶에 있어서 자신의 외로운 삶과 고독, 이별의 시름 등이다. 이러한 자신의 심회를 노래함으로써 현실적인 불만과 과거 回想的인 삶을 동경하고 있음을 알 수 있다. 특히 왕의 시에서는 자신의 외로움을 견우와 직녀를 바라보며 달래고, 자신의 선조가 지은 南熏曲을 연주하며 오직 백성이 넉넉하게 됨을 꿈꾸고 있다.

다음에는 이와 대조적인 徂來先生 首陽處士 東籬隱者의 시가 이어진다.

먼저 徂來先生은 周王이 東으로 巡狩한 후에 부질없이 헛된 명예에 머물러 秦나라에 봉했음을 한스럽게 여기며, 풍상에도 변하지 않고자 하는 절개를 읊는다. 분수에 맞지 않는 삶을 한탄하고 傲霜孤節의 절개를 보여주는 내용이다.

이어 首陽處士는 절개를 지키고 首陽山에 들어 고사리로 연명하다 절명한 것이 봄 세 달(구십의 봄)의 長壽보다 고귀함을 기리고, 벼슬이나 부귀영화에 마음두지 않고 천년절개를 지키어 수절하고자 하는 고고한 삶을 나타내었다.

東籬隱者의 시에서는 동녘 울타리를 집으로 하고 살던 栗里에는 陶淵明이 없음을 슬퍼하고, 진나라 孟嘉의 落帽之處인 龍山에는 孟嘉가 없음을 한스럽게 여기며, 道를 즐기고 紛雜하고 화려한 삶을 싫어함을 읊었다.

이상과 같이 徂來 首陽 東籬의 시들은 앞서 지은 시들과는 다르다. 모두 자신의 굳은 절개와 고고한 삶을 주제로 하여 왕으로 하여금 警戒하고 諷諫하고자 하는 내용임을 알 수 있다.

왕이 徂來先生과 首陽處士의 시를 들으니 매 구마다 경계할만한 내용임을 알고, 이들을 譏弄하여 다른 때에 당해서도 능히 枯槁하고 疎 放하였을 것인가를 말한다. 이에 首陽處士는 안색을 바꾸고 소리를 가 다듬어 堯舜시대에도 巢父 許由가 있었으며, 주나라 덕이 비록 성하나 멀리 唐虞에 비하면 오히려 부끄러움을 말하고, 자신들이 비록 노쇠하 여도 巢父나 許由에 뒤지지 않을 것임을 강조한다. 그러자 왕은 스스 로 缺然함을 보였으니, 서로 도와가며 세상을 다스려 만물로 하여금 모두 봄이 되게 하자고 제의한다. 이에 首陽은 淇澳의 첫 장을 읊고, 東籬는 簡兮 끝 장을 읊어 각각 지키는 바가 다르니 서로 마음을 빼앗 을 수 없다는 강직함을 말한다.[31]

이윽고 술이 다하고 安憑이 하직하고자 하자, 왕은 班姬와 李夫人이 자신들의 뜻을 아직 전달하지 못했으니, 이들로 하여금 落寞함이 없도 록 하자고 만류한다. 그러자 李夫人은 先宰께서 建章宮에 나아가 봄을 즐길 새 당시에 은총이 嬪墻에 으뜸이었는데, 꽃다운 마음이 다하지 못하고 분과 채색이 다하니 이를 잊지 못한다는 애절한 정한을 읊었 다. 이어 班姬 역시 李白의 淸平調를 연상하여 옛날 영화롭던 때를 기 억하며 같은 심정을 읊는다.[32]

왕이 옥 쟁반에 春彩段을 담아 李夫人과 班姬에게 상을 내리자, 徂 來先生과 首陽處士는 기뻐하지 아니하고 취하면 물러 나는 것이 복을

---

31) 淇澳와 簡兮는 각각 詩經의 衛風과 北風에 나오는 편명이다. 전자는 毛詩序에 의 하면 衛나라 武公의 덕을 찬미한 것으로 귀인에 대한 사모의 정을 나타내었다.
　　후자는 朱熹의 주에 따르면 西周의 聖王에 대한 동경이라 할 수 있는데, 亂世에 서 태평성대의 귀의를 나타내었다

32) 車溶柱(전게서, pp.146-147)에서 지적한 바와 같이 班姬의 시에 나오는 千載知心唯 李白 解憐飛燕倚新粧은 李白의 淸平詞 一枝濃艷露凝香 可憐飛燕倚新粧을 연상하 고 쓴 것임을 알 수 있다.
　　飛燕은 한나라 成帝時 皇后 趙飛燕을 지칭하며, 歌舞로 뛰어나고 絶世의 미모로 당나라 李白의 시에 미인의 대명사로 오른 여인이다.
　　한편 班姬(斑凄予)는 그녀의 남편의 사랑이 다른 여인에게 돌아감을 원망하는 시를 비단 부채에다 지어 하소연한 인물이다.

받는 일이라고 하며, 인사도 없이 담을 넘어 떠나고 만다. 安憑도 하직을 고하자 왕은 전별의 예로 많은 선물을 전한다. 安憑이 작별을 고하고 문을 나서자 참석하지 못한 한 미인이 있어, 그 泣訴하는 하소연을 듣게 된다. 그것은 俗諺에 전하기를 자신의 선조가 양귀비에게 得罪하였다고 하나, 이 일은 文籍에도 없으며 상고할 수도 없는 일인데, 천년 후손에까지 연루되어 당에 오르지 못한다는 내용이다. 이 말이 채 마치기도 전에 安憑은 맹렬한 천둥소리에 놀라 깨게 된다.

(2) 儒家的 理想과 修身

夢遊錄과 夢字類 작품은 주제를 표출하는 데 있어서 상이함을 보여준다. 車溶柱 교수는 이를 구분하여 夢字類는 覺夢후 후유 상태를 통해 제시되며 주제의 성질도 현실 부정적인 의미가 많고, 夢遊錄은 주제가 夢中世界에 반영되어 있으며, 현실불만을 夢中世界에서 모두 토로하고 추구하고자 하는 이상을 夢中世界에서 구현하고 있기 때문에, 覺夢후에 夢遊者의 심리상태가 夢字類와 같이 심각한 반응을 일으키지 않는다고 하였다.[33]

그런데 <安憑>은 앞에서 분석한 바와 같이 후대 夢字類 소설에 영향을 준 南柯太守傳의 유형과 일부 유사하기 때문에, 후대의 夢遊錄과도 조금 차이가 있으며, 夢字類와도 일치하지 않는 중간적인 형태를 취하고 있다. 그 결과 夢中世界뿐만 아니라 覺夢후의 상태 역시 주제의식의 표출과 깊은 관련을 지니고 있으며 이를 반전시키는 작용을 하고 있다.

따라서 入夢과 夢中事와 覺夢후의 유기적인 고찰이 요구된다. 그러

---

33) 車溶柱, 전게서, p.60.

므로 覺夢後의 상태만을 강조하거나 夢中事의 피상적인 언행만을 살펴서도 안 될 것이다. 夢中事에 있어서도 詩文의 성격을 도외시 할 수 없다. 뿐만 아니라 역사적 인물의 의인화 대상에 관해서도 무관심할 수 없다. 이상의 문제점에 착안하여 상호 유기적인 관계를 분석함으로써 그 의미를 파악할 수 있으리라 본다.

이를 위해 우선 선행된 <安憑>의 주제에 대한 논의를 종합해 보면 다음과 같다.

첫째, 주제의식이 미약함을 지적하고 黜堂한 미인의 泣訴에 초점을 맞춰, 불확실한 사유에 희생되어 오랫동안 냉대와 차별을 받게 되는 인간사회의 不條理를 寓意한 것으로 보았다.

둘째, 覺夢後의 주인공의 태도에 관심을 두고 주인공이 다시는 花園에 들어가지 않았음을 강조하여 人生의 無常을 나타낸 것으로 보았다.

셋째, 선비로서의 마음가짐과 독서 정진의 권장으로 파악하였다.34)

넷째, 夢遊世界를 부귀영화의 삶과 孤高한 삶 그리고 소외된 삶으로 구분하고, 이와 같은 삶의 가치 대립과 인간 소외현상이 있음을 자아 각성함으로써, 선비로서의 갖춰야 할 자세를 경계하고 교훈하려는 것으로 파악하였다.35)

이들 중 마지막의 분석은 세 번째의 견해를 수용하고, 夢中世界의 인물유형을 그들의 성격에 따라 구분하여, 작품전체와 유기적인 관계를 고려하여 주제를 파악하고자 한 점에서 일면 타당성 있게 받아들여진다. 그러나 夢遊世界의 분석에 있어서는 그 성격상 작가의 전기적인 체험과 관련하여 이와 달리 풀이하고자 한다.

---

34) 이상을 차례로 예시하면 아래와 같다.
　　車溶柱, 전게서, pp.147-147.
　　金起東, 전게서, p.112.
　　崔勝範, 전게논문, p.143.
35) 柳鍾國, 전게서, p.112-116.

우선 上記 선행연구와 마찬가지로 夢中世界의 인물유형은 크게 세 가지로 구분할 수 있다. 첫째는 玉妃 周氏 李夫人 班姬 등의 유형. 둘째는 徂來 首陽 東籬의 유형. 그리고 黜堂花의 세 부류로 구분된다.

이미 앞에서 고찰한 바와 같이 본 작품은 등장인물들 간에 펼쳐지는 詩文을 중심으로 내용이 전개되고 있어서 이들의 유기적인 해석이 필요하다.

이들이 夢中世界에서 作詩한 詩文의 내용과 인물성격을 보면, 玉妃 周氏 李夫人 班姬 등의 인물유형은, 부귀영화의 삶으로 대두되는 삶의 자세를 강조하기보다, 한결같이 과거의 세계에 대한 회상과 동경임을 알 수 있다. 따라서 현실세계에 대한 만족보다는 불만족한 요소가 더 강하게 나타난다. 이들이 보여주는 회합의 성격이 환락과 즐거움이 아님을 주목할 필요가 있다고 본다.

夢中會合에서 보여주는 대화나 詩文의 성격은 각자의 품은 심회를 토로하는 목적에서 행해지고 있으며, 왕 역시 이들로 하여금 각자의 의견을 듣고자 하였음을 알 수 있다.36) 그 결과 이들은 현실의 만족이나 즐거움을 강조하기보다는 이상의 동경과 과거의 회상이 부각되고 있다.

이와 대조적으로 徂來 首陽 東籬 등은 절개와 고고한 삶의 자세를 대표한다고 볼 수 있다. 이들은 비록 堯舜시대일지라도 巢父와 許由가 존재했으며, 周나라가 비록 성했어도 멀리 唐虞에 미칠 수 없음을 말하고, 자신들의 굳은 의지를 왕에게 역설하였다. 이를 통해 왕은 자신이 생각하기를 왕도가 탕탕하여 초목이 다 순종하고 한가지 물건도 자신의 교화에 복종하지 않음이 없다고 생각했으나, 스스로 缺然함을 보았으니 서로 도와 다스려 만물로 하여금 모두 복되게 하자고 제의하였다.

---

36) 周氏의 作詩 차례가 되자 周氏가 한갓 滄浪曲을 외우자, 왕은 본래 각자의 뜻을 말하기를 바랬으나 옛 글만을 외웠으므로 벌주를 내린다.

夢遊錄 작품에 있어서 夢中事는 현실을 寓意的으로 비판하며, 지향하고자 하는 이상향이 寓言의 형식을 빌어 간접적으로 제시되는 것이 일반적이다.

<安憑>의 夢中世界는 후대의 작품과는 달리 현실적인 사회문제에 대한 은유풍자나 구체적인 역사적 사실에 대한 비판적 성격을 강조하지는 않고 있다. 그러나 玉妃 周氏 李夫人 班姬 등과 같은 인물유형의 성격과 作詩는, 과거 回想的인 이상에 대한 지향의식을 보이거나 현실생활에 대한 불만족을 나타내 준다. 이와 달리 徂來 首陽 東籬와 같은 인물유형은 자신의 뜻을 굽히지 않는 은사유형으로 대표된다. 한편 당에 오르지 못한 黜堂花는 억울하게 배척 당하거나 차별을 받는 부조리한 역사적 사실을 암시하는 인물유형으로 형상화하였다.

결국 이러한 세 가지 인물유형은 작가가 위치한 현실적인 배경과 무관하지 않으며, 소외된 자신의 현실적 배경과 정치적 체험을 바탕으로 儒家的 이상추구를 강조하고 있다고 보아진다.

企齋 자신이 벼슬길에서 15년 동안 물러나 閑居한 역사적인 배경을 상기해 볼 때, 자신이 정치에 참여했던 인물인 점에서는 과거 회상적인 정치참여와 더 나은 이상적인 통치를 생각할 수 있고, 현실에 불만족한 은사의 입장은 자신의 이상과 부합되지 않는 현실에는 동조할 수 없음을 피력하고 있으며, 배척 당한 인물로 형상화된 입장에서 볼 때는 충간을 하소연하는 현실문제와 관련되어 있다고 본다.

따라서 위에서 인용한 바 부귀영화의 삶으로 분석한 선행된 인물유형의 분석은 夢中 활동의 피상적인 일면에 불과하다. 玉妃 周氏 李夫人 班姬 등과 같은 인물유형은 현실적인 부귀영화의 삶을 강조하기 위한 것이 아니라, 과거 회상적인 지향의식과 보수적인 자세가 강조되어 있다.

결국 주인공인 安憑의 입장에서 보면, 누차 과거에 실패하고 失意에 빠진 위치에서 이러한 夢中 체험을 통해 자신의 삶의 자세를 각성한다. 이를 계기로 선비로서의 자세를 다시 돌아보고 오직 도학자의 세계에 潛心하여, 학문에 정진하고 도를 추구하여 본업에 충실하고자 하는 교훈적인 의미가 강조되어 있다. 修身齊家의 儒家的 理想을 엿볼 수 있다.

이것은 申濩의 跋文에서 확인한 바와 같이, <安憑>을 통해 작가가 지향하고자 하는 작가의식이 道文一致의 載道的인 목적으로 굴절되어 있음을 말해준다.

이상과 같은 작가의식은 그의 文集을 통해서도 확인할 수 있다. 그는 항상 벼슬길에 물러나 있으면서도 붉은 충심은 항상 임금을 향하고 있으며, 만년에 병환으로 벼슬을 그만두려 할 때에도, 평소 살아서는 堯舜과 같은 임금이 되도록 받들고자 하는 생각을 차마 끊을 수 없음을 보여준다. 또한 堯 임금을 본받아 백성을 편안히 통치하기를 은연중 바라고 있음을 알 수 있다. 나아가 華胥國과 같은 이상국가를 꿈꾸는 내용도 자주 나타난다.[37)

결국 <安憑>에서는 독자로 하여금 民彝와 世敎를 강조하기 위한 방편으로, 교훈적 의미를 강조하는 作家意識이 부각되어 있다고 보아진다.

그러므로 企齋는 儒學思想과 소설의 효용가치를 조화시키고 있으며, 소설문학에의 관심 역시 긍정적인 방향에서 儒家的 이상과 가치를 추

---

37) 華胥國에 대해서는 企齋集 권1 賦(p.61. p.75)를 참고 할 수 있다. 또한 企齋集 권3, 元亨里 敍事 30운(pp.67-68)에서는 元亨里에서 閑居하는 동안 자신의 충성심과 堯舜 시대의 동경을 짐작할 수 있다. 企齋文集 권3, 乞致仕箋과 賜謝机杖宴箋 (pp.105-106)의 경우, 전자에서는 生未忍永訣 堯舜이라 하여 堯舜의 이상추구를 잘 말해준다. 후자에 있어서는 堯 임금을 본받아 백성을 편안히 하고, 文王의 노인 봉양하는 것이 자신에게까지 미쳐 은혜를 입고 있음을 표현함으로써, 이에 대한 남다른 관심을 보여준다.

구하고자 했음을 알 수 있다.

그 결과 전대의 傳奇體에서 보여주는 허구적 요소가 제거되고, 儒家的 가치기준에 입각한 격조 높은 작가의식과 문학성을 보여준다. 특히 이것은 戒世懲人의 교훈적인 주제를 강조하고 있는 전대의 假傳 문학을 면면히 계승한 연계적 특성이라 할 수 있다.

2. 書齋夜會錄

고려조 假傳 작품은 설화문학을 이어 조선 초 본격적인 고소설의 출현에 앞서 교량적인 역할을 한 문학사적 의미를 지닌다. 이러한 假傳에 관한 초기 연구에서는 그 형성배경과 문학적 성격, 樣式의 개념 규정 등 설화문학에서 소설로 전개되는 과정에 놓인 문학사적 의의와 양식적 특징이 주로 논의되었다.[38]

그후 개별 작품에 관한 일부 편협적인 연구에서 벗어나 조선조 작품에 이르기까지 폭 넓고 좀더 깊이 있는 연구결과가 이어져 왔다. 그 결과 중국 假傳과의 종합적인 비교분석은 물론, 史傳 假傳 托傳 家傳 列傳 기타 私傳 世家 등을 포괄하는 傳 양식의 발전 및 소설에서의 수용양상 등 광범위한 연구 범위와 방법론의 확대에 힘입어 활발한 연구가 진행되어 왔다.[39]

---

38) 申基亨, 「假傳文學論攷 上」(국어국문학 15·16, 1956).
　　金光淳, 「韓國擬人文學의 史的系譜와 性格」(국문학 16·17, 1968).
　　趙東一, 「假傳의 장르 규정」(장암지헌영선생화갑기념논총, 1971).
　　曺壽鶴, 「假傳研究」(어문학 29, 1973).
　　金鉉龍, 「麴醇傳과 麴先生傳研究」(국어국문학 65·66, 1974).
　　安秉尙, 「高麗假傳의 形成과 그 性格」(북악한학 1, 1978).
　　＿＿＿, 「李朝心性假傳의 展開와 그 性格」(한국학논총 1, 1979).

고려조에 형성된 假傳 작품은 武臣亂 이후 대두한 신흥사대부들의 대 사회적인 이념표출과 밀접한 관련을 가지고 있으며,[40] 失勢한 문인들의 울분과 이상 및 戒世를 寓意하여 諷刺나 破閑으로 울분을 달래거나 은유로 일깨워 보려는 역사적 배경을 지니고 있다.[41]

따라서 假傳은 자신들의 심리를 투영하는 매체로서 破閑의 심리에 부응하여 그들이 닦은 문장력을 마음껏 구사하였고, 주위의 사물을 의인화하고 광범위한 역사적인 典故를 수용하여 戒世懲人 醒世訓人과 같은 교훈적인 주제를 공통적으로 지니고 있다.

趙東一 교수는 사물을 의인화하여 사물의 의미와 인생의 교훈을 함께 추구하는 假傳의 격조 높은 문학성은 사물에의 관심을 철학적으로 전개한 新興士大夫들의 등장으로 비롯되었으며, 이와 관련하여 장르체계사를 철학사와 병행시켜 다루려는 새로운 연구방향을 제시한 바 있다.

事物에의 관심을 史記의 격조 높은 형식을 가져와 文學的으로 상승시킨 것이 假傳體이며, 假傳體의 人工性과 非現實性은 일상생활의 次元를 넘어서 事物의 의미를 신선하게 추구하는데 유리한 작용을 했다. 그리고 假傳體는 事物의 의미와 人生의 敎訓을 함께 추구하는데, 이점 역시 士大夫의 사고를 반영한 것이다.[42]

---

39) 趙泰英, 「傳樣式의 發展樣相에 관한 研究」(서울대 석사논문, 1983).
    朱明姬, 「傳의 樣式的 特徵과 小說로의 受容樣相」(서울대 박사논문, 1985).
    金昌龍, 『韓國假傳文學의 研究』(개문사, 1985).
    金光淳, 『韓國擬人小說研究』(새문사, 1987).
40) 趙東一, 전게논문, pp.343-345.
    蘇在英, 『古小說通論』(이우출판사, 1983), p.274.
41) 安秉尚, 전게논문, 1978, p.70. p.44.
42) 趙東一, 전게논문, p.353.

또한 이것은 허구세계에 접근할 수 있는 양반들의 관심을 충족시켜 주게 되고, 그 결과 본격적인 소설문학을 전개시키는 과정에 있어서 중요한 소설사적 의의를 지니고 조선조로 이어질 수 있게 되었다.

조선조에 이르러 사물의 의인화는 차츰 표현의 세련미를 보여준다. 그 결과 소재의 현실성, 적극적 시대성의 반영, 소설구성의 요건 제시 등을 통해 본격적인 작품이 등장하게 되었다.[43]

假傳은 그 자체의 樣式的 특징이라 할 수 있는 傳과 寓言의 문학적 변용을 통해 그 형식적 제약을 보여준다. 또한 역사적 사실과 다양한 典故에 의존하는 해박한 지식을 필요로 했기 때문에 평민층과는 달리 유식계급과 밀접한 관계를 지니고 창작되었다.

특히 文房四友를 立傳한 假傳 작품은 고려조 李詹의 楮生傳을 필두로 韓末 一和先生文集에 전하는 崔鉉達의 硯滴傳에 이르기까지 계속 이어졌는데, 이는 사대부들이 갖춰야 할 필수품으로 쉽게 立傳하였음을 알 수 있다. 이들 작품들은 唐代 韓愈의 毛穎傳을 효시로 상호 밀접한 영향관계를 시사해준다.

書齋夜會錄은 文房四友를 의인화한 假傳 양식의 작품으로, 企齋記異가 학계에 소개됨으로써 처음 알려지게 되었다. 書齋夜會錄은 조선조에 들어 文房四友를 의인화한 초기의 작품이며, 그 변이와 독창성을 보여주는 면에서 주목된다.

그러나 書齋夜會錄 뿐만 아니라 文房四友를 의인화한 다른 작품에 대해서도 그 동안 체계적인 언급이 없었던 점을 고려할 때, 이들 개별 작품의 소개는 물론 그 연계적 특성을 살피는 본격적인 고찰이 요구된다. 특히 書齋夜會錄은 文房四友를 의인화한 假傳 양식을 원용하여, 관직에서 물러난 후 은거한 작가의 自敍傳的인 사실을 수용하고 있는

---

43) 蘇在英, 전게서, p.278.

점에서 여타 작품들과 구분되는 특성을 지닌다.

이 작품은 설화와 소설과의 과도기적인 형태에 놓인 假傳의 변모 양상을 보여주며, 同種의 假傳 작품과는 달리 사건구성 및 구조적 의미에 있어서도 독창성을 보여준다. 특히 주제의식의 표출에 있어서는 老莊思想과 寓言을 활용하여 道家的 사유와 이와 관련된 인생관 세계관을 드러내는 독창적인 기법을 보여준다.

이처럼 書齋夜會錄이 文房四友를 의인화한 假傳 양식을 수용하고 있으며, 양식사적인 변모 발전의 측면을 보여주는 면에서 아래에서는 먼저 그 구조와 類型的 특성을 살피고자 한다. 이어 작품에 수용되어 있는 老莊思想과 寓言의 문학적 形象化 및 그 의미를 고찰하려 한다.

1) 構造分析

(1) 事件構成

書齋夜會錄은 文房四友인 紙筆墨硯을 의인화한 假傳 양식의 수법을 도입하고 있다. 그러나 이러한 구성방식을 일부 變容하여 落拓豁達한 선비가 자신의 방안에서 文房四友의 모임을 엿보고 이들과 만나 서로의 내력을 토로한 후 헤어지게 되는데, 주인공이 이들 四友를 위해 祭文을 지어주는 서술구조로, 작자의 自敍傳的인 擬人 假託인 점에서 다른 작품과는 변별되는 독창적인 기법을 보여준다. 이를 구체적으로 분석하기 위해 먼저 작품의 주요 내용을 알기 쉽게 순차적으로 요약하여 제시하면 다음과 같다.

(1) 옛것을 좋아하고 품은 뜻이 커 세상에서 물리친 바 된 한 선비가, 산촌에 別墅를 짓고 문 밖 출입을 끊은 채 오직 書史를 즐기며 지낸다.

(2) 하루는 書齋를 나와 가을밤의 흥취에 시를 읊다가 문득 자신의 書齋에서 들려오는 소리에 방안을 엿보게 된다.

(3) 書齋에는 모습이 서로 다른 네 사람이 주인 없는 틈을 타서 서로 대화를 나누고 있었다.

(4) 이들이 차례로 주고받는 대화와 詩文을 엿듣던 선비는 처음에는 도적인가 의심했으나 이들의 정체를 알게 된다.

(5) 잠시 후 선비는 이들이 흩어질까 의심하고 인기척을 내자 방안이 조용해지고 문득 자취를 감추게 된다.

(6) 선비는 이들이 다시 형체를 나타내기를 빌어, 직접 만나 각자의 家門과 사연을 차례로 듣게 된다.

(7) 선비는 이어 서로의 남은 회포를 시로 나타내기를 제의하여 차례로 읊는다.

(8) 文房四友는 지금껏 주인이 알아준 은혜를 빌어 멀리 내치지 말기를 부탁하고 작별하게 된다.

(9) 선비는 날이 밝자 종이에 벼루와 붓과 먹을 싸서 묻어주고 祭文을 지어 제사를 올린다.

(10) 그날 밤 꿈에 四友가 다시 나타나 公의 수명은 앞으로 40년을 더 살 수 있다고 사례하고 사라진다. 그 후 왕래가 끊기어 이러한 괴변이 다시는 없었다 한다.

일반적으로 假傳 양식은 導入部 展開部 論評部로 구분되는 구조적 특성을 지니고 있다. 導入部는 立傳한 주인공의 가계와 신분에 대해 서술하며, 展開部는 주인공의 행적을 허구화하고, 論評部는 작가의 주관을 개입하여 주제를 제시하는 총평부분에 속한다. 이러한 형식은 史傳體를 답습하고 있으며, 중국의 唐 宋代의 假傳에서도 동일함을 알 수 있는데, 대부분 작품 말미의 論評部를 통해 작자의 사상과 주제를 표현하게 된다.44)

---

44) 金光淳, 전게서, pp.75-82. 참고.

상기 내용을 종합해 보면, (1)은 導入部로서 주인공인 선비의 인물소개와 작품 배경이 나타나 있다. (2)~(8)은 展開部로서 文房四友를 의인화하여 주인공이 이들을 만나서 헤어지기까지의 과정을 대화와 詩文을 통해 서술한 부분이다. 그러므로 다른 작품과는 달리 이 안에 다시 文房四友에 대한 신분가계의 설명과 행적이 詩文과 더불어 허구화되어 나타나는 점이 특징이다. 일반적인 假傳 작품의 경우에는 (2)~(8)이 곧 導入部와 展開部에 해당되는데, 이 작품에서는 주인공인 선비를 소개하는 導入部(1)가 새롭게 설정되어 있음이 상이하다.

이것은 주인공인 선비의 행위와 주제를 드러내기 위해 文房四友를 의인화한 假傳 양식을 수용한 점에서 독창적인 구조라 할 수 있다. 또한 주인공이 이들과 나눈 대화와 詩文을 통해 작가의 自敍傳的인 작품임을 알 수 있는데, 이점 역시 독특한 기법이라 할 수 있다.

(9)~(11)은 文房四友와 작별을 한 후 주인공의 동정을 서술한 부분이다. 이 부분은 다른 假傳 유형과 마찬가지로 論評部의 기능을 겸하고 있는데, 四友에 대해 祭文을 올리는 내용이나 그후 다시 이들이 꿈에 나타나 사례하는 사건구성은 일반적인 假傳 작품과는 달리 傳奇體 성격을 공유하고 있다.

결국 본 작품은 假傳 양식을 수용하고 있으나 이들과는 본질적으로 구분되는 구조적 특성을 지니고 있으며, 단순히 文房四友를 立傳하기 위한 목적의 假傳 작품이 아니라는 점에 주목할 필요가 있다. 이제 이를 구체적으로 확인하기 위해 앞에서 제시한 導入部 展開部 結末部(論評部)로 구분하여 분석해 보기로 한다.

가. 導入部

導入部는 주인공의 인물소개와 작품배경이 설정되어 있다. 주인공

인 선비는 옛것을 좋아하고 품은 뜻이 커서 세상에서 물리친 바 되었
으며, 비록 집안은 궁핍하나 뜻은 활달하였다. 일찍이 達山村에 別墅
를 짓고 杜門不出한 채 글로 소일하며 지냈기 때문에 이웃 사람들도
그의 얼굴을 수년동안 보지 못했다.

> 有一士夫 略姓名不書 好古落拓 爲世所濱 家雖窘磬 意豁如也 嘗構別墅
> 于達山村 杜門斷往還 唯以書史自娛 隣比亦不得見其面者 數年矣[45]

선비는 팔월보름을 이틀 앞둔 가을 저녁, 비가 막 개인 긴 하늘은
맑고 밝은 달은 나는 듯 떠오르고 구슬같은 가을 이슬이 내리는 주위
배경에 도취되어, 書齋를 나와 뜰을 거닐며 자신의 심정을 글로 읊조
린다.

읊기를 마치고 서너 번 상심하여 탄식하며 잠을 못 이루고 밖에 나
와 마른 오동나무에 의지하여 앉아 있는데, 홀연 자신의 書齋 안에서
인기척이 있음을 듣게 된다.

나. 展開部

展開部는 선비가 자신의 書齋안에 모인 文房四友의 대화를 엿듣고
이들을 직접 만나 詩文을 지어 교환하며 자신들의 회포를 서술한 부
분이다. 이제 이들 文房四友의 의인화 양상과 대화 및 詩文의 전개양
상을 살피고, 이들의 의미기능은 後述하고자 한다.

잠을 못 이루고 書齋를 나와 있던 선비는 문득 자신의 書齋안에서

---

45) 위의 인용문에는 達山村이란 공간적 배경이 나온다. 이것은 작품 중에 제시된 고
요하고 외떨어진 배경묘사나 산중의 書齋라는 표현 등으로 보아 깊은 산촌에 은
둔하고 있는 자신의 위치를 대변하고 있는 듯하다.

들려오는 인기척 소리를 듣게 된다. 선비는 도둑인가 의심하고 맨발로 조용히 몇 걸음을 걸어 書齋 가까이 나아가, 몰래 창 틈으로 각기 다른 모습을 한 네 사람의 형상을 확인한다. 이들의 묘사를 통해 文房四友의 의인화 양상을 살펴 볼 수 있다. 한 사람은 검은 옷에 검은 관을 썼는데, 중후하고 꾸밈이 적어 나이가 제일 많아 보였다. 또 한 사람은 점박이 무늬에 모자를 벗은 채 상투를 드러내고 위를 우러러 쳐다보는 모습을 하였는데, 생긴 기틀이 몹시 날카로워 보였다. 한 사람은 흰 옷에 두건을 썼는데 용모와 威儀가 玉雪 같았다. 또 한 사람은 검은 옷에 검은 모자를 썼는데, 얼굴이 마치 검푸른 칠을 한 것 같아서 보기에 추하고 또 키도 작달막한 모습을 하고 있었다.

이들을 차례대로 보면 각각 벼루, 붓, 종이, 먹을 形象化하고 있다. 이처럼 文房四友를 좀더 구체적으로 의인화하여 인물의 성격을 부각시킨 점은 거의 일률적으로 묘사되는 同種의 다른 假傳 작품들과 구분된다. 전반적으로 볼 때 표현의 세련미와 기법상에 있어 소설의 구성요소에 좀더 접근하고 있음을 보여준다. 네 사람은 주인이 없는 틈을 타서 서로 대화를 나누며 詩文을 교환하는 가운데 莫逆之友와 切磋琢磨의 道를 말한다. 이들 대화와 詩文을 통해 老莊의 중심사상이라 할 수 있는, 無의 세계와 老莊的 초월자의 경지를 추구하는 道家的 철학사상을 보여준다. 이에 대해서는 뒤에서 구체적으로 언급하고자 한다.

선비는 이들이 처음에는 도둑인가 의심했으나 이미 物怪(文房四友)임을 깨닫고, 두려움을 없애고 자세히 관찰하고자 하는데 혹 틈이라도 있어서 자신이 발각될까 걱정한다.

이윽고 방안에 모인 사람들이 말이 없자, 선비는 이들이 장차 흩어질까 의심하여 기침소리를 내니 방안이 조용해지며 문득 형체가 사라지게 된다. 선비는 마침내 물러나 이들의 실정을 모두 알고 있음을 말하고 네 사람이 다시 나타나기를 빈다. 선비는 빌기를 마친 후 옷깃을 가다듬고 서서 기다리기를 오래도록 태만히 하지 않았다. 얼마 후 선비는 이들과 직접 다시 만나게 된다.

> 홀연히 書齋 북쪽 창 밖에서 희미하게 소리가 나더니 점점 가까워졌다. 선비는 그 변괴가 있음을 알고 뜻을 굳건히 하여 움직이지 않았다. 때는 서산에 달이 기울려 하고 달 그림자가 대청에 드리워 있었다. 세 사람이 서로 연달아 오는데 의관과 모습이 한결같이 방안에서 본 것과 같았다.[46]

이에 세 사람만이 먼저 이르러 늘어서서 절을 하자, 선비도 答拜를 하고 문득 한 사람이 빠진 것을 묻는다. 그러자 한 사람은 관을 쓰지 않아서 감히 뵙지를 못한다고 대답한다. 선비는 산 속 書齋에서 밤에 모이는 것이니 예법을 따질게 아니라고 하고 속히 맞이하려 한다. 脫帽者(붓)가 이 말을 듣고 망설이며 집 뒤로부터 나와서 무례한 것을 사과하자, 선비는 이를 위로하고 서로 더불어 對坐하게 된다.[47]

선비는 성명과 가계의 계통을 물어 산의 精靈인지 나무 귀신인지를 분별하고자 했으나, 그들의 뜻을 거스를까 염려하여 감히 급히 발언하지 못하고 자신을 먼저 소개하였다.

선비는 자신의 가계와 지내온 사정을 먼저 말하고, 四君에게도 이를 제의하여 이들의 가계와 행적을 차례로 듣게 된다. 앞에서 언급한 바와 같이 文房四友의 가계와 행위소개는 다른 작품과 유사한 형식으로 되어 있다. 다만 이들이 모두 늙고 볼품없게 되자, 주인공인 어진 선비

---

46) 書齋夜會錄 9면.
47) 이 부분은 마치 韓愈의 毛穎傳에서 임금이 毛穎을 불렀을 때에 毛穎이 자신도 모르는 사이에 옷소매를 떨치고 갔으므로, 곧장 관을 벗고 사례하는 내용과 유사하다. 그러나 書齋夜會錄의 경우 이를 유기적으로 재구성하여, 전자와는 달리 脫帽者인 붓의 형상을 살려 옷소매가 아닌 관으로 처리하였다.

에게 자신들을 의탁하며 늙어서 버림받는 탄식이 없기를 간청하는 점
이 다르다.

그러자 선비는 이를 허락하고 얼마 전 방안에서 각기 글을 지었던
일을 상기하며, 장차 새벽이 이르기 전에 쌓인 회포를 토로하도록 제
안한다. 계속해서 四友의 시를 들은 선비는 이들을 가상히 여겨 칭송
하고, 자신도 마지막으로 응수하여 作詩하게 된다.

> 백년동안 사귄 교분 장차 누구에게 의탁할 것인가
> 우연히 산 속에서 네 노인을 알게 되니
> 훗날 알 수 있게 오늘밤의 맑은 대화를 기록하여
> 지은 것을 書齋에 두니 篋笥가 진귀하다[48]

이에 네 사람이 다시 선비에게 사례하고 자신들을 멀리 내치지 말
도록 부탁하고 작별하게 된다. 선비는 홀로 방안에 누워 잠을 못 이루
고 자기가 만난 일을 생각하니 차츰 그 뜻을 깨달을 수가 있었다. 이
윽고 날이 밝아 심부름하는 아이가 찾아와 늦게 일어나게 된 이유를
묻자, 지난 밤 달이 몹시 밝아 이에 매혹되어 아침잠에 깊이 취했다고
말한다.

선비가 자리에서 일어나 방안의 붓과 벼루와 먹과 종이를 살펴보니,
벼루는 흙벽돌이 떨어져 깨져 있었고, 붓 한 자루는 무늬 있는 붓 대
롱에 붓 뚜껑이 없이 몹시 낡아 글을 쓸 수가 없었으며, 먹은 다 닳아
서 남은 것이 한 치도 안 되었고, 종이는 며칠 전에 심부름하는 아이
가 와서 간장항아리를 덮는다고 하여 허락하였음을 깨닫게 된다. 선비
는 시중드는 아이를 불러 종이를 취해 세 가지 물건을 싸서 담장 밑에
묻고, 祭文을 지어 이들에게 제사를 올렸다.

---

48) 書齋夜會録 20면

다. 結末部

結末部는 文房四友와 작별한 후 이들에게 올린 祭文과 주인공의 동
정이 서술되어 있는데, 작가의 論評的 성격을 겸하고 있다.

　　슬프다! 하늘이 性名을 부여하고 만물에 법칙을 주셨으니, 五倫과 五德
이 있는지라. 오직 朋友는 곧 오륜과 五德 가운데 하나이니, 저녁에 죽는
한이 있어도 오히려 괜찮으나 믿음이 없으면 바로 설 수 없다네. 아득히
실마리가 떨어지고 이에 大道가 막혀서 死生과 貴賤이 雲雨와 같이 경박
하며, 아무 까닭도 없이 만남은 莊子의 기롱하는 바와 합당한지라. 이로
움이 다하면 疎遠하게 되는 것은 현달한 사람의 슬퍼하는 바요. 누가 마
음을 함께 하고 누가 소리를 함께 한단 말인가?[49]

　이렇게 하여 선비는 자신의 방에 홀로 弔喪하는 그림자가 오락가락
번득이며, 좋은 밤 밝은 달에 낭랑히 읊고 맑게 이야기함에 속된 것이
없었음을 회상한다. 이어 老莊的 초월자의 경지를 도입함으로써 老莊
的 도의 추구를 보여 준다. 또한 백년 사귐에 거듭 세상을 논함으로써
살아 있을 때는 막역한 사이가 되었고, 죽어서는 구덩이를 같이 하게
되었으니 하물며 사람이 사물만도 못할 것인가. 낭랑히 이별하며 이들
이 부탁한 것을 잊지 않겠다고 말하고, 이들의 혼이 남아 있으면 이
글에 감응할 것이라 하였다.
　그후 이날 밤 꿈에 네 사람이 다시 찾아와 사례하며 선비의 수명이
앞으로 40년이 더 남아 있음을 말하고, 그후로는 이런 괴이한 일이 없
었다고 한다.

---

49) 書齋夜會錄 22면

(2) 文房四友의 自敍傳的 變容

전술한 바와 같이 書齋夜會錄은 文房四友를 立傳한 假傳의 수법을
취하고 있다. 낡고 쓸모 없게 된 文房四友와 주인공인 한 선비의 위치
가 개연성 있게 결합되어 假傳의 본격적인 소설화 형태를 보여준다.
특히 사건전개방식에 있어서는 소설의 구성요소를 고루 갖춘 自敍傳
的인 변모양상을 보여준다. 그러므로 이 작품의 유형적 특성은 작가
자신의 自敍傳的인 내용과 소설적 사건구성을 보여주는 점에서 찾을
수 있다.

작가의 自敍傳的인 면모를 보여주는 구체적인 예는, 먼저 導入部를
통해 확인된다. 導入部는 옛것을 좋아하고 품은 뜻이 커서 세상에서
소외된 선비가, 산촌에 別墅를 짓고 杜門不出 왕래를 끊은 채 글로 소
일하는 주인공의 행위를 묘사하였다. 이것은 企齋 자신이 己卯士禍에
연루되어 벼슬길에서 물러나 驪州 元亨里에서 詩文을 짓고 閑居하던
자신의 생애를 은연중 비유한 것으로 생각된다. 전술한 바와 같이 시
간적 배경은 大荒落(巳年) 팔월 보름 이틀 전으로 되어 있다. 전술한
작가의 생애를 고려해 볼 때, 50세(癸巳年) 전후의 은거 시기를 배경으
로 창작된 듯하다.[50]

가을밤의 흥취에 이끌려 書齋를 나와 읊은 導入部의 한시 역시 세
속과 멀리 떨어져 있는 자신의 위치와 일치한다. 관직에서 물러나 깊
은 산촌의 書齋에 묻혀 세속 티끌과 멀리한 채, 과거를 회상하며 상심
하는 내용은 이를 잘 말해준다.

---

50) 大荒落이란 의미는 팔월보름을 이틀 앞둔 시간적 배경(年月日)과 관련하여 巳年으
로 풀이하였다. 본문 III. 形成背景. 企齋集과의 관계. 참조.

쩡쩡 나무 찍는 소리는 산골 물길 끝까지 이르고
묏부리 고요한 書齋에는 이웃할 이 적도다
약을 찧는데 다만 응당 옥토끼를 가련히 생각하고
술잔을 멈추고 누구와 더불어 달을 물어 보리오
단풍 숲에 물방울 떨어지니 때로 이슬이 내린걸 듣고
문밖 거리는 맑고 깊어 세속 티끌을 보지 못하리로다
한 번 봉황루를 이별한 지 이제 몇 년이 지났는고
미인은 어찌 다시 사람을 근심케 하는가[51]

展開部에서도 이와 비슷한 내용의 몇 가지 예가 발견된다. 예컨대 주인공인 선비가 자신의 방안에 모인 文房四友의 모임을 엿보다가, 문득 이들이 장차 흩어질까 염려하여 인기척을 내자 자취를 감추게 되는데, 선비는 祝文을 지어 이들이 다시 나타나기를 빌어 직접 만나게 된다. 이에 선비가 자신을 먼저 소개한 부분을 보면 작가의 가계 및 행적과 유사한 내용이다.

某(자신)는 高陽氏의 후예입니다. 집안에서는 좋은 경사를 쌓아 대대로 高官을 傳襲하였으나, 뜻이 학문에 있어 생각에 화려한 것을 끊었습니다. 널리 배우고 자세히 묻고 가까이 생각하고 分辨하는 훈계를 스승으로 삼아, 格物 致知 誠心 正意의 학문을 몸소 실천하였습니다. 스스로 기약하기를 우러러 하늘에 부끄럽지 않고, 굽어 사람에게 부끄럽지 않으며......[52]

---

51) 이와 유사한 내용의 七言律詩 2수가 그의 문집인 企齋別集 권2, pp.34-35에서도 보인다. 이 한시의 題名 안에는 창작시기가 附記되어 있는데, 67세인 庚戌(1550)년 중추일 저녁, 駱峰 企齋에 獨坐하여 水輪(달)과 더불어 술잔을 대하는 내용으로 상기 한시와 상호 유사함을 알 수 있다. 상기 주 50) 참조.
52) 書齋夜會錄 10면.

위와 같이 집안 대대로 名閥의 혈통을 이어 받은 점과 학문에 뜻을 두어, 배우고 묻고 생각하고 분별하는 學問思辨之事와 格物致知 誠心 正意하는 修己治人의 자세는, 論語와 大學 등 四書에 정통하고 六經에 통달하였을 뿐만 아니라 易學에도 뛰어났던 企齋 자신의 학문과 밀접한 관계가 있음을 시사해준다.[53]

또한 마음은 옛것을 사모할 줄만 알고 행동은 허물을 가리지 못해 아홉 번 죽을 뻔한 어려움 가운데에서 헤어 나왔으며, 벗들을 서로 버리고 집안 사람들과도 멀리 떨어져 곤궁함을 당했지만 일찍이 근심하고 원망한 적이 없었다는 내용이 이어진다. 이와 유사한 내용을 그의 문집 중에 나오는 한시에서도 확인할 수 있다. 한시에는 "九死一生하여 남은 몸이 이제 백발의 나이인데, 다만 어찌 벼슬 볼 것을 뜻하겠는가" 하여 관직에서 물러난 뒤의 자신의 심정을 적고 있다.[54] 이를 통해서도 그 연관성을 짐작할 수 있다.

선비는 이제 형체가 마르고 지혜가 부족하며 세상을 피하여 무리를 떠나, 천하가 고요하고 외따로 떨어진 곳에 초당을 짓고 지내는데, 정신은 顔子와 交遊하나 꿈에는 周公도 끊어졌으며, 혹 仁義에 잠기고, 혹 글을 지으며 마음을 풀어보기도 하지만 네 분이 아니면 누가 자신과 더불어 交遊하겠는가를 말한다. 이와 같이 顔回와 交遊하며 安分自足하는 자세는 그의 生涯에서 언급한 바와 같이 다른 여러 시문에서도 쉽게 확인된다. 이는 초당에 묻혀 생활하던 企齋 자신의 생활자세를 나타낸 것으로 보인다.

---

53) 書齋夜會錄에 나오는 師博審思辨之訓과 躬格致誠正之學은 論語 子張편의 博學而 篤志 切問而近思와, 大學에 나오는 修己治人의 지침인 8조목 중 格物致知 誠意正 心의 자세를 인용하고 있다. 행장과 묘지명을 통해 보면 四書에 정통하고 六經에 통달한 企齋의 학문을 참고할 수 있다. 高陽이라는 지명 역시 유관하다.

54) 企齋集 권3, 2책, pp.38-39. 次尹秀才韻示諸卽
"九死餘身白髮年 祇今那意都靑天"(하략)

이상을 통해 나타난 본 작품의 類型的 특성을 아래와 같이 종합할 수 있다.

첫째, 文房四友인 紙筆墨硯을 의인화한 假傳 양식을 수용하여 작가의 自敍傳的인 내용을 소설화하여 독창적인 기법을 보여준다. 특히 세상에서 배척된 주인공과 낡고 쓸모 없이 된 紙筆墨硯과의 동질성을 통해, 주인공의 행위와 개연성을 맺게 한 서술구조는 다른 작품과 구분되는 수법이다. 導入部에 주인공인 선비의 인물 묘사와 작품배경이 설정되고, 展開部에서 이를 다시 의인화된 등장인물과 유기적으로 결합시킨 사건구성은 假傳 양식을 보다 더 발전시켜 소설의 구성요소에 접근하였다고 보아진다. 따라서 書齋夜會錄은 조선조 전기의 소설 발달사에 있어서, 假傳의 내재적 변이양상과 自敍傳的 소설화과정을 보여주는 작품이라 할 수 있다.

둘째, 詩文의 삽입을 통해 표현의 묘미를 덧붙인 점도 다른 同種의 假傳 작품과 구분되는 특성이라 할 수 있다. 文房四友를 위해 祭文을 지어 주는 結末部 역시 새로운 변이양상이다.[55] 이와 함께 結末부분에 다시 꿈을 假託하여 주인공의 수명이 앞으로 40여 년이 남았음을 알리는 사건구성은 傳奇體의 영향을 완전히 벗어나지 못했음을 말해준다.

한편 이러한 結末部의 처리에 대하여, 사건이 일회적이며 주인공이 일상성을 다시 계속하고 있어 극적 긴장감이 결여되어 있다는 지적도 있었다.[56] 이것은 초기소설의 형성과정에 있어서 傳奇體的 성격에 중점을 두고 비교한 결과로 생각된다.

그러나 이 작품은 傳奇體的 맥락보다는 假傳의 변이와 自敍傳的 의

---

55) 후대의 南有容의 毛穎傳補에서도 벼루에 대하여 銘文을 지어주는 내용이 나오는데, 文房四友를 立傳한 작품들의 영향관계를 짐작할 수 있다.

56) 김종철, 「서사문학에서 본 초기소설의 성립문제」(『古小說 研究論叢』, 茶谷 李樹鳳 先生 回甲紀念論叢), p.201.

미를 보여주는 점에 초점을 맞추어 볼 때, 작가의 역사 전기적인 현실 배경과 밀접한 관련을 맺고 있다. 그 결과 전대의 傳奇體나 假傳 작품과는 달리 좀더 현실적으로 개연성 있게 변화시키려 한 결과라 보아진다. 여기에 도입된 40년의 수명이 남았다는 꿈 이야기의 수용은, 단지 허구적인 사건구성을 강조하기 위한 장치라기보다는, 작자 자신의 自敍傳的인 원망표출이라 할 수 있어 인과론적 해석을 가능하게 한다. 다시 말하면 작자 자신이 40대 전후에 관직에서 물러나 은거한 생활의 단면이 심적 동인이 되어 장차 주인공의 원망과 욕구를 표면화하였다고 보여진다.57) 따라서 사건이 일회적으로 끝맺은 것이나 주인공이 다시 일상적인 삶을 계속하는 結末部 처리는 假傳의 양식 안에 작가의 自敍傳的인 내용을 현실성 있게 변용한 결과이며, 그러한 자신의 인생관과 가치관을 반영한 결과로 해석된다. 이것은 전대의 假傳 및 傳奇體와 구분되는 변모양상이라 할 수 있다. 오히려 이것은 비현실적 성격이 제거되고, 새로운 삶을 추구하는 삶의 지향점을 현실적으로 개연성 있게 수용한 특성이라 할 수 있다.

셋째, 표현의 세련미와 서술의 주관성을 들 수 있다. 일반적으로 假傳은 역사적 사실이나 典故의 인용을 통해 현실을 풍자하거나 비유적인 寓言을 통해 戒世懲人하는 주제를 지니고 있다. 이것은 또한 정도의 차이는 있으나 중국의 작품에서도 마찬가지이며, 고려조는 물론 조선조에 이르러서도 계속되어 온 假傳 筆法의 한 특성으로 지적된다. 書齋夜會錄의 경우는 이들 다양한 고사를 나름대로 주관성을 가지고 수용하였으며,58) 주제의식을 나타내기 위한 배경사상과 寓言의 활용도

---

57) 이와 동일한 원망표출은 何生奇遇傳의 結末部에서도 마찬가지라 할 수 있다. 何生奇遇傳의 경우, 何生이 登科하여 寶文閣 尙書令의 벼슬에 오르며, 積善과 餘慶의 두 아들을 낳고 40여 년을 同居同樂한다. 이러한 結末部의 처리 역시 작가 자신의 역사 전기적인 배경과 유사한 사건구성이라 할 수 있다.
58) 書齋夜會錄은 전 후기에 나온 同種의 다른 작품과 달리 인용고사나 표현기법 등

道家思想을 바탕으로 전개되는 특성을 지니고 있다.

(3) 同系 作品과의 관계

文房四友를 의인화한 假傳 작품은 唐代 韓愈의 毛潁傳을 효시로, 중국은 물론 한국의 경우도 그 영향아래 여러 작품이 창작되었다.

중국의 경우 시대적으로 書齋夜會錄보다 먼저 창작된 작품으로, 唐代에는 韓愈(768-824)의 毛潁傳(붓)과 文崇의 卽墨侯傳(벼루), 管城侯傳(붓), 好畤侯楮知白傳(종이), 松滋侯易玄光傳(먹)이 있다. 宋代에는 蘇軾(1036-1101)의 萬石君羅文傳(벼루)이 있다.

위 작품들은 書齋夜會錄보다 적어도 400-700년 이전에 창작된 작품이다. 먼저 이들 작품의 특색을 몇 가지로 요약하고 그 영향관계를 살펴보고자 한다.

(1) 제명 : 毛潁傳은 毛筆을 立傳하여 이를 의인화한 이름이며, 나머지 작품 역시 文房四友를 의인화하여 卽墨侯 管城侯 好畤侯 宋滋侯 萬石君 등 官爵을 첨부하고 있다.

(2) 소재 : 文房四友 가운데 어느 하나를 중심으로 그 생애를 허구화하는 의인수법을 쓰고 있다. 그러나 대부분 그 나머지 대상에 대해서도 상호 관계를 간단히 언급하고 있는데, 선대의 가계소개 및 官爵과 성명, 字號 등의 명칭에 있어서 조금씩 차이를 보여준다.59)

에 있어서 서술의 주관성을 보여준다. 韓愈의 毛潁傳에 나오는 내용에 대해서도 다른 각도로 수용되고 있다. 이에 대해서는 뒤에서 재론하고자 한다.
59) 文房四友의 명칭을 보면, 후대의 작품들이 대부분 韓愈의 毛潁傳은 물론 상기 작품들을 모방하고 있어 그 영향관계를 짐작할 수 있다. 후대의 작품과 비교의 편의를 위해 그 명칭을 열거하면 다음과 같다.
  毛潁傳 - 陣玄 陶弘 楮先生 毛潁, 卽墨侯傳 - 石虛中 毛元銳 易元光 楮知白,
  楮知白傳 - 石虛中 毛元銳 易玄光 楮知白, 萬石君羅文傳 - 墨卿 毛純 楮先生 羅文.

(3) 구성형식 : 문장결구 형식은 史傳體를 답습하여 대체로 주인공의 가계(도입), 주인공의 행적, 논자의 평결부분인 論贊의 세 부분으로 구분된다. 이들은 대부분 論贊 부분을 통해 작가의 作意를 짐작할 수 있다. 論贊형식은 太史公曰(毛潁傳), 史臣曰(卽墨侯傳, 管城侯傳) 등과 같이 史官의 職名 또는 贊曰(萬石君羅文傳), 論曰로 시작하거나 혹은 개인의 호나 이름 등을 취하게 된다.

이중 도입부에 주인공을 소개하는 형식을 보면 상호 유사함을 보여준다.

　　毛潁傳 : 毛潁者 中山人也 其先明眎 佐禹理東方士 養萬物有功 因封於卯地 死爲十二神者

　　管城侯傳 : 毛元銳字文鋒 宣城人 --- 世居兔園 少昊時 因少暴農之稼 爲鶏鳩氏所擒

　　好畤侯楮知白傳 : 楮知白字宋玄 華陰人也 其先隱居商山之百花谷 因谷氏焉

　　松滋侯易玄光傳 : 易玄光字處晦 燕人也 其先號靑松子 頗有材幹 雅淡淸貞 深隱山谷 以吟嘯煙月自娛

　　萬石君羅文傳 : 羅文歙人也 其上世常隱龍尾山 未嘗出爲世用 自秦棄詩書 不用儒學 漢興蕭 何輩又以廬筆吏取得將相 天下靡然效之

(4) 내용 및 주제 : 毛潁傳은 先世에 모두 나라에 공이 있어 본래 仕宦의 世系이지만 그후 총애를 잃고 불행하게 되는 내용으로 諷君戒臣의 주제를 지니고 있다. 萬石君羅文傳의 경우도 이와 同軌의 작품이며, 임금을 섬기는데 있어서의 어려움을 풍자하는 내용이다. 管城侯傳의 경우는 신하의 본분을 알고 그 책임을 다하면 그 영화가 자신의 몸에 그치지 않고 자손에까지 미치며, 임금을 섬기는데 있어서 경계로 삼아야 할 것을 주제로 한 내용이다. 그밖에 卽墨侯傳 易玄光傳 楮知白傳

은 終身토록 정성을 다해 총애를 잃지 않는 寵臣之類로 분류된다.[60]

그밖에 書齋夜會錄보다 후대에 나온 작품으로는 淸代의 申涵光의 毛穎後傳과 1676년 경 虞初新志의 편자인 張潮의 楮先生傳, 그리고 閔文振의 楮待制傳이 있다. 이들 작품은 전대의 작품에 비해 立傳 대상의 용도 및 내용면에서 시각의 폭이 넓어지고 있다.[61]

文房四友를 의인화한 假傳 작품은 사대부들의 書齋에 필수적으로 갖춰야 할 문방구를 소재로 하기 때문에, 이들의 지속적인 관심 속에 다양한 작품이 창작되었다. 국내의 경우 고려조 李詹의 楮生傳을 필두로 조선조 말에 나온 崔鉉達의 硯滴傳에 이르기까지 창작된 다음의 작품들은 이를 잘 말해준다.

왕조	작 품 명	작 자	의인대상	논찬형식	출 전	비 고
고려	楮生傳	李 詹	종이	太史公曰	東文選	1345-1405
조선	書齋夜會錄	申光漢	紙筆墨硯	不昧子	企齋記異	1484-1555
	陳玄傳	金奭行	먹	訥窩子曰	晚可齋稿	1688-1762
	毛穎傳補	南有容	紙筆墨硯	贊曰	雷淵集	1698-1773
	陳玄傳	趙載道	먹	贊曰	忍庵集	1725-1749
	硯滴傳	釋應允	연적		鏡巖集	1743-1804
	楮白傳	朴允默	종이	贊曰	存齋集	1771-1849
	毛元鋒傳	〃	붓	〃	〃	〃
	陳玄傳	〃	먹	〃	〃	〃
	石坦中傳	〃	벼루	〃	〃	〃
	四友列傳	申弘遠	사우	혼돈자왈	석주집	1787-1865
	管城子傳	韓星履	붓	野史氏曰	可軒未定稿	1880경
	硯滴傳	崔鉉達	연적	외사씨왈	一和先生文集	1867-1942
	文房四友傳	安 曄	사우	태사공왈		개화기 이후

---

60) 安秉尚, 『中國寓言傳記研究』(국민대 출판부, 1988), pp.222-225. 230-236. 참고.
61) 毛穎後傳은 毛穎의 후일담을 연장하여 부연하였으며, 楮先生傳은 지폐, 雜文書에 이르기까지 그 용도의 폭이 넓어졌고, 楮待制傳은 紙傘 紙扇 화선지 등의 용도까지 폭넓게 다루고 있다.
　　金昌龍, 『韓國假傳文學選』(정음사, 1985), p.247. 참고.

위의 작품들을 보면 조선조 후기에 이르기까지 지속적인 문학적 전통을 이어 다양하게 창작되었음을 보여준다.[62] 물론 書齋夜會錄의 경우는 단순히 文房四友를 의인화하기 위한 목적에서 나온 순수한 假傳 작품은 아니다. 그러나 紙筆墨硯을 모두 의인화한 假傳 양식을 수용한 점에서 조선조에 창작된 同種의 假傳 작품 중 선두에 나왔음을 알 수 있다.

南有容의 毛潁傳補 역시 의인 대상 면을 볼 때 文房四友 전체에 대등한 비중을 두고 立傳한 작품이다. 이 작품은 立傳 대상, 가계 소개, 인용고사의 활용 등을 볼 때 書齋夜會錄과 유사한 부분이 많이 발견된다.[63]

忍庵集에 수록된 趙載道의 陳玄傳은 14세에 지은 것으로 註記하고 있는데, 管城侯 毛元銳, 白州侯 楮砥白, 卽墨侯 石虛中의 명칭이나 그밖에 인용고사 등을 보면, 李詹의 楮生傳은 물론 이미 앞에 소개한 唐宋代의 文嵩과 蘇軾의 작품에서 직·간접적인 영향을 받은 것으로 보인다. 朴允默은 文房四友를 각각 의인화한 네 편의 작품을 남기고 있는

---

62) 이밖에도 다른 문집을 살펴보면 많은 작품이 있으리라 생각된다. 본고에서는 기왕에 작품이 소개되었거나, 자료집에 題名이 소개된 작품(金均泰, 文集所在 傳資料集, 계명문화사, 1986)을 주요 대상으로 삼았다. 위의 작품 중 釋應允의 硯滴傳의 의인대상을 이 자료해제에서는 벼루로 보았으나, 제명 그대로 벼루에 쓸 물을 담아 두는 硯滴을 대상으로 한 작품이다. 그밖에 李德懋의 管子虛傳은 붓을 의인화한 작품으로 소개된 곳도 있으나, 대나무를 의인화한 작품임으로 제외하였다.

63) 書齋夜會錄과 毛潁傳補의 창작시기는 대략 130여 년의 차이를 보인다. 그러나 두 작품이 文房四友 전체에 동일한 비중을 두고 立傳 대상으로 삼은 점이나 그 표현 기법에 있어 유사함을 보여준다. 그 대표적인 예를 보면, 벼루인 陶弘의 소개에 있어서 舜 임금이 천자가 되어 陶氏 姓을 부여했다는 첫머리의 내용은 書齋夜會錄과 동일한 수법이다. 그밖에 磨頂放踵, 李斯, 濂溪, 諸子百家, 焚書坑儒, 墨翟의 道, 孝文王 때 잃어버린 책을 구함에, 儒生들이 남아 있는 책을 가지고 있어서 전할 수 있었다는 인용고사 등은 동일한 소재이며, 그 활용면에서 倣似함을 보여준다. 특히 陶弘의 爲人됨이 예리하지 못하되 둔함으로 體를 삼고, 動할줄 모르되 靜함으로 운용을 삼아 그 근본 벼리가 그러하매 천수를 누린다는 내용은 書齋夜會錄에 있어서 動과 靜이 한 이치라는 내용을 새롭게 변용한 듯하다.

점에서 이에 대한 남다른 관심을 보여준다. 韓星履의 管城子傳은 붓을 立傳한 작품으로 韓愈의 毛穎傳과 1100여 년의 시간적 차이를 두고 있지만 그 내용상 이를 모태로 한 작품임을 쉽게 확인할 수 있다.[64]

위에 소개된 자료는 조선조 후기에 이르러 文房四友뿐만 아니라 硯滴을 立傳한 작품도 등장하여 소재의 폭이 차츰 다양해졌음을 보여준다. 한편 위 작품들은 그 題名이나 내용상 대부분 앞에서 인용한 唐宋代 작품의 영향하에 있으며, 전반적으로 그 범위를 크게 벗어나지 못하고 있다. 특히 수사방식이나 고사 인용 및 구성형식 등에 있어서 상호 대동소이함을 알 수 있다.

물론 전후기의 작품들과 비교해 볼 때, 독창적인 변이양상도 발견되지만 그 근원적인 면에서 동일한 소재들이 지속적으로 好用되고 있어 상호 영향관계를 쉽게 짐작할 수 있다.

緇衣者(벼루)의 경우, 先代가 堪坏氏의 후예로 순임금이 재위하게 되자 陶氏로 姓을 삼았다는 가계 소개는, 전대의 작품에서 벼루가 흔히 陶弘으로 표현하는 것과 관련을 맺고 있다. 또한 黑衣者(먹)의 경우 역시, 전후기의 다른 작품에서와 마찬가지로 유사한 인용고사가 많이 발견된다. 예를 들면, 先世에 鳥라는 분이 있어 蒼詰과 더불어 글자를 만들었다는 고사, 주나라 때에 墨氏가 되고 老聃으로 더불어 柱下史로 일한 내용, 20대조인 墨翟의 磨頂放踵에 관한 고사, 玄祖때 성을 陳氏로 바꿨고 琢磨자질이 있어서 이름을 玉으로 하였다는 내용 등은 약

---

64) 金昌龍, 『韓國假傳文學選』(정음사, 1985), p.257. 참고.
　　위에서도 지적한 바와 같이 管城子傳의 첫 머리에는 붓의 初名을 毛穎이라 하여, 그 예가 韓愈의 毛穎傳에 있음을 예시하고 있다. 이러한 내용을 통해 조선조 후기에 이르기까지 假傳에 대한 관심이 지속되었으며, 그 영향관계를 쉽게 알 수 있다.
　　한편 위의 해제에서는 문학사적으로 볼 때, 우리 나라에서 붓을 立傳 대상으로 한 작품이 바로 管城子傳에서 비롯되었다고 보았다. 그러나 위에서 예시한 바와 같이 朴允默의 毛元鋒傳은 이보다 훨씬 이전에 나온 작품임을 알 수 있다.

간씩 차이는 있으나 다른 작품에서도 흔히 발견할 수 있는 소재들이
다. 白衣者(종이)의 경우, 흰 것을 알고 검은 것을 지킨다는 내용, 秦始
皇의 焚書坑儒, 王佑軍과 교유, 聰名强記한 성품, 父祖이래 廉溪에 집
을 정하고 혼돈의 술법을 닦았다는 내용 역시 다른 작품과 유사하다.
  脫帽者(붓)의 경우, 선대에 공적이 있는 毛氏가 中書省 知製皓 벼슬
을 하였다는 내용, 毛遂自薦, 毛長이 詩傳을 지은 일, 春秋絶筆 등의
고사 역시 韓愈의 毛穎傳의 영향 아래 후대의 작품들이 흔히 이를 모
태로 하고 있는 동일요소들이다. 후대의 작품들을 보면 이러한 소재들
이 지속적으로 답습되거나 상호 混融되고 있어 그 영향관계를 쉽게
짐작할 수 있다.
  다만 주제의식에 있어서는 조금씩 변모된 양상을 보여준다. 앞에서
지적한 바와 같이 唐宋代 중국의 작품들이 대부분 임금과 신하와의
관계를 풍자하는 내용으로 일관된 반면, 조선조의 작품에 이르러서는
이밖에도 신의를 지키는 朋友 및 군자의 도리나 切磋琢磨의 도를 강
조하고 世道와 人心을 교화하는 방편으로 발전되었다. 그러나 그 作意
는 전반적으로 전래한 假傳 작품의 문학적 전통을 크게 벗어나지 못
하였다.
  일반적으로 假傳 작품의 作意는 작품 말미의 論評部를 통해 파악된
다. 다음 인용문은 중국에 있어서 假傳의 嚆矢作으로 일컬어지는 唐代
의 毛穎傳과 宋代의 假傳 작품들은 물론, 고려조의 假傳 작품이 그 作
意에 있어 同軌임을 지적한 내용이다. 물론 이것은 조선조 작품에 이
르러서도 이러한 범위를 크게 벗어나지 못하고 있다.

  假傳의 作意가 史傳的 立傳을 통해 세상에 경계를 보인 풍자적인 우의
 에 뜻을 두는 것이므로 선비의 行世와 마찬가지로 신하로서 임금의 총애
 를 받다가 소외되는 인생행적을 통해서, 풍자와 해학, 賢否의 分妓, 처세

의 어려움, 또는 世間의 非理나 교훈을 보이는 것이 일반적인 경향이다.[65]

이상에서 살펴본 바와 같이 書齋夜會錄은 소재의 폭이 文房四友 전반에 확대되고 작가의 自傳的인 사실을 우의하고 있는 점에서 이들과 변별되는 새로운 면모를 보여준다.

2) 構造的 意味

(1) 老莊思想과 寓言의 受容

假傳은 사물을 의인화하여 이를 허구적으로 형상화함은 물론 史傳(列傳)의 구성형식을 수용한다. 그런가 하면 사건전개에 따라 표면상 서술되는 이야기 속에 내포된 이면의 의미를 추구하는 寓言의 수사방식을 取用하는 일반적인 특성을 갖추고 있다. 假傳의 창작의도 및 주제의식은 사물의 특성과 寓言의 수사방식을 통해, 인생을 교화하고 각성케 하며 世敎에 도움을 주고자 하는 교훈적 성격을 강하게 지닌다.

그러므로 이러한 창작의도와 주제의식을 효과적으로 발휘하기 위해서는 역사적 인물의 생애를 褒貶하거나, 聖賢의 道가 담긴 다양한 典故를 광범위하게 수용하는 樣式的 특성을 갖추고 있다. 특히 의인화한 사물의 속성을 빌어 인생의 교훈적인 의미를 제시하는 寓意的인 풍자와 은유의 수법은, 寓言의 의미기능을 수용한 假傳의 독특한 문학성으로 지적된다.

이와 같이 假傳 작품이 史傳의 형식과 寓言의 문학적 수용을 중심으로 하는 類型的 특성을 갖추고 있음에 비추어,[66] 그 寓言의 활용에

---

65) 安秉卨, 「高麗假傳의 形性과 그 性格」(북악한학 1, 1978), p.68.
66) 安秉卨, 상게논문, p.39.

대한 근원적인 탐색은 假傳의 문학적 성격과 특징을 구체적으로 파악
할 수 있는 기초작업이 될 수 있다.

書齋夜會錄은 文房四友의 속성과 老莊思想을 수용하여, 현실적으로
소외된 儒家的인 삶을 극복하고, 절대적인 道의 세계를 추구하는 새로
운 합일점을 모색하는 인생관을 보여준다.

특히 老莊思想을 수용한 書齋夜會錄의 특성은 무엇보다 문학적 색채
가 풍부한『莊子』와 깊은 관련을 가지고 이를 문학적으로 활용하고 있
는 점이다.『莊子』에 나타나는 문장의 특성은 그 자체에 문학적 성격이
두드러지게 나타나는 점을 들 수 있다. 이러한 문학적 특성은 고전문학
의 소재와 주제를 다채롭게 해주는 데 중요한 작용을 하였다.[67]

『莊子』에 나오는 寓言을 중심으로 한 논리적이며 철학적인 사상은
문학적 발상과 깊이 연관되어 있다.『莊子』에서는 寓言 重言 卮言의
세 가지로 구분하여 설명하고 있다.

내가 말하는 중에는 寓言이 10분의 9요, 重言이 10분의 7이며, 卮言은
날마다 말하는 것으로 시비의 입장을 초월한다. 10분의 9나 되는 寓言은
다른 사물을 빌어다가 도를 논하는 것이다. 마치 아버지가 자식을 위해서
중매인이 되지 않는 것은, 아버지로서 자식을 칭찬하는 것이 아버지 아닌
사람이 칭찬하는 것만 같지 못한 것과 같은 것이다. 寓言을 쓰는 것은 이
쪽의 죄가 아니고 이렇게 하지 않으면 믿지 않는 저쪽의 죄다. 사람은 자
기와 입장이 같을 때는 순응하고, 틀릴 때에는 반목하며, 자기와 같은 생
각은 옳다고 하고, 자기와 틀린 생각은 그르다고 하는 것이 일반적이다.
그래서 피차의 다른 사물을 빌어 논하게 되는 것이다.[68]

67) 이것은 중국문학의 경우도 마찬가지이며, 특히 한시에 있어서도 두드러진 양상을
보여준다. 한시의 경우는 소재뿐만 아니라 주제에서도 老莊思想이 뿌리 깊이 수
용된다. 寓言의 문학적 활용은 假傳과 夢遊錄 작품에서 쉽게 찾을 수 있다.
68) 李錫浩 譯,『莊子』(세계사상전집, 삼성출판사, 1982), p.451.

상기 주석에 의하면 寓言은 다른 사물에 비겨 의견이나 교훈을 은
연중 나타내는 말이며, 重言은 사람들이 중시하는 말, 특히 옛날 성현
들의 말을 인용하여 하는 말이고, 卮言은 자기의 의견을 내세우지 않
고 無心無我의 경지에서 설명하는 말이다.[69]

전술한 바와 같이 假傳 작품은 이들 중 특히 寓言의 기능을 활용한
다. 寓言의 수사형식은 인간의 世敎를 목적으로 간접적인 설득효과를
지니고 있기 때문에, 주로 혼란한 세태나 人性의 결함을 경계하고 교
화하기 위한 의도로 작품 중에 수용된다.

이와 같은 寓言의 문학적 수용은 文房四友인 紙筆墨硯을 의인화한
書齋夜會錄의 경우도 예외는 아니며, 이에 나아가 老莊思想을 바탕으
로 사건을 전개시킨 특징을 지니고 있다. 예컨대 書齋夜會錄에 나오는
다음 인용문은 老莊思想을 바탕으로 사건이 전개되고 있음을 쉽게 확
인할 수 있다.

書齋를 나와 뜰을 거닐며 가을밤의 흥취를 읊조리고 상심하여, 三更
에 이르기까지 잠을 이루지 못하고 오동나무에 의지하고 있던 선비는
문득 자신의 서재에서 인기척이 있음을 알게 된다. 선비는 書齋 가까
이 다가가서 창 틈으로 형체가 다른 네 사람이 있음을 확인하고 비로
소 이들이 나누는 대화를 듣는다.

> 누가 능히 無로써 身(몸)을 삼고, 生을 假로 여기며, 死를 眞으로 여길
> 수 있을 것인가? 누가 動과 靜과 黑과 白이 한 이치임을 알 것인가. 우리
> 가 그와 더불어 벗을 하리로다. 네 사람이 서로 보고 웃으며, 祀와 輿와
> 犁와 來는 족히 莫逆之友가 될 수 있음을 말하고 드디어 무릎을 좁히고
> 마주 앉았다.[70]

위의 인용문은 표면상으로는 紙筆墨硯의 속성과 역할을 우의하고 있으면서도 그 이면에는 老莊思想이 그 배경사상으로 깊이 작용하고 있다. 상기 인용문 중 네 사람이 나눈 후반부의 대화는, 子祀 子輿 子犂 子來 네 사람을 빌어[71] 莫逆之友의 道를 비유하고 있다. 전반부에 나오는 無와 身, 生과 假, 死와 眞, 動과 靜, 黑과 白은 표면상 紙筆墨硯의 속성과 역할을 은유하고 있다.

예컨대 無로 몸을 삼는다고 표현한 無와 身은 紙筆墨硯의 기능이 행하기 전과 행한 후로 생각할 수 있으며, 生을 임시로 假託한 것이라고 본 生과 假, 死를 본래의 참 모습으로 본 死와 眞이라는 표현 역시 각각 자신의 역할을 수행한 후 낡아져 사용할 수 없게 되는 것과 그후 얻어진 결과로 해석될 수 있다. 또한 動과 靜은 표면상 각각 먹과 벼루(혹은 붓과 종이)로 구분할 수 있으며, 黑과 白 역시 벼루(또는 먹)과 종이에 해당되는 文房四友의 속성과 의미기능을 취한 것으로 생각된다.

그런데 그 이면에는 生死存亡을 한 가지로 보는 老莊思想의 중요한 의미가 내포되어 있다. 이처럼 사물의 속성을 철학적으로 깊이 있게 수용하고 있는 점은 同種의 다른 작품과 변별되는 특성이다. 위에 인용된 전반부의 대화를 老莊思想과 관련하여 비교 분석함으로써 그 구체적인 특성을 파악할 수 있다.

以無爲身의 논리는 老莊의 중심사상이라 할 수 있는 無에서 출발하고 있음을 말해준다. 『老子』25장과 40장에서는 無로서의 道를 말하고 있다. 老子의 도란 시공을 초월한 실재로서 감각을 초월한 것이기는

---

71) 이전에 발표한 논문에서는 이 부분의 판본이 확실치 않아 杞與犂未로 보고, 쟁기를 만드는데 사용되는 산 버들 나무(杞)와 보습(黎)과 쟁기(未)로 보았다. 그러나 위의 해석은 莊子 大宗師의 내용임을 확인할 수 있다. 박헌순 역, 『企齋記異』, 범우문고 099, 1990, p.71. 참고.
한편 이에 대하여 제사와 수레, 얼룩소와 쟁기로 번역된 곳도 있음을 참고로 밝힌다. 蘇在英, 『企齋記異 硏究』, 고려대 민족문화연구소, 1990, p.109.

하지만 非實在는 아니다. 따라서 道는 물질의 有無관계로 보자면 「無」
로서 표현된다. 그러나 이 無는 우리가 감각으로 체득할 수 있는 모든
현상인 有의 근원에 있다. 결국 道를 「만물의 근원」으로 보는 것과 같
이 「無」역시 만물을 만들어 내는 근본이 된다. 그러므로 「천하의 만
물은 有에서 생기며, 有는 無에서 생긴다」고 보는 것이다. 곧, 있다고
말하는 것은 없다고 말하는 것을 전제로 하여 표현할 수 있으며, 有가
有로서 존재하고 작용하기 위해서는 반드시 無를 기다리고 無로써 가
능하다는 내용이다.72)

한편 無爲 無形 無常의 개념도 이와 같은 논리로 해석되는데, 사물
의 생명 사물의 본래의 상태와 같은 도를 체득했을 때 無爲의 덕이 실
현된다. 따라서 作爲하면 물체는 자연을 잃고 不作爲하면 도리어 물체
는 스스로 변화한다. 이것이 도를 따름으로써 실현되는 老子의 덕이라
할 수 있다. 그러므로 上德은 덕을 의식하지 않으면서 덕을 지니는 것
으로 행위의 목적이 없는 無爲의 덕을 말한다.

결국 위에 인용된 以無爲身은 천하의 만물은 無에서 생기며, 無는
有에서 생긴다는 道의 개념과 일치하며, 作爲에 의한 덕의 실현보다는
언제나 無爲의 덕을 기를 것을 표현한 것으로 이해된다. 따라서 덕의
체득은 도에 의존함으로써 실현된다는 논리를 나타내었다.

다음 인용문인 生과 假, 死와 眞의 표면적 의미는 이미 앞에서도 언
급한 바와 같이 紙筆墨硯의 사용 이전과 이후를 표상하고 있다고 본
다. 한편 生과 假에 있어서 假의 의미는 生이라는 존재는 잠시 빌려온
상태에 불과하다는 의미로 풀이할 수 있다. 死와 眞에 있어서 眞은 원
래의 상태로 歸一하게 되는 의미를 내포한다. 따라서 生과 假는 紙筆
墨硯을 사용하기 전의 상태라 하면, 死와 眞은 사용후의 상태로써 文

---

72) 黃秉國 篇著, 『老莊思想과 中國의 宗敎』(문조사, 1987), pp.25-26. 참고.

房四友의 道를 寓意한 것으로 풀이된다.

그런데 이것은 『莊子』에 나오는 生死一如的인 사유와 만물을 齊同視하고 하나라는 논리를 밝힌 齊物論의 사상에 기초하고 있음을 알 수 있다. 앞에서 老子의 도는 만물의 근원을 無에 두고 無로부터 有가 생긴다고 보았다. 莊子에 있어서는 有無에 의해 대표되는 일체의 대립을 버리고, 만물을 있는 그대로의 모습으로써 인정한다. 즉 만물을 齊同視하고 그 속에 사는 것이 유일한 참다운 생활태도로 본다. 따라서 만물사이에 차이가 없고 자기와 타인의 구별도 없다. 生과 死, 그것과 이것, 是와 非, 美와 醜 등의 대립을 초월하려던 莊子 자신은 齊物論에서 生死 사이에 아무런 차이를 두지 않고, 주어진 그대로 받아들이는 生死一如的인 死生觀을 보여 주었다. 절대자가 되기 위해서는 일체의 존재를 하나로 보는 입장에 서야 함을 말한 내용이다.

知北遊篇에서는 삶은 죽음의 동류이며 죽음은 삶의 시초임을 말하고, 生死는 무한히 반복하는 것으로 만물은 하나라 하여, 生死一如, 萬物一氣의 경지를 서술하였다. 또한 천지는 만물을 생성하는 공이 있어도 말하지 않고, 四時는 분명한 법에 따라 움직이지만 의존하지 않으며, 만물은 각기 생성의 理法을 지니고 있으면서도 설명하지 않는다 하여, 만물의 근본을 앎으로써 자연의 大道를 깨달을 수 있다고 하였다. 결국 만물은 근원으로 복귀한다는 뜻을 통해 성인만이 이러한 천지자연의 理法을 체득할 수 있음을 말하였다.

또한 養生主篇은 자연을 따라 자연에 거스르지 않으면서 세속을 초월할 수 있는 생활의 지혜를 서술하여, 莊子는 이런 자기를 眞의 자기로 보았다. 馬蹄篇에서는 人爲를 가하지 않는 자연 그대로의 만물의 존재방식을 말하고, 만물은 자연 그대로가 眞이요 善인데, 이런 자연에다 가한 人爲는 거짓이요 惡이라 하였다.

결국 위에서 인용한 以生爲假 以死爲眞은 이상에서 서술한 바와 같이 만물을 齊同視하고, 근원으로 복귀하는 자연의 大道를 좇아 천지자연의 理法을 체득하여 세속을 초월할 수 있는 절대자의 경지를 나타낸 것으로 이해된다.

누가 動과 靜과 黑과 白이 한 이치임을 알겠는가 라는 내용도 위와 동일한 논리로 풀이될 수 있다. 전술한 바와 같이 動靜 黑白은 표면상 紙筆墨硯의 상호 대립적인 속성을 나타내고 있다. 그러나 이 안에 내포된 의미 역시 道家思想에 기초하고 있다. 『老子』 38장을 보면, 천지는 四時로 변화하지만 곧 반복해서 虛靜의 상태로 돌아가며, 모든 有는 虛에서 일어나고, 動은 靜에서 일어난다. 『老子』에서는 이러한 虛靜의 상태를 至高한 상태로 보고 있는데, 16장에서는 이러한 虛靜의 상태를 지키면 결국 그 근본으로 복귀한다는 개념을 다음과 같이 설명하고 있다.

> 만물이란 번성하고 있지만 제각기 그 근원으로 돌아가는 것이다. 근원으로 돌아감을 고요함이라 표현한 것인데, 고요함이란 운명으로 되돌아가는 것을 말하고, 운명으로 되돌아감이란 일정한 법칙을 두고 말하는 것이며, 일정한 법칙을 안다는 것은 총명함을 두고 말하는 것이다.[73]

다시 말하면 마음을 텅 비우게 하고 고요함을 지키면 마침내 각각의 근본으로 돌아가는 것을 알 수 있으며, 근원으로 돌아가면 고요하다. 고요한 상태를 命이라 하고 明에 돌아가는 것이 常이며, 사물의 본연의 상태인 常을 알게되는 것을 明이라고 한다. 이것도 결국 무릇 만물의 有는 모두 無에서 시작된다는 사상에서 기인한다. 따라서 모든 존재일반인 有는 無에 상대한 것이며, 결국 귀착점은 無에 돌아간다는 논리이다.[74]

---

73) 宋昌基・黃秉國 共編, 『老子와 道家思想』(문조사, 1988), p.193.

위에서 말한 靜이란 사물이 움직이지 않는 상태, 운동하고 변하지 않는 상태를 말하는데, 이것은 움직임 즉 動에 대한 반동 혹은 작용에 대한 반작용의 의미가 아니다. 여기서 말하는 靜이란 사물이 생성 변화 소멸하는 운동의 이론적인 이전의 상태를 의미한다. 이것은 곧 모든 사물이 존재하기 전의 그 근본이라는 의미를 지닌다. 따라서 천지 사이에 존재하는 일체의 사물이 생성 변화 소멸하는 것은 어떤 인위적인 힘에 의한 것이 아니라 스스로 그렇게 존재하고 이룩된다는 의미이다. 그러므로 천지 만물이 雷動風行 運化萬變한다고 하더라도 그 근본은 寂然至無라고 말하게 된다. 결국 여기에서 말하는 靜이나 無는 단순히 形而下學的인 의미에 대응하는 動이나 有와 상대적인 개념이 아니라 形而上學的인 성격을 지닌다.[75]

그러므로 위의 인용문에서 누가 動과 靜, 黑과 白이 한 이치인 것을 알 것인가라는 말은, 결국 모든 인위적인 것을 버리고 是非 善惡 美醜 등의 상대적인 것을 떠나서 사물이 자연에 돌아가는 것이야말로 眞(사물의 참됨)이 되는 것이며, 虛靜을 지키는 無爲의 덕을 체득하고 깨달을 수 있다는 의미를 내포한다. 전술한 以生爲假 以死爲眞의 眞 역시, 천지자연의 理法을 체득한 자연 그대로의 상태인 眞이라 할 수 있다. 以死爲眞은 결국 근본으로 돌아간다는 의미와도 상통한다.

다음에 계속되는 사건전개과정도 이상에서 논한 사상적 배경을 구체화하고 있다. 이것은 주인공인 선비와 文房四友가 나누는 대화와 詩文을 통해 확인되는데, 이면에 작가의 自敍傳的인 삶의 자세와 주제의식을 담고 있다. 이에 대한 사건전개 양상과 구조적 의미는 뒤에서 종합하여 논하고자 한다.

結末部 역시 展開部에서 제시한 老莊思想이 論評式으로 종합되어

---

74) 宋昌基·黃秉國 共編, 상게서, p.194. 참고
75) 宋昌基·黃秉國 共編, 상게서, p.144. pp.195-198. 참고.

있다. 선비는 文房四友와 작별을 고하고 祭文을 지어주는데, 祭文은
작가의 論評的인 성격을 겸하고 있다. 이 중에서 마지막 부분을 인용
해 보기로 한다.

　風流奇會 實由明誠 <u>不形之形 形於不形 不際之際 際於不際</u> 百年交契 重
以論世 生爲莫逆 死則同穴 矧伊人矣 不如物乎[76]

　이를 보면 풍류의 기이한 모임이 실로 明誠으로 말미암아서 不形之
形은 形於不形이요, 不際之際는 際於不際라 말하고, 백년동안 사귀며
거듭 세상을 논함으로써, 살아 있을 때는 막역한 사이가 되었고, 죽어
서는 구덩이를 같이 하였으니, 하물며 이 사람이야 저 물건들(紙筆墨
硯)만 같지 못하겠는가 하였다.

　위에 예시된 방점부분은 『莊子』의 知北遊篇에 나오는 不形之形 形
之不形과 不際之際 際之不際를 각각 인용하였음을 알 수 있다. 먼저
앞에 인용된 부분을 『莊子』에서 보면, 이것은 孔子와 老子의 문답을
빌어 無爲自然의 도를 체득한 老莊的 초월자의 경지를 서술한 부분에
속한다. 그 내용은 대체로 분명하게 눈에 보이는 것은 컴컴하여 눈에
보이지 않는 것에서 생겨나고, 형상을 갖추어 분별할 수 있는 것은 형
상이 없는 것에서 생겨나며, 사람의 정신은 자연의 본원인 道로부터
생겨나고, 그 육체는 정기의 화합에서 생겨나는 것으로 만물은 형체에
서 형체로 서로 생겨나는 것이라 하였다. 그리하여 참된 道는 바다와
같이 깊고 산과 같이 높아 끝나는 곳에서 다시 시작하며, 만물을 운행
시키면서 다함이 없는 것은 자연을 체득한 군자의 道라고 하였다. 또
한 生死는 항상 반복하는 것이라 도의 근원으로 돌아가는데, 「無形에
서 有形이 생겨나고 有形에서 無形으로 돌아가는 것」은 사람들이 다

---
76) 書齋夜會錄, 23면.

같이 아는 것이요. 道에 도달하려는 자는 힘쓸 것이 아니라고 하여 지극한 도를 구하는 자는 지혜나 변론이나 견문을 버리고 조용한 가운데 도달해야 함을 역설하였다.[77] 이와 같이 無形에서 有形이 생겨나고 有形에서 無形으로 돌아간다는 말은 결국 앞에서 설명한 以無爲身과도 통함을 알 수 있다.

뒤에 인용된 밑줄 부분을 『莊子』에서 살펴보면, 莊子와 東郭子의 문답을 빌어, 道는 천지만물에 遍在해 있으면서 그 작용은 무궁히 반복해서 넘치거나 주는 일이 없다는 道의 보편적 내재성과 절대적 초월성을 밝힌 내용에서 인용하고 있다. 物을 物로써 존재케 하고, 이를 지배하는 道는 物과 떨어져 있는 것이 아니고, 모든 物가운데 있는 것이요, 그래서 物과 物사이에 彼我의 구별이 있는 것은 이른바 物際 곧, 상대적인 구별이 있는 것이요, 「상대적인 구별이 없는 절대적인 상태로부터 상대적인 상태로 변하고, 또 상대적인 상태로부터 절대적인 상태로 돌아가는 것」이라 하였다. 그리하여 道 자체는 가득 찼다가 비어지는 일이 없고, 쇠하여 감소하는 일이 없으며, 근본과 끝이 없고, 모았다가 흩어지는 일이 없다고 하였다.[78]

또한 『莊子』의 天地篇에는 德 命 形 性 등의 無爲自然 철학의 기본 개념을 정의한 부분이 있는데, 만물이 생겨나 살아가는 이치를 形이라 하였다. 그 형체가 정신을 보유하고 각기 그 법칙을 따르는 것을 性이라 한다. 性을 닦으면 德으로 돌아오고 德이 지극하면 태초와 같아진다. 태초와 같아지면 곧 虛하게 되고 허하게 되면 곧 大가 된다. 이렇게 無心에 합하고 새가 지저귀는 것 같이 無心에 합해지면 천지와 더불어 합일하게 된다 하였다.[79]

---

77) 李錫浩 譯, 『莊子』(세계사상전집 3, 삼성출판사, 1982), pp.390-392. 참고.
78) 李錫浩 譯, 상게서, pp.392-394. 참고.
79) 李錫浩 譯, 상게서, p.288.

구조분석에서 살펴본 바와 같이 結末部에 나오는 祭文을 보면, 오직 朋友는 五倫 五德 가운데 하나라는 것을 말하고, 아침에 도를 들으면 저녁에 죽어도 오히려 가하나 믿음이 없고서는 바로 서지 못함을 말하였다. 그런데 아득한 그 실마리가 떨어지고 大道가 막히고 死生貴賤이 雲雨와 같이 경박하여, 莊子의 生死一如的인 사고를 갖게 됨을 보여준다. 또한 이로움이 다해 疎遠하게 됨은 顯達한 사람이 슬퍼하는 것이니, 누가 同心이요 누가 더불어 同聲일 것인가를 반문하고 있다. 마지막에는 산에 나무는 푸르고 골짜기의 새는 앵앵 지저귀는 가운데, 홀로 文房四友를 조상하는 슬픔을 적고 있다.

이상의 내용을 비교하면 老莊思想을 바탕으로 구성된 유기적인 사건구조임을 파악할 수 있다. 위에 인용된 同心 同聲의 개념도 老莊思想을 바탕으로 출발한 내용이다. 작품 중에는 이에 앞서 脫帽者인 붓의 대롱이 비어 있는 것을 寓意하여 無心 丹心 등의 용어가 나온다. 여기에서 同心의 표면적 의미는 書經 泰誓 中篇과 易經 繫辭上傳의 내용을 참고할 수 있다. 흔히 二人同心이면 그 날카로움이 金을 끊고, 同心之言은 그 냄새가 난초와 같다는 朋友의 도를 비유한다. 그러나 작품 중 老莊思想을 바탕으로 전개되는 無心 丹心 同心 등의 상호관계를 종합해 볼 때, 同心은 아무런 마음이 없이 無心히 자연의 변화를 따라 갈 뿐, 세속의 온갖 名利에 무관심한 無心의 경지를 우의하기 위해 비롯된 것으로 보인다.

뒤에 이어지는 同聲은 荀子의 勸學篇에 나오는 同聲異俗의 의미를 생각할 수 있다. 이것은 사람의 성질은 본래는 같으나 습관에 따라 변함을 말하는데, 朋友의 道가 차츰 신의를 잃게 되어 변화된 것을 寓意한 듯하다.

이상을 종합해 보면, 文房四友인 紙筆墨硯의 의인화와 寓言의 문학적 形象化를 통해 표면상으로는 朋友의 도를 논하고, 주인공인 선비가

살아가고자 하는 득도자의 자세를 老莊思想 안에서 추구하고 있음을
알 수 있다. 이와 같이 주인공이 추구하는 老莊的 초월자의 경지는 작
가의 소외된 현실적인 삶을 역설적으로 벗어나기 위한 우의적인 방편
으로 이해된다.

(2) 寓言의 自傳的 形象化

이상에서는 書齋夜會錄의 自敍傳的 성격과 道家思想을 바탕으로 전
개되는 寓言의 수용양상에 대하여 서술하였다. 이와 같이 道家的 사유
를 바탕으로 전개되는 寓言의 문학적 形象化 및 작가의 自敍傳的 인
생관의 의미는, 의인화된 文房四友와 주인공의 胸中所懷를 서술한 대
화와 詩文을 통해 구체적으로 나타난다.

이제 寓言의 문학적 形象化와 자서전적 성격을 함유하고 있는 구조
적 의미를 사건전개에 따라 살펴보고자 한다.

전술한 바 老莊思想을 바탕으로 전개되는 以無爲身 以生爲假 以死
爲眞과 動靜 黑白이 한 이치라고 말한 몇 가지 구체적인 예를 다음을
통해 확인할 수 있다. 네 사람이 처음 모인 자리에서 白衣者와 脫帽者
가 나눈 대화를 보면, 먼저 白衣者가 唐나라 元鎭의 시를 인용하여
"흰머리 늙은이는 어디로 돌아갈 것인가, 丹心은 사라지지 않으리라"
는 말을 한다.[80] 이에 앉아 있던 사람들이 눈물을 흘리며 혹 눈물을
감추고 눈물을 닦아내기도 한다.

그러자 白衣者는 南冠楚囚[81]의 고사를 배웠으면서도 네 사람이 서

---

80) 元鎭은 白居易와 아울러 元白이라 일컬어진 唐나라 시인으로 字는 微之이다. 그의
   시는 平易함을 주로 삼았으며, 그의 시체는 一元和體로 일컬어진다. 書齋夜會錄에
   서는 "白首何歸 丹心未泯之句"를 인용하고 있다.
81) 左傳에 나오는 南冠楚囚의 고사는 楚나라 鍾儀가 晉나라에 잡혀가 포로가 된 후
   에도 초 나라의 南冠을 쓰고 자신의 고국을 저버리지 않았다는 내용이다.

로 눈물만 흘리고 있으니, 회포를 위로할 수 없음을 말하고 脫帽者를
기롱하여 다음과 같이 말한다.

그대는 黑首이면서 白首를 말하고, 無心이면서 丹心이 있다고 이르니
과연 옳은 말인가.[82]

위의 인용문은 앞에서 말한 黑白과 以無爲身의 논리를 수용하고 있
다. 즉 無心이면서 丹心이라는 말은 붓의 형체가, 대롱이 빈 것을 寓意
하여 마음이 없으면서 丹心이 있다고 함으로써 以無爲身을 구체적으
로 활용한 예이다. 이것은 벼슬에 물러나 은거하는 작가 자신의 丹心
을 밝힌 내용으로 이와 같은 自敍傳的 의미는 다음에 이어지는 사건
의 유기적인 관계를 통해 이해된다.

이에 脫帽者는 白衣者를 향해 웃으며, 어찌 흰 바탕에 채색무늬를
한다는 뜻을 알 수 있겠느냐고 반문한다.

脫帽者笑曰 固矣 勾芒氏之爲詩也 此安知 素絢之意[83]

위에서 脫帽者가 말한 素絢의 의미나 白衣者가 말한 黑首이면서 白
首를 운운하는 내용도, 표면상으로는 붓과 종이의 관계를 빌어 黑과
白이 결국 한 이치라는 위의 立論을 문학적으로 形象化한 예이다.

위의 인용문에 나오는 素絢의 뜻은 論語의 素以爲絢을 일컫는 내용
이다.[84]

여기에서 흰 것인 素는 그림의 바탕이며, 絢은 채색을 하여 그림을

---

82) 子黑首而 云白首 無心而 謂有丹心 可乎. 書齋夜會錄 5면.
83) 書齋夜會錄 5면.
84) 子夏曰 巧笑倩兮 美目盼兮 素以爲絢兮, 論語 권3, 八佾 제 3. 참고.

그리는 것을 말한다. 이것은 사람이 淸盼의 아름다운 바탕을 가졌더라
도 빛난 채색을 더하여 꾸미면 마치 밑바탕에 채색을 더하는 것과 같
다는 의미이다. 또한 繪事後素 즉, 그림을 그리는 일은 먼저 흰 바탕을
마련한 뒤에 그리는 것으로, 사람도 아름다운 바탕이 있은 뒤에 文飾
을 더하는 것과 같다는 의미이다. 이것은 또한 예에 있어서는 반드시
충신을 바탕을 삼는다고 하였으니, 충신이나 검소한 것이 바탕이요 예
절이 그 뒤라는 복합적이며 교훈적인 의미를 내포하고 있다.85)

또한 이것은 만물을 齊同視하는 莊子의 一如的인 사고를 반영한 것
으로, 결국 흑과 백이 그 근본으로 돌아가면 한 이치이며, 만물의 근본
을 앎으로써 자연의 大道를 깨달을 수 있다는 경지를 문학적으로 形
象化한 것으로 풀이된다. 이것은 모든 有는 無에서 생겨나고, 動은 靜
에서 일어난다는 老子의 논리와도 통한다. 이미 앞에서 만물은 번성하
고 있지만 제 각기 그 근원으로 돌아가며, 근원으로 되돌아가는 것을
고요함이라 표현하고, 고요함이란 운명으로 돌아가는 것이며, 운명으
로 돌아간다는 것은 일정한 법칙을 두고 말한 것임을 살펴본 바 있다.

따라서 위에서 動과 靜과 黑과 白이 한 이치이며 以生爲假 以死爲
眞이라고 한 立論 역시 서로 상통하는 것으로 받아들일 수 있다.

이와 같이 黑과 白을 한 이치로 보려는 一如的인 사고와 만물의 근
본을 앎으로써 천지자연의 大道를 깨닫고자 하는 자세는, 그밖에도 여
러 곳에서 寓言의 양식을 빌어 수용되고 있다.

흑과 백을 한 이치로 보려는 표현은 작품 중에 삽입된 詩文에서도
발견된다. 먼저 네 사람이 書齋에 모여 대화를 나누며 맨 처음 짓게
된 脫帽者의 시를 예시해 보기로 한다.

---

85) 論語 권3, 八佾 제 3. 참고.

성긴 발 빈 휘장엔 밤이 낮같이 밝고
옥 같은 이슬에 달빛 어리며 가을달은 높더라
머리는 희었으되 오히려 가는 글씨 쓰기를 감당하고
눈은 밝아. 도리어 서리 같은 가을 터럭 세고자 하네[86]

위에서 밤이 낮과 같다는 표현 역시 黑과 白을 한 이치로 보는 논리를 도입한 것으로 풀이할 수 있다. 黑白의 대조적인 표현은 선비와 文房四友 네 사람이 만나 각자의 가계와 성명을 이야기한 뒤, 장차 달이 지게되면 쌓인 회포를 펴지 못할 것을 염려하여 지은 黑衣者와 脫帽者의 시를 통해서도 확인된다.[87]

위에 인용된 詩文에서 이제 늙어 머리는 희었어도 가는 글씨를 쓸 수 있음은 물론이요, 눈은 밝아 서리 같은 가을 터럭도 셀 수 있다는 표현은 작가 자신의 自敍傳的 의지를 함유하고 있다고 여겨진다. 이것은 또한 근본을 밝혀 자세히 알고자 하는 교훈적인 의미를 내포하며, 아울러 老莊思想의 이치가 작용하고 있음을 보여준다.

『莊子』의 知北遊篇을 보면 천지자연의 변화의 실상과 이를 주재하는 근본적인 도를 설명하고 있는데, 가을의 털이 작지만 道를 기다려 그 형태가 이루어진다고 하였다. 齊物論篇에서는 천하에 秋毫의 끝보다 더 큰 것이 없고, 결국 太山도 작은 것에 불과하다는 논리를 밝히고 있다. 한편 『老子』에서는 작은 것이 잘 보이는 것이 진정한 밝음이며, 부드러움을 지키는 것이야말로 진정한 강함이라고 표현하고 있다.[88]

---

86) 書齋夜會錄 6면.
87) 黑衣者의 시 안에는 "검은 서리 찧어서 다함은 흰 토끼의 근심이요"라고 하여, 검은 색과 흰색이 대조를 이룸을 알 수 있다. 한편 脫帽者의 시에는 "호걸스런 얼굴이 머물지 않으니 귀밑 털이 희어졌구나"라고 하여, 사용된 붓이 지닌 검은 색상과 희어진 귀밑 털과의 서로 대조적인 이미지를 도입하고 있다.
88) 『莊子』, 전게서, p.388, p.207.

이렇게 보면 위에 인용된 脫帽者의 시는, 근본으로 돌아가 秋毫의 형태를 분별함으로써 道를 체득하는 자세를 추구한 것으로 이해된다. 따라서 천지자연의 변화의 실상과 이를 주재하는 근본적인 道의 개념을 깨달아 아는 것이, 곧 도를 터득하는 길임을 밝힌 老莊思想의 논리가 수용되었다고 본다.

이밖에도 작품 전반을 통해 老莊思想을 수용하고 있는 예를 여러 곳에서 쉽게 발견할 수 있다. 앞에서 살펴본 바와 같이 有는 無에서 생긴다는 以無爲身의 개념은 作爲에 대한 德의 실현보다는 無爲의 德을 말하는 上德의 개념으로 바꿀 수도 있다. 전술한 바와 같이『老子』에 있어서 上德은 덕을 의식하지 않고 덕을 지니는, 행위의 목적이 없는 無爲의 덕을 말한다. 白衣者가 자신의 가계를 소개한 다음 내용은 이러한 사유방식을 수용하고 있다.

　　我勾芒氏之後 先世韜光草木 不求榮進 在世多修渾沌之術 明白入素 無爲 復朴 至秦始皇 焚滅詩書 坑殺學士 亦不預其禍 夫積厚者 流澤遠 子孫之蕃 始於漢世[89]

위의 인용문은 先世에는 빛을 초목 속에 감춰 榮達을 구하지 않았으나, 세상에 있을 동안에 혼돈의 술법을 닦아 無爲로 질박한 것을 회복했음을 말하고 있다. 그후 秦始皇에 이르러 詩書를 불살라 없애고 학사들을 구덩이에 파묻어 죽였으되, 무릇 德을 두터이 쌓아 그 혜택이 멀리까지 흘러 한나라 때에 비로소 자손이 번창하게 되었다는 내용이다. 이처럼 밑줄부분의 내용은 無爲의 덕을 나타내고 있음을 알 수 있다.

宋昌基 · 黃秉國 共編,『老子와 道家思想』(문조사, 1988), pp.133-135.
89) 書齋夜會錄 15면.

한편 以無爲身의 의미는 以生爲假 以死爲眞의 의미와도 상통한다고 볼 수 있다. 앞에서 언급한 바와 같이 以生爲假 以死爲眞은 『莊子』의 生死一如的인 사고와 만물을 齊同視하는 의미 기능을 가지고 있다. 그런데 이것은 전술한 바 모든 有는 無에서 생긴다는 논리에서 보면, 만물은 그 근본으로 복귀하고 근본을 앎으로써 大道를 터득한다는 의미를 내포하게 된다. 따라서 生死는 무한히 반복하는 것으로 만물은 하나라는 논리와 만물은 각기 생성의 理法을 가지고 있으며, 이를 앎으로써 자연에 거스르지 않고 세속을 초월할 수 있는 지혜를 터득할 수 있음을 말해준다. 다시 말하면 자연 그대로가 眞과 善이며, 人爲가 가해지면 假와 惡이 된다는 의미를 나타낸 것이다. 결국 以生爲假 以死爲眞은 無形에서 有形이 생겨나고 有形이 無形으로 돌아간다는 不形之形 形之不形의 의미와도 상통하게 된다.

또한 動靜이 한 이치라는 의미는 전술한 바와 같이 만물이 상대적인 대립의 관계를 떠나 마침내 그 근본으로 돌아가는 것이 虛靜의 至高한 상태임을 의미한다. 한편 動靜의 관계는 가벼이 행동하면 근본을 잃게 된다는 의미로 이해할 수도 있다. 따라서 근본을 떠나지 않고 이에 입각한 본연의 자세를 추구한다고 할 수 있다.

이상과 같은 총체적인 의미를 파악하기 위해서는 작품 전체의 유기적인 고찰이 요구된다. 이것은 老莊思想을 바탕으로 전개되는 寓言의 문학적 形象化와 작가의 自敍傳的 의미기능을 파악함으로써 가능하리라 본다. 물론 이러한 自敍傳的 특성은 實事와 꼭 일치할 수는 없다. 그러나 그 안에는 적어도 자신의 역사 전기적인 배경에서 비롯된 작가의 사상 및 생활태도 등을 우의하고 있으며, 假傳의 樣式的 특성에 맞추어 교훈적인 주제의식을 강화시키고 있다.

이제 작품에 내포된 作意와 自敍傳的 의미를 분석하여 본 작품의 주제와 그 종합적인 특성을 고찰해 보기로 한다.

구조분석에서 언급한 바와 같이, 이 작품은 導入部에서 주인공인 선
비의 인물성격과 사건배경을 소개한다. 그리고 展開部는 주인공인 선
비가 자신의 방안에서 들리는 文房四友의 대화를 엿듣는 부분과 이들
과 직접 만나 대화를 나누는 내용이 나온다. 마지막으로 이들과 이별
하기 전에 각자의 품은 회포를 나타낸 부분으로 구분할 수 있다. 특히
展開部는 한시를 삽입하는 類型的 특징을 지니고 있으며, 이들의 내용
은 文房四友인 紙筆墨硯의 擬人假託을 통한 寓言형식으로 작가의 자
서전적인 의미를 내포하고 있다.

작가 자신의 역사 전기적인 내용을 寓意하는 自傳的 의미는 導入部
는 물론 작품전반에 걸쳐 유기적으로 연관되어 있다. 전술한 바와 같
이 導入部의 경우 세속과 멀리 떨어져 別墅를 짓고 생활하는 주인공
의 위치는, 관직에서 물러나 15년 동안을 杜門不出하고 閑居하던 작가
자신의 처지와도 흡사하다.

또한 전술한 導入部의 한시는 이미 봉황루에서 이별한 지 여러 해
가 지났음을 회상하고 있는데, 관직에서 물러나 은거하던 작가 자신의
처지를 대신하고 있다고 보아진다.[90] 또한 元鎭의 시를 인용하여 脫帽
者와 白衣者의 대화를 통해 丹心을 운운하는 내용 역시 임금에 대한
자신의 충성심이 변할 수 없음을 나타내준다.

선비가 창 틈을 통해 듣게 되는 네 사람의 詩文 역시 자신의 처지를
우의하고 있다. 먼저 다른 세 사람을 위해 맨 처음 시를 지은 脫帽者
는, 시를 읊고 싶은 흥취가 한 번 발동함에 스스로 늙고 쇠함을 잊게
된다고 하였다. 이것은 곧 文房四友를 벗삼아 소일하던 작가 자신의
처지로 이해할 수 있다. 또한 이어지는 緇衣者의 시를 보면,

---

90) 이러한 내용은 書齋에 모여 네 사람이 처음 나누는 대화를 통해서도 확인된다. 이
대화에서도 주인이 무리를 떠나 文房四友를 벗삼아 홀로 쓸쓸히 지낸지 오래 되
었음을 적고 있다.

금두꺼비 이슬을 적셔 맑기가 씻은 듯하고
옥토끼의 가을 터럭은 냉랭하여 잠 못 이루네
짧은 시 쓰기를 다하니 심사만 괴롭고
눈물 흔적 오히려 남아 눈가에 잠겼네[91]

作詩를 통해 소외된 자신의 처지를 달래고자 하지만, 쓸쓸히 잠을 못 이루고 오히려 심사만 괴로운 심정을 적고 있다.

다음에 이어지는 白衣者와 黑衣者의 발언 및 작시 내용은 자신의 현실갈등과 극복의지를 보여준다. 白衣者는 위에 인용한 緇衣者의 시에 대하여, 평소 그의 후덕과 重望이 있음을 사모하였지만 이제 그 마지막 연을 보니 부인의 뜻과 같이 중후하지 못함을 지적한다. 黑衣者의 시에서는 쪼고 갈고 향기 내고 물들임에 道가 존재함을 말하고, 塵世를 멀리한 채 흰머리만 새로워짐을 적고 있다. 그러자 白衣者와 脫帽者는 이들이 주고받은 시에 대해 고루하고 자랑할 것이 못됨을 비방한다. 이에 대해 緇衣者는 서로가 莫逆한 친구가 된다는 말을 했으면서도 朋友의 道가 상한지 이미 오래임을 반성하고 서로 切磋琢磨의 도를 일깨워 준다. 이를 통해 보면 다른 작품과는 달리 소외된 작가 자신의 현실적 불만이나 비평 혹은 허무의식 등에 관심을 두기보다는, 자신의 수양에 입각한 처세훈과 학문 및 朋友의 도를 중심으로 교화의 목적이 강화되고 있음을 보여준다.

작품 중에 朋友의 도를 강조하고자 한 교훈적인 의미는, 이미 네 사람이 모여 처음 나눈 대화 중에도 잘 나타나 있다. 莫逆之友를 비유하기 위해 도입한 子輿 子來 등의 불가분의 관계는 이를 잘 말해준다. 이어 緇衣者와 黑衣者가 나누는 대화와 詩文에서는 切磋琢磨의 도를 더욱 강조하고 있다. 물론 이들 切磋琢磨의 의미는 벗이나 동료끼리

---

91) 書齋夜會錄 6면.

서로 격려하고 일깨워주는 朋友의 도를 나타내고 있지만, 사람의 덕을 쌓고 학문을 이루기 위해서는 몸소 힘써 닦고 다듬어야 한다는 교훈적인 의미를 공유하고 있다.[92]

위와 같이 네 사람이 보여주는 대화 및 詩文은 결국 작가 자신의 처지를 寓意하여 내재적인 갈등의식과 이를 극복하고자 하는 의미를 내포하고 있다.

그후 선비는 文房四友와 직접 만나 자신을 먼저 소개하고 네 사람의 성명과 가계에 대하여 듣게 된다. 앞에서도 언급한 바와 같이, 선비가 자신을 소개한 내용은 작가의 인생관 세계관 등 작가의 사상을 보여주는 自敍傳的 성격이 강하게 드러난다. 이 안에는 작자 자신이 겪은 宦路의 체험과 은거생활을 은유하고 있으며, 특히 현실에서 좌절된 소외감을 극복하기 위한 교훈적인 의미가 학문 및 인격수양에 필요한 처세훈을 통해 강하게 나타나 있다. 학문의 자세를 통해 世敎에 도움을 주고자 하는 교훈적인 의미는, 앞에서 논한 切磋琢磨의 고사 이외에도 論語나 大學 등의 고사를 직접 인용하는 방법을 취하고 있다.

家積善慶 世襲貂蟬 然而志存螢雪 念絶綺紈 師博審思辨之訓 躬格致誠正之學[93]

이와 같이 積善餘慶하며 대대로 고관을 전습한 가계 소개와 오직 학문에 뜻을 두고 화려한 것에 대해 생각을 멀리했다는 내용은 자신의 행장과도 일치하는 부분이다. 특히 배우고 묻고 생각하고 분별하는 學問思辨之事에 있어 博學篤志하는 교훈적인 의미를 강조하고 있다.[94]

92) 如切如磋 如琢如磨의 의미는 詩經 衛風 淇澳 제1장, 論語 學而篇 제15장, 그리고 大學 傳 제3장 등을 참고할 수 있다. 이들을 보면 원래 시경에 나오는 본 뜻에서 유리된 점도 있으나, 자르고 깎고 쪼고 갈아 가공한다는 의미를 공유한다.
93) 書齋夜會錄 10면.

또한 밝은 덕을 밝히고 修身하는 자세에 있어서는 格物致知 誠心正意하는 大學의 이념을 인용하였음을 알 수 있다.

세속을 멀리한 체 외로이 떨어진 곳에 초당을 짓고 생활하는 다음의 내용도 世敎를 위한 교훈적인 성격이 강하다.

今者 枯形墜智 遯世離群 山阿寂廖 草堂孤絶 神交顏氏 夢斷周公 惑沈潛仁義 惑譴浪辭章 不有四君 孰從我遊[95]

위의 내용을 보면 정신은 顏子와 交遊하나 꿈속에서는 周公의 모습이 이미 끊어져 볼 수 없으며, 간혹 仁義에 깊이 몰두하고 글을 짓는 일로 마음을 달래며 四友와 더불어 交遊하는 자신의 처지를 적고 있다. 이를 보면 감히 자신은 孔子의 경지에 이르지 못하지만 그의 제자인 顏回와 交遊하고, 孔子와 같은 성현의 도를 본받고자 하는 교훈적인 의미를 내포하고 있다. 이것은 이미 그의 생애에서도 밝힌 바와 같이 儒家的 士意識이 깊이 반영되고 있음을 보여준다.

의인화된 紙筆墨硯의 생애 부분은 文房四友를 의인화한 다른 작품과 동일한 수사법을 취하고 있어 그 영향관계를 짐작할 수 있다. 그런데 이 작품에서의 공통된 특색은 작가자신의 소외된 처지를 우의하기 위해 낡고 쓸모 없게 된 文房四友와의 개연성을 찾고자 한 점이다. 이들은 한결같이 자신들의 만년의 처지를 선비에게 의탁하며, 내치지 않고 거둬 주기를 간청한다. 먼저 緇衣者는 자신의 선조인 瓦氏가 李觀과 더불어 交遊한 교분처럼 자신을 허락해줄 것을 부탁한다. 黑衣者는

---

94) 博學篤志는 널리 공부하여 덕을 닦는데 뜻을 굳건히 함을 의미한다. 위에서는 배우는 것을 널리 하고 뜻을 두텁게 하며, 절실히 묻고 가까운 것부터 생각하면 어진 것이 그 가운데 있다는, 『論語』子張篇의 博學而篤志 切問而近思의 내용을 인용하고 있다.
95) 書齋夜會錄 11면.

이제 자신이 늙게 되어 琢磨의 자질이 사라지게 되었음을 말하고, 늙어 버림받는 탄식을 짓지 않도록 선비에게 의탁한다. 白衣者 역시 이제 경박하다는 헐뜯음을 입어 마침내 장 항아리를 덮는 신세가 되었으니 다행히 다시 거두어 살펴주기를 청한다. 脫帽者는 자신의 예리한 기예가 이제 老鈍해져 젊었을 때에 세운 뜻이 꺾이고, 보잘 것 없는 형체가 되어 주위 사람들에게 부끄럽게 되었음을 말하고, 선비의 정이 끊어지지 않기를 바란다.

이처럼 文房四友가 늙고 소외되어 선비에게 만년을 의탁하는 내용은, 임금을 받들지 못하고 벼슬길에서 물러난 자신의 처지를 寓意한 것으로 보인다. 결국 이러한 작가의식은 임금을 섬기는데 있어서, 총애를 잃고 늙어 버림받는 신하와의 관계를 立傳하여, 세상을 諷刺하고 戒世하고자 하는 교훈적인 의미를 지닌다. 이와 같은 주제의식은 전대의 假傳 작품에서 흔히 볼 수 있는 문학적 전통이며, 특히 文房四友를 의인화한 중국 假傳 작품의 직접적인 영향을 짐작할 수 있다.96)

이상을 종합해 보면, 작품의 총체적인 구조를 통해 자신의 自敍傳的 작가의식을 함유하고 있다. 그러나 소외된 현실에 대한 욕구불만이나 허무의식보다는 오히려 이를 극복하기 위한 자기 수양에 중점을 두고, 처세훈을 강조하는 인생교화의 목적이 강하게 드러난다. 그 결과 다른 작품과 달리 현실세계에 대한 불만이나 울분 모순 등을 비판하고 풍자하는 의미는 약화된 반면, 자기 수양에 충실함으로써 世敎를 중요시

---

96) 安秉尚은 중국 假傳 작품의 내용 및 주제를 事君, 治世, 學問, 世間雜事類로 구분하고, 文房四友를 의인화한 작품의 경우는 事君類로 분류하였다. 이것은 또한 諷事君之難者와 讚終身得寵者로 구분했는데, 전자의 경우는 임금을 충성으로 섬겨 총애를 얻고 영화를 누리지만 결국 총애를 잃고 불행을 만나는 유형이며, 후자의 경우는 신하로서 그칠 줄을 알고 스스로 그치거나 終身토록 정성을 다하면, 늙어서도 내침을 받지 않는 유형으로 분류된다.
安秉尚, 『中國寓言傳記研究』(국민대 출판부, 1988), pp.226-236. 참고.

하는 교훈적인 의미가 부각되어 있다.

3. 崔生遇眞記

崔生遇眞記는 傳奇體 작품으로 金鰲新話의 龍宮赴宴錄과 倣似하다.[97] 이들 작품의 形成關係, 構造와 意味, 背景思想, 作者 등에 대한 구체적인 고찰은 企齋記異와 企齋 申光漢의 文學史的 위치를 올바로 이해하기 위해 매우 중요하고 의의 있는 일이라 할 수 있다.

따라서 <崔生>과 <龍宮>의 구조를 비교 분석하고, <崔生>에 나타난 道仙思想을 중심으로 그 構造的 意味를 고찰하는데 중점을 두고자 한다.[98]

<崔生>은 제목에서 암시하고 있는 바와 같이 주인공 崔生이 眞人 眞境을 만나본 기록이라고 할 수 있는데, 작품의 구성 및 내용은 剪燈新話의 <水宮>과 金鰲新話의 <龍宮>과 一見 유사하다. 그러나 <崔生>은 두 작품에 비해 神仙思想이 좀더 구체적으로 반영되어 있으며, 이를 바탕으로 더욱 일관성 있고 유기적으로 結構해 놓은 점이 특징이다.

그러므로 <崔生>과 <龍宮>과의 비교 분석을 통해 그 연관성과 특징적인 면을 고찰하기 위해, 다음 문제를 중점적으로 논술하려 한다.

---

97) 이하에서 사용될 작품제목은 편의상 아래와 같이 사용하고자 한다.
  崔生遇眞記→<崔生>, 龍宮赴宴錄→<龍宮>, 水宮慶會錄→<水宮>
  安憑夢遊錄→<安憑>, 書齋夜會錄→<書齋>, 何生奇遇傳→<何生>
98) 道仙思想이라고 통칭하는 용어에 대해서는 그 개별적 특성을 인정해야 하는 점에서 부정적 견해도 있으나, 고전문학에 복합적으로 수용되고 있음을 고려하여 본고에서 다루게 될 道仙思想의 개념은 道家 道敎 神仙思想을 포함하는 포괄적인 개념으로 사용하고자 한다.
  崔三龍,『韓國初期小說의 道仙思想』(螢雪出版社, 1982), pp.15-18. 참조.

的 背景을 중심으로 하는 ...

당한 논문이 축적되었다. <龍宮>에 대한 비교연구에서는 ...

용과 構成上의 유사점을 고려하여 <水宮>과의 영향관계를 고찰해 왔

다. 이들은 대부분 그 체재와 내용에 있어서 獨創性과 緻密한 構成임

을 인정하고 作家의 사상을 반영시켜 자기화하고 한국화한 점에서 우

수함을 지적하였다. 예컨대 한영환 교수는 이들 작품의 구성에 대해

한 · 중 · 일의 영향관계를 좀더 종합적이고 구체적으로 세분하여 비교

분석하였다.99) 이밖에 다른 많은 비교문학적 論著들 역시 영향관계 및

99) 金台俊,『朝鮮小說史』(學藝社, 1939), pp.59-60.
　　朴晟義,『古代小說論과 史』(예그린출판사, 1978), p.166.
　　金起東,『韓國古典小說研究』(教學社, 1981), pp.23-26.
　　李在秀,『韓國小說研究』(宣明文化社, 1969), pp.79-82.
　　韓瑩煥,『한·중·일 소설의 比較연구』(정음사, 1985).

독창성의 문제규명에 초점을 맞추어, 보다 더 창조적으로 수용하였음을 높이 평가한 점에서 공통점을 지니고 있다.

이제 선행 연구결과를 토대로 먼저 <崔生>과 <龍宮> 두 작품의 梗概를 비교하고, <崔生>의 구조를 人物 事件構成 背景 등으로 나눠 그 공통점과 차이점을 밝히려 한다. 사건구성에 있어서는 導入, 展開, 終結部로 구분하여 분석하려 한다.[100]

<崔生>의 구조를 분석하고 이에 나타나는 특징을 살피기 위해 두 작품의 중심 내용을 단락별로 정리해 비교하면 다음과 같다.

崔生遇眞記	龍宮赴宴錄
(1) 眞珠府 서쪽 頭陀山에 있는 龍湫洞이 세상에서는 眞境으로 알려져 옴.	-松都 天摩山에 龍湫가 있어 경치가 빼어나 항상 유람객이 찾아와 구경함.
(2) 臨瀛에 사는 崔生은 속세를 멀리 하여 두타산 無住庵에 證空禪師와 은거함.	-고려조 韓生은 文士로 평판 있는 사람으로 송도에 거주함.
(3) 증공선사로부터 용추동의 신비와 眞人이 존재할 것이라는 이야기를 들음.	
(4) 靑囊秘訣 읽기를 끝내고 용추의 반석을 밟으면 仙界體驗을 할 수 있다는 선사의 말에 따라 만류 불구하고 선사와 떠남.	-용왕에게 초청을 받아 초청객으로 駿馬를 타고 용궁에 감.
(5) 최생이 鶴巢와 龍湫를 찾게 되나 몸이 뒤집혀 반석에서 동굴에 추락하자 선사 혼자 돌아와 衆僧에게 최생이 娼家에 이끌리어 못 돌아온 것으로 말함.	
(6) 몇 달 후 최생이 玄鶴을 타고 돌아와 용궁선계를 다녀온 이야기를 나눔.	
(7) 최생은 龍湫洞窟을 통해 용궁에 들어가 萬化門을 거쳐 용왕 뵙기를 자청하자 五重門 朝宗殿의 淸泠閣에 안내됨.	-使者의 인도에 따라 용궁에 이르러 靑童의 안내로 용왕 앞에 나아감.

100) 비교분석의 체재와 방법에 있어서는 韓㤗煥 교수의 상게 논저를 참고하여, 비교의 편의상 <龍宮>에 대한 통계적 분석에 따른 적절한 용어 선택이나 자료는 가능한 한 그대로 사용하였음을 밝힌다.

(8) 이미 洞仙 島仙 山仙이 초대되어 있음. 왕은 淸冷閣에서 손님맞이 할 연회중.	坐定을 사양하다가 마침 三神이 초대되어 동석함.
(9) 최생이 자리를 같이하여 대접을 받고 玄夫人과 介士의 文武의 노래와 춤으로 즐거움을 누리며 奇緣을 交遊함.	용왕이 환대하고 공주를 위한 궁전의 佳會閣 上樑文 짓기를 청함으로 韓生이 이를 지어 바침.
(10) 용왕의 청으로 최생이 龍宮會眞詩 30韻을 지어 바치자 용왕과 三仙이 칭탄함. 용왕의 九年水 七年旱의 노래와 洞仙의 30韻 율시를 짓고 島仙 山仙도 作詩함. 용왕도 이들과의 奇緣을 作詩함.	용왕과 三神 칭탄. / 용왕이 감사의 宴會로 潤筆宴을 베풀어 잔치. / 三神의 作詩와 한생의 20韻 작시.
(11) 잔치가 파하고 작별시 최생이 용궁에 미련을 가짐. 洞仙이 延命의 仙藥을 주며 10년 後 蓬萊에서 재회를 약속하고 작별.	한생의 용궁세계 구경과 작별함.
(12) 최생이 一刀圭를 얻기를 청함.	용왕이 준 구슬 2개. 빙초 2필을 선사 받음.
(13) 최생은 문 앞에 인도자의 말에 따라 玄鶴을 타고 다시 無住庵에 도착하여 증공선사에게 용궁의 1일이 人世의 여러 달(70여일)임을 述懷함.	사신의 등에 엎혀 돌아와 눈을 떠보니 자신이 거처하던 방에 있음. / 용왕이 준 보배를 깊이 간직하여 보배로 삼고 남에게 안 보임.
(14) 世俗에 관심을 두지 않고 入山 採藥하며 마친 바를 모름.	세상의 명예와 이익을 멀리하고 名山 入山하여 마친 바를 모름.
(15) 그후 오래도록 無住庵에 거하는 證空은 이러한 일을 자주 이야기 함.	

이와 같이 <崔生>의 서술구조를 세분할 수 있는데, 이를 요약해보면 (1)~(2)는 사건배경 및 주인공 소개, (3)~(5)는 용궁세계에 들어가게 된 入奇境의 과정, (6)~(10)은 용궁에 들어가 淸冷閣 宴會에 奇緣을 맺고 용왕 洞仙 島仙 山仙과 作詩와 交遊하는 장면, (11)~(13)은 延命의 仙藥을 얻고 蓬萊에서 재회를 약속하며 이별하는 出奇境의 서술, (14)

~(15)는 玄鶴을 타고 다시 無住庵에 도착하여 證空에게 仙界體驗을 述懷하고 入山採藥 不知所終하는 결말이다.

이를 통해 볼 때, 사건진행상 특이한 것은 (1)~(2)의 導入部에서 현실세계의 배경과 인물을 소개하고, (3)~(6)과 같이 證空의 말을 빌어 용궁세계에 들어간 導入額子를 설정하고 있으며, 그후 展開部는 허구의 용궁세계를 통해 선계체험을 형상화하고, 結末部에서는 다시 현실세계에 돌아와 入山採藥 不知所終하는 주인공의 결말이 (15)에서와 같이 證空의 입을 빌어 자주 이야기되는 終結額子 構造로 되어 있다.

이와 같이 작가는 현실-허구-현실의 세계를 마치 夢遊樣式의 기본구조인 入夢-夢中-覺夢의 額子構成을 獨創性있게 變容한 특이한 구성을 보여주고 있다. 특히 여기에서 주목되는 것은 기존의 夢遊樣式이라는 허구적인 꿈의 장치를 빌지 않고, 좀더 현실성을 배가하기 위해 현실인물인 證空禪師의 이야기를 통해 導入額子와 終結額子의 구성을 대신한 점에서 <崔生>이 더욱 독창적이라 할 수 있다.[101]

(1) 人物

양 작품의 登場人物을 보면 <龍宮>에는 韓生, 龍王, 祖江神, 洛河神, 碧瀾神, 官員, 從者, 美女, 總角, 의인화된 물고기 등이 등장한다. 이들 중 韓生과 龍王이 주동적 인물이며 나머지는 보조적인 역할을 수행한다. <崔生>은 崔生, 禪師, 衆僧, 龍王, 山仙, 島仙, 洞仙, 侍從, 童子, 그밖에 奇形의 물고기(문지기, 介士, 玄先生) 등이 나온다. 이들 人物에서도 崔生과 龍王이 주동적 인물이지만, 전자에 비해 三仙의 활약이

---

101) 이와 같이 좀더 현실성을 부각시키기 위해 前代의 夢遊額子構成의 변형을 시도하였는데, <何生>에서도 卜師의 점괘를 빌어 액자기능을 대신하고 있는 점에서 역시 특이하다.

크며 능동적인 점이 다르다. 특히 洞仙은 <龍宮>의 三神과는 달리 인물의 행동과 성격이 크게 부각되어 있는 점에서 큰 차이를 보인다.

등장인물은 主人公, 神格人物과 神仙, 附隨的 人物로 구분할 수 있다. 먼저 주인공을 보면, <龍宮>에서 주인공 韓生은 글로 평판이 나 있는 선비로 조정에까지 그 이름이 알려져 있으며, 표면상 세상과 화합의 관계를 보인다. 이와는 대조적으로 <崔生>에서 주인공 崔生은 無住庵에 거하는 失意한 선비로 세상과 부조화의 관계에 있는 점이 근본적으로 다른데, 儒家的 행위나 詩文에 능한 점에 있어서는 상호 공통된다.

다음은 神格人物과 神仙이 등장하는데, <龍宮>과 <崔生>의 龍王은 신격인물로 동일한 유형성을 지닌다. 그밖에 <龍宮>에서는 瓢淵의 세 龍神이 등장하며, <崔生>에서는 세 神仙이 등장하여 기본적 인물구성에서는 유사하다. 그러나 전자는 모두 동일유형의 龍神이지만 후자는 神仙思想을 배경으로 각각 山仙 島仙 洞仙으로 變容되어 인물 성격면에서 개성이 부각되며, <龍宮>의 三神과는 달리 주인공의 용궁에서의 행동에 적극적으로 개입하는 점이 대조적이다. 특히 이들이 道仙的 人物로 변이 되고 주인공 崔生과 같이 인간세계와도 관계를 가졌던 인물인 점에서 큰 차이를 보여준다. 이에 대한 구체적인 언급은 뒤에서 재론하게 될 것이다.

이밖에 위에서 본 두 인물유형 외에 보조적 역할을 하는 附隨的 人物과 기형의 의인화된 물고기 등이 등장한다. <龍宮>에서는 官員, 從者, 守門者, 靑童, 侍從, 童子, 美女, 그밖에 구름을 씻어버리는 使者, 용궁을 지휘 관람하는 使者, 韓生이 돌아올 때 명을 받드는 使者, 그리고 게를 의인화한 玄先生, 總馬, 木石輞輬, 山林精怪 등 다양하다. <崔生>은 證空禪師, 衆僧, 龍王을 모신 侍從, 기이한 형상의 의인화한 문지기, 童子, 안내자, 玄夫人, 介士, 玄鶴 등이 登場한다. 이들이 모두 보조적 역할을 하는 점은 두 작품이 동일하다. 다만 <崔生>에서는 崔生이 용궁에 들게 되어 그곳을 다녀오게 된 이야기가 證空禪師에 의해서 술회되고 있으며, <龍宮>에서와는 달리 崔生이 돌아올 때 神仙思想과 관계된 玄鶴을 타고 돌아오는 점에서 큰 차이를 보인다.

또한 등장인물의 수와 규모에서도 상당한 차이가 있는데, <水宮>과도 비교해 보면 몇 가지 중요한 특성을 찾을 수 있다. 먼저 한영환교수의 지적과 같이, <水宮>에서는 물고기 등속의 부류가 많은 반면인간의 부류가 적고, <龍宮>에서는 이와 대조적으로 인간의 부류가다양한 반면 물고기 부류는 郭介士와 玄先生으로 축소된다.[102] 한편<崔生>에서는 인간의 부류에서도 그 규모가 줄어들었고, 그 밖의 주변인물도 간략하게 축소되었으며, 介士와 玄夫人은 유사하나 玄鶴 한쌍이 나올 뿐이다.

이를 종합해 보면 <水宮> → <龍宮> → <崔生>에 이르러 차츰 작중인물의 유형이 간략하게 축소되고, 후대의 작품일수록 비현실적인요소가 감소되며, 인물묘사에 있어서도 차츰 현실성이 부각되었음을알 수 있다.

다음은 이렇게 등장인물을 형상화한 주인공의 性格과 意味를 파악하고 이를 통해 본 작품의 창작동기를 살펴보기로 한다.

<崔生>과 <龍宮>에 등장하는 두 주인공은 모두 儒生의 性格을 지닌 儒家的 예의와 행동을 보여주는 점에서 동질성을 지닌다. 崔生과韓生은 모두 詩文에 능하고 언행에 있어서 儒家的 성품을 지닌 동일한 유형이며, 용궁에서 龍王에게 갖춘 겸양과 공경심 등 주인공의 태도에서 이를 잘 말해준다.

다만 韓生은 글에 능하여 조정에까지 명성이 알려진 文士로 표면상

---

102) 한영환, 전게서, 참조.

현실에서 자신의 능력을 인정받는 입장에 있으나, 崔生은 현실에서 不遇不出世하여 현실과 조화하지 못하는 失意한 인물로 묘사하고 있음이 대조적이다.

    臨瀛에 崔生이라는 자가 살고 있었는데, 세속에 억매이지 아니하고 榮利를 멀리했으며 山水를 유람하기를 좋아하여 사람들이 世情에 어두움을 비웃었다. 일찍이 선 공부를 하는 증공스님과 두타산 무주암에 오래도록 지내고 있었다.[103)

이와 같이 導入部를 통해 알 수 있는 주인공 崔生은 <龍宮>의 韓生과는 달리 失意한 선비로 속세를 벗어나 山水를 유람하고 이를 추구하고자 하는 성격을 지니고 있다. 작품 말미에서 崔生이 용궁체험을 하고 작별할 때 자신은 儒業을 이루지 못하고, 산수를 탐하다가 道를 구할 뜻을 잊고 證空禪師와 은거하고 있었음을 말해주는 대화에서도 이를 입증해 준다. 이와 같이 失意한 儒家의 隱逸的인 인물로 형상화한 점을 통해, 작품의 창작동기를 파악해 볼 수 있다.

특히 여기에서 이들 주인공과 神格人物이 儒者 혹은 佛者였음이 주목된다. 중요한 것은 朝鮮朝 儒學者들의 의식에서 亂世와 不遇不出世한 역경의 상황을 벗어나고자 할 때, 주로 道仙思想에 경도된 道仙的 의식지향의 契機를 마련하고 있다는 점이다. 조선조의 많은 작품 속에는 이러한 作家意識이 反映되어 나타난다. 예컨대 현실적 일상적인 삶에서 失意한 文士가 亂世 및 不遇하고 不出世한 역경과 갈등의 돌파구로써 理想的인 가치의 삶을 추구하기 위해, 仙界憧憬과 道仙的 隱逸과 같은 潛在意識을 표출하게 되며, 나아가 현실과 갈등이 심화될수록

---

103) 臨瀛有崔生者 倜儻外榮利 好遊覽山水 人笑其迂 嘗與學禪者證空 久寓頭陀之 無住庵.

일상성을 초월하여 至高至尊의 道仙的 理想世界로 초월하고자 하는 작가의식을 반영하게 된다.

이러한 입장에서 <崔生>의 創作動機를 다음과 같은 意味構造로 추정할 수 있다.

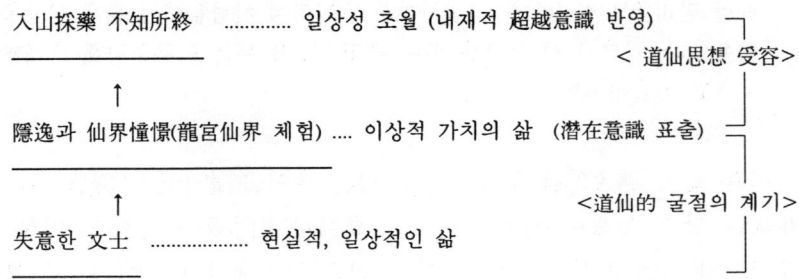

(2) 事件構成

다음은 앞에서 梗槪를 통해 주요 모티프별로 제시한 <崔生>의 구조를, 導入部(배경. 인물소개. 사건발단의 계기), 展開部(入奇境. 奇遇. 交遊 및 作詩. 出奇境), 終結部(奇境을 나온 후 주인공의 동정)로 구분하여 이를 분석하려 한다.

가. 導入部

導入部는 시공간적 배경묘사와 주인공 소개, 그리고 사건발단의 계기를 알 수 있는 부분이다. 여기에서는 사건 발단의 계기를 비교해 보기로 한다.

<龍宮>: 高麗代 松都에 韓生이라는 글 잘하는 文士가 살았는데, 한가
로운 시간을 집에서 보내다 어느 날 저녁 문득 龍王의 초대를 받는다.

<崔生>: 眞珠府 頭陀山 無住庵에 崔生이라는 선비가 證空禪師와 살고
있었는데, 頭陀山에는 龍湫洞이 있어 세간에 眞境으로 알려져 왔다. 崔生
은 證空禪師로부터 용추동의 신비함과 眞人이 존재할 것이라는 이야기와
그 동안의 실패담을 듣는다. 崔生은 禪師의 만류에도 굳이 가기를 청하여
龍湫洞窟을 찾아 나섰다가 반석 위에서 추락하여 동굴 속을 통해 용궁에
들어가게 된다.

이처럼 두 작품의 주인공이 결국 용궁에 다녀온 점에서는 유사하지
만, 용궁에 들어간 사건발단의 계기를 보면 양자가 큰 차이를 보인다.
즉, <龍宮>에서는 주인공 韓生이 한가로운 시간을 무료하게 보내다
갑자기 어느 날 저녁 龍王의 초청을 받고 두 使者로 하여금 인도된다.
한편 <崔生>의 주인공은 眞境이라는 곳에 마음이 끌려 龍湫洞窟을
일부러 찾아 나섰다가, 반석에서 떨어져 동굴 속을 찾아 들어가 고생
끝에 용궁에 들게 되는데 가을인 시간적 배경이 나타난다.
　여기에서 <崔生>에 나오는 龍湫洞窟의 존재유무나 眞人의 존재여
부에 대한 논의는, 결국 주인공이 仙界에 들어가게 되는 구성상의 動
機賦與장치라 할 수 있다.[104] 특히 이것은 <龍宮>과는 달리 神仙思想
을 중심으로 작품의 주제를 構成하여, 사건구성과 인물묘사에 있어 일
관성을 유지하고, 각 모티프의 체계에 통일성을 주기 위해 도입한 점
에서 중요한 차이라 할 수 있다.

---

104) 動機賦與(motivation)는 사건전개에 있어 각 모티프의 도입을 정당화하고 소설의
　　구성과 인물에 있어 일관성을 유지하게 하는 기능을 말한다.
　　　V. Shklovsky 外, Russian Formalist Criticism(韓基燦 譯, 주제론, 『러시아 형식주의
　　문학이론』, 月印齋, 1980, pp.119-138.) 참조.

나. 展開部

전개부분은 주인공이 용궁에 들어가게 되는 入奇境의 과정, 용왕을 비롯한 세 神仙과의 기이한 만남과 交遊, 용궁체험후 작별과 出奇境의 과정으로 구분할 수 있다.

入奇境은 용궁에 들어가는 과정에 해당된다. 먼저 <龍宮>을 보면, 주인공 韓生은 용왕의 초대로 사양 끝에 使者에게 이끌려, 從者 10여 인과 금안장 옥굴레를 한 駿馬를 타고 幢蓋가 앞서고 妓樂이 뒤따르는 가운데 말이 공중을 날아 용궁에 도착한다.

한편 <崔生>의 주인공은 禪師로부터 龍湫洞窟과 眞人의 존재여부를 듣고 禪師의 만류에도 불구하고 이를 찾아 나선다. 처음 龍湫洞窟에 떨어졌을 때에는 쌓인 낙엽으로 상처를 입지 않았고, 神靈스런 풀로 배고픔을 모르게 된다. 쌓인 낙엽을 헤치고 창창한 물을 따라 바위 언덕에 휘감긴 생풀 한 포기를 끌어안고 올라갔으나 나갈 바를 찾지 못한다. 崔生은 장차 죽게 될 것으로 생각하고 비통함을 느껴 방황하다가, 다시 절벽 밑에서 구름기운이 자욱히 나오는 떨기 구멍을 통해 수 십리를 찾아 들어가며, 깜깜한 곳을 헤매다가 다시 앞으로 나아가자 점점 밝아옴을 느껴 푸른 시내 한 줄기를 발견한다. 다시 이를 거슬러 올라가 石壁으로 희귀하게 이뤄진 성에 이르게 되고, 마침내 萬化門에 도착한다.[105]

이처럼 <崔生>은 용궁에 들어가는 과정이 복잡하면서도 주위묘사가 세밀하여, 事件構成에 긴장감이 넘치며 극적으로 처리되고 있을 뿐만 아니라 앞으로 있을 崔生의 仙界體驗을 잘 암시해 준다.

---

105) 良久方蘇 仰視天宇 如在陷井之中 動搖四體則 無甚覺痛 但一脚穿地 若垂空然據地 欲起則 非地也 乃樹也 其樹蔓而 香葉且柔 細柯相絡 平如布氈 撥葉俯視則 其下蒼蒼然水也

다음은 주인공과 龍王 기타 神格人物들과의 奇遇에 대해 살펴보도록 한다. <龍宮>에서는 韓生이 용궁에 도착하자 갑옷을 입은 문지기들이 있고, 靑童의 안내로 含仁之門을 들어가니, 切雲冠을 쓰고 칼을 차고 홀을 쥔 龍王이 뜰 아래 내려와, 韓生을 맞이하며, 궁전에 이끌고 白玉床에 앉기를 청한다. 이에 韓生은 세 차례나 겸손하게 사양하다가 겨우 앉으려 할 때 세 손님(龍神)이 온 것을 듣는다. 이어 龍王의 청으로 딸의 사위를 맞기 위한 佳會閣 上樑文을 지어 달라는 부탁을 받고 上樑文을 짓게 된다.

<崔生>에서는 崔生이 萬化門에 이르자 기이한 형상의 문지기가 사람의 냄새를 알게 된다. 崔生은 두려워하며 죽음을 무릅쓰고 문지기 앞에 나아가 龍王을 알현하려 왔다고 스스로 自請한다. 그러자 다시 안내자를 따라 五重門을 지나 朝宗殿에 들어가서, 淸冷閣을 통해 凌虛之冠을 쓰고 通天之帶를 띄고 청색도포를 입은 龍王을 만난다. 자리에 이미 세 손님이 와 있었는데, 이들이 洞仙 島仙 山仙임을 소개한다. 崔生은 龍王이 坐定하기를 청하자 사양하다가, 龍王이 서로 主從關係가 없음을 말하자 마침내 坐定하고 侍從으로 하여금 성대한 대접을 받는다.

이렇게 하여 崔生은 龍宮會眞詩 30韻을 짓게 되는데, 이러한 奇遇에 이어지는 交遊와 作詩 부분의 규모에 있어서 차이를 보여준다. 그러나 용궁에 들어가 奇緣을 맺은 주인공이 上樑文 혹은 龍宮會眞詩를 짓고, 宴會 및 용궁세계를 구경하는 결구에서는 역시 大同小異함을 보여준다.

<龍宮>에서는 落成式 잔치에서 上樑文을 지은 代價로 용왕이 潤筆宴을 베푸는데, 각각 십 여 미녀와 총각들이 碧潭曲과 回風曲을 부른다. 용왕도 玉龍笛을 불고 水龍吟을 노래하며, 郭介士와 玄先生의 八風舞와 九功之務, 그밖에 신하들의 다채로운 才技를 구경한다. 이어서

三神이 시를 지어 바치며 韓生도 龍王의 위엄을 높이는 내용의 시 20韻을 짓는다. 이어 용궁 구경을 자청한다.

한편 <崔生>에서 崔生은 왕이 侍從으로 하여금 성대하게 베푼 대접을 받고, 玄夫人 6인의 文風의 노래와 介士 8인의 武士의 춤을 즐긴다. 崔生은 龍王의 청으로 龍宮會眞詩 30韻을 짓게 된다. 이어 왕이 九年水 七年旱의 노래를 짓고, 洞仙도 30운 律詩를 지으며 島仙 山仙도 시를 지어 흥을 돋운다. 왕이 다시 作詩하며 모두 크게 취하고 기쁨이 극에 달하게 된다.

이상을 비교해 보면, 두 작품이 내용상의 차이는 있으나 사건의 결구에 있어서는 유사함을 알 수 있다. 다만 <龍宮>의 주인공 韓生은 龍王의 청으로 上樑文을 짓고 감사의 잔치인 潤筆宴에서 20운 시를 지은 반면, <崔生>의 주인공 崔生은 용궁에 든 기이한 만남을 龍宮會眞詩 30운으로 나타내고, 洞仙도 30운 시를 짓게 되는데 그 내용과 규모가 서로 다르다. 또한 <龍宮>에서는 주인공의 청으로 용궁세계를 구경하는 장면이 있으나 <崔生>에는 없다.

따라서 <崔生>에서는 주인공은 물론 神格人物인 洞仙에 있어서도 인물의 성격과 作詩의 규모가 부각되고, 주인공과 洞仙의 자질이 크게 달라졌음을 보여준다. 또한 洞仙은 물론 島仙 山仙으로 세분한 세 神仙의 作詩도 본 작품의 주제표출에 중요한 기능을 하게 된다. 모두 神仙思想을 배경으로 하고 있는 점에서 중요한 차이를 보여 준다. 이에 대한 구체적인 논증은 구조적 의미에서 後述하고자 한다.

다음은 주인공이 용궁세계에 들어가 龍王과 그 밖의 여러 神格人物들과 交遊를 마치고 용궁을 떠나는 作別과 出奇境의 과정이 나타난다.

먼저 <龍宮>을 보면, 용궁세계의 구경을 마친 韓生은 고마움을 표하고 작별의 인사를 한다. 龍王은 珊瑚盤에 明珠 두 알과 水梢 두 필을 주며 전송한다. 이때 세 龍神도 함께 작별하며 떠나게 된다. 이어

두 사신이 명을 받들고 한 사신의 등에 업혀 나오는데 얼마동안 물소리와 바람소리만이 들린다. 잠시 후 눈을 떠보니 놀랍게도 자신이 거처하던 방에 누워 있음을 알게 된다. 韓生이 밖에 나가 보니 五更이 되었는데, 품속을 보니 용궁에서 선물로 받은 보물이 그대로 있어 장롱 속에 깊이 간직하고 남에게 보이지 않는다. 이상의 사건은 전날 저녁에서 翌日 五更까지의 시간이 경과되는 동안 전개된다.

한편 <崔生>의 주인공 崔生은 작별할 즈음에 용궁의 기이한 인연과 즐거움에 미련을 가지게 된다. 이때 洞仙은 자신도 人世에서 온 자임을 말하고, 延命의 仙藥을 주며 10년 후에 蓬萊에서 다시 만날 것을 기약한다. 崔生은 자신이 儒業을 이루지 못하고 山水를 탐하다가 道를 구할 뜻을 잊고, 學佛人 證空禪師와 지내면서 평소 같이 하기로 한 生死의 언약을 배반하게 된 것이 상서롭지 못함을 말하고, 그 맹세를 저버리지 않기 위해 信物로 一刀圭 얻기를 직접 龍王에게 청한다. 그뿐만 아니라 執鞭賤職이라도 사양하지 않고 그 곳을 떠나고 싶지 않음을 말한다. 이에 洞仙은 秦始皇과 漢武帝의 고사를 인용하여 神仙이 되고자 함에 神仙의 신분이 아니면서 仙藥을 복용하는 것은 다만 壽命을 재촉할 뿐임을 말해준다.106) 그후 崔生은 문 옆 안내자의 말에 따라 鶴을 타고 잠시 눈을 감고 있는데 이윽고 잠깐사이에 자신이 거처하던 절의 뜰에 이르게 된다.

이상의 작별과정에 나타난 차이점을 요약해 보면 다음과 같다.

---

106) 生曰 (中略) 三生結願 一成奇遇 雖執鞭守履 亦所不辭 不願歸也 (中略) 洞仙莞爾笑曰 (中略) 出一粒藥 以與曰 可延十年壽 過十年後 當與吾輩會于蓬萊 爾歸人世 努力自愛 愼勿輕播 生再拜曰 不敢逾命 乃又請曰 吾在世業 儒不成矣 之後探山水 妄意求道 與學佛人證空遊 相與約曰 死生相同 無相背也 今一朝背之不祥 願得一刀圭 以舞負信誓 三仙相視而笑曰 大是信士 洞仙曰 爾爲神仙可求歟 人皆可以爲堯舜 不可皆得爲神仙 秦皇 徐福之驅使 漢武安期之僕胴 以秦皇 漢武之雄傑 不學可爲之堯舜 欲求難得之神仙 徒煩天下 取笑萬世 雖是暴政愚徹可也 世之無仙分而服仙藥者 適足以促其壽也

우선, <崔生>의 주인공 崔生이 용궁세계에 미련을 두고 賤職도 사양하지 않고 돌아가기를 원하지 않는 점이 주목된다.[107) 또한 洞仙이 仙藥을 주며 蓬萊에서 다시 만날 것을 약속하며, <龍宮>에서와는 달리 龍王이 먼저 선물을 주는 게 아니라 자신이 직접 하나의 刀圭를 얻기를 청하는 점도 다르다. 한편 <龍宮>에서는 초대되었던 三神이 같이 이별을 하게 되지만, <崔生>의 三神仙은 다시 蓬島에서 만날 것을 약속하며 작별하는 점도 역시 相異하다. <崔生>에서의 이러한 변화는 神仙世界의 憧憬과 追求에 깊은 관심을 두었음을 말해준다. 특히 崔生이 용궁세계에 미련을 가진 점이나 延命의 약을 주며, 10년 후 봉래섬에서 다시 만날 것을 약속한 내용은, 결국 이러한 각 모티프들 사이에 공통되는 요소인 長生不死의 神仙思想을 수용하여 이를 독창적으로 재구성한 것으로 주제의식과 잘 조화되어 있다. 이상과 같이 하나의 통일된 주제를 나타내기 위해 각각의 독립된 모티프들이 통합되는 면을 볼 때, <龍宮>보다 <崔生>이 더욱 통일성 있고 긴밀하게 構成되었음을 알 수 있다.

  다. 終結部

  終結部(結末部)는 奇境을 나온 후 주인공의 動靜을 서술한 부분에 속한다. 終結部에는 주인공의 행동이 완료되고 이야기의 궁극적인 의

---

107) <崔生>과 <何生>의 작품에는 論語 孟子 禮記 등 經書의 일부분을 적절히 활용하고 있다. 이 부분도 論語 권7 述而篇에 보이는, 子曰 富而可求也 <u>雖執鞭之士 吾亦爲之</u> 如不可求 從吾所好에서, 執鞭 즉 채를 잡는 賤者의 일을 인용하고 있다. 그밖에 용궁에서 介士 八人의 一 <u>六伐七伐乃止齊焉</u> 一은 禮記 권1 曲禮上 제1 進退有道 左右有局 一 <u>止齊焉 四伐五伐止齊焉</u> 一 과 흡사하다. 용궁에서 용왕이 洞仙에게 세상에는 이미 道가 끊어짐이 오래임을 말한 부분도, 論語 권3 八佾에 儀封人이 請見曰 君子之至於斯也 一 <u>天下之無道也 久矣</u> 天將以夫子 爲木鐸과 做似하다.

미내용이 표현되는 부분이며, 주인공의 운명이 분명해지는 지점으로 登場人物의 위치를 마침내 완전히 이해하는 이른바 啓示의 순간(the investment of illumination)이다.108)

다음 인용문은 소설에 있어 결말부분이 주제와 밀접한 관련을 가지고 있음을 말해 준다.

> 결말부는 소설작법의 형태적인 기술의 문제인 동시에 主題를 어떻게 표출하느냐 하는 소설기술의 전반적인 관건이 되는 중대한 과제에 속하는 부분이다.109)

이러한 지적은 고소설에 있어서도 동일한 의미로 적용될 수 있다고 본다. 양 작품의 결말부분을 통해 살펴보기로 한다.

<龍宮>에서는 젊어서부터 文士로 평판이 나 있던 韓生은 용궁에서 베푼 잔치의 환대와 즐거움을 잊지 못한다. 돌아온 후에도 용궁에서 받은 물건을 상자 속에 깊이 간직한 채 소중한 보물로 삼고 남에게 보이지 않으며, 그 뒤 세상의 名利에 뜻을 두지 않고 名山入山하여 不知所終한다.

<崔生>의 경우 玄鶴을 타고 용궁에서 돌아온 崔生은 그동안의 일을 證空禪師에게 말하고 禪師와 더불어 十洲 三島에서 같이 놀지 못한 것을 안타깝게 말한다. 그후 崔生은 入山採藥하며 마친 바를 모른다.110)

위와 같이 양 작품의 결말은 주인공이 세상에 뜻을 버리고 入山하여 不知所終하는 점이 동일하다. 단지 <崔生>은 <龍宮>의 名山入山

---

108) 崔昌祿, 『韓國小說의 文體論的 研究』(螢雪出版社, 1976), p.217.
109) 鄭漢淑, 『小說技術論』(고려대 出版部, 1975), p.271.
110) 吾謂此一日之內也 已數月乎 所可恨者 不得與師同乘霓馬雲車 遊戲十洲三島間爾 其後生入山採藥 不知所終 證空老居無住庵 多說此事云

과 달리 入山採藥하는 표현만 다를 뿐 같은 결말구조로 되어 있다.

주인공의 행동과 사건의 결말이 본 작품이 암시하고 있는 주제와 어떤 상관관계를 가지고 있는가는 構造的 意味에서 後述하기로 하고, 여기서는 전반적인 사건구성과 종합하여 그 개요만을 언급하고자 한다.

事件展開 부분에 있어서 주인공이 仙界에 들어가는 것은, 이들 인물이 持向하고자 하는 意識世界를 말해주며, 일상적 현실세계와는 다른 潛在的인 이상세계로의 內面意識을 表出한 것으로 해석된다. 즉 현실세계에서 바라던 이상향의 추구는 潛在意識 세계의 설정에 의해 표출되며, 일상적인 주인공의 삶에 부과된 葛藤과 限界를 극복하기 위한 방편이다. 그러므로 仙界의 설정과 移入은 時空間的으로 현실과 다른 이상적인 가치의 추구를 통해, 내면적인 욕구를 실현하는 계기가 된다. 따라서 내면적 의식지향이 표출되고 이상을 충족시켜 줄 限界 超越意識의 世界觀을 반영하게 된다.

주인공의 仙界移入이나 마지막의 入山不知所終은 이러한 의미로 현실세계를 초월할 수 있고, 이를 통해 자신이 추구했던 내면의식을 충족시켜 주는 기능을 하게 된다. 그 결과 脫俗의 경지에 마음을 돌리고 세상의 名利를 멀리하고자 하는 결구로 이해된다.

그러므로 결말부에 있어 세상과의 관계를 끊고 名山에 入山不知所終하는 결말은 단순히 처절한 비극의 의미라기보다는, 道仙的 사고에서 자신이 추구한 이상세계를 능동적인 자세로 추구하고자 한 데서 비롯된 것으로 풀이 될 수 있다.[111]

---

111) 그동안 결말부의 入山不知所終에 관해서는 비극적, 현실주의적, 초월적세계관 등으로 논의되어 왔다.

　　林熒澤, 「現實主義的 世界觀과 金鰲新話」(국문학연구 13, 서울대 국문학연구회), 1971.

　　李相澤, 「醉遊浮碧亭記의 道家的 文化意識」(『韓國古典小說의 探究』, 중앙출판사), 1981.

<崔生>의 결말 역시 주인공 崔生이 현실적 일상적 삶과는 다른 차원의 세계에 처하여 속세를 멀리한 가운데 山水를 찾아 禪師와 은거하며, 眞人 眞境을 찾은 導入部의 모티프와 蓋然性을 가지고 연결되어 있는 점에서 <龍宮>보다 한결 그 결구에 있어서도 진일보한 것이라 할 수 있다.

이상으로 <崔生>과 <龍宮>의 事件構成을 비교해 보았다. 이제 이들 작품의 事件 構成을 통해 비교 고찰한 <崔生>의 구조를 종합해 보면 다음과 같다.

두 주인공의 人物性格은 모두 겸양한 儒者的 태도를 보이고 주동적 역할을 하는 면에서 동일 유형임을 보이고 있으나, <崔生>에서는 神仙思想을 추구하는 道仙的人物로 바꿔 놓았으며, <龍宮>에서의 三龍神이 <崔生>에서는 三神仙으로 변이 된 점이 중요한 차이라 할 수 있다.

事件展開와 構成을 보면, 기본적인 구성은 양자가 동일한 성격을 지닌다. 그러나 <崔生>에서는 용궁에 들어가는 계기에 있어서 眞人 眞境 등의 有無를 논하고, 작품전체를 통해 각 모티프간에 주제와 밀접한 관계를 가진 神仙思想을 추구하는 蓋然的인 動機賦與 기능을 보여주고 있다. 뿐만 아니라 그 결구에 있어서도 <龍宮>은 단순하지만 <崔生>은 더욱 세밀하고 극적이고 긴장감 있게 묘사되어 <龍宮>보다 독창적인 構成을 취하고 있다.

결국 이들 상호 관계에서 볼 때, <崔生>은 事件構成면에 있어 의미심장한 앞으로의 사건발생을 서술하는 삽화적 예시(foreshadowing) 부분이, 神仙思想과 일관되어 있는 점에서 <龍宮>에 비해 더욱 발전되었

崔三龍, 『韓國初期小說의 道仙思想』(螢雪出版社, 1982), pp.107-119.
林焌澤, 『韓國文學史의 視角』(創作과批評社, 1985), p.403. 참조.
이 부분은 작품 전반에 대한 유기적인 분석이 요구된다. 특히 <崔生>에 있어서는 작품 전체를 통해 일관되어 나타나는 道仙思想을 배경으로 한 超越的 世界觀으로 이해된다.

음을 지적할 수 있다.112)

(3) 背景

소설에 있어 背景은 작품내의 행동과 행동의 주체에 시공간적 세계를 부여하여 인물과 사건을 有機的으로 연관시켜주는 기능을 한다.

<龍宮>과 <崔生>의 사건이 構成되는 시공간적 背景을 梗槪를 통해 예시해 보면 다음과 같다.

> <龍宮>: 고려 때 松都에 韓生이라는 선비가 살고 있었다. 松都에는 天摩山이 있고 그 안에는 龍湫가 있었는데 瓢淵이라 하였다. 물이 깊고 맑아 폭포를 이루며 경치가 매우 淸麗하여 많은 유람객이 이를 찾았고, 옛날부터 龍神이 있다는 전설이 있어 조정에서는 때에 맞춰 제사를 지내왔다. 어느 날 저녁 韓生은 龍王의 초청으로 使者를 따라 용궁에 가서 上樑文을 짓고, 용궁 구경을 두루 한 후 보물을 얻어 집으로 돌아온다. 그후 名山에 入山하여 마친 바를 알 수 없게 된다.

> <崔生>: 眞珠府 서쪽에는 頭陀山이 있으며, 崔生은 頭陀山 無住庵에서 證空禪師와 함께 살고 있었다. 頭陀山에는 龍湫洞窟이 있어서 세상에서는 眞境으로 여겨왔다. 崔生은 證空禪師로부터 龍湫洞의 神秘함과 眞人이 존재할 것이라는 것과 그동안 이곳을 찾지 못한 실패담을 듣는다. 崔生은 禪師의 만류에도 불구하고 함께 가기를 청하여 鶴巢와 龍湫를 찾는다. 그러나 몸이 龍湫洞窟에 떨어져 동굴을 통해 용궁을 찾게 되며, 龍王과 三神仙을 만나 歌舞와 酒宴으로 交遊하고 돌아오게 된다. 그후 入山採藥하여 종적을 알 수 없게 된다.

---

112) 예시(foreshadowing)란 사건 발생 전에 사건의 발생을 에피소드로써 예언하는, 그 사건의 의미심장한 부분에 대한 밀착된 설명을 말한다.
   V. Shklovsky 外(韓基燦 譯), 전게서, p.114. 참조.

이상과 같은 양 작품의 事件構成에 있어 시공간적 背景을 비교해 보면 다음과 같다.

<崔生>에서는 眞境을 찾기까지의 頭陀山의 모습, 사건이 진행되는 시간적 배경인 가을 하늘과 초겨울 밤, 그리고 龍湫洞窟을 통해 용궁으로 들어가는 과정, 용궁 등이 보다 세밀하게 묘사되어 있다. 특히 頭陀山의 龍湫洞窟을 찾기까지와 거기에서 용궁에 들어가기까지의 과정에 따른 시공간적 배경묘사가, <龍宮>에서는 없는 반면 <崔生>은 구체적이며 복잡하면서도 상당한 분량을 차지하고 있다.

<龍宮>은 사건이 전반적으로 펼쳐지는 시간이 전날 저녁에서 다음날 새벽까지의 夢中談으로 構成된다. <崔生>은 용궁에서의 하루가 人世의 70여 일이라는 神仙思想을 바탕으로 한 시간관념을 導入하여, 지나간 전체의 이야기가 證空禪師에 의해 述懷되는 額子형식으로 구성된 특색을 지닌다.

<龍宮>의 시대적 공간적 背景은 高麗代 松都인데 비해, <崔生>은 眞珠府 서쪽 頭陀山과 臨瀛에 사는 崔生의 소개로 시작되어, 어느 가을에서 싸락눈이 희미하게 내리는 초겨울까지의 道仙的 시간관념의 경과를 보여주고 있다. 따라서 두 작품 모두 한국적 배경과 사건을 재구성한 점에 있어서 공통된다.

용궁의 구조나 용궁잔치를 보면 용궁은 양 작품이 동일하게 神仙境으로 묘사되어 있으며, 龍王의 모습이나 登場人物의 모습들도 비교적 비슷하다고 할 수 있다.

<崔生>의 주인공 崔生과 <龍宮>의 주인공 韓生이 거주하는 곳은 각각 절과 개인의 집으로 다르게 나타난다. 따라서 활동무대도 전자는 절 → 頭陀洞窟 → 龍宮 → 절 → 入山 採藥 不知所終하며, 후자는 집 → 龍宮 → 집 → 名山入山 不知所終으로 구분된다. 그러므로 崔生이 집을 떠나 절에 거하며 산수를 유람하고 용궁에 들어가기까지의 사건은 <龍

宮>과 다른 부분이며, 이러한 구성은 導入部에서 終結部에 이르기까지 <崔生>이 보다 더 有機的인 관계를 유지하고 있다.

2) 構造的 意味

문학작품 속에서 각각의 독립된 문장이 함유한 의미는 하나의 일반적인 사상이나 主題에 의해 통일된 어떤 명확한 구조를 형성하기 위해 결합된다. 주제는 작품의 독립된 요소들을 통일하며, 작품 전체는 하나의 주제를 그리고 그 각 부분은 또한 각각의 주제를 지니게 된다. 작품이 일관성을 갖기 위해서는 언어구조 전반을 흐르는 하나의 통일된 주제를 갖고 있어야 한다.113) 부언하면 주제는 한 부분과 전체가 하나의 일관된 통일성과 일정한 질서를 가지고 有機的으로 構成되어 형성됨을 말해준다.

> 주제는 소설이 쌓아 올리는 것으로, 그것은 곧 思想이며, 意味이고, 人物과 事件에 대한 해석이며, 전체 서술 가운데서 구체화된 보편적이며 단일화된 인생관이라 할 수 있다.114)

<崔生>은 조선조 초기소설에 속하는 金鰲新話를 이어 傳奇體의 성격을 갖추고 있으며, 그 주제의 표출에 있어 일관된 통일성과 각 모티프들간에 일정한 질서를 가지고 構成되었다. 주제면에서 볼 때, 神仙思想의 추구와 憧憬이 깊이 있게 반영되어 이를 중심으로 再構成하였음은 이미 앞에서도 언급하였다.

고소설은 일대기 형식의 주인공의 행위에 대한 사건중심으로 서술

---

113) V. Shklovsky 외(韓基燦 譯), 전게서, p.98.
114) 鄭漢淑, 『小說技術論』(고려대 出版部, 1975), p.62.

된다. 그러므로 이러한 사건 전개과정에 따라 좀더 總體的이며 有機的
인 관계로 파악할 때 그 주제의 다양성을 찾을 수 있다. 또한 여기에
서 주인공의 행위에 결정적인 영향력을 부여하는 사상적 배경을 간과
할 수 없다. 고소설에 수용되어 있는 사상적 배경은 이들 작품의 주제
표출과 불가분의 관계에 있음을 주목할 필요가 있다.

이미 앞에서 강조한 바와 같이, <崔生>에서 중요한 점은 神仙思想
을 背景으로 再構成된 점이며, 事件展開를 유기적으로 연결시켜주는
매개체로서 주요 登場人物이 道仙的 人物로 나타난 점이다. 즉 사상적
배경인 神仙思想과 주인공이 추구하는 행위 및 洞仙 島仙 山仙이 세
분되고 이들이 和答한 詩文의 내용 등은 道仙思想的 맥락에서 해석이
필요하다.

소설이 자아와 세계와의 갈등과 해결과정을 그려놓은 것이라 볼 때,
작품의 주제는 곧 작품 속에 표출된 주인공의 自我와 虛構世界와의
갈등을 주인공이 어떻게 극복하는지 그 해결과정의 의미를 파악하는
데서 찾아질 수 있다.

작가가 주인공의 인물행위를 통해 보여주는 이러한 意味網을 파악
하기 위해, 본 작품의 사상적 배경 및 주제를 다음과 같이 구분할 수
있다.

(1) 神仙思想과 仙界憧憬

<崔生>은 <龍宮>과 달리 神仙思想과 仙界憧憬이 구체적으로 나
타나 있다. 일찍이 神仙思想은 有限한 인간의 가장 근원적인 욕구라
할 수 있는 限界超越的인 不老長生의 욕망에서 비롯된 것으로, 이러한
욕망은 永生不死의 願望空間인 超越的 의식세계의 神仙境을 설정하여
그것이 존재 가능한 것으로 믿어 왔다. <崔生>에 수용된 이러한 神仙

思想과 仙界의 추구는 아래에 언급할 여러 가지 모티프를 통해 확인된다.

설화나 고소설에서 대부분의 비현실적인 세계의 묘사는 神仙思想에 의해 형상화되어 주로 神仙境으로 묘사되는데, 현세와 동일한 물리적 시공간이 아닌 道仙的 願望時空間으로 나타난다. 이러한 원망시공간은 대부분 天上仙界 地上仙界 海中仙界로 표상된다.

<崔生>에서도 이와 동일한 요소를 찾아 그 의미 고찰이 필요하다. 崔生이 용궁에 들어가게 된 사건발단의 계기는, <龍宮>에서 韓生이 용왕의 초대를 받는 것과는 전혀 다르다. <崔生>에서 頭陀山은 일찍부터 眞境으로 알려져 왔다. 崔生은 頭陀山 無住庵에 21년 동안이나 거주한 禪師로부터 龍湫洞의 신령스러움과 신비함, 그리고 眞人이 존재할 것이라 하여 자주 찾았으나 중도에서 찾지 못한 실패담을 듣는다.

> 돌 사이와 언덕 틈의 샘물의 맥을 좇아 찾지 않은 곳이 없었으나 사면이 산으로 가파르게 솟아 있어 따라 올라 갈만한 작은 길이 없었다. 다만 洞 동북방의 두 언덕이 작고 움푹하여 더위잡고 올라간 즉 언덕이 다하고 앞머리에는 반석이 하나 있어 몇 사람이 앉을 만 하였는데, 걸음이 문득 기울고 흔들려 이를 밟기가 어려우나 이 돌을 밟는 자는 이 洞을 볼 수 있을 것이오.115)

證空이 頭陀山 眞境을 찾아가 느낀 바를 보면, 洞 어구를 내려다 본 즉 茫茫하여 물건을 볼 수 없었고, 龍湫가 蒼然하여 鶴이 날고 아물아물하며 머리가 아찔하고 두근거려 기어서 물러 나왔다고 하였다.

---

115) 貧道入此山已二十一年 甞問洞之靈秘 意有眞人存焉 頗懷往從之志 石寶崖罅泉脈 滲漏處 靡不探索 向四面巉嶵 無線路可遵 但洞之良方 兩崖薇凹 攀緣向上 崖盡前 頭有盤石 可坐數人 步輒傾搖 雖能履危石如伯昏者 亦難履此 能履此石者 可此洞

頭陀山은 예로부터 江原道 三陟郡에 있는 名勝古蹟 중의 하나로 알려져 왔으며, 주위에는 龍湫瀑布 武陵溪谷 등이 現存한다. 그런데 발단부의 묘사를 보면, 地上仙界인 眞境으로 인식되고 있음을 알 수 있다. 崔生은 본래 俗世를 벗어나 산수를 유람하며 이상향에서 노닐고자 한 隱逸者의 유형으로, 현실세계와는 調和하지 못하고 葛藤을 보여주는 인물로서 禪師의 만류에도 불구하고 이를 찾아 나서게 되며, 결국 鶴巢와 龍湫가 있는 곳을 찾게 되지만 몸이 뒤집혀 龍湫洞窟에 떨어지게 된다. 이어서 別有天地라 표현된 동굴에 떨어져 용궁을 찾게 되는데, 특히 이 과정에서 神仙思想을 배경으로 한 설화적인 요소들이 수용되어 있음을 알 수 있다. 예컨대 동굴에 처음 떨어져 인간세계의 70여 일이 지났어도, 靈草를 먹어 배고픔을 느끼지 못한다. 그곳에는 長生不死할 수 있는 靈草와 玄鶴이 寄食하고 있음을 묘사하였다.

崔生이 龍宮仙界를 탐색하여 들어가는 과정은 마치 挑花源記와 같은 설화적 모티프와 맥락을 같이 한다. 처음 崔生이 동굴에 떨어지게 된 후 龍宮仙界에 들어가기까지 과정을 보면, 오랫동안 쌓인 낙엽에 떨어져 상처가 없었고, 낙엽을 헤치고 작은 구멍을 통해 계속 들어가게 된다. 구멍가운데 사람과 말이 들어갈 수 있는 굴 안으로 들어가니 컴컴하여 물색을 구별할 수 없었으나 걸음마다 玉소리가 있어 마치 금모래나 옥 조약돌 같았다. 피곤함을 참고 수십 리를 필사적으로 나아가니 홀연 푸른 시내에 이르게 된다. 이를 거슬러 올라가니 높고 험한 산이 있어 하늘과 咫尺인데 주위경관이 인간세계가 아닌 別有天地로 묘사되고 있다. 이어 높은 石壁으로 된 성문 앞 萬化門에 이르러 기이한 형상의 문지기를 통해 용궁세계에 들어가게 된다.

이처럼 入奇境의 과정에 삽입된 모티프는 동양적인 理想鄕의 樂園을 형상화하여 이를 탐색하는 과정이라 할 수 있다. 흔히 설화에서는 새나 짐승의 인도를 받거나 이들의 발자취를 따라 좁은 구멍을 통해

갖은 고생 끝에 이상적인 장소에 도달한다. 이 작품에서도 이와 동일
요소를 찾을 수 있다. 현실세계에서 비현실계로 통과하기 위해 좁은
구멍을 통과하여 이상향을 찾게 되는 모티프는 서구적인 종교적 의미
와 유사하다. 崔生이 동굴 속에서 작은 구멍을 통해 필사적으로 찾게
되는 龍宮仙界까지의 탐색과정은 종교적인 낙원추구의 의미와 상통한
다.116)

그런데 이 과정에서 崔生이 처음 동굴에 떨어져 靈草를 먹고 음식
을 먹지 않아도 배고픔을 느끼지 못하는 것은, 神仙思想에 바탕을 둔
일종의 壁穀을 의미한다. 또한 깊은 동굴에 묘사된 仙界의 형상은 동
양적인 낙원관의 원형으로 인식되는 桃花源記의 이미지를 수용한 것
으로 역시 神仙思想의 추구를 보여주고 있다. 지척지간을 분별할 수
없는 위치에서 좁은 구멍을 통해 필사적으로 찾게 되는 작은 시내가
別有天地로 묘사된 것도 이를 잘 입증해준다. 이러한 동양적 낙원의
형상화는 神仙思想과 밀접한 연관을 가진 한 특성으로, 상기 별유천지
는 곧 桃花源記와 같은 神仙境으로 볼 수 있으며, 나아가 용궁세계는
이를 동경하는 志向意識을 구체적으로 형상화하였다고 본다.117) 그 결
과 용궁세계에 들어가 神仙과 交遊하는 모습이 구체적으로 나타나 있
으며, 이에 도달하여 보게 된 道仙的 인물의 모습이나 용궁세계의 묘
사 역시 神仙境임을 알 수 있다.

그러므로 이러한 龍宮仙界는 주인공이 잠재의식 속에서 추구하는

---

116) 좁은 문으로 들어가라, 생명으로 인도하는 문은 좁고 길이 협착하여 찾는 이가
    적음이니라(마태7:13-14). 천국으로 인도하는 길은 약대가 바늘귀로 들어가는 것
    과 같다(마태19:24)는 의미와 일맥 상통한다.
117) 동양적 낙원추구의 이상향인 地下別境이나 仙境 桃花源記에 관해서는 金錫夏 교
    수의 논저를 참고할 수 있다. <崔生>의 경우 동양적 이상향의 전범이라 할 수
    있는 桃花源記의 모티프가 수용되어 있다. 金錫夏, 『韓國文學의 樂園思想硏究』
    (日新社, 1973). 참고.

이상적 願望空間이며, 결국 이를 동경하고 있음은 곧 이 작품의 주제 의식과 밀접한 관계를 말해준다. 작품에 나오는 용궁세계뿐만 아니라 동굴, 頭陀山의 龍湫洞 등도 각각 神仙境의 모습을 묘사해 놓았으며, 일종의 이상적인 樂園 형상을 상징하고 있다고 보아진다. 아래의 인용문은 이러한 동양적인 神仙境의 이미지를 잘 입증해 준다.

　　바다 속의 한 가운데 있는 산은 축복 받은 섬, 道敎의 神仙이 사는 일 종의 낙원을 상징하기 때문이다. 한 별개의 세계, 축소된 세계를 가지게 된다. 동굴들은 비밀한 隱遁處요, 道敎의 神仙들이 거주하는 곳이며, 入社 式이 행해지는 장소였다. 그것들은 낙원의 세계를 표현하는 곳이다. 따라 서 거기에 들어가기란 어려운 일이었다.[118]

　이러한 세계는 시공간이 분화된 현실세계와는 달리 시공간적 제약 이 없이 永生不死의 神仙이 은거한다. 또한 세속을 초월한 願望充足的 인 시공간 속에서 無爲의 삶을 영위하며 逍遙遊하는 세계로, 현실과 같은 상대적 사회에서는 존재할 수 없는 절대자유의 無何有之鄕으로 형상화된다.

　<崔生>의 용궁세계에는 島仙 山仙 洞仙의 세 神仙이 인간세계를 떠나와 살고 있는데, 이들이 서로 주고받는 詩文의 화답을 통해 道仙家的 이상세계의 추구를 더욱 분명히 확인할 수 있다. 崔生의 龍宮會眞詩 30韻을 보면 三仙이 같이 하여 주고받는 作詩, 玉소리와 佩玉소리 묘사, 帝王의 珍味와 瑤池 술잔, 道敎眞理, 蓬萊丹丘, 水仙, 天仙, 笙과 퉁소, 玄鶴, 白日昇天 등 道仙的인 소재를 잘 활용하여 神仙思想의 추구와 仙界를 동경하고 있음을 보여준다. 특히 이 시의 마지막 부분에 白日昇天하여 옥황상제를 뵙고자 하는 내용은, 본 작품이 神仙思想

---

118) M. Eliade. The Sacred and the Profane(李東夏 譯), 『聖과 俗』(학민사, 1983), p.118.

을 추구하고 동경하는 주제와 불가분의 관계를 말해준다.

洞仙의 詩文에서도 이와 유사함을 볼 수 있다. 洞仙의 면모를 보면, 洞仙은 속세를 벗어나 깊고 먼 龍宮仙界에서 살아온 지 300년이 되었음을 말한다. 그리고 작품중의 島仙 山仙 洞仙 역시 속세를 초월하고자 山과 洞에 들어 不老長生하는 자임을 보여준다. 뿐만 아니라 마지막 奇境을 나오는 작별과정에 있어서 洞仙이 崔生에게 延命의 약을 주며, 10년 후 蓬萊山에서 다시 만날 것을 약속하는 대화 역시 長生不死하는 神仙世界의 추구를 여실히 보여주고 있다. 또한 崔生이 賤職이라도 사양하지 않고 용궁세계를 떠나고 싶지 않음을 말하자, 洞仙은 秦始皇과 漢武帝의 徐福과 安期生의 고사를 인용하여, 神仙의 분수가 없으면서 神仙의 약을 복용하면 단지 그 수명만을 재촉할 뿐임을 말한다. 더구나 이와 같은 崔生의 神仙 體驗의 이야기가 훗날 계속해서 佛道를 믿는 證空禪師의 입을 빌어 神秘的으로 述懷되고 있다는 점도 중요한 의미를 지닌다.

이밖에 용궁에서의 하루동안의 일이 지상에서의 70여 일에 해당되는 시간관념도 道仙的 사고를 말해준다. 고소설에 흔히 나타나는 이러한 시간관념은 이른바 心理的 時間으로 해석될 수 있다. 이것은 내적 또는 심리적 표준에 의해 측정되는 시간이며, 객관적 計器에 의해서가 아니라 개인적 가치기준에 의한 시간 평가를 말한다. 따라서 이러한 시간관념은 어떤 고정된 표준치에 의해 측정되지 않고, 항상 변화하는 가치기준에 의해 측정되는 상대적이고 내적인 시간이다.[119] 그러므로 심리적 시간은 같은 하루라 할지라도 사람과 상황에 따라 달리 나타나게 된다.

그러므로 고소설에 나타나는 限界超越的 시간관념은 인간의 유한한

---

119) A.A. Mendilow. Time and the Novel(崔翔圭 譯), 『時間과 小說』(大邦, 1983), p.127.

한계를 극복하고자 하는 神仙思想에 기초한 상대적이고 내적인 시간
이라 할 수 있다. 결국 내면의 의식세계에서 현실을 超越하여 超現實
的 理想世界의 경지를 체험하게 되는 願望充足的 시간은, 현세의 위치
에서 돌이켜 볼 때 속세와는 다른 영속적인 시간이며, 단순한 허구적
개념이 아닌 이상적 가치를 지닌 의미로 인식되는 것이다.

이상에서 <崔生>에 수용된 神仙思想을 仙界의 추구와 시공간적 배
경묘사, 登場人物의 性格, 대화 등을 통해 살펴보았다. 이 작품은 고소
설에 흔히 나타나는 神仙思想을 단순한 설화적인 삽화로 수용하지 않
고, 작품 전편에 이들 요소를 유기적으로 결합하여 이를 추구하는 주
제의식을 표출한 점이 특색이다.

(2) 隱逸醉樂과 世俗超越

道家에서 道를 이루는 묘체는 과욕을 버리고 淸淨無垢한 무심의 경
지에 이르는데 있다. 老莊에 있어서 근본적인 가치는 삶의 즐거움이
다.[120] 한편 儒敎는 사회조직의 철학이며 일상생활의 철학으로 인간의
사회적 책임을 강조하는 반면, 道敎는 인간의 자연성과 자발성을 강조
한다고 보아 다음과 같은 차이를 들기도 한다.

> 儒敎는 사회의 테두리 안에서 배회하기 때문에 道敎보다는 더 世俗的
> 인 것으로 보이고, 道敎는 사회의 테두리를 벗어나서 배회하는 것이기 때
> 문에 유교보다 더 超俗的인 것으로 보인다.[121]

---

120) 馮友蘭·Derk Bodde 共著. A Short History of Chinese Philosophy(姜在侖 譯), 『中國思
    想史』(日新社, 1982), p.22.
121) 朴異汶, 『老莊思想』(문학과지성사, 1985), p.130.

여기에서 후자는 인생사에 불만을 품고 현실을 도피하는 염세적 경향이 아니라, 세속의 부귀영화나 名利를 超脫하여 道에 潛心하며 유유자적하는 超世的 의미의 道家的 隱逸이라 할 수 있다. 이것은 사회현실이 이상과 부합되지 않아 현실을 부정하고 亂世를 피해 산수간에 은거하여 再出仕하기도 하는 소극적인 儒家的 隱遁도피와 구분되는 개념이다. 그러므로 道家的 隱逸은 세속을 超越하여 도에 潛心하여 고답적인 자세를 추구하는 超世的인 意味가 부여된다.[122]

여기에서 이들 儒家的 隱遁과 道家的 隱逸의 차이가 구분되는데, 물론 고전문학에서 이러한 요소가 나오게 된 배경사상은 복합적인 요인이 작용함을 부인할 수 없다. 그러나 전통적으로 神仙思想에서 기인하고 있음을 窺知할 수 있다. 특히 이러한 요소가 고전문학과 긴밀한 관계를 가지고 창작요인으로 작용하게 된 예를 쉽게 찾아 볼 수 있다.

> 道家書의 주요인물로 등장하는 사람들 중에는 자연과 결합하여 俗世를 떠나 사는 隱遁者, 어부 농부들이 많다. 특히 여기에는 죽음에 관한 관심이 크게 나타나 있고 長壽와 不死의 추구가 항상 수반된다.[123]

더욱이 동양인의 정신생활의 밑바닥에 깔려 있는 세계관 인생관 가치관에는 그 밑바닥에 老莊의 사상이 깔려 있음이 지적된다. 神仙思想은 한국인의 의식구조에 중요한 밑 그루가 되며, 그 환상성과 신비성은 문학작품의 가공성과 허구성을 결부시켜 문학성을 풍부하게 해 준 결과라 할 수 있다.[124]

---

122) 李鍾殷, 『韓國詩歌上의 道敎思想研究』(普成文化社, 1981), pp.78-81.
123) H.G. Creel. Chinese Thought(李東俊·李東仁 공역), 『中國思想의 理解』(經文社, 1986). p.109.
124) 金學主, 『中國文學序說』(汎學圖書, 1976), p.21.
　　李演載, 「高麗漢詩의 神仙思想 研究」(한양대 박사학위논문, 1987), p.9. 참조.

道家的 隱逸思想은 고소설은 물론 고시가에 있어서도 두드러지게 보인다. 선인들의 의식 속에는 亂世에 처해서도 俗世와 絕緣하여 정신적으로 유유자적하고자 본연의 욕망을 深山窮谷의 수려한 자연환경에서 찾고자 하였음을 보여준다. 이러한 이상향을 동경하고 이에 潛心하려는 욕구가 문학작품에서는 주로 仙境으로 수용되고 있음이 특징이다. 그렇기 때문에 고시가나 고소설에서는 仙境을 통해 유한한 인간의 수명을 연장하고자 하는 長生不死의 욕구를 충족시키려 하였고, 현세의 不遇와 역경을 피해 仙境에서 해결의 실마리를 찾고자 하였음이 두드러지게 나타난다.125) 이것은 일찍부터 선인들의 의식 속에 道仙思想의 요소가 면면히 이어져 온 결과이며, 그 결과 문학작품에 있어서도 하나의 전통적인 요소로 연계되어 왔음을 말해준다.126)

<崔生>에서도 이와 동일한 요소를 쉽게 찾을 수 있는데, 먼저 隱逸에의 憧憬을 살펴보기로 한다. 導入部에서는 속세를 벗어나 無住菴에 은거하는 崔生이 證空禪師의 만류에도 불구하고 眞境을 찾고자 하는 강한 욕구를 보여준다. 뿐만 아니라 용궁세계에 들어가는 과정에서 동굴 속에 묘사된 奇境이나 용궁세계의 묘사, 그리고 용궁에서의 용왕이나 세 神仙과의 詩酒로 交遊하는 風流的인 생활 등은 仙界憧憬을 통한 隱逸思想을 암시하고 있다. 이러한 隱逸思想의 구체적인 표현은 洞仙과의 대화와 詩文, 그리고 山仙의 시와 작별할 때의 崔生이 가진 용

---

125) 李演載, 상게논문, p.92.
126) 崔三龍 교수는 儒業에 뜻을 두었던 선비가 과거에 낙방하고 世事에 失意하여 속세를 등지고 山水間을 방랑하며 仙道의 길을 밟는 것과, 難世를 피해 산간에 은둔하며 마음을 달래기 위한 도피처로, 仙道를 택한 仙家의 仙人思想의 뿌리가 상당히 요원함을 들어 일찍부터 固有의 민족신앙적 요소가 깊이 잠재되어 있음을 지적한 바 있다.
　　崔三龍, 「仙人說話로 본 韓國固有의 仙家에 對한 研究」(한국언어문학 제17 · 18집, 1979). 참조.
　　고소설과 고시가에 반영된 道仙家的 隱逸(隱遁)은 이러한 문학적 전통과 깊이 관련되어 있다고 본다.

궁세계에 대한 미련에서도 쉽게 찾아진다.

용궁세계에 들어가 기이한 만남을 노래한 崔生의 龍宮會眞詩는 神仙思想의 추구에서 비롯되었음을 이미 전술한 바 있다. 한편 龍王이 九年水 七年旱의 노래를 한 뒤, 세상의 선비는 임금에게 아첨하는 자가 많으나, 人事를 닦지 않으면 어찌 堯湯 임금을 귀하다 할 수 있으며, 또한 임금은 때에 맞게 백성을 살펴야 하는데, 세상에는 가르침이 쇠하고 도덕이 寒微하여 백성들이 가련하게 됨을 강조하고 있다. 그러자 洞仙은 몹시 슬퍼하며 자신이 이러한 까닭으로 人世에서 깊고 멀리 떨어진 이곳에 와 살아온 지 300년이 되었음을 말한다. 이를 통해 지상에서의 절대자로서 理想的 治世의 자세와, 자기 존재를 일체 잊어버리고 절대자유의 세계에 逍遙遊하는 道家的 입장의 자세를 발견할 수 있다. 결국 이것은 사회적 한계를 초월하고자 하는 失意한 文士의 잠재의식이 형상화되어 있음을 말해준다.

그 결과 洞仙은 도덕적으로 頹落한 俗世를 벗어나 仙界에 은거했으며, 俗世를 싫어하고 隱逸의 경지를 사모했기 때문에 이곳에 와 은거하는 인물인 점도 드러난다. 한편 이것을 주인공 崔生의 입장에서 보면, 앞에서 창작동기를 도식한 바와 같이 儒家의 道仙家的 굴절을 통한 神仙界의 憧憬과 隱逸을 시사한다.

龍王이 山仙에게 권하여 지은 시의 내용도 그는 처음엔 佛道를 배웠으나 늦게 仙을 배워 龍虎丹이 이루어진 것을 말하고 있다. 또한 靑鶴洞에 은거하면서 글을 짓고, 이제 淸冷會에 붙여 塵世의 티끌과 萬劫을 씻었음을 노래하였다.127) 이것은 佛敎에서 道敎로 굴절된 것을 말해주며, 나아가 龍虎丹을 이루고 靑鶴洞을 찾고 塵世의 인연을 씻는 道仙家的 隱逸의 경지를 제시하고 있다. 島仙의 시에서도 水宮의 영롱

---

127) 早學曇早晚學仙 一生從蹤跡住無邊 風塵世變看三國 龍虎丹成問幾年 靑鶴洞中留作偈 白雲岩下坐參禪 而今又赴淸冷會 洗盡塵塵萬劫緣

함과 蓬萊의 생황과 퉁소가 멀리 바람을 진동하는 내용의 묘사를 통해, 仙界를 암시하고 이에 대한 칭탄을 아끼지 않고 있다.

이상에서 살펴본 道仙家的 隱逸思想을 종합하면, 결국 崔生이 갈망하는 삶의 지향점은 이들 三仙의 作詩나 자신의 시를 통해 나타난다. 이들은 詩話나 대화를 통해 세속을 초월하여 隱逸하고자 함을 토로하였다. 이것은 결국 崔生이 추구하던 이상향이자 그러한 세계를 憧憬하는 주제의식이라 할 수 있다.

현실과 조화하지 못하고 일상성을 초월하고자 하는 이상적 삶의 추구는 더 나아가 이제 醉樂的 요소로 발전된다. 그리하여 龍宮의 세계에서 脫俗의 즐거움을 춤과 노래와 시를 통해 표현하게 된다. 주인공 崔生은 隱士的 인품을 지닌 인물로 儒業에 失意함으로 말미암아 俗世를 超越하여 道家的 隱逸의 삶을 憧憬하고, 道仙的 超越의 경지인 龍宮仙界에 들어가게 된다. 이를 통해 정신적인 이상향의 세계에서 詩酒歌舞로 交遊하고 醉樂에 젖는다.

龍宮仙界에서의 玄夫人, 郭介士의 춤과 노래, 崔生과 三仙 그리고 龍王의 作詩와 歌舞는 물론, 上帝의 饌과 같은 珍羞盛饌이 가득하고 瑤池의 술잔으로 飮酒하고 서로 交遊하며, 기쁨이 극에 달하는 내용 등의 표현은 이를 잘 말해 준다. 崔生이 용궁세계에서 세속을 멀리하고 酒宴에 長醉하며 長生不死를 추구하는 것은 道家的 醉樂思想에 경도 되어 있다. 물론 이것은 儒家的 風流思想과도 일맥 상통한다. 작품에 수용된 道家的 醉樂思想은 무위자연한 마음의 상태에서 仙界에 귀의하기 위한 방편이다. 따라서 儒家的 吟風詠月式 풍류와 쉽게 결부되어 신비적이고 낭만적인 요소를 배가하는 특색을 지닌다.

이러한 隱逸醉樂的 요소는 조선조 시가문학이나 고소설에 보편화되어 나타나는 소재다. 여기에서도 醉樂的 요소가 예로부터 작품 속에 道仙的 사고와 밀접한 관계로 나타남을 알 수 있다. 이것은 道仙思想

의 자유자재한 상상력과 신비적 요소들을 쉽게 문학적 소재로 도입하여 낭만적 문학요소의 활력소가 되었다고 본다. 이렇게 하여 자유자재한 상상력은 다채로운 환상 속에 超俗的이며 隱逸 醉樂的인 허구적 文學世界를 형상화하는 가능성을 배태하였다고 여겨진다. 따라서 이러한 소재들이 작품에 수용될 때는 자아와 세계의 갈등이 심화될수록, 長生不死의 神仙追求와 超世的 理想鄉의 志向은 물론 世俗을 超越한 隱逸醉樂的인 요소 등 道仙的 사고에 의해 갈등과 욕구불만을 극복하게 된다.[128]

이렇게 볼 때 崔生이 현실의 상대적 가치관을 초극하여 절대자유의 경지인 仙境에서 용왕 神仙들과 더불어 醉樂에 젖는 淸談無爲의 자세와, 至高至人의 死生觀으로 長生不死하는 神仙을 추구하며, 현실세계를 잊고 俗世를 超越하여 이에 도취하는 것은, 淸談無爲 不老不死 無何有之鄉에 逍遙하는 道仙家的 이상향의 추구와 隱逸醉樂思想에서 비롯된 것이라 하겠다.

그러므로 이러한 세계에서는 절대적 자유의 심리적 시간 속에서 현세의 시공간적 제약을 초월하여 長生不死하는 가운데 마음껏 즐거움을 누릴 수 있게 된다. 결국 <崔生>의 醉樂思想도 이와 동일한 의미로 해석된다.

4. 何生奇遇傳

何生奇遇傳은 崔生遇眞記와 마찬가지로 傳奇體 작품이다.[129] <何

---

128) 李種殷, 『韓國詩歌上의 道敎思想研究』, 보성문화사, 1981, p.78 참고.
129) 이하에서 사용될 각 작품명은 편의상 아래와 같이 약칭하기로 한다.
　　　<何生奇遇傳> → <何生>, <崔生遇眞記> → <崔生>, <安憑夢遊錄> → <安

生>은 내용 및 구성상에 있어서 金鰲新話의 <萬福>과 유사한 작품이면서도 전반적인 구조와 主題意識의 표출에 있어 獨創性을 지니고 있는 점이 주목된다.130)

따라서 이들의 比較研究를 통해 그 특성을 구체적으로 살피는 작업은 金鰲新話가 학계에 소개된 文學史的 위치와 더불어 중요한 작업이라 할 수 있다.

앞에서 언급한 바와 같이 그 동안 金鰲新話와 剪燈新話에 대한 비교문학적인 연구는, 解題 註釋을 비롯하여 金鰲新話와 剪燈新話와의 비교문학적 연구 및 生涯 사상을 바탕으로 한 사상적 연구, 그리고 작가와 개별 작품론 등 연구방법은 물론 그 분야에 있어서도 매우 다양함을 보여준다.131)

本稿에서는 <何生>의 構造的 特性과 의미를 파악하기 위해 旣往의 金鰲新話의 연구 결과를 토대로 <萬福>의 구조와 비교분석하고, 특히 조선조 초기 士大夫 艶情類 한문 소설의 愛情葛藤과 의미에 중점을 두어, 그 사회적 性格을 중심으로 사회적 가치와 의미를 파악하고자 한다. 그 동안 조선조 후기소설의 사회적 性格에 대하여 기울인 관심과는 달리, 초기소설에 있어서는 상투적인 수법이나 唐代 傳奇體 작품의 영향 등으로 제한하여 그 사회적 性格에 관련해서는 구체적으로 파악하지 못한 실정이다. 소설의 번역 번안 창작 등이 모두 士大夫들에 의하여 이루어진 것이 조선조 초기소설 형성의 실정임을 고려한다

憑>, <書齋夜會錄> → <書齋>, <萬福寺樗蒲記> → <萬福>, <李生窺牆傳> → <李生>, <周生傳> → <周生>, <沈生傳> → <沈生>.
130) <何生>은 <萬福>과 유사한 구조로 이들 작품에 대한 영향관계의 분석과 소설사적 連繫의 特性 등 상관관계가 주목된다. 특히 <何生>과 <崔生>이 <萬福>과 <龍宮>을 좀더 독창적으로 再構成한 점에서 그 특성을 구체적으로 파악하는 작업은 소설사적으로 볼 때 중요한 의미를 지닌다.
131) 한영환, 『한·중·일 소설의 비교연구』(정음사, 1985), pp.27-45. 참고.

면,132) 이미 선행된 연구들을 통해 지적된 바와 같이 철두철미한 유교적 윤리 규범 하에서 자유의사에 따른 선택적인 자유연애와, 여성들의 능동적이고 적극적인 애정관을 주제로 삼은 士大夫의 문학작품이 지니는 사회적 성격의 고찰은, 곧 士大夫 艶情類 한문소설이 지니는 사회적 가치와 의미를 말해준다. 이러한 타당성을 입증하기 위한 비교 연구에 있어서는 金鰲新話는 물론 剪燈新話, 그리고 역사적인 사회과학분야의 기초자료를 활용하여 그 위상을 구체적으로 비교 대비하는 다각적이고 종합적인 연구작업이 필요하다.

그러나 문학작품이 사회구조의 변화와 밀접한 관계를 가지는 반면, 그 사회적 성격을 구체적으로 파악하기란 용이한 작업이 아니다. 本稿에서는 이러한 한계의 문제점을 줄이기 위해 먼저 <何生>과 <萬福>의 구조 비교를 통해 그 類型的 특징을 파악하려 한다. 다음은 현실과 이상과의 葛藤構造와 愛情觀의 變移樣相에 대하여 登場人物을 形象化한 시각과 의미, 그리고 現實認識과 愛情葛藤의 극복 양상을 고찰하고자 한다. 또한 <萬福>과 <何生>뿐만 아니라 <李生> <周生> <沈生> 등, 士大夫에 의해 창작된 艶情類 한문소설과의 종합적인 비교를 통해 文學史的 의의와 連繫的 特性을 밝히고자 한다.133)

1) 構造分析

먼저 <何生>의 構造와 類型的 특징을 파악하기 위해, 행복과 불행을 초래하는 만남과 이별의 핵심적인 모티프를 중심으로 그 내용을

---

132) 崔 喆, 「李朝小說의 讀者에 관한 硏究」(연세어문학 제6집, 1975), p.29.
133) <萬福> <李生> <何生> <周生> <沈生> 등의 작품은 상호 유사한 구조로, 그 영향관계 및 독창성에 있어 상관관계가 주목된다. 본고에서는 작자가 분명한 사대부 한문소설이면서도 남녀간의 애정갈등을 주요 내용으로 한 작품을 대상으로 하였다.

간략히 요약하면 다음과 같다.

(1) 早失父母하고 늦도록 결혼하지 못한 주인공 何生은 불우한 인물이나 재주와 용모가 빼어남.

(2) 마침내 太學生으로 선발되어 국학에서 과거 보기를 기다렸으나 朝政이 어지러워 3-4년을 그대로 보냄. — 불행

(3) 하루는 駱駝橋 옆 卜師를 찾아가 자신의 운명을 점치자, 장차 부귀를 누리게 될 것이나 금일이 심히 불길하다는 明夷之家人의 점괘를 봄.

(4) 何生은 그 길로 남문을 나서 길을 헤매다가 한 小屋을 찾고, 노숙을 청하여 卜師의 점괘대로 여인(幻身)과 만나 雲雨之樂을 이룸. — 행복

(5) 여인과 하루 밤을 지내고 새벽이 되자 이별하게 되는 何生은 여인의 무덤 속에 殉葬했던 信標로 金尺을 받음. 여인은 父의 得罪로 죽었으나 上帝의 명으로 3일 만에 재생하게 되었음을 말함. 何生과 맺은 연분을 배반하지 않기를 약속하며, 장차 金尺을 國都의 저자에 있는 大寺前 下馬石 위에 두고, 취한 것에 대해 곤욕을 당하더라도 약속을 잊지 말도록 부탁함.

(6) 마침 흰 소복을 입고 저자를 지나가던 한 여인이 金尺을 알아보고, 돌아가 奴僕들을 이끌고 와서 金尺을 가진 何生을 도둑으로 여겨 포박하고 여인의 부모에게 이끌고 감. 이로 하여금 何生은 여인의 부모를 만나게 되어 자초지종을 고함.

(7) 이야기를 들은 부친은 侍從 몇 사람과 함께 무덤에 찾아가 이를 파고 딸을 부둥켜 앉고 돌아 옴. 해가 저물게 되자 재생한 것을 확인한 여인의 부모는, 사실을 딸에게 묻자 何生의 말과 일치함을 알고, 何生을 후하게 대우하고 성대한 잔치를 베풀어 위로함. 그후 딸의 고집대로 두 사람의 결혼을 허락함.

(8) 何生은 登科하여 寶文閣 尙書令의 벼슬길에 오르며, 積善과 餘慶 두 아들을 낳고 40여 년을 동거 동락함. — 행복

(9) 定婚한 날 卜師의 집을 찾았으나 이사하고 없었다 함.

<何生>의 構造를 주요 모티프별로 구분하면 위와 같다. 이를 종합하면 (1) (2)는 不遇하고 不出世한 주인공의 소개이며, (3) (4)는 불우한 자신의 운명을 卜師를 찾아가 알아보고 卜師의 점괘대로 여인과의 奇緣을 맺는 부분이다. (5) (6)은 인과의 일시적인 인연을 맺은 뒤 잠시 이별을 나누며, 信標를 통해 여인의 부모를 만나게 되고 자초지종을 고하여 여인의 재생을 확인하게 된다. (7) (8)은 여인의 부모들이 두 사람의 결혼을 허락하고, 주인공의 終局的인 행복한 결말을 서술한 부분이다. 따라서 (1) (2)는 導入部에 해당되며, (3)~(7)까지는 展開部에, (8)은 終結部에 해당된다. 전반적으로 볼 때 不遇不出世한 주인공 何生이 卜師의 점괘대로 여인을 만나 행복을 맞이하는 불행 → 행복 → 행복의 上昇構造라 할 수 있다. 물론 여인과 奇緣을 맺은 후 잠시 이별을 맞이한다. 그러나 이것은 불행으로 치닫는 다른 작품의 下降構造와는 구분되는 독창적인 결구이다.[134] 사건이 전개되는 배경은 현실 → 초현실 → 현실의 構造이다.

그러면 이상에서 예시한 <何生>의 構造를 <萬福>과 비교하기 위해, <萬福>의 構造를 주요 모티프별로 간략히 제시하면 아래와 같다.

(1) 早失父母한 노총각으로 萬福寺에 기거하던 주인공 梁生은, 佛殿에서 부처님과의 저포내기로 佳緣을 점지해 달라고 발원함. — 불행

(2) 하늘의 계시와 부처의 점지로 梁生은 倭寇를 만나 수절 자살한 최씨녀의 幻身과 결합하여 이상적인 삶을 누림. — 행복

(3) 주어진 인연이 다하자 자신의 정체를 밝힌 여인의 幻身은 이별의 信物로 주발을 줌. 이후 여인은 자신의 齋를 올리기 위해 寶蓮寺에 온 부

---

134) 만남과 이별을 중심으로 보면 <萬福>은 불행 → 행복 → 불행으로, <李生>은 만남과 이별이 세 번이나 반복되는 행복 → 불행 → 행복 → 불행 → 행복 → 불행의 構造로 불행이 深化된다. 이들 작품보다 후대에 나온 <周生>은 불행 → 행복 → 불행 → 불행의 構造로, <沈生>은 행복 → 불행 → 불행의 構造로 되어 있다.

모와 梁生을 다시 잠시 만나게 됨. 梁生과 幻身은 한정된 시간이 다하
자 결국 영원한 이별을 나눔. 梁生이 여인의 명복을 위해 재를 올린
지 사흘째 밤에 여인이 공중에 나타나 그 덕으로 타국 남자로 환생하
였음을 알림. ― 불행
(4) 그후 梁生은 장가들지 않고 入山採藥하며 不知所終함. ― 한계 초월적
상승의지

이상에서 예시한 바와 같이 (1)은 導入部에 해당되는데, 早失父母하
고 늦도록 결혼하지 못한 채 萬福寺에 기거하던 주인공 梁生도 현세
에서 소외되고 불우한 인물임을 알 수 있다. 결국 展開部인 (2) (3)에서
는 佛殿에서 저포를 던져 적극적으로 자신의 소원을 발원하여 이기게
된다. 부처의 영험으로 여인의 幻身과 만나 사랑을 성취하고 초현실계
(여인의 무덤)에서 삼일(人世의 3년)을 지내며, 현세적 안락과 행복을
추구한다. 여인의 幻身과 佳緣를 맺은 梁生은 본질적으로는 주어진 운
명에 의해 한 번의 만남과 한 번의 헤어짐을 맛본다. 결국 梁生과 혼
백의 幻身은 3년의 時限이 되자 이별한다. 寶蓮寺에서의 잠시 다시 만
난 것과, 齋를 올린 지 사흘째 밤에 다시 혼령이 나타나 잠시 만나는
것은, 숙명적인 운명을 강조하기 위한 수단으로 풀이 될 수 있다.

부처와의 佛殿 저포놀이를 통해 배필 얻기를 청하는 장면은, 극복할
수 없는 현실적 한계를 신에 의탁해서라도 해결하고자 하는 강렬한
욕구표출이라 할 수 있다. 여인의 幻身과 만나게 되는 초현실계는 현
실과 상대적인 이상향인 願望時空間이다. 그러므로 人世의 삼 년에 해
당하는 초현실 세계에서 梁生은 미모의 幻身과 이상적 가치의 삶을
누리게 된다. 이처럼 현실과는 대조적으로 행복을 추구하는 전반부는
불행이 행복으로 이어지는 上昇構造라 할 수 있다. 그러나 운명에 의
해 그것도 他國 남자로 환생하게 되는 여주인공과, 그후 다시는 장가

들지 않고 지리산에 들어 入山採藥하며 不知所終하는 終結部는 표면
상 다시 불행으로 이어지는 下降構造라 할 수 있다.

　일반적으로 <萬福>의 構造는 <李生>의 후반부 下降과정과 비슷하
여 불행에 빠진 자가 더욱 불행해지는 모습을 보여준다고 지적하기도
한다.135) 물론 표면상으로 볼 때 현실적으로 불우한 주인공이 幻身을
만나 초현실 계에서 행복을 추구하지만 현실적 제약을 벗어나지 못하
고 다시 이별해야만 하는 불행→ 행복→ 불행의 構造라 할 수 있다. 終
結部에서 주인공이 入山採藥 不知所終하는 한계 초월적 의지는 표면상
으로는 처절한 사회적 한계라 할 수 있다. 그러나 단순히 불행의 의미
만을 내포하지는 않는다. 사건이 진행되는 배경을 보면 현실→ 초현실
→ 현실→ 초현실의 배경이 설정된다. 入山採藥 不知所終하는 道仙家
的 최후를 보여주는 초현실계를 향한 주인공의 결말은, 비극적인 人世
의 항거라기보다는 道仙家的인 초월의지를 지향한다고 본다.136)

　<萬福>의 構造가 <李生>의 후반부 下降과정에 이어지는 듯하다
고 본 기왕의 연구결과를 도입해 볼 때, <李生>에서는 현실 속에서
보다 나은 행복을 추구하지만 계속되는 사회현실의 장애와 갈등으로
처절한 비극을 맞이한다. <萬福>에서는 佛殿에 나아가 神格人物 앞
에 적극적으로 그 해결의 실마리를 찾고자 한 결과, 부처의 점지로 일
시적인 행복을 초래한다. 하지만 또 다시 이어지는 사회현실의 여건이
이를 용납해주지 않자, 이제는 俗世를 초탈하여 이에 연연하지 않는
道仙家的 초월의지를 보여준다고 할 수 있기 때문이다.

　그런데 전술한 바와 같이 <何生>은 다른 작품들과는 달리 불행→

---

135) 鄭鉒東은 <萬福>이 <李生>의 2막에 해당하는 구성으로, 金一烈은 <萬福>은
　　<李生>의 비극성을 더욱 철저화 시킨 것으로 보았다.
　　崔三龍,『韓國初期小說의 道仙思想』(형설출판사, 1982), pp.116-117. 참조.
136) 崔三龍, 상게서, pp.107-118. 참조.

행복 → 행복의 결구로 再構成된 점이 특징이다. 전반부의 사건배경은 현실에서 불우한 何生이 초현실계인 여인의 무덤에서 여인의 幻身을 만나 행복을 추구하며, 잠시 이별하게 되지만 다시 현실적인 배경으로 돌아와 재생한 여인과 定婚을 하는 점도 특이하다. 그 결과 여인의 재생하는 과정이 구체적으로 묘사되어 있다. <萬福>에서는 여인이 왜구의 난에 죽었다가 幻身하여 三世의 인연으로 梁生과 만나게 되며, 이어 숙명적인 이별만이 간략히 묘사되어 있다. 따라서 재회와 이별의 과정에 대한 구체적인 언급이 없이 여인의 幻身이 일방적으로 梁生에게 고하게 된다. 그 결과 梁生이 이것을 숙명으로 감수해야만 하는 부자연스런 결구이다. <何生>에서는 侍中 벼슬에 있는 부친보다 먼저 5남 1녀가 모두 夭死하였으며, 여인 자신도 그곳에 장사한지 3일째 되었음을 말한다. 그런데 上帝께서 여인을 불러 요사이 부친이 큰 獄事를 鞫問하여 無罪한 수십 인을 살린 까닭으로, 지난 날 남을 중상하여 해쳤던 죄를 용서받게 되었는데, 이미 죽은지 오래된 다섯 아들 대신 자신을 再生시켜 줄 것임을 말한다. 그러므로 현실에서 초현실계의 移入을 잠시 거친 후, 다시 부모의 허락으로 재생한 여인과 혼인하여 행복한 생활이 지속되고, 그 결과 前代의 작품과는 달리 비현실적인 요소가 제거된 점이 주목된다. 다시 말하면 초현실계의 배경이 아닌 현실과의 연장선상에서 사건이 진행되는 점이 특징이다.

그러나 전반적으로 볼 때, <何生>의 構造는 <萬福>의 構造와 몇 가지 유사한 점을 발견할 수 있다. 導入部에 있어서 早失父母하고 寒微하여 늦도록 결혼하지 못한 주인공의 소개와 여인과의 人鬼交歡 모티프는 물론, 여인의 幻身과 처음 만나 사랑을 성취하는 장소가 여인의 무덤인 점(각각 3일과 1일의 차이를 보여준다), 그리고 여인의 幻身과 만나게 된 후 殉葬한 여인의 信物로 여인의 부모를 만나게 되는 모티프는 一見 <萬福>과 유사하다. 물론 부모를 만나게 되는 구체적인 과정은 서로 상이하다. <萬福>은 미진한 연분을 다시금 來生에서 기릴 것을 약속하고 서로 하직하며 은잔을 주게 된다. 또한 여인이 미리 자신의 大祥날 寶蓮寺에서 음식을 베풀 자신의 부모님을 뵈라고 하여 딸의 大祥을 치르러 가던 수레와 만나게 된다.

그런데 <何生>에서는 처음 두 사람이 만났다가 이별할 때에 金尺을 빼어주면서 國都의 저자에 있는 大寺 前 下馬石 위에 두고, 반드시 취한 것을 기억하여 곤욕을 당하더라도 잊지 말도록 부탁한다. 何生이 大寺 前에 이르러 金尺을 두자, 마침 저자를 지나가던 소복한 여인 중에 한 사람이 이것을 보게 된다. 소복한 여인은 金尺이 娘子와 殉葬한 물건임을 알고 돌아가, 다시 奴僕을 이끌고 와서 何生을 포박하여 간다. 결국 何生은 이로 인해 무덤에서 만난 여인의 부모를 만나게 된다.

그밖에 초현실계에 설정된 여인의 방안 묘사 등도 상호 흡사하며, 남녀간 애정감정의 정서나 분위기를 묘사하고 사건의 발단과 전환의 계기를 예시하는, 삽입 한시가 공통적으로 나타나는 것도 동일한 형식이다. 또한 자신들의 結緣에 대해 부모가 반대하려는 의사가 있음을 알고 여인 쪽에서 병을 칭하고 음식을 전폐한다. 이렇게 자신의 의사를 적극적으로 내세워 사랑을 성취하는 모티프는 <李生>의 崔娘과도 유사하여, 마치 <何生>은 <萬福>과 <李生>의 構造를 절충한 듯한 構造的 특징을 지닌다.

<萬福>과 <何生>에 도입하고 있는 幻身과의 人鬼交歡 모티프는 唐代 傳奇體는 물론 太平廣記, 剪燈新話 등에 흔히 사용된 소재다. 그런데 生死를 초월한 幻身과의 사랑이 <萬福>의 終結部에서는 다시는 장가들지 않고 入山採藥 不知所終하며, 剪燈新話의 <綠衣人傳>에서는 다시 장가들지 않고 靈隱寺에 들어가 중이 되며, <滕穆醉遊聚景園記>는 장가들지 않고 雁蕩山에 들어가 약초를 캐며 영 돌아오지 않는 결구로 되어 있다. 한편 <幽靈た契る>에서도 여인의 혼령을 위해 祭를

올려주며, 관직도 버리고 독신으로 산 속에 들어가 그 자취를 모르게
되는 결구로[137] 끝맺고 있어 그 상관관계와 차이점을 짐작할 수 있다.
　특히 <何生>에서는 이들 작품과는 달리 불우한 주인공 何生이 卜
師를 찾아가 자신의 운명을 점치게 되며, 결국 재생한 여인과 만나 明
夷之家人의 점쾌대로 행복한 결말을 보여주는 차이를 지니고 있다. 이
것은 마치 剪燈新話의 <富貴發跡司志>에서 가난한 선비가 神像에게
빌어 자신의 운명을 알게 되며, 그 예언대로 운명이 전개되는 결구와
흡사하여 오히려 이러한 유형을 변용한 듯하다.[138] 따라서 企齋는 金
鰲新話는 물론 剪燈新話에도 깊은 관심을 가지고 이를 섭렵하였으며,
漢詩는 물론 소설문학에도 깊은 관심과 역량을 가지고 독창적인 기법
을 발휘하였음을 알 수 있다.
　그 결과 <何生>은 이들과 구분되는 독창적인 構造를 보여준다. 예
컨대 남주인공이 不遇不出世한 노총각인 점은 상통한다고 볼 수 있다.
그런데 <萬福>에서는 早失父母한 노총각으로 萬福寺에 기거하던 불
우한 梁生이 佛殿에서 神格人物인 부처와의 저포내기를 통해 자신의
소원을 발원한다. 반면 <何生>에서는 이와 유사한 내용이 좀더 현실
적으로 變移되었다. 早失父母하고 노총각인 불우한 何生이 太學生으로
뽑히게 되는데, 조정이 어지러워 뜻을 펴지 못하고 국학에서 4-5년을
그대로 보내게 되자, 卜師를 찾아가 자신의 운명을 점치는 導入額子(3)
와 그후 卜師의 점궤 대로 여인의 幻身을 만나 定婚한 날에 다시 卜師
의 집을 찾았으나 이사하고 없었다는 終結額子(9)의 構造를 도입하고
있다. 이것은 導入 終結部에 入夢 覺夢식 꿈의 액자를 도입하는 夢遊

---

137) 한영환, 『한·중·일 소설의 비교연구』(정음사, 1985), pp.72-73.
138) <富貴發跡司志>는 遇日而康 遇月而發 遇雲而衰 遇電而沒의 운명대로 스스로
　　운명이 다 됨을 알고, 가사를 다 처리하고 처자와도 작별하고 죽음을 맞이하는
　　차이를 보여준다.

錄系의 敍述構造를 지양하고, 독자로 하여금 보다 더 강한 현실성과
신뢰도를 유발하고 사실성을 보증하기 위해,[139] 꿈이라는 액자 대신
현실인물인 卜師의 말을 매개체로 한 額子構成의 變移 형태를 새롭게
설정한 점에서 독창적인 構造라 할 수 있다. 특히 이것은 前代의 <萬
福>에 있어서 불우한 자신의 운명을 神格人物인 부처와의 저포내기를
통해 발원하는 내용과도 상이하다. 卜師라는 좀더 현실적인 인물로 獨
創性있게 변용하였음을 示唆해준다. 따라서 여인의 幻身과의 만남도
前代의 <萬福>과는 달리 일회에 그치며, 비현실적인 만남의 장소도
차츰 축소되고 있음을 알 수 있다.

2) 構造的 意味

이제 앞에서 논한 構造分析에 따라 그 의미를 고찰하기 위해 먼저 작
품의 形成背景을 사회적인 性格을 중심으로 살펴보고, 사회적 배경을 논
한 기왕의 연구를 토대로 이를 비교함으로써 작품에 수용한 주제의 전
개양상을 파악하려 한다. 또한 작품에 나오는 登場人物을 形象化한 작가
의 시각과 의미, 現實認識과 愛情葛藤의 극복양상을 파악하고자 한다.

(1) 愛情葛藤과 理想의 追求

등장인물의 形象化와 의미를 파악하기 위해 먼저, 사건 전개과정에
제시되는 주인공의 性格을 중심으로 분석하고, 이들이 작품에서 어떠

---

139) 額子構成은 한 이야기 안에 다른 이야기를 내포하고 있는 구성이다. <何生>에
    있어 導入部와 終結部에 나타나는 卜師의 이야기는, 허구의 이야기를 사실인 양
    보증하고 독자로 하여금 敍述에 대한 강한 신뢰도를 유발하는 額子構成을 獨創
    性있게 변형한 敍述構造라 할 수 있다.
    李在銑,『韓國短篇小說 研究』(일조각, 1975), pp.103-104. 참고.

한 의미를 부여하고 있는지를 구체적으로 고찰해 보고자 한다. 이들 남
녀 주인공의 性格 창조는 儒敎的인 사회규범 속에서 남녀관계와 결혼관
에 대한 제도적 矛盾과 신분간의 차이 등 愛情葛藤의 형성요인을 대변
해 준다. 등장인물의 性格은 신분계급, 재주와 용모, 신의와 절개, 사랑
에 대한 적극성 등을 중심으로 대 사회적 갈등양상을 파악할 수 있다.

<萬福>: **남주인공** - 萬福寺에 기거하는 梁生은 글에 능하고 詩法을 감
상하는 능력을 지니고 있으나 무失父母하고 늦도록 결혼하지
못함. 결국 佛殿에 나아가 자신의 소원을 발원함.
여주인공 - 花容月態의 絶世美人이며 16세로 詩賦에 뛰어남. 倭
寇의 난에 정절을 지키다 죽은 외동딸의 幻身으로 온순하며 문
장과 미모가 빼어남.
(佛殿에서 梁生의 저포놀이를 통해 부처의 점지로 남녀가 결합)

<何生>: **남주인공** - 무失父母하고 집안이 궁색하여 늦게까지 결혼하지
못함. 풍채와 거동, 재주가 빼어나 太學生에 보충됨. 조정이 어
지러워 4-5년을 그대로 보내자 卜師를 찾아가 자신의 운명을 점
쳐 봄.
여주인공 - 侍中 지위에 있는 父의 득죄로 5남 1녀가 모두 天死
함. 16세에 죽게 된 여인은 上帝의 관용으로 재생하여 何生과
奇遇. 그 후 부모가 배반할 뜻을 알자 得病을 칭해 음식을 전폐
하며, 자신의 의사를 부모에게 固守하여 결혼 허락을 얻음.
(卜師의 점괘로 결연)

양 작품의 등장 인물을 보면, <萬福>은 梁生, 여인, 侍婢, 여인의
친척인 金氏 柳氏 등과 여인의 부모, 승려, 從者, 동네사람들이 설정된
다. <何生>은 何生, 여인, 侍婢, 여인의 부모, 奴僕, 太學生, 마을 사람
들이 나온다. 그밖에 神格人物로 전자는 上帝와 부처가 나온다. 후자

에서는 上帝는 동일하나 부처대신 卜師로 變移 되었다. 따라서 양 작품은 등장인물을 설정하는 면에서 대동소이하며, 남녀주인공이 주동인물인 점도 역시 동일하다. 그러나 <萬福>에 비해 <何生>에서는 좀 더 불필요한 부수적 인물의 역할이 제거되었음을 알 수 있다.

그런데 위에 예시한 바와 같이 주인공은 전형적인 봉건사회 士大夫 계층의 인물로서의 性格을 반영하고 있다. 초기 작품에 있어서 남녀주인공의 묘사는 신분, 용모, 교양 등에 있어 대체로 동일 유형으로 설정된다.

남주인공은 재주와 능력을 지닌 전형적인 儒者로서 표면상 儒敎的 사회에서 立身揚名하려는 결구로 나타난다. 특히 何生은 풍채와 재주가 빼어났으며, 太學生에 보충되어 상경할 때에도, 한 나라 終軍은 비단 신표를 버렸고(棄繻), 相如는 기둥에 결심을 적어(題柱), 약관에 모두 큰 뜻을 두었던 두 사람의 위인 됨을 사모하고,140) 문과의 장원으로 빨리 높은 벼슬에 이르러 錦衣還鄕할 뜻을 보여준다. 따라서 이들은 모두 詩文에 능하고 빼어난 재능을 갖춘 공통점을 지니고 있으며, 자신의 능력에 비해 불우하고 소외된 인물로서 조화하지 못하는 사회환경과 갈등을 극복하고자 하는 과정을 形象化하고 있다. 예컨대 조정이 어지러워 4-5년을 과거에 오르지 못하는 何生을 통해 인재를 선발하는 과거제도가 공정하지 못하고, 이에 따른 사회적 문제가 개인에게 심각하게 영향을 미치고 있음을 보여준다. 그 결과 何生은 자신의 운수를 점쟁이에게 알아보는 결구로 되어 있다.141)

이것은 前代의 <萬福>에 비해 才子佳人의 상투적인 묘사를 탈피하

---

140) 본문에는 <u>從軍棄繻</u> 相如題柱로 되어 있으나 한나라 終軍이 비단 신표를 버리고 갔다는 고사와 관련하여 終軍의 誤記로 본다.

141) 時朝政 旣亂 選擧亦不以公 荏苒四五載(中略)吾聞駱駝橋傍 有卜師言人壽夭禍福 期以日月 吾將就卜 以決狐疑 遂歸私第 探篋中 得寶藏金錢數枚 懷之而往

고, 보다 구체적으로 비교적 사실성 있게 새로운 社會相을 수용한 후대적 변모라 할 수 있다.

<萬福>과 <何生>의 남주인공은 모두 早失父母하고 곤궁하여 늦도록 결혼하지 못한 동일유형의 인물이다. 그러나 남녀가 결연한 후 終結部를 보면, <萬福>에서는 三世의 인연을 만나 百年節槪를 바쳐 평생 지어미의 길을 걷고자 했으나 숙명적인 영원한 이별을 맞이한다. 그후 梁生은 다시는 장가들지 않고 入山採藥 不知所終한다. 반면 <何生>은 여인과 결혼하여 벼슬에 오르며, 두 아들을 낳고 그후 40여 년을 偕老하는 점에서 상이한 결구이다. 이러한 차이 역시 시대의 변화에 따른 社會相의 수용은 물론, 작가가 사회를 보는 현실인식의 차이에서 오는 좋은 대조를 보여준다.

여주인공 역시 몇 가지 공통된 유형성을 발견할 수 있다. <萬福> <何生>의 경우 人鬼交歡 모티프를 수용하여 여주인공이 비현실적인 요소인 幻身으로 등장하는 한계를 지닌다. 그러나 이들은 愛情觀에 있어서 남자에 비해 적극성을 보이고 있는 점이 특징이다. 따라서 남자보다 오히려 여성측의 상대방을 대하는 행위와 愛情관계에 있어서 상대적이거나 소극적이지 않고 보다 적극성을 공통적으로 보여준다. 뿐만 아니라 이들 여주인공들은 대체로 愛情至上主義에 입각한 절대적이고 순수한 사랑에 충실한 점에 있어서 唐代 艶情類 傳奇小說과도 공통된 특징을 지닌다.142) 한편 이들 여주인공은 <萬福>은 無男獨女이며, <何生>은 5남 1녀인 차이를 보여 준다. 전자는 倭寇의 난에 후자는 父의 得罪로 인하여 모두 16세의 젊은 나이로 非命에 夭死한 점에서 공통된다.

주인공의 愛情葛藤 양상을 보면, 먼저 인간의 본능적 욕구와 사회적

---

142) 丁範鎭, 「唐代傳奇 硏究」(성균관대 박사학위 논문, 1978), pp.88-91.

윤리규범 사이에서 오는 갈등 및 신분간의 계급의식에서 오는 갈등을 찾을 수 있다. 이것은 곧 남녀 주인공의 자유의사에 따른 愛情觀과 이에 상대적으로 작용하는 부모들의 완고한 반대 및 전통적인 윤리규범을 固守하려는 결혼관에 대한 갈등이라 할 수 있다. 따라서 대부분 인간의 본능적 애정추구에서 오는 자유연애가 대두되는 반면, 이를 억압하는 부모의 반대 및 사회의 윤리규범과 마찰하여 주인공의 愛情葛藤 및 불행이 深化되는 결과를 초래한다. 예컨대 梁生과 何生은 早失父母한 공통점이 있기 때문에, 여성측 부모들의 의사가 반영되어 있다. <何生>의 경우 재생한 자신의 딸이 何生과의 결혼을 고집하자, 여성측 부모들이 처음에는 가문과 신분상의 차이로 반대하는 의사를 보여준다. 早失父母한 何生의 부친은 平原 校生이었으며, 何生의 용모와 재주가 실로 보통사람이 아니지만 단지 문벌이 대적이 안됨을 말한다. 또한 딸과의 奇緣이 꿈과 같이 虛誕하여, 이로 인해 혼인을 하게 되면 세상 사람들의 평판이 두렵고 놀라워, 여인의 부친은 何生을 후하게 대접하여 돌려보내려고 한다.

한편 金時習의 <李生>이나 權韠의 <周生> 李鈺의 <沈生> 등과 비교해 보면, 남녀의 자유로운 결연 및 애정은 항상 부모들의 반대의사와 중매절차라는 제도적 장애물이 필연적으로 수반된다. 이러한 對社會的인 儒敎的 윤리규범 및 전통적 결혼관은, 조선조 社會相의 일면을 잘 반영하고 있다. 이들 모두 등장인물의 자유의사를 방해하고 억압하는 사회환경과의 갈등에서 야기된 문제라 할 수 있다.

그러나 儒敎的 윤리관 및 제도절차가 지배적이며 자유연애가 부정되던 사회환경에서, 이를 철저하게 固守해야 했던 신분인 조선조 초기 士大夫들의 한문소설 가운데 자유로운 남녀의 결연 및 對社會的인 문제를 다루고 있는 점은, 이들 작품이 지니고 있는 사회적 性格에 비추어 볼 때 중요한 의미를 지니게 된다. 문학과 사회와의 관계에 있어서 이러한 사회적인 性格은, 朝鮮朝 初期小說에 있어서도 간과할 수 없는 중요한 의미를 부여하지 않을 수 없다. 따라서 다음에서는 작품에 形象化된 이들 인물의 性格과 의미를 종합하여 살펴보고자 한다.

전술한 바 남 주인공은 현실에서 자신의 능력을 인정받지 못하고 세계와 화합하지 못하는 疎外된 인물로 나타난다. 그러나 결국 이들은 한결같이 남녀간의 자유의사에 따른 자유스런 結緣과 愛情觀을 추구하며, 특히 <何生>에서는 儒敎的 現世主義로서 신분상 立身揚名의 입장을 추구하고 있는 점이 특징이다.

한편 죽은 자가 다시 살아나 재결합하게 되는 비현실적인 여주인공의 설정은, 선행된 연구들에서 흔히 지적되었듯이 현실세계에 대한 한계와 부조화를 극복하고 새로운 의식지향을 꾀하는 人生觀 및 價値觀의 전환을 마련하기 위한 장치라 할 수 있다. 그리하여 죽은 여인의 幻身과의 사랑은 현실과 자아와의 갈등을 극복하고, 이러한 對社會的인 욕구를 충족시켜주는 기능을 하게 된다. 특히 독자사회학적 측면에서 볼 때 여성층의 애정성취도를 배가시켜 사회적인 愛情葛藤의 문제를 극복하고자 하는 의미로 해석되어진다.

이에 덧붙여 비현실적인 세계의 설정은 작자 및 독자의 現實認識과 갈등의식을 해결하고자 하는 새로운 世界觀의 확대를 꾀한 것이라 할 수 있다. 그러나 이와 상대적으로 작용하는 사회적 배경은 항상 강한 갈등과 좌절을 초래하는 현실의 한계를 반영한다. 그러므로 초기의 작품일수록 당대의 사회적 환경에서는 극복하기 어려운, 현실에 대한 자아의 갈등과 부조화가 강조되기 때문에, 虛構的인 인물과 배경을 도입하는 逆說的인 의미를 보여준다. 왜냐하면 이들 환상적인 초현실적인 인물의 行爲는 모두 세속적인 인물로 形象化되어 있으며, 환상적이고 초현실적인 배경 역시 지상에서 존재 가능한 가치추구를 보여주고 있기 때문이다.

작품에 나타나는 남녀의 이상적인 愛情觀은 완고한 儒敎的 윤리관의 矛盾과 전통적인 결혼관의 矛盾을 지양하고, 신분을 초월한 자유연애를 추구한 것이라 할 수 있다. 이것은 이상과 현실의 차이를 보여주는 사회적 시대적 환경에서 기인하며, 비현실적인 인물과 배경의 설정을 통해 실현 가능한 세계를 具現함으로써 그 실마리를 찾게 된다. 따라서 비현실적인 인물과 배경의 도입은 단순히 虛構的인 의미를 넘어, 오히려 현실 한계를 극복하기 위한 문학적 기능과 효과를 증대시키기 위한 方便이라 할 수 있다.

또한 주인공이 작품 중에서 보여주는 總體的인 삶의 모습 역시 간과할 수 없는 중요한 의미를 지닌다. <萬福>을 비롯한 조선조 초기 艶情類 한문소설에서는 전반적인 흐름이 현실적인 제약을 벗어나 일시적인 행복을 추구하게 된다. 그러나 여러 가지 사회적 장애물로 인해 결국 불행으로 이어져 비극적 性格이 深化되는 構造이다. 조선조 후기 한글소설의 해피엔드식 행복한 결말과는 달리 愛情葛藤을 다룬 초기 한문소설에 부각되어 나타나는 이러한 비극적인 결말은, 작품 중에 드러나는 愛情觀을 중심으로 볼 때, 초기에는 더욱 자유연애가 불가능하고 상대적으로 철저한 윤리규범 속에서 더 많은 현실적 제약이 뒤따르고 있었음을 示唆해준다.143) 반면 <何生>에서는 현실과의 연장선상에서 이를 해결하고 행복한 결말을 추구하는 점이 이들과 대조적이다.

(2) 現世的 幸福의 具現

작품 중에 나타나는 남녀간의 愛情葛藤은 현실인식에서 오는 욕망

---

143) 趙貞淑, 「古典小說에 나타난 結婚觀」, 동악어문논집, 제21집, 1986.
　　金用淑, 「古小說에 나타난 愛情觀」, 淑明女大 아세아 여성연구, 제13집, 1974. 참고.

과 갈등은 물론 이를 극복하는 조화의 과정을 동시에 보여준다. 아래에서는 남녀 애정문제에 중점을 두어 조선조 사회의 儒敎的 윤리관과 신분제도 및 전통적인 결혼관이 어떻게 수용되어 있는가를 중심으로 敍述하고자 한다.

일반적으로 작품의 세계는 현실을 충실하게 반영하지만 현실 그대로와 동일한 것은 아니다. 社會相을 반영하는 데에는 긍정적인 면과 부정적인 측면에서 現實批判意識을 수용할 수 있다. 艶情類 한문소설에 있어서 社會相을 수용하는 면을 보면, 남녀간의 의사를 고려하지 않는 가문간의 결혼이나 신분의 차이를 내세우는 同一階級婚, 과거제도와 貧富의 격차 등 이상과 현실의 갈등을 深化시켜주는 상호 대립과 矛盾된 사회배경을 암시한다. 특히 남녀 愛情觀에 있어서는 자유의사가 무시된 채 儒敎的 윤리규범을 固守하려는 완강한 사회제도의 矛盾과, 남녀간의 갈등을 深化시켜 주는 철저한 儒敎的 결혼관 등, 조선조 사회의 시대적 환경에서 기인한 현실과 이상과의 갈등을 심각하게 보여준다.

그러므로 이같이 사회제도와 윤리규범이 완강하고, 후대에 비해 儒敎的 價値觀의 변화가 심하지 않은 초기의 소설에서는, 二元論的인 초현실적 世界觀의 확대를 통해 이를 부정하고 해결하려는 간접적인 방법을 모색하게 된다. 그러나 이러한 초현실적 世界觀의 확대는 傳奇體 형태의 상투적인 소재를 단순히 차용한 것으로 풀이하는 데 그쳐서는 안 된다. 여기에는 단순한 虛構的 소재 이상의 중요한 의미를 지니고 있음을 간과할 수 없다.

초기의 작품에서는 二元論的인 초현실적 世界觀의 확대를 통해 矛盾된 사회제도와 윤리관을 默示的으로 부정하고 이를 시정 극복하고자 하며, 이에 비례해서 본인의 자유의사에 의한 자유연애사상이 각 작품에 공통적으로 강하게 나타난다. 물론 그 이면에는 儒敎的 결혼관

을 固守하려는 보수적인 仲媒婚이 필수적으로 반영된다. 그러나 이미
여주인공의 적극적인 의사에 따라 남자와 結緣을 맺고 난 후에 부모
들의 許婚으로 이어진다. 결국 이러한 제도적 矛盾을 부정하는 새로운
突破口로 표출되는, 자유의사에 따른 자유연애와 자유 선택적인 결혼
에의 지향의식은 당대의 사회적 요구의 표상이라 할 수 있다.

　그러면 이와 같은 요구들이 어떻게 표출되어 있는지를 먼저 작품에
수용된 社會相을 통해 구체적으로 살펴보고, 이어 현실의 욕구와 갈등
을 통해 제기되는 문제들을 어떻게 극복하고 있는지, 각각 (1) 導入部
(2) 展開部 (3) 終結部로 나누어 파악해 보기로 하겠다.

　　<萬福>: (1) 梁生은 早失父母하고 곤궁하여 오래도록 장가들지 못한
　채 萬福寺에 기거하는 현실에서 소외된 인물로, 이를 해소하기 위해 佛殿
　에서 부처와 저포내기를 통해 配匹 점지를 기원한다. 미모의 여인도 佛殿
　에서 축원을 하며 配匹 점지를 기원한다. (2) 梁生이 부처와의 저포내기에
　서 이기자, 부처의 점지로 왜구의 난에 죽은 미모의 여인과 행복한 만남
　을 성취한다. 며칠 후 여인은 자신의 무덤 안에 순장한 은 주발을 信標로
　주며 梁生과 이별하게 된다. 이를 통해 梁生은 여인의 부모를 만나 合歡
　의 잔치를 벌이게 되며, 여인은 그후 오래도록 巾櫛을 받들고 梁生을 모
　실 것을 말한다. (3) 두 사람은 三世의 인연을 맺고 백년절개를 기약하나
　여인은 다시 운명적인 이별을 고한다. 여인과 이별한 梁生은 그후 다시
　장가들지 아니하고 지리산에 들어가 약초를 캐며 不知所終한다.

　展開部인 (2)에서 여인은 梁生을 만난 후, 자신이 윤리규범의 예법에
어긋난 일을 하고 있다고 부모에게 말하면서도 風情이 발함을 이기지
못하였다고 토로한다.[144]

---

144) 妾之犯律 自知甚明 少讀詩書 粗知禮義 非不暗蹇裳之可愧 相鼠之可赧 然而久處
　　蓬蒿拖棄原野 風情一發 終不能戒

이것은 곧 사회적인 제약과 儒敎的 예법의 矛盾에 대한 거부반응을 암시하며, 이러한 갈등을 극복하고자 하는 인간 본연의 욕정과 자유연애사상이 우선함을 보여준다. 또한 導入部와 展開部인 (1)(2)를 통해, 주인공은 현실의 사회적인 배경을 인식한 儒敎的인 윤리규범을 중요시하면서도, 佛殿에까지 나아가 저포내기로 配匹 점지를 빌어 남녀간의 結緣을 기원한다. 이와 같이 導入部에서 제기한 對社會的인 갈등은 그후 展開部에서 일시적으로 해결의 실마리를 맞이하는 듯하나 다시 숙명적인 이별의 불행을 맞이한다. 특히 終結部에서 梁生이 다시는 장가들지 아니하고 入山採藥 不知所終하는 결구는, 대 사회적 한계이자 사회적 환경과는 동화할 수 없는 한계 초월적 의지의 표상이라 할 수 있다.

한편 <何生>은 一見 <萬福>과 유사한 構造이면서도 이와 구분되는 독창적인 特性을 지니고 있음을 알 수 있다.

<何生>: (1) 早失父母하고 대대로 寒微한 何生은 장가들고자 했으나 궁색함을 갚을 바가 없었다. (2) 그러나 재주와 생각이 뛰어나 고을을 다스리는 자에 의해 태학에 보충되는데, 마침 조정이 어지러워 4-5년을 그대로 머물게 되는 불우한 인물이다. 결국 何生은 卜師에게 자신의 운수를 점치게 된다. 이렇게 하여 何生은 卜師의 말대로 幻身한 여인과 奇遇를 통해 雲雨之樂을 나눈다. 부모의 得罪로 죽었다가 上帝의 관용으로 재생한 이 여인의 幻身은 자신의 부모에게 昏定晨省의 예와 효도를 강조하며, 적극적으로 부모에게 청하여 何生과의 예를 갖추어 定婚을 하게 된다. (3) 그후 부부는 서로 공경하고 사랑하며 何生은 寶文閣과 尙書令의 벼슬을 하고, 積善과 餘慶 두 아들을 낳고 40여 년을 偕老하게 된다.

위와 같이 <何生>에서도 儒敎的 윤리관과 신분상 立身揚名하고자 하는 儒敎的 價値觀이 부각되어 있다. 특히 (2)(3)에 있어서 두 남녀의 奇異한 결연 과정을 통해 보면, 여인은 부모님의 父生母育之恩을 깊이

생각하고, 아름다운 자태로 가정을 이루어 부모님께 음식을 마땅히 마련하고 昏定晨省 해야 됨을 말하며, 何生과 결연하여 다른 사람에게 再嫁하지 않고 邪慝함이 없이 같이 동행할 것을 말한다. 이와 같이 부모님을 대하는 여인의 효행스런 언행과 두 사람의 許婚을 청하는 행위 안에는 다른 작품에 비해 儒敎的 價値觀이 더욱 강조되고 있다.

> 女見詩 驚問 始識父母 有背生之志 據稱疾 廢飮食 父母心知女意 問疾所崇 女泣曰 愈疎不孝也 不可磯亦不孝也 非敢爲疎恐爲磯也 父母曰 欲言則言 又誰諱也 女脫簪珥 起拜 待罪曰 父兮生我 母兮鞠我 慈深 季女 婉戀姬姹 室家之壺 酒食是宜 問寢戶饗 庶無貽羅[145]

그런데 밑줄 친 부분처럼 <何生>은 <孟子> 告子篇을 인용하여 어버이를 멀리 대하는 것도 불효요, 지나치게 따지는 것도 효도가 아니라는 典故를 활용하고, 뒤에 이어지는 시문을 통해서는 여인의 儒敎的인 예의를 중요시하면서도 결국 여인은 자신과 何生의 婚姻을 고집한다. 특히 전술한 바와 같이 유일하게 이 작품만은 두 부부가 오래도록 서로 공경하고 사랑하며, 積善과 餘慶 두 아들을 낳고 立身揚名하는 행복한 결말을 보여주고 있음도 독특하다. 前代의 작품에 비교해 볼 때, 終結部에 두 아들이 등장하는 것도 독창적이지만, 積善과 餘慶이라는 두 아들의 명명 역시 儒敎的인 사상적 배경이 깊이 반영되어 있음을 반증해준다.

---

145) 특히 밑줄부분은 詩經에 나오는 凱風과 小昇의 예를 인용한 孟子의 典故를 도입하고 있다. 孟子 券12 告子章句 下에 보면, 부모의 잘못이 큰 데도 원망하지 않는다면 이는 더욱 소홀히 생각함이요. 부모의 잘못이 작은 데도 원망한다면 이는 감동하게 하지 못하게 함이니, 더욱 소홀히 생각함도 불효요, 감동하지 못하게 함도 불효라고 한 (凱風 親之過小者也 小昇 親之過大者也 親之過 大而不怨 是愈疎也 親之過 小而怨 是不可磯也 愈疎不孝也 不可磯 亦不孝也) 부분과 유사함을 알 수 있다.

이렇듯 儒敎的 윤리규범을 강조하고 있으면서도, 여성측에서 음식을 전폐하면서까지 자신의 부모에게 何生과의 許婚을 강요하는 점은, 사회적인 면에 비추어 역시 중요한 의미를 부여하지 않을 수 없다. 당대의 윤리 도덕적인 규범과는 상대적인 이러한 사회적 환경의 문학적 변용은, 조선조 사회질서와의 윤리적 대립갈등을 극복하기 위한 方便이며, 특히 주도적인 여인의 입장을 고려할 때 사회에 대한 새로운 인식과 價値觀의 변화를 의미한다. 또한 소설사적으로 볼 때 <何生>에 있어서 이러한 문학적 변용은, 전술한 작품과의 內在的 變移樣相 및 작가의 獨創性을 비교함에 있어 진일보하였음을 보여준다.

다음에는 이러한 社會相의 수용양상이 導入部 展開部 終結部에 제시된 愛情葛藤과 관련하여 어떻게 극복되고 있는지를 종합적으로 검토해 보기로 하겠다.

導入部는 등장인물의 소개와 배경묘사 및 사건발단의 계기를 암시해주는 부분이다. 애정담을 다룬 이들 작품의 導入部는 남녀주인공의 만남과 이별의 필연성을 부여하기 위한 動機賦與의 기능을 하며, 展開部에서 등장인물이 形象化하는 主題意識의 객관성을 부여하기 위해 비교적 사회와의 蓋然性을 가지고 설정된다. 따라서 導入部에 제기된 주인공의 對社會的인 갈등은 작품 내에서 간과할 수 없는 중요한 의미를 지니게 된다.

먼저 導入部에 나타난 갈등양상의 공통점을 보면, 이들은 현실세계에 있어서 주인공들이 당면하고 있는 사회적 장애물을 蓋然性있게 제시해주고 있다. 따라서 과거에 진출하지 못하고 늦도록 결혼하지 못한 주인공의 삶은, <何生>에서와 같이 자신의 운명을 卜師를 찾아가 점치게 되는 필연성을 지니게 된다. 뿐만 아니라 <萬福>에서는 佛前에 나아가 神에 의탁하여 배필을 기원함으로써 점지 받게 되는 필연적인 결구로 이어진다.

그러므로 자아와 세계의 대립갈등을 제시하는 導入部의 對社會的인 문제는, 展開部에 이르러 새로운 世界觀의 확대를 통해 그 突破口를 마련하게 된다. 그런데 導入部에서는 비교적 蓋然性을 가지고 社會相을 수용하고 있어 사회적 矛盾과 갈등양상이 심각하게 대두된다. 반면 展開部에서는 이의 해결책이 形象化되어 導入部에서 제기된 自我와 世界의 갈등이 해소되기 때문에, 작가에 의해 객관적 현실이 아닌 주관적인 社會相의 변형을 꾀하게 된다. 따라서 조선조 후기에 비해 적극적으로 價値觀의 변화를 시도하지 못하는 초기소설에서는 필연적으로 초현실적인 이상세계가 설정된다.

展開部는 남녀간의 만남과 이별이 중심이 되며, 사회적 矛盾과 이상세계와의 갈등을 시공간적인 초월세계를 설정하여 극복하는 해결의 실마리를 찾게 된다. 展開部에서 제시되는 愛情葛藤은 주로 완강한 사회적 윤리규범에 반대하고, 자유연애를 추구하는 데서 야기되는 婚事障碍에 따른 갈등이 중심이 된다. 남녀의 자유 結緣을 방해하는 장애물은 주로 유교일색의 조선조 사회의 도덕적 윤리규범과 인간의 본능적 욕구에 의해, 이를 거부하고자 하는 자유 愛情觀 및 結婚觀이 대두되는 갈등양상을 보여준다. <何生>에서도 남녀 주인공의 자유의사에 따라 結緣이 이미 행해진 후 이를 알게 된 부모의 반대가 뒤따른다. 그런데 이것은 전래한 유교제일주의의 관습에 따른 矛盾으로 인식되면서도, 이러한 주된 갈등은 작품이면에 내재되어 이를 완전히 벗어나지는 못하고 있다.

그러므로 <萬福> <何生>을 비롯한 초기의 작품에서는 이러한 갈등의 요인인 객관적 현실세계의 제도적인 부당성을 직접적으로 강조하기보다는, 迂廻的으로 암시하는 虛構的인 초현실 세계가 설정되며, 특히 여주인공 측에서 더 적극적으로 시대적 矛盾에 저항하고 이상향을 고수하려는 강한 愛情觀을 보여준다. 이와 같이 여주인공이 더 적극성을 보이며 부모에게 혼인을 허락 받는 공통점은, 이와 대조적인 사회현실에 대한 강한 사회적인 욕구를 대변하고, 이를 淨化시켜 주는 기능을 하게 된다. 따라서 이러한 虛構的인 인물과 세계의 설정은 당대의 개인 및 사회적인 요구와 價値觀의 변화를 形象化한 잠재의식의 표출로써, 기존의 사회적 價値觀에 도전하는 逆說的인 의미를 지닌다.

결말부 역시 導入部와 마찬가지로 중요한 의미를 지닌다. 發端部에서 제기된 등장인물의 蓋然性 있는 사회적 갈등묘사는, 단순한 상투적인 표현이 아니라 展開部의 사건전개를 예시하는 動機賦與의 기능을 한다. 또한 展開部는 물론 結末部와 필연성을 가지고 연계되어 작품전체에 유기적인 질서를 부여하게 된다. 결국 導入部에서 제기된 사회적 矛盾과 주인공의 갈등은, 展開部와 結末部에 이르러 人生觀 및 가치관의 전환이나 世界觀의 확대를 통해 그 갈등을 극복하게 된다.

그런데 이미 構造 분석에서 언급한 바와 같이 <何生>은 현실적 불행의 갈등을 극복하고 종국에는 행복한 결말을 보여준다. 그밖에 艶情類 한문소설인 <李生> <周生> <沈生> 등 대부분의 작품은, 모두 導入部에서 제기된 불우하고 소외된 현실적 상황을 벗어나 展開部에서 일시적인 행복을 추구한다. 그러나 결국 불행한 종말을 보여주거나 혹은, 전반부에서는 자유스런 행위에 의해 행복을 추구하지만 결국에는 불행이 深化되는 비극적 결말을 맞이한다. 이처럼 결말부에 이르러 남녀간의 불행과 愛情葛藤이 더욱 深化되어 나타나는 이유는, 현실적으로 사회와 화합할 수 없는 對社會的인 제약에 대한 默示的인 한계의 표출이라 할 수 있다. 따라서 대부분의 작품들은 이를 극복하기 위한 방법을 구체적으로 제시하지 못하고, 엄격한 윤리도덕관의 테두리를 벗어날 수 없는 冷嚴한 社會相을 蓋然性있게 반영하고 있음을 示唆해준다. 이와는 대조적으로 <何生>에서는 이러한 대사회적 갈등을 극복하고, 현실주의적인 이상세계를 추구하고 지향하는 새로운 의식세계를 보여주는 면에서 그 사회적 의미와 기능을 높이 평하지 않을 수 없다.

V. 企齋記異의 作家意識과
文學史的 意義

1. 作家意識

한 작품의 의미는 그것이 생성되고 향유된 시대배경에 비추어 이해 될 수 있다. 따라서 어떤 작품의 作家意識을 파악하기 위해서는 이를 배태하게 된 시대배경과 작가의 개인적인 상황 등이 함께 고려되어야 한다.

여기에서는 먼저 作家意識의 개념을 포괄적으로 검토하고, 企齋集 에 나오는 구체적인 자료를 참조하여 企齋記異에 나타나는 申光漢의 文學觀, 人生觀, 作家意識을 종합적으로 검토하고자 한다.

作家意識은 작가가 현실을 투시하고 인식하는 의식이며, 수용된 현 실을 예술적으로 형상화하여 미를 추구하는 匠人意識이라 할 수 있다. 여기에는 현실인식에 따른 批評意識과 이를 예술적으로 승화시키려는 美意識이 기저를 이루게 된다.[1]

---

1) 丘仁煥, 「作家精神과 現實」(서울대 관악어문 연구 3집, 1978).
   薛重煥, 『金鰲新話研究』(고려대 민족문화연구소, 1983), p.219. 참고.
   위의 논문에서는 作家精神이란 개념으로 설명되고 있으나 본고에서 의도하는 作

작가는 불가피하게 사회현실에서 비롯되는 자신의 체험과 인생의 모습을 문학작품에 반영한다. 따라서 문학 작품 속에 구현하고 있는 이상세계는 작가의 체험 및 상상력에 의한 허구적인 세계를 표출한다.

문학과 사회와의 관계에 대한 가장 평범한 연구태도는 대부분 문학작품을 사회적 문헌으로서, 사회현실의 모습을 반영하는 것으로서 연구하는 것이다. 어떠한 종류의 사회의 모습이 문학으로부터 추출될 수 있다고 하는 것은 의심할 수 없다.[2]

골드만에 의하면, 문학작품은 집단의식에서 비롯된 하나의 세계관의 표현으로 작품의 이해는 그것을 쓴 개인을 넘어서서 사회집단, 즉 그룹과의 관계에 의해서 가능하다.[3]

따라서 이를 통해 작가가 표출하고자 의도하는 사상 및 주제는 작품 창작의 요인과도 연관된 문제이기 때문에, 문학 작품의 創作動機와 主題意識의 표출은 作家意識과 밀접한 관계로 맺어지게 된다. 그러므로 作家意識을 파악한다는 것은 작가가 사회상을 수용하고 형상화하는 시각을 발견하는 것과도 일치하는 작업이다.

작가의 임무는 자기가 만들어 내는 작품을 통하여 이 세계와 관련을 체험하고, 궁극적으로는 세계의 새로운 창조에 참가하는 하나의 의식을 파악하는 것이다.[4]

작가가 현실을 인식하는 의식적인 측면은 다양하게 접근할 수 있으

家意識과 동일한 의미로 수용하고자 한다.

2) R. Wellek and A. warren. Theory of Literature, Penguin Books, 1966. p.102.

3) L, Goldman. Le dieu Caché(송기형 · 정과리 역), 『숨은 神』. 연구사, 1986. p.22.

4) J.C, Carloni et J.C, Filloux, La Critique litterature(丁奇洙 譯). 『문예비평』(을유문고 43, 1982), p.162.

나, 그 범위를 한정하여 人間의 本質을 추구하며 삶의 意味를 定立하고자 하거나, 人間性의 伸張을 가로막는 장애물을 告發하고 새로운 가치관과 세계관을 지향하는 점에서 찾을 수 있다.[5]

그러므로 本稿에서는 작가의식을 파악하기 위해 작가가 현실을 의식하는 의식적인 측면을 중점적으로 다루고자 하며, 이을 위해 먼저 그 배경이 되는 작가의 문학관과 인생관을 살펴보고자 한다.

申光漢의 文學觀은 당시 조선 전기 文學論의 일반적 범주에서 크게 벗어나지 않는다. 고려말 程朱의 性理學이 들어온 이래 朝鮮朝 사회는 性理學이 지배적인 이념으로 작용하였다. 또한 佛敎를 배척하고 儒敎를 지배이념으로 한 조선시대는 정치적으로나 사회적으로 전통적인 儒家思想이 정신적 지주 역할을 굳건히 한 시기이다. 그러나 조선조 前期의 사회적 변화는 문학사조와 文學觀의 형성에 직접적 영향과 변화를 초래하게 되었다. 조선조 前期 性理學은 官學派(勳舊派)와 士林派의 대립을 불러 일으키고, 특히 成宗代 이후에는 정치적 모순에 대한 비판과 혁신의 기치를 내건 新進士類들이 중앙에 대거 진출함에 따라 이들 士林派와 勳舊派와의 대립이 첨예화되었다. 勳舊派와 士林派의 불화는 詞章學을 중요시하고 이를 옹호하는 勳舊勢力과, 이에 반대하여 道學의 文學論을 중시하는 士林派의 詞章排擊論이 표면화되어 나타났다.

사장배격론은 대개 기성사조인 儒家의 載道的인 文學觀의 바탕 위에서 출발한 이론으로 사장학에 치중하는 시속 선비들의 학풍에 대한 반성이었으며, 도학파 내지 士林派 학자들을 중심으로 하여 꾸준히 제기된 文學論이다. 그런데 그것은 사장 그 자체를 부정하거나 탓하기보다는 그 근본이 사장의 道 곧 文道의 회복을 꾀하려 하는 데서 나온 것이었다. 반면에 사장옹호론은 대개 국가 외교적인 문제와 관련하여 사장중시의 필요성이

---

5) 丘仁煥, 전게논문. 상기 주 1) 참조.

고조된 것을 구실로 사장의 時用的인 효용성을 내세우거나 시를 통해 性
情을 순화할 수 있다는 등 시 본질론적인 이론의 一端을 빌어다가 그들의
이론을 내세운 詞章論으로서 주로 官學派에게서 나온 것이며, 그 심한 경
우에 이르러 경학파 내지 도학파들의 학풍을 비난하고 더불어 사장학을
옹호하는 도구가 되었기 때문에 결국 사장옹호론이라고 할 수 있게 된 文
學論이다.6)

　따라서 16세기 이후 士林派의 대두는 朝鮮 前期에 있어서 정치 사
회적으로는 물론 文學思潮에 있어서도 하나의 전환점을 마련한 시기
로, 勳舊勢力의 대세에 제동역할을 한 점에서 긍정적 평가를 받을 수
도 있다. 그러나 누차에 걸친 대립은 新進士類에 禍가 미치고 관계 진
출의 단념과 은거의 학풍을 조성하는 결과를 초래하였다. 그 결과 사
림간에 隱遁自適의 풍조가 대두되고, 江湖歌道의 한적한 정취에 깊은
관심을 갖게 되는 隱逸處士的 문학이 등장하였다.

　특히 金宗直의 門徒를 중심으로 형성된 新進士類들은 金宏弼 鄭汝
昌 趙光祖 등으로 이어지는 새로운 세력으로 등장하면서 道學을 중시
하는 士林派를 형성하게 되었다. 따라서 朝鮮 前期는 사회적 변화에
따라 문학사조에 있어서도 詞章學에 치우친 官僚的 文學과 道學을 중
시하는 處士的 文學이 크게 대립되는 경향을 초래하였으며, 그밖에 士
大夫의 모순에 대결하고 주자학적 文學觀을 극복하고자 하는 方外人
文學이 형성된 것으로 분류하기도 한다.7) 이러한 시대적인 배경 속에
서 朝鮮 前期의 士大夫的 文學觀을 정립하는데 핵심적인 문제가 된
것은 道와 文의 상호 관계이다. 예컨대 이를 둘러싼 官學派와 士林派

6) 鄭堯一, 「朝鮮 前期의 詩學」(『한국고전시학사』, 홍성사, 1985), p.218.
7) 林熒澤, 「李朝前期의 士大夫文學」(『韓國文學史의 視角』, 창작과비평사, 1984), pp.359-
　371.
　鄭堯一, 전게논문, pp.135-136. 참고.

의 대립이 결국 16세기 중엽 이후에는, 차츰 詞章擁護論이 퇴보하게 되고 道學을 중시하는 文學觀이 우위에 서게 되었다. 따라서 朝鮮 前期의 文學觀은 文은 道를 밝히는 것으로 인식되었고, 道文一致의 載道的인 文學觀이 經世의 수단으로 작용하였다.

이것은 일찍이 鄭道傳의 陶隱文集序를 통해 확인되는 바와 같이 글은 道를 싣는 그릇으로, 글 가운데에서 道를 체득하는 것이 곧 詩書禮樂의 가르침을 천하에 밝히는 것으로 보았다.[8]

그후 李珥에 이르러서는 以道爲文 즉, 道로써 文을 하는 것으로 표현하여 道文一致의 개념을 보다 철저히 하게 되었고, 李滉은 문학은 마음을 수양하는데 필요함으로 소홀히 할 수 없으며, 道學이 인격수양을 목적으로 하는 것처럼 문학도 마찬가지임을 표현하였다.[9]

이러한 文學觀은 그 效用論에서 볼 때, 문장의 목적을 교화에 두고 있으며, 시는 마음속에서 우러나온 性情의 표현으로 심성을 陶冶한다는 점에 인식을 같이 하였다. 徐居正의 東人詩話에서 시는 世敎와 관련이 있어서 군자가 마땅히 취할 것이 있다고 한 것과, 金宗直 역시 시는 性情을 陶冶한다고 한 내용의 말은 이를 잘 말해준다.[10]

申光漢의 文學觀은 朝鮮 前期 당시 文學論의 특색이라 할 수 있는 文學의 載道的 기능을 철저히 고수하고 있다. 아울러 시에 있어서도 시는 性情의 표현이며, 이를 통해 心性의 교화를 목적으로 한 風敎와 性情 순화의 效用論를 강조한 점에서 당대의 文學論을 신봉하였음을 알 수 있다. 이와 같은 申光漢의 文學理論은 그가 남긴 皇華集序에서 구체적으로 확인된다.

---

8) 文者 載道之器 言人文也 得其道 詩書禮樂之敎 明於天下
   鄭道傳, 陶隱文集序, 三峰集 권3.
9) 林熒澤, 「李朝前期의 士大夫文學」, 전게서, p.371. 참고.
10) 詩者 小技 然惑有關於世敎 君子宜有取之(徐居正, 東人詩話 卷下)
   鄭堯一, 전게논문, p.154, 158. 참고.

皇華集의 序文은 다음과 같은 내용으로 되어 있다. 明의 世宗 23년
(1554)에 中宗이 逝去하고, 이어 다음해 1544년에는 재위 8개월에 仁宗
이 病으로 逝去하자, 明 皇帝가 이를 애도하여 조정 신하를 뽑아 賜祭
贈諡한 사연을 먼저 적고 있다. 王鶴이 明의 사신으로 우리 나라에 오
게 되었는데, 그가 머무르는 동안 체험한 모든 일을 낱낱이 기록하였으
나 여기저기 흩어지게 되었다. 王鶴이 일을 마치고 장차 본국으로 돌아
감에 미쳐, 왕은 鄭士龍으로 하여금 흩어진 詩文을 모아 찬술의 차례를
정하여 판목에 새기게 하고, 申光漢으로 하여금 그 序文을 짓게 하였
다. 이것은 단지 우리 나라 사람의 실력을 자랑하기 위함만이 아니고
장차 중국에 流傳하여 천하에 성행하고자 한 것임을 밝히고 있다.

이러한 내용을 밝힌 후에 申光漢은 자신의 文學觀을 피력하고 있는
데, 이를 통해서 그의 文學觀이 당대의 文學論의 범주와 일치함을 살
펴볼 수 있다.

　　臣이 가만히 생각하건대 詩의 가르침은 큰 것이다. 孟子 이르되, "왕자
의 자취가 없어지니 詩가 망하고, 시가 망한 연후에 春秋를 지었다고" 하
였으니, 이른바 시가 망하였다는 것은 시가 망한 것이 아니오, 시의 가르
침이 망한 것이다.
　　무릇 시라는 것은 사람의 性情에 근본해서 말로 나타난 것이니, 性情이
바른 즉 말로 나타난 것이 바르지 않음이 없고, 性情이 바르지 못한 즉
생각하는 것이 邪惡한 것을 따르게 되니, 그 말이 어찌 바르겠는가.[11]

여기에는 申光漢의 詩文學論에 대한 일 단면이 압축되어 나타난다.
시의 본질을 性情의 표현으로 보고, 시는 마음속에서 우러나온 것이

11) 臣窃惟 詩之敎大矣 孟子曰 王子之跡熄而詩亡 詩亡然後春秋作 所謂詩亡者 非詩之
亡 詩之敎亡 夫詩者 根於人之性情而 發之於言 性情正則 發於言者 無不正 性情不
正則 思從而邪 其言烏得而正哉 企齋文集 권1, 王詔使鶴皇華集序 應製(6책, p.64)

며, 사람으로 하여금 감동을 주며, 그 가르침이 性情 순화에 있음을 강조하고 있는 점은, 앞에서 살펴본 朝鮮 前期 文學觀의 특색을 그대로 반영하고 있음을 알 수 있다.

특히 위에 인용된 내용 중 王의 자취가 없어졌다는 것은 政敎와 號令이 천하에 미치지 못함이요, 詩가 망하였다는 것은 王의 자취가 사라지고 國風이 되어 雅가 망한 것을 일컫는 바, 그 교화의 힘이 큰 것임을 강조한 내용이다.12)

또한 이와 같이 詩가 敎化의 목적을 지니고 있으며, 世敎에 유관함을 입증하기 위해 詩經의 예를 들고 있다. 즉, 周나라가 쇠퇴한 이후로 儒敎가 망하고, 이런 까닭으로 孔子께서 詩 300편을 珊定하여 善樂을 갖추어 기록하였으니, 이것은 단지 징계하여 感發하고자 할 뿐만이 아니오, 장차 王道政治하는 이로 하여금 천하에 政敎의 得失과 民心의 邪正을 보게 하고자 함임을 밝히고 있다. 이것은 곧 詩經을 통해 백성의 교화 및 위정자를 풍자하는 시의 효용성에 대한 사회적 인식을 말해준다.

그밖에도 그의 詩文學에 대한 文學理論을 구체적이며 체계적으로 반영하고 있는 내용은 아니지만, 부분적으로 散見되는 자료를 통해 몇 가지 특성을 살펴 볼 수 있다.

앞에서 인용한 皇華集序 가운데는 詩라는 것은 또한 말의 정수하고 빛나는 것이니, 가히 그 소리를 길게 하는 것이요. 八音에 조화하는 것이요. 神人에 화합하는 것이라 하였다.13) 또한 시라는 것은 愁心을 攀緣해서 얻어진 것으로, 마침내 능히 愁心을 쫓는 것이라 하였다.14) 그

---

12) 王者之跡熄 謂平王東遷 而政敎號令 不及於天下也 詩亡 謂黍離降爲國風而雅亡也
    孟子 권8, 離婁章句下.
13) 詩者 又言之精華也 可以永其聲 可以諧八音 可以和神人
    企齋文集 권1, 皇華集序(6책, pp.64-66)
14) 詩是緣愁得 終能可遣愁 流傳山海句 老子讓前頭
    企齋集 권3, 次首韻 書嶺海錄後(1책, p.70)

의 시가 한편으로 애상적이고 惆愴한 정서를 자아내는 작품이 많은
점은 이러한 특성에 기인한 듯하다.

한편 이미 그의 성장배경 및 학문에서 살펴본 바와 같이 詩文에 있
어서 蘇軾 三父子의 글을 즐기지 않았고, 杜甫의 시를 祖宗으로 한 점
역시 당대의 文學史的 풍조를 그대로 반영하였음을 알 수 있다. 다음
인용문을 통해 朝鮮 前期의 시풍을 알아 볼 수 있다.

> 고려 말기까지는 宋詩를 익혀 그 내음이 짙지만, 朝鮮 초기에 이르러서
> 는 性理學의 영향과는 달리 주희와 소식에 기울던 사조가 차츰 당으로 치
> 달아 이백과 두보를 익혀 그 입김이 강했다.15)

이상을 통해 살펴본 바와 같이 申光漢의 文學觀은 당대 朝鮮 前期
의 지배적인 文學論이라 할 수 있는 문학의 載道的인 기능을 중시하
고, 특히 시에 있어서는 性情의 표현을 그 본질로 하고 있다. 그 效用
論에 있어서도 詩가 道를 싣는 그릇으로 인식하고 性情陶冶와 世敎를
목적으로 한 점 역시, 朝鮮 前期의 文學論의 특색을 그대로 반영하였
음을 알 수 있다.

이러한 특성은 企齋記異에 있어서도 마찬가지로 나타난다. 企齋記
異에 나타나는 作家意識의 특질은 跋文 안에 단적으로 나타난다. 이미
企齋記異의 跋文과 작품 분석에서 확인한 바와 같이 儒家的 입장의
교훈적인 주제의식이 전편을 통해 일관성 있게 반영된 점에서 작가의
투철한 文學觀을 엿볼 수 있다. 특히 이것은 작가의 현실 중심적인 儒
家的 人生觀에서 비롯되었다고 보아진다.

企齋記異에 반영된 作家意識은 크게 세 가지로 요약될 수 있다. 첫
째는 儒家的 현실주의와 이상의 추구이고, 둘째는 隱逸 및 自我省察의

---

15) 李丙疇, 『韓國漢詩의 理解』(민음사, 1987). p.147.

태도이고, 셋째는 道仙的 超世와 限界意識이라 할 수 있다. 그러나 企
齋記異에 나타나는 作家意識의 기저에서 작용하고 있는 중심사상은
기본적으로 儒家的 입장에서 출발하고 있다. 따라서 이러한 儒家的 입
장이 어떻게 굴절되어 어떠한 변모의 과정을 보여주는지 구체적 해명
이 필요하다.

그러므로 이제 企齋記異에 반영된 作家意識을 그의 문집을 통해 드
러나는 人生觀과 관련하여 고찰하고자 한다.

첫째, 生涯에서도 언급한 바와 같이 六經에 통달하고 四書에 정통한
申光漢은, 孔孟의 道를 익히고 儒家的 이상을 실천하는데 게을리 하지
않았다. 그가 남긴 五經論을 보면 儒家的 修己治人의 정신과 道에 대
한 관심이 엿보인다.

五經論은 세상을 다스림에 있어서 易經 書經 禮記 詩經 春秋의 사
회적 효용성에 대한 인식을 보여준다. 周易은 왕의 道를 천명하고, 書
經은 왕의 정치를 실었으며, 禮記는 왕의 가르침을 기록한 것이다. 詩
經은 왕의 교화를 말하고, 春秋는 王法을 붙인 것이다. 道가 쇠하면 정
치도 또한 쇠퇴하고, 정치가 쇠하면 가르침이 미미해지고, 가르침이
미미해지면 교화가 없어져, 교화가 없어진 후에 법을 글에다 붙이게
되고, 법을 글에다 붙이면 善治가 없는 것이다. 그러므로 河圖에서 그
림이 나온 일이나, 孔子께서 春秋를 저작할 때 獲麟絶筆한 것은 그 뜻
이 隱微한 것임을 역설하였다.[16]

申光漢은 자신의 집을 企齋라고 한 이유를 밝힌 企齋記에서 먼저
자신의 祖父인 文忠公이 어진 것을 바란다는 뜻에서 堂號를 希賢堂이
라 한 사실을 상기하고, 자신도 그러한 것을 바란다는 뜻으로 '企' 字
를 사용했음을 밝히고 있다. 따라서 어진 이를 바란다는 것은 聖人을

---

16) 企齋文集 권1, 五經論(6책, pp.47-48).

바란다는 것이고, 성인을 바란다는 것은 하늘을 바라는 것이 되니, 그
런 즉 企라는 것은 장차 바라지 않는 바가 없이, 모두 바란다는 의미
로 쓰였음을 말하고 있다. 이에 따라 자신의 집 東西에 있는 산과 길
은 물론, 前後에 있는 내나 소나무들에도 모두 의미를 부여하고 있다.
뿐만 아니라 집안에 香 한 심지, 거문고 한 벌, 책 만 권이 있어서, 때
로 분향하고 거문고를 타거나 거문고를 놓고 글을 읽기도 하니 이 또
한 바라는 바라 하였다. 또한 글에는 어진 것이 있으니 어진 것을 볼
것 같으면 곧 이것을 바라고, 글에는 聖人이 있으니 聖人을 볼 것 같
으면 곧 이것을 바라니, 聖人은 하늘과 같아서 하늘은 늘 편안함이요.
하늘에 편안히 하는 것으로 자신의 천명을 삼기를 바라는 까닭에 企
齋라 이름하였음을 적고 있다.17)

　　이와 같이 申光漢은 儒家인 士大夫로서의 修己治人의 자세와 儒學
의 도리를 익히고 실천하는 의식이 체질화되었음을 알 수 있다. 그가
추구한 정신적 가치는 修身 治國의 이념에 기초하고 있다고 볼 수 있
다. 따라서 修身하여 太平天下하는 儒者의 궁극적 이상을 꿈꾸고, 이
를 실천하고자 한 노력을 찾을 수 있다.

　　그의 작품 가운데 安憑夢遊錄을 통해 작가가 표출하고자 의도한 중
심 사상은 儒家的 현실주의에서 비롯된 治國과 修身의 이념이라 할
수 있다. 安憑夢遊錄은 자신의 정치적 사회적 체험과 문제의식에서 창
작된 작품으로서, 同系 작품에서 볼 수 있는 現實的인 사회문제에 대
한 隱喩 諷刺와, 역사적인 사실에 관한 批判을 前提로 저작한 작품과
는 그 성격이 다르다.18)

　　夢遊世界에 참석한 인물은 과거 回想的인 이상의 추구와 현실의 불
만족을 토로하거나, 자신의 굳은 절개와 이상을 바꾸지 않고 이를 고

---

17) 企齋文集 권1, 企齋記(6책, pp.12-13).
18) 車溶柱, 『夢遊錄系構造의 分析的 硏究』(창학사, 1981). p.148.

수하고자 하며, 또한 부조리한 현실에서 배척된 인물유형이라 할 수
있다. 이와 같은 역사인식은 후기에 나온 同種의 작품에 비해 그 기능
이 약화되어 있으나, 이것은 작가의 현실체험과 깊은 관련을 맺고 있
다고 보아진다. 다만 이러한 儒家的 이상의 統治觀을 실현하기 위해
서, 夢遊者로 하여금 夢中體驗을 계기로 오히려 修身齊家의 이념을 강
조한 작품이라 할 수 있다.[19]

　다음 내용을 통해서도 申光漢의 정치적인 儒家的 이상과 治國의 이
념을 살펴 볼 수 있다. 그는 언제나 자신의 家門과 先代에 끼친 공훈에
대하여 자긍심을 잃지 않았다. 그가 남긴 高靈世稿序에서는 물의 근원
이 큰 것은 그 흐름이 유장하고 도도하여 먼 바다에 이르러 멈춤과 같
이, 자신의 始祖로부터 비롯하여 子子孫孫 대대로 끼친 文 역시 이와
同類임을 논하고 있다. 또한 만년에 남긴 乞致仕箋을 보면, 자신의 선
조인 包翅로부터 太宗을 섬기고 자신까지 5대에 걸쳐 임금을 보필한
것은 張良의 5세와 같고, 자신이 中宗, 仁宗, 明宗을 모신 것은 召公이
三朝를 섬긴 것에 비유하고 있다. 그러나 孔子께서 道를 행함에 몸이
쇠퇴한 것을 탄식했거늘, 하물며 자신의 몸이 질병에 가지가지 찢겨,
오히려 아주 가까운 거리도 걸어 나가는 것이 곤란한 처지에 있음이랴.
이에 옛 법도를 따라 감히 官政을 돌려보내며, 辭任을 腹望하는 내용이
나온다. 그러나 丹心은 闕門에 달하고, 살아서는 차마 堯舜과 같은 임
금을 만나게 되는 책임을 영원히 이별할 수 없음을 피력하였다.[20]

---

19) 전술한 바와 같이 이 작품의 주제는 夢覺 후 결말부에 강조되어 있다고 보아진다.
　　곧 生自此下帷讀書 不復窺園云은 이러한 修身의 寓意的인 意味가 강하다.
20) 企齋文集 권1, 高靈世稿序(6책, pp.58-61).
　　企齋文集 권3, 乞致仕箋(7책, p.105).
　　그밖에 企齋集 권1, 賦에 나오는 和愁陽春賦(p.16), 和悲淸秋賦(p.17), 和感春賦
　　(p.18)에서는, 미인(임금)과 길이 막히고 멀리 떨어져 있어 愁心이 쌓이고, 자신에
　　게 때가 머물지 않음을 슬퍼하며, 先哲의 높은 쾌도를 우러러보며 자신의 衷情을
　　헤아리는 내용이 나타난다.

그의 生涯에서는 평소 잦은 병환으로 비록 관직에서 누차 사임할 뜻을 보이고 있으나, 忠君의 의지와 治國의 이상은 만년에까지 변함이 없었음을 보여준다.

何生奇遇傳에서는 현실중심주의적인 儒家的 사상을 강조하고 모순된 사회제도의 고발보다는, 현실적인 이상세계를 추구하고 이를 지향하는 의식을 엿볼 수 있다. 작품분석을 통해서도 강조한 바와 같이, 이 작품의 결말부를 보면, 비극이 심화되는 同系 作品과는 달리 주인공 何生이 再生한 여인과 행복한 결말을 추구하는 점이 특색이다. 뿐만 아니라 何生은 결국 寶文閣 尙書令의 벼슬에 나아가게 되고, 두 아들인 積善과 餘慶 역시 세상에 이름이 드러나게 된다.

> 自是夫婦敬愛 雖鴻之光 缺之妻 未足喩也 翌年生捷巍科 初仕寶文閣 後至尙書令 與女爲夫婦 凡四十餘年 生二男 長曰積善 次曰餘慶 皆顯于世[21]

이를 통해 儒家的 立身揚名과 현실 중심적인 이상을 추구하는 지향 의식을 발견할 수 있다. 따라서 단순히 儒敎的 愛情觀과 結婚觀의 모순을 고발하기보다는, 이를 극복하고 새로운 가치관과 삶의 이상을 제시하고자 한 점에서 作家意識의 차이를 발견할 수 있다.

그러므로 申光漢의 作家意識을 통해서 볼 수 있는 특징은 자신이 체험한 사회적 모순을 해결하는 과정을 작품을 통해 구체적으로 구현하고자 한 점이다.

둘째, 이와 같은 儒家的 이상의 추구는 自傳的인 書齋夜會錄에서는 隱逸 및 自我省察의 자세로 부각되어 나타난다. 전술한 바와 같이 이 작품은 隱遁期인 元亨里의 생활을 창작배경으로 하여 自傳的인 作家意識을 보여준다. 따라서 소외된 현실에 대한 욕구불만이나 허무의식

---

21) 何生奇遇傳, 결말부.

보다는 이를 극복하기 위한 修身의 자세와 인간 교화의 처세훈이 강조된 작품이다.

이와 동일한 作家意識을 그의 企齋集에 나오는 賦를 통해서도 쉽게 확인할 수 있다. 다음 작품들은 그 내용상으로 보아 隱遁期를 배경으로 지어진 작품임이 분명하다. 이를 보면 申光漢은 元亨里 隱居期를 통해 내적으로 자신의 생활을 돌아보고 修身을 거듭함으로써 儒家的 이상을 유지할 수 있었다고 보아진다. 이러한 人生觀은 陶淵明의 歸去來辭에 화답한 和歸去來辭에 명백히 드러난다. 그의 영향을 다분히 짐작할 수 있다.

이 작품의 도입부에서는 栗里의 遺篇인 歸去來辭에 의탁하여, 선각자인 그의 발자취를 높이 따르고자 함으로써 그 영향관계를 깊이 시사해준다. 元亨里에 돌아온 39세의 나이에 이미 지나간 것이 도무지 그르다는 것을 깨닫고, 장차 수레를 돌이켜 길을 고치며, 많은 꽃다운 것을 모아 옷을 만들고자 한다고 표현하였다. 그러나 비록 아름다움을 믿고 修身하며 즐기는 것도, 지혜가 이미 隱微한 것을 비치기에는 몽매함을 깨닫게 된다. 또한 뜻은 크되 실행이 부족한(狂簡無裁) 것을 후회하고, 重華(舜 임금)를 생각하되 두 번 돌이키지 못함을 안타깝게 생각한다. 십 년이 되어 돌이켜 보니 천명이 그렇다는 것을 깨닫고, 더 높이 날아 멀리 유람하며, 元亨里의 전원을 꿈꾸게 된다. 나아가 장차 근심을 버리고 이를 즐겁게 받아들인다. 藏書 만 권을 方舟에 실어 顔回와 交遊하며, 孔子의 도를 되새기고자 하는 내용이 이어진다.

藏書萬卷 可載方舟 尋陋巷之顔回 學東家之孔丘 非簞瓢之可慕兮 樂一理之同類 保不材之無用兮 辦白年之長休 已矣乎 孤臣有罪 負明時 欲去 遲遲 爲少留[22]

---

22) 企齋集 권1, 和歸去來辭(1책, p.23).

위의 인용문에서와 같이 申光漢은 항상 책과 가까이 修身하며, 顔回와 같은 安分知足의 人生觀에 안착하고자 함을 알 수 있다. 따라서 顔回를 따르고 孔子의 학문을 窮究하며, 簞瓢를 가히 사모할 것은 못되지만 한 이치로 同類임을 즐기고자 하였다. 또한 材木이 못되는 쓸데 없는 것을 보존함은, 백년의 긴 아름다움을 마련하기 위한 것임을 분명히 밝히고 있다. 이것은 곧 현재는 아무 명색이 없이 지내지만 긴 아름다움을 마련하기 위해 孔孟의 도리를 익히고 실천하고자 하는 내적 성찰의 자세를 말해준다. 마지막에는 외로운 신하가 죄가 있어 밝은 때를 저버리고 떠나고자 하니, 더디고 더뎌 지체된다고 덧붙이고 있다.

그러나 결국 자신의 운명을 돌아보고는, 일찍이 沮溺과 같은 隱逸之士에 관심이 있어서 여생을 농사일에 붙이고, 詩經 衛風에 나오는 隱士들의 삶을 읊조리며 은거의 생활을 추구한다.

이처럼 내면적 성찰을 통해 儒家的 자세를 잃지 않고 安分하고자 한 점은 續擬恨賦에도 구체적으로 나타난다. 이 작품에서도 顔回는 陋巷에서 여러 번 궁핍했지만 또한 즐거워하였고, 종일토록 어리석은 것 같이 하며, 석 달 동안 한 번도 仁을 어긴 적이 없었음을 따르고자 하는 내용이 나온다.[23]

그밖에 사물을 주시하고 관찰함으로써 자신의 위치를 돌이켜 보는 교훈적인 의미도 賦에 많이 나타난다. 이 역시 자기 자신을 돌아보고 修己治人에 힘씀으로써 현실의 이상과 갈등을 극복하고자 하는 일면을 짐작할 수 있다. 聞鶯賦에서는 골짜기 어구에 廬幕을 짓고, 해가 나와도 아무 경영함이 없이, 자기 형체를 잃고 道를 窮究하는 南郭先生을 교훈으로 삼고 있다. 고요한(靜) 것에 因習이 되어 動을 관찰하며 物情을 느끼게 된다는 내용이다. 微物인 꾀꼬리를 통해 下學上達하여 천년

---

23) 顔回陋巷 屢空亦樂 如愚終日 服仁三月 高堅旣竭 一臂相交 天乎是忍天我
企齋集 권1, 續擬恨賦(1책, p.38).

뒤에까지 훈계를 드리우고자 함을 적고 있다. 이것은 곧 靜觀하여 物情을 느끼는 깊은 성찰 및 이치를 窮究하는 道人의 자세를 보여준다.[24]

聞杜鵑賦에서는 자기 고향에 돌아가지 못하는 귀촉도를 자신의 위치와 결부하여, 신하로서는 再拜함이 마땅하나 그렇지 못하는 현실이 거듭 자신의 情을 상하게 함을 밝히고 있다. 또한 물건에 있어서도 형체는 변화하되 중심은 변화하지 않는 것이 있으며, 사람에게도 마음은 변화하되 형체는 변화하지 않음이 있으니, 그 마음이 변하고 형체가 변하지 않는 것보다는 마음이 변하지 않고 형체가 변하는 것이 오히려 낫다는 것을 밝히고 있다.

唯微物其尙爾兮 矧猶帶夫帝之名 宜臣甫之再拜 重使余以傷情 誶曰 已矣哉 物有形化而心不化 人有心化而形不化 與其心化而形不化 曷若心不化而形化[25]

이상에서 서술한 人生觀은 自敍傳的인 작품인 書齋夜會錄에도 그대로 반영되고 있다. 書齋夜會錄은 隱居期에 보여주는 隱逸處士的인 人生觀을 반영하여 閑居自適하는 安分知足의 정신적 가치와 내면적 성찰과 修身을 통해 儒家的 士意識을 표출하고자 하였다고 할 수 있다. 그러므로 소외된 현실의 자전적인 사실을 文房四友에 寓意하여, 자신을 돌이켜 보고 修身하는 교훈적인 의미를 찾을 수 있다. 나아가 사회적인 문제를 의식하고 朋友의 道와 변함없는 丹心을 유기적으로 표출하였다. 낡고 보잘 것 업이 된 紙筆墨硯을 자신의 처지에 寓意하여 자신의 丹心을 술회한 내용과 切磋琢磨의 道를 강조한 내용 등은 이를 잘 말해준다.

---

24) 企齋集 권1, 聞鶯賦(1책, pp.26-28).
25) 企齋集 권1, 聞杜鵑賦(1책, p.25).

셋째, 崔生遇眞記에서는 儒家的 현실 인식에서 오는 道仙的 超世와 한계의식을 보여준다. 이러한 사상적 변모의 과정은 生涯에서 이미 언급한 바 있다.

申光漢의 生涯 중에는 燕山朝의 戊午士禍(1498-15세), 甲子士禍(1504-21세)를 비롯하여 中宗朝의 己卯士禍(1519-36세), 明宗朝의 乙巳士禍(1545-62)가 발생하였다. 이 중 申光漢이 관계에 出仕한 이후 당면한 己卯士禍는 詞章學에 치우친 勳舊派와 이를 반대하던 士林派의 대립으로, 趙光祖를 비롯한 新進士類들이 크게 禍를 입게 되었다. 申光漢 역시 이에 연좌되어 削職된 사람 중의 하나이다. 전술한 바와 같이 申光漢은 이 시기를 전후하여 일면 儒者로서의 현세 중심적인 이상실현을 꿈꾸는 동시에 隱逸處士로서의 자아수련을 추구하는 人生觀을 보여준다. 반면 관직에서 벗어나 은거하는 소외된 儒者로서의 현실 한계를 인식한다. 그 결과 神仙思想에 傾倒된 면모를 볼 수 있다.

崔生遇進記는 이처럼 儒者로서 자기 이상을 실현하지 못하고 無住庵에 은거하는 崔生의 한계와, 이를 극복하고자 하는 이상향인 仙界를 설정하고 이를 憧憬함을 볼 수 있다.

그런데 여기에서 주목되는 것은 현실세계의 모순과 갈등을 벗어나기 위해 추구되는 道仙思想에 대한 作家의 독특한 견해이다. 申光漢은 道仙思想을 수용함에 있어서, 단지 낭만적이고 신비적인 동경의 대상이라기보다는 그 안에서도 儒家的 이념을 실현하기 위한 가능성을 찾고자 하였다. 崔生이 용궁세계에 들어가 奇異한 만남을 노래한 龍宮會眞詩에는 세상의 선비가 임금에게 아첨하는 자가 많으니, 人事를 닦지 않으면 堯湯 임금도 귀하다 할 수 없다고 하였다. 이미 세상에는 가르침이 쇠하고 도덕이 寒微해졌으니, 이러한 까닭에 洞仙도 人世를 멀리한 지 300년이 되었음을 슬퍼하는 내용이 나온다.

이와 같은 내용은 失意한 文士인 주인공 崔生의 사회적 한계인식이며, 작가는 이를 극복하기 위해 儒者的 입장에서 道仙家的 굴절을 통해 이를 형상화하였다. 이것은 작가의 이상적 治國의 자세와 現實認識을 보여주는 作家의 限界意識의 표출이라 할 수 있다. 이러한 이상향의 추구는 蓬萊島에서 재회를 약속하는 적극적인 자세로 나타난다.

따라서 작품에 수용된 神仙思想은 지극히 현실적인 의미를 지니고 世俗的인 限界를 극복하고자 하는 방편으로 수용되었다. 이것은 그의 人生觀에 있어서 체질화되어 있는 儒者로서의 현실주의적인 人生觀에 기초하고 있기 때문이라 여겨진다.

그런데 이와 같이 儒家的 현실의 한계를 우의하고 이를 극복하고자 하는 수단으로 道仙的인 사유를 도입하고 있음에 비하여, 佛敎에는 깊은 관심을 보이지 않는 점을 볼 수 있다. 특히 그가 남긴 文集에는 많은 禪師들이 찾아와 그때마다 그들의 詩軸에 기록한 漢詩가 상당수 있으며, 오랫동안 山寺에 머물었거나 山寺에서 지은 작품들을 쉽게 접할 수 있다. 그중 한 예를 보면 다음과 같다.

어릴 때부터 山家의 고요함을 늘 좋아하여
절간 書窓에 자주 머물며 옛 경서를 읽었는데
우연히 흰머리로 이곳에 다시 이르니
부처 앞의 등불 푸르름은 옛날 그대로구나[26]

그러나 이와 같이 佛寺의 淸靜함에 기울인 관심과는 달리 佛道에 심취된 求道的인 자세는 엿볼 수 없다. 또한 詩文에서도 이에 대한 깊은 정취를 반영하지 않은 점이 특징이라 할 수 있다. 이것은 시대적인 배경의 영향도 있겠지만, 來世的인 超越的 실재를 부정하고 현세 중심

---

26) 企齋集 권3, 投宿山寺(2책, p.67)
　　小年常愛山家靜 多在禪窓讀古經 白髮偶然重到此 佛前依舊一淸燈

적인 세계관을 중시하는 申光漢의 儒教的인 人生觀이 지배적으로 작용하였기 때문이라고 보아진다.

이상을 통해 살펴본 바와 같이 企齋記異에 나타난 作家意識은 기본적으로 儒者의 입장에서 출발하여 儒家的 이상을 추구하는 의식지향을 보여준다는 점에서 일관된 흐름을 발견할 수 있다. 安憑夢遊錄에서는 儒家的 統治觀과 더불어 修身齊家의 이념이 부각되어 있으며, 書齋夜會錄은 소외된 현실의 대 사회적인 문제의 해결책으로 自我省察 및 修己治人의 교훈적인 자세가 강조되고 있다. 한편 何生奇遇傳은 儒教的 이념이 지배적인 조선 전기 사회에서 현실적 제약과 갈등을 극복하고 현실 중심적인 이상을 추구하는 변모된 가치관과 세계관을 보여준다. 崔生遇眞記는 자기실현의 기회가 제한되는 儒者의 현실 한계가 道仙的 굴절을 통해, 한계를 극복하고자 하는 사상적 변모를 보여준다. 그러나 그의 生涯를 통해 일관되게 보여주는 儒家的 人生觀이 지배적으로 작용하고 있기 때문에, 道仙的 超越意識은 儒家的 현실을 寓意하고 理想을 형상화하기 위한 하나의 방편으로 수용되고 있다.

2. 文學史的 意義

企齋記異의 문학사적 의의는 다음 두 가지 측면에서 중요한 의미를 부여할 수 있다.

첫째, 조선조 전기 소설사에서 金時習의 金鰲新話 이후 傳奇 소설의 맥을 이은 문학사적 위치에 놓여 있으며, 또한 林悌 權韠 許筠 등의 작품에 선행하는 중요한 문학 유산이라는 점이다. 이것은 조선조 전기 소설사에서 그 동안 제 모습을 드러내지 못하고 정당한 평가의 기회를 얻지 못한 점에서 더욱 귀중한 자료라 할 수 있다.

둘째, 이와 관련하여 企齋記異는 소설 발달사에 있어서 전대에 이미 존재했던 전통적인 장르를 고루 수용하고 있으면서도 새로운 변모의 양상을 보여주는 독특한 작품이라는 점이다. 企齋記異에 수록된 개별작품의 문학적 가치는 물론, 이처럼 개별작품의 독자적인 발전 및 변용을 시도한 企齋 申光漢의 문학사적 위치 또한 중요한 의미를 부여하지 않을 수 없다.

따라서 企齋記異의 文學史的 意義를 前代의 文學的 傳統 및 文學史의 흐름 속에서 파악하기 위해 素材, 構成, 表現技法, 主題와 作家意識의 면모 등을 검토해 보았다. 이제 여기에서는 주로 전 후기 작품과 변별되는 類型 및 素材上의 특성을 중심으로 企齋記異의 文學史的 意義를 살펴보고자 한다.

安憑夢遊錄은 소설발달사에 있어 夢遊錄의 형성 및 발전 과정을 파악할 수 있는 작품이다. 이 작품은 본격적인 夢遊錄 작품이 완전히 정착되기 전에 출현한 작품으로, 소설사에 있어서 夢遊錄 양식이 출현하는 發端的 계기가 되었으리라 본다.

이 작품은 기존의 여러 삽입설화나 假傳 傳奇體 등을 夢遊모티프와 복합시킴으로써, 새로운 장르의 모색을 시도한 점에서 작가의 소설문학에 대한 깊은 관심을 보여준다. 그 결과 작품의 文學史的 變移樣相과 소설적 성격에 있어서 說話나 假傳類의 정확한 이해와 변용을 보여준다. 夢遊 모티프의 도입에 있어서도 南柯太守傳이나 唐代 傳奇類의 영향과 그 차이에서 알 수 있듯이, 이들의 소설사적 연결을 시도하면서도 본격적인 夢遊錄 작품이 배태하게 된 교량역할을 하였음은 이를 잘 말해준다.

安憑夢遊錄은 소재 면에서 꽃을 대상으로 이를 의인화한 문학적 전통을 좀더 발전적으로 계승하였다. 이 작품이 수용하고 있는 假傳 양식은 꽃을 의인화하여 왕을 경계하며, 인간의 결함을 寓意하고 풍자하는 戒世懲人의 주제를 수용한 문학적 전통과 유기적으로 연관되어 있다. 그러나 이 작품이 수용하고 있는 入夢과 夢中事, 覺夢의 額子構成을 갖춘 夢遊錄의 構造는 단순히 꽃을 의인화한 假傳 및 隨筆類와는 구분되는 특성이다. 허구적인 배경묘사는 물론 등장인물의 유형화와 인물성격의 부각, 그리고 入夢과 覺夢 전후의 사건구성이 서로 긴밀한 관계를 가지고 유기적으로 연관되기 때문에, 소설의 구성요소를 고루 갖추고 있음을 알 수 있다. 뿐만 아니라 夢中世界에서 현실세계에 대한 夢遊者의 사상감정을 寓意的으로 서술하여, 꽃을 의인화한 同種의 假傳 작품이나 隨筆과는 구분되지 않을 수 있다.

문학사적 영향관계를 보면 본 작품은 꽃을 의인화한 假傳 작품의 영향은 물론, 羅浮之夢이나 賈秘와 같은 화초나 초목의 精靈을 소재로 한 志怪類의 설화에서도 그 영향을 짐작할 수 있다. 특히 국내에 있어서는 薛聰의 花王戒의 영향이 지속적으로 유지되어 왔음을 알 수 있다. 그것은 寓言的 성격을 수용하여 왕을 諷諫하는 내용이, 조선조 사대부 문인들의 이상을 표출하거나 이를 간접적으로 쉽게 형상화하는 데 용이했기 때문이라 지적된다. 이와 같은 문학적 전통은 화초를 대상으로 한 조선조 假傳 작품에 면면히 이어져 왔음을 알 수 있다.

또한 주제를 표출하는 作家意識에 있어서 조선 전기 사대부의 載道的 文學觀을 확인할 수 있는 작품이다. 주제 면에서 이 작품은 敎術的 성격이 강한 假傳과 夢遊錄의 寓言的 기능을 수용하여, 시대적 배경인 유학사상과 소설의 효용가치를 조화시킨 작품이다. 따라서 독자에게 敎訓的인 주제의식을 부각시키고 있는 점에서, 소설의 효용성을 긍정적으로 받아들이고 있음을 보여준다. 특히 작품내의 유기적인 구조 안에 儒家的 현실주의적인 삶의 문제에 관심을 가지고, 이를 중시하고 있는 점에서 전통적인 文學觀의 범주를 고수한 것으로 이해된다.

이와 더불어 후대에 이어지는 夢遊綠 작품과의 영향관계를 짐작할 수 있다. 그것은 후대에 이어지는 작품이 적어도 40년 이상의 차이를 두고 있으며, 따라서 나머지 작품들과 작가와의 관계도 이들의 영향하에 있음을 배제할 수 없기 때문이다. 특히 여러 문헌을 통해 확인할 수 있는 申光漢의 문학적 역량은 후대 문인들에게도 관심의 대상이 될 수 있었으리라 본다. 실제 소설사에서 뒤를 이어 문단을 주도한 林悌 權韠 許筠 등도 시기적으로는 물론 직·간접적으로 그 영향하에 있음을 보여준다.27)

書齋夜會錄은 文房四友인 紙筆墨硯을 의인화한 假傳 양식 안에 한 선비의 傳記的인 내용을 겸비한 작품이다. 따라서 그 문학사적 위치를 올바로 이해하기 위해서는 文房四友를 立傳한 假傳 작품과의 연계적 특성을 살핌으로써, 상호 변이 및 독창성에 관한 문학사적 위치를 파악할 수 있다.

우선 소재의 활용 면에서 文房四友 네 가지를 立傳 대상으로 삼아 그 범위를 확대하였다. 특히 그 명칭에 있어서 다른 작품들이 흔히 사용하는 용어를 답습하지 않고, 緇衣者 黑衣者 白衣者 脫帽者 등으로 바꿔 등장인물의 외형적인 성격을 부각시키고자 하였다. 또한 이들은 전대의 작품에서 흔히 볼 수 있는 陶弘 陳玄 楮先生 毛穎 등을 변용하여, 堪杯氏의 후손 甄君 池(벼루), 燧人氏의 후손 陳君 玉(먹), 勾芒氏의 후손 渾沌 藁(종이), 疱羲氏의 후손 毛君 銳(붓) 등으로 색다르게 표현하였다.

또한 文房四友인 紙筆墨硯의 네 가지 약전에 자신의 自敍傳的인 내

---

27) 權韠과 許筠에 대한 영향관계는 앞에서 지적한 바와 같이 許筠의 答李生書를 통해 확인할 수 있다. 權韠은 그의 부친이 企齋의 문하에 있었음을 통해서 간접적인 영향을 짐작할 수 있고, 許筠은 앞에 인용한 答李生書 이외에도 그의 문집 중 鶴山樵談과 惺叟詩話에 나타나는 企齋의 시에 대한 평을 통해, 그에 대한 관심을 짐작할 수 있다.

용을 假託하여, 소설적 접근을 시도함으로써 소설 발전의 전환적 계기를 마련하였다. 그 결과 소재의 활용 범위 및 사건구성, 주제의식 등 그 변화의 폭이 커져 同種의 다른 작품과 차이를 보여준다. 導入部에도 등장인물의 성격과 사건배경이 구체적으로 나타난다. 전개부는 주인공인 선비와 文房四友의 대화를 통해 작가 자신이 宦路에서 물러나 겪은 傳記的인 사실을 假託한 내용이다. 작가의 평을 겸한 결말부는 文房四友를 위해 祭文을 지어주며, 주인공의 동정이 附記되어 있다. 종결부에서는 假傳 양식과 꿈의 모티프가 결합된 양상을 보인다.

이를 통해서 조선 전기에 있어서 假傳의 변모와 본격적인 소설양식의 발전적 측면을 보여준다. 주제의식에 있어서는 文以載道的인 범위 내에서 世敎 및 敎化에 중점을 두고자 하였다. 특히 전대의 작품과는 달리 失勢한 문인들의 현실소외 및 도피 은거와 같은 인생 허무의식이나 정치 사회적인 모순과 울분 등을 표출하는 테두리를 벗어나, 오히려 자기성찰의 道를 추구하는 방향 전환을 꾀함으로써 소외된 현실의 극복의지를 제시하였다.

典據의 인용 및 표현기법에 있어서도 서술의 주관성과 세련미를 보여준다. 예컨대 전래한 동일 유형의 작품에 나오는 내용을 그대로 답습하지 않고, 이를 주관적으로 비판하여 새롭게 표현하는 발전적 면모를 보여준다.[28] 특히 老莊思想을 수용하고 道家的 색채가 풍부한 寓言을 문학적으로 잘 활용하여 격조 높은 문학성을 지니고 있다.

고소설의 발달 및 변천과정을 고려해 볼 때, 조선조에 들어 文房四

---

28) 立傳 대상의 先代 및 인물행적, 文房四友의 명칭, 인용고사 등 전래한 소재를 수용하면서도 주관성을 시사해준다. 특히 효시작인 韓愈의 毛穎傳에 대해서도 이를 직접적으로 변용하고 있다. 脫帽者의 가계소개의 경우를 보면, 韓愈가 毛穎傳에서 자신의 문장의 능함만을 믿고, 毛氏의 종서를 어지럽혔다고 말하고, 毛氏가 管城者에 봉해졌다는 내용은 잘못 전한 것이라 하여, 毛氏가 管氏에게 장가드는 내용으로 변용하였다.

友를 의인화한 假傳 작품이 적지 않게 창작되었다. 書齋夜會錄은 이들보다 선행하여 나온 작품이며, 表現技法 및 主題 등 작가의 창의성이 부각된 점에서 독자적인 경지를 개척한 작품이다.

이러한 특성은 假傳의 변이양상과 조선 초기소설의 형성과정 및 계승발전의 측면을 보여주는 중요한 문학사적 의의를 지닌다.

崔生遇眞記는 龍宮赴宴錄과 유사한 구조를 지니고 있어, 그 영향관계가 수긍되지만 사건의 展開과정과 構成에 있어 相異한 특성을 지닌 작품이다. 따라서 一見 <龍宮>이나 <水宮>과도 흡사한 <崔生>의 구조는 이들 작품의 상관성과 상이점의 파악이 무엇보다 주목되는 작품이다.

이 작품은 剪燈新話의 <水宮>과 金鰲新話의 <龍宮> 등의 영향을 받아 구조상 유사한 특성을 지니고 있다. 그러나 <崔生>은 이들 작품을 바탕으로 전래한 神仙思想을 수용하여, 일상적인 현실적인 삶을 살아가던 失意한 文士가, 이상적인 가치의 삶을 지향하는 잠재의식의 표출로서 隱逸的인 仙界를 憧憬하고 이를 능동적으로 추구하는 모습을, 眞境을 찾아 龍宮세계에 다녀오는 과정을 통해 새롭게 再構成해 놓았다. 따라서 剪燈新話나 金鰲新話 기타 설화가 전승되는 과정에 각 모티프들을 좀더 일관성 있게 윤색 부연하여, 극적 긴장감과 道仙的 主題意識을 갖춘 작품으로 변형시켜 놓은 점에서 그 독창성이 인정된다.

따라서 <崔生>이 단순히 龍宮에 다녀온 서술구조라는 입장에서는 <龍宮>이나 <水宮>과도 서로 흡사하다. 그러나 事件構成上 이들 작품과는 달리 神仙思想을 배경으로 각 모티프들이 개연성을 지니고 일관성 있게 유기적으로 기술되어, 더욱 긴장감이 넘치며 극적으로 처리한 점이 주목된다. 모티프들간의 전체적인 構成도 상호 밀접한 관계를 갖추고 있다. 결과적으로 <崔生>은 전래한 <龍宮>이나 <水宮>의 구조와 내용상 유사한 구조를 갖추고는 있으나, 企齋 申光漢은 神仙思

想의 수용과 隱逸志向의 仙界憧憬 등 이에 심취한 주제의식을 독창적으로 再構成하였다. 그 결과 神仙思想을 단순히 설화적인 삽화형식으로 수용하지 않고, 주제를 부각시키는데 조화를 이루고 있으며, 士大夫 한문소설에 이를 적극적으로 수용한 점에서 특성을 지닌다.

이러한 특징은 登場人物의 性格이나 배경묘사에서 더욱 잘 나타난다. 주인공 崔生은 현세에서 不遇 不出世한 文士로 俗世를 超越하여 道仙家的 굴절을 보인 隱逸志向의 인물이다. 또한 <龍宮>에 나오는 세 龍神을 島仙 洞仙 山仙 등의 새로운 道仙的 人物로 바꾸고, 작품의 주제표출에 필수적인 역할을 하는 登場人物로 변용한 점도 한층 진일보했음을 알 수 있다. 용궁에 들어가기까지의 배경묘사에 있어서도 시공간적 背景을 구체적으로 세밀하게 묘사하였다. 이러한 특징들은 전대의 <水宮>이나 <龍宮>에 비해 보다 발전된 면모라 할 수 있다.

또한 기존의 작품과는 달리 夢遊 額子形式의 꿈을 빌지 않고, 導入部와 終結部에 證空禪師가 들려주는 이야기 형식으로 額子機能을 대신하였다. 이것은 허구적인 이야기를 보다 더 사실처럼 유도하고 서술에 더욱 강한 신뢰도와 현실성을 부여하기 위해 새로운 額子構成의 변형을 시도한 점에서 독창적이라 할 수 있다.

전대의 金鰲新話 역시 剪燈新話의 영향아래 우리의 생활감정에 맞도록 獨創性있게 재구성한 점에서 그 文學史的 價値를 높이 평가하여 왔다.

이와 마찬가지로 <崔生> 역시 전술한 <水宮>과 <龍宮>의 영향을 간접적으로 받은 작품임은 부인할 수 없다. 우선 사건구성 및 그 내용에 있어서 倣似함을 시사해준다. 그러나 전술한 바와 같이 道仙的 人物로 변용한 개성있는 登場人物의 性格, 비교적 구체적이고 세밀한 배경묘사, 事件構成과 주제를 부각시키기 위해 道仙思想에 바탕을 두고 일관성 있게 結構해 놓은 점은 이들과 구분되는 특성이다. 이와 더불어 꿈을 매개로 하는 夢遊錄과는 달리 佛道를 믿는 실제인물인 證空禪師의 이야기를 빌어, 導入額子와 終結額子의 역할을 대신하는 額子構成의 변형을 시도한 새로운 변모는 전대의 문학을 발전적으로 계승한 文學史的 意義를 지닌다.

何生奇遇傳은 萬福寺樗蒲記와 유사한 構造를 지니고 있어, 그 문학적 特性과 小說史的 의의를 파악하기 위해서는 영향관계는 물론 獨創性에 대한 구체적인 고찰이 요구되는 작품이다.

애정담을 다룬 敍事文學의 전통은 설화에서부터 조선조 후기에 이르기까지 그 內在的 變移 및 變貌樣相에 있어서 다양함을 보여준다. <何生>의 構造는 前代의 金鰲新話는 물론 剪燈新話, 그밖에 說話와 唐代의 傳奇體 등에 나오는 모티프들을 두루 섭렵하여 이를 獨創性 있게 再構成한 점에서 새롭게 평가되어야 할 小說史的 의의를 지닌다. <何生>은 <萬福>과 一見 유사한 構造임을 알 수 있으나 여러 가지 면에서 相異한 特性을 보여준다.

특히 夢遊錄 형식의 꿈을 매개로 한 額子構成의 상투적인 수법을 탈피하고, 현실인물인 卜師의 이야기로 導入·終結額子 기능을 대신하여 좀더 사실성 있게 변용한 構造的 特性을 갖추고 있다. 전반적인 構造는 現實(不幸: 正) → 超現實(理想鄕의 제시: 反) → 現實(幸福: 合)의 辨證法的인 構造라 할 수 있다.

뿐만 아니라 조선 초기 艶情類 한문소설 중 유일하게 행복한 결말을 보여주는 始發的인 위치에서, 主題意識을 강화시킨 점은 소설발달사에 있어 새로운 전환점을 마련한 의의를 지닌다. <萬福>과 같은 前代의 작품에서는 이상향의 모습이 뚜렷이 제시되지 못하고, 기존의 保守的인 儒敎的 價値觀에 입각한 사랑이 優位的으로 제시된다. 반면 <何生>은 당대의 儒敎的 윤리규범의 矛盾을 극복하여 이상적인 세계를 구축하고 새로운 삶의 의미를 제시한 사회사적 의의를 지닌다.

결국 <何生>은 前代의 문학작품의 내용과 형식을 발전적으로 계승한 內在的 變移樣相을 보여준다. 조선조 초기 艶情類 한문소설과 <何生>과의 연계적 特性은, <萬福> <李生>을 이어 <周生> <沈生> 등 후기 艶情類 한문소설의 교량적 역할을 하면서도 구조 및 주제의식 등에 있어서 獨創性을 추구한 점이다. 시대적으로 볼 때 前代의 <萬福> <李生>에서는 자아와 세계의 갈등 및 비극적 대립을 보여주는 幻身과의 逆說的인 사랑이 傳奇體 형식의 초현실적인 배경을 빌어 제시된다. 또한 만남과 이별이 일회이상 반복되며 불행이 深化되어 비극성이 표면화되어 있다. 반면에 <何生>에 이르러서는 傳奇體的 요소가 좀더 제거되고, 초현실계에 이입시키는 媒介人物도 前代의 부처나 上帝와 같은 神格人物이 아니라 현실적인 인물인 卜師가 등장한다. 幻身과의 만남도 일회에 그칠 뿐만 아니라 조선조 전기 작품 중 유일하게 현실에서 행복한 결말을 보여주는 艶情類 소설의 始發的인 작품인 점에서 그 의의가 크다. 이와 같은 특성은 그 뒤에 이어지는 相思洞記나 조선조 후기 한글소설에서 그 맥을 찾을 수 있다.

한편 同系의 작품인 權韠의 <周生>과 李鈺의 <沈生>은 초현실적인 배경과 인물이 제거되고, 애정의 삼각관계와 신분계급의 차이에서 비롯되는 보다 通俗的인 애정문제와 社會相이 제시되고 있는 점에서 前代의 작품과 구분되는 特性을 지니고 있다. 이처럼 차츰 通俗的인 애정문제로 작가의 시각이 향하고 있는 점은 조선조 후기의 艶情類 한글소설의 출현과 깊은 연계성을 示唆해준다.

이상에서 살펴본 바와 같이 企齋記異의 文學史的 意義는 전래한 문학유형을 폭넓게 수용하고 이를 발전적으로 계승하고자 한 점에서 찾을 수 있다. 따라서 각 작품마다 傳奇體 假傳 夢遊錄 유형이 독창성 있게 수용 변모되어 가는 모습을 보여준다. 또한 事件構成, 表現技法, 素材의 活用, 主題意識의 표출 등에 있어서도 작가의 개성이 부각되고 있는 점에서 높이 평가하지 않을 수 없다. 결국 企齋記異는 조선 전기 소설사에 있어서 金時習의 金鰲新話가 이 땅에 출현한 이후, 이를 계승 발전시켜 傳奇體는 물론 假傳 및 夢遊錄 유형의 새로운 전환기를 마련한 작품이며, 金時習 이후 許筠에 이르는 오랜 기간의 소설사의 공백을 메워 하나의 맥을 이어주는 점에서 귀중한 文學遺產임을 지적하지 않을 수 없다.

VI. 結 論

　본 논문은 企齋記異의 文學的 性格과 文學史的 意義를 파악하기 위해 시도되었다. 企齋記異는 지금까지 별로 알려지지 않은 작품이기 때문에 그에 대한 연구도 활발하게 이루어지지 못한 형편이다. 따라서 본 논문에서는 作家와 이 작품의 書誌 그리고 작품의 내용을 구체적으로 분석하는 문제에 집중적 관심을 기울였다.

　企齋記異에 수록된 安憑夢遊錄, 書齋夜會錄, 崔生遇眞記, 何生奇遇傳 등은 각각 독립된 하나의 단편소설 형태를 띠고 있다. 이들 작품들은 그 이전에 이미 존재하고 있던 傳奇體 假傳 夢遊錄 등의 형식을 두루 수용하면서, 이를 새로운 作家意識으로 變容한 점에서 주목할만한 가치를 가진다. 본 논문에서는 이들 작품들의 본질과 의미를 보다 깊이 이해하기 위해서 몇 가지 전제적 문제들에 대한 검토를 시도하였다.

　먼저 企齋記異의 작가인 企齋 申光漢의 生涯와 文學世界를 조명함으로써 企齋記異의 문학적 성격과 形成背景에 관한 이해를 돕고자 하였다. 이에 필자는 企齋記異의 작자를 재확인하는 동시에 企齋集에 수록된 문학과 企齋記異와의 상호연관성을 검증하였다.

　작가의 生涯는 成長期 出仕期 隱遁期 顯達期로 구분할 수 있었다. 企齋記異는 그가 乙卯士禍로 인해 겪은 15여 년의 元亨里 隱遁期間을 배경으로 창작된 작품이며, 企齋集에 수록된 대부분의 漢詩와 賦 등 많은 작품들도 이 시기에 창작되었다. 이들 작품에는 儒家的 現實主義로써 추구한 現世中心的인 理想과 自我省察을 통해 修身하는 자세가 반영되어 있으며, 이같은 현실적 갈등을 극복하기 위한 限界 超越的 思考로 道仙 趣向的 意識도 함께 나타난다.

그의 文學觀은 조선조 전기의 文學論의 특색이라 할 수 있는 載道的인 道文一致의 思想이 강조되었으며, 특히 詩에 있어서는 詩의 본질을 性情의 표현으로 보고, 心性의 陶冶와 諷敎의 效用論을 강조한 점에서 當代의 文學論을 철저히 고수한 입장이다.

그의 文學世界는 다양한 양식의 文學遺産을 남기고 있는 企齋集을 통해 확인할 수 있다. 漢詩의 경우 다양한 시 형식으로 1,300여 題, 1,500여 首의 많은 작품을 남기고 있다. 특히 漢詩와 더불어 25편의 賦는 그의 탁월한 문학적 역량을 잘 보여준다. 賦에는 隱居時의 人生觀을 엿볼 수 있는 자료들이 많이 나타난다. 이들 작품은 주로 歸田隱居하는 隱逸處士的인 면모와 계절의 변화에 따른 자신의 심회를 담고 있으며, 修身을 강조하는 교훈적인 의미가 부각되어 있다. 기타 散文文學에 있어서도 대부분 교훈적인 주제의식을 강조하고 있는 점에서, 문학의 사회적 효용성에 대한 일관된 文學觀을 확인할 수 있다. 이러한 文學世界는 企齋記異와도 깊은 연관성을 지니고 있다. 企齋集에서 보여준 본격 漢文學의 세계는 企齋記異의 文學世界와 다소 거리가 있는 것처럼 보이지만, 양자간의 상호 관련성이 충분히 납득할 수 있도록 드러나 보였다. 企齋記異에 나타난 敍述方式이나 修辭技法 그리고 世界觀 등을 企齋集의 詩나 文을 통해서도 확인할 수 있었다.

企齋記異의 書誌와 異本에 대한 문제를 살펴본 결과, 國內外에 몇 가지 異本이 발견되지만 필사과정상 잘못된 字句上의 變移를 제외하고는 異本간의 내용에는 차이가 없음을 확인하였다. 이를 통해서 企齋記異는 한 작가의 창작물로서 전승과정에 있어서 상당수의 誤字와 脫

字가 발견되는 사실을 확인할 수 있었다. 企齋記異의 저자 및 간행경위, 간행시기, 작품성격 등은 목판본인 고려대 晩松文庫本에 附記된 申濩의 跋文을 통해 확인할 수 있다.

企齋記異는 金時習의 金鰲新話 이후 조선 초 散文文學의 성장 및 傳奇體 작품이 새롭게 변모되는 과정을 보여주는 작품으로, 金鰲新話는 물론 剪燈新話 기타 旣存한 다양한 양식의 문학적 전통을 폭넓게 수렴하여 발전적 면모를 보여준다. 그 결과 文學樣式, 事件構成, 表現技法, 題材活用, 主題 등에 있어서 문학적 관습을 극복하고자 하는 새로운 변모양상이 나타난다. 예컨대 고소설에 보편적으로 내재하는 非現實的이며 超越的인 世界觀을 차츰 극복하고, 보다 현세 중심적인 지향의식을 추구하였다. 그 결과 二元論的인 超現實的 요소가 차츰 축소되고, 현실이상에 부합되는 주제의식을 형상화하고자 하였다. 또한 전통적인 문학장르의 類型的인 테두리에서 벗어나 두 가지 장르를 결합하거나, 꿈의 額字構成대신 현실인물을 매개로 한 새로운 額字構成의 변형을 시도하였다.

安憑夢遊錄은 그 동안 대부분 仁祖代 이후에 창작된 작가 미상의 작품으로 소개되었으나, 이제 작가와 간행연도가 분명히 밝혀짐으로써, 본격적인 夢遊錄이 출현하기에 앞서 과도기적인 위치에서 형성된 작품임을 알 수 있다. 따라서 꽃을 의인화한 假傳類와 夢遊錄이 혼합된 이색적인 작품으로, 조선 전기의 夢遊錄 양식이 정립되어 가는 변모양상을 보여준다.

夢遊者의 사상감정이 우의적으로 제시되고 있는 夢中世界는, 申光漢 자신의 체험과 깊은 관련이 있으며, 儒家的 理想과 統治觀을 보여준다. 특히 후기의 작품과는 달리 夢覺後에 주제의식을 부각시켜, 실의한 문사로 하여금 자신의 삶의 자세를 각성하고 오히려 心性을 陶冶하는 교훈적인 의미를 강조한 작품이다.

書齋夜會錄은 文房四友를 의인화한 假傳 양식을 원용하여 작가의 自敍傳的인 소설로 假託한 작품이다. 自傳的인 의미는 주인공과 文房四友의 대화 및 詩文을 통해 표출되며, 관직에서 물러나 詩文으로 소일하던 隱居期를 주요 배경으로 하였다. 同係의 假傳 작품과는 달리 전편에 많은 詩文을 삽입하고, 또한 祭文을 附記한 점과 終結部에 꿈의 모티프가 도입되는 점에서 역시 이색적인 구조이다. 소재의 활용범위와 사건구성에 있어서도 서술의 주관성과 창의성이 부각된다.

文房四友를 의인화한 다른 작품과는 달리 인물 사건 배경 등 허구적인 소설의 구성요소를 가미하여, 假傳 작품의 본격적인 소설화 과정을 보여주는 면에서 소설발달의 전환적 계기를 마련한 작품이라 할수 있다. 특히 表現技法上 주관성과 세련미를 보여주며, 老莊思想을 수용한 寓言의 文學的 活用은 격조 높은 문학성을 보여준다. 또한 소외된 현실적 불만이나 비판 풍자보다, 자기 수양을 통해 세상교화를 강조하고 있는 점에서 同系의 작품과 구분된다.

崔生遇眞記는 水宮慶會錄과 龍宮赴宴錄의 영향을 쉽게 짐작할 수있는 작품이다. 그러나 三陟府使로 到任한 후 頭陀山을 배경으로 한자신의 체험과 전래한 神仙思想을 유기적으로 수용하고 있는 점에서 진일보한 작품이라 할 수 있다. 특히 龍宮世界에 도입하는 과정이 전래한 작품과는 달리 보다 긴장감 있고 세밀하게 묘사되었다. 事件構成역시 각 모티프들이 神仙思想을 바탕으로 유기적으로 연관되어 있으며, 登場人物의 성격묘사에 있어서도 道仙的 인물로 일관성 있게 변모된 양상을 보여준다.

뿐만 아니라 전대의 작품에 흔히 수용되던 꿈을 매개로 한 額字構成을 탈피하였다. 현실인물인 證空禪師의 말을 빌어 독창적인 額字構成을 시도한 점에서 발전적 의의를 지닌다. 주제 면에서는 失意한 文士로 하여금 이상적 가치의 삶을 추구하는 潛在意識의 표출로서 仙界

憧憬과 隱逸醉駱的인 神仙思想의 추구를 부각시킨 작품이다.

何生奇遇傳은 一見 萬福寺樗蒲記와 유사성을 보여준다. 그러나 전반적으로 볼 때 李生窺藏傳은 물론 剪燈新話와 그 밖에 前代의 설화나 艶情類 작품에 흔히 나오는 유사한 모티프들을 두루 섭렵하여 새롭게 재구성한 작품이다. 특히 不幸 → 幸福 → 幸福의 上昇構造와 現實 (不幸: 正) → 超現實(理想鄕의 제시: 反) → 現實(幸福: 合)의 辨證法的 事件構成은 이들과 구분되는 독창성을 보여준다. 또한 사실성을 부각시키기 위해 夢遊額字 구성을 탈피하고 현실인물인 卜師를 찾아가 자신의 운명을 점치며, 卜師의 점괘대로 주인공의 운명이 전개되다가 다시 卜師의 이야기를 수용하는 구성은, 剪燈新話의 富貴發跡司誌의 결구와 유사하여 이들 작품의 유형을 獨創的인 기법으로 변용한 듯하다.

이러한 構造的 特成과 獨創的인 技法은 주제를 표출하는데 있어서도 이를 강화하는 문학적 특성을 지니고 있다. 同系의 艶情類 한문소설들이 대부분 終結部에 이르러 갈등이 심화되거나 현실한계에 대한 默示的인 한계를 표출함에 비해, 유일하게 현실적인 배경 안에서 행복한 결말을 추구하는 점에서, 독창적인 문학사적 가치가 인정된다. 현실 중심적인 儒家的 人生觀을 바탕으로 새로운 世界觀의 확대를 추구하고, 終結部에 나오는 積善 餘慶의 인물설정은 儒敎的 배경사상과 교훈적인 주제의식을 확인할 수 있는 좋은 자료가 된다.

企齋記異에 나타나는 作家意識은 기본적으로 儒者의 범주에서 출발하여 현실 중심적인 儒家的 이상을 추구하는 의식지향을 보여주는 점이 특징이라 할 수 있다. 儒家的 理想과 統治觀 및 自我省察을 통한 修身의 이념을 강조하고 있으며, 一面 현실한계의 극복을 위한 道仙的 굴절의 변모를 보여준다. 企齋記異의 문학사적 의의는 기존의 문학 유형을 수용하여 그것을 발전적으로 계승하고자 한 점에서 찾을 수 있다. 또한 작가인 申光漢은 다양한 문학장르에 폭넓은 관심을 가지고 이를 독창적으로 변용하고자 한 점에서 탁월한 역량을 보여준다.

본 논문은 문학사의 지평 위에서 새롭게 이해되고 평가되어야 할 申光漢의 企齋記異를 중심으로 그 文學的 性格과 小說史的 위치를 정립하는데 중점을 두고 연구를 진행하였다. 본 연구의 의의는 크게 두 가지로 요약될 수 있다. 하나는 지금까지 중요 작가와 작품에 국한된 연구의 영역을 확대한 점이다. 다른 하나는 이를 통해서 소설문학사의 공백을 메우고자 한 점이다. 기존의 소설연구는 특정 작가와 작품에 偏重된 경향이 두드러지게 나타났으며, 이는 소설연구의 문제점으로 지적된 바 있다. 이에 본 논문에서 다룬 企齋의 企齋記異는 그 내용이나 형식상의 다양성에 주목할만한 가치가 있는 작품으로, 조선 전기 소설사의 작가와 작품의 영역을 넓혀주고 있다. 또한 企齋 申光漢은 金時習 이후 許筠에 이르는 소설사의 공백기에 위치한 작가로서, 그의 작품을 통해서 소설사의 흐름이 단절되지 않고 하나의 맥을 잇고 있었다는 사실을 확인하게 되었다. 본 연구는 이와 같은 소설연구의 과제들을 해결하는 하나의 노력으로 이해되고, 또 앞으로 시도될 연구의 한 기초가 되기를 기대한다.

그러나 申光漢의 전반적인 文學世界를 이해하고 동시대의 文學史的 위상을 구체적으로 파악하기 위해서는, 앞으로 그의 文學世界에 대한 연구범위를 확대하고 보다 종합적인 특성이 검토되어야 할 과제이다. 申光漢의 문학작품은 漢詩와 賦를 비롯하여 문학적 가치를 지닌 많은 작품을 남기고 있다. 본 연구는 그 동안 申光漢의 문학 및 작가에 대한 구체적인 언급이 거의 시도되지 않은 상태에서, 이들을 부분적으로 수용하였기 때문에, 앞으로 이에 대한 본격적인 고찰이 요구된다. 나머지 작품에 대한 폭넓은 고찰이 병행될 때 그 특성이 구체적으로 제시될 수 있으리라 본다.

參考文獻

1. 資料

申光漢. 企齋記異. 고려대학교 晚松文庫本. 日本 天理大 今西龍文庫本. 서울대 奎章閣本.

────. 企齋集. 서울대 奎章閣本. 고려대 晚松文庫本. 民族文化推進會 影印本.

論語. 孟子. 大學. 老子. 莊子. 禮記. 詩經. 周易.

葛　洪. 抱朴子. 中國思想大係 7. 大洋書籍. 1972.

瞿　佑. 剪燈新話.

權　鼈. 海東雜錄. 태학사. 1986.

金均泰編. 文集所在 傳資料集. 계명문화사. 1986.

金起東編. 筆寫本 古小說全集. 아세아문화사.

────. 韓國文獻說話全集. 동국대 한국문화연구소. 1981.

金時習. 金鰲新話. 梅月堂文集 上下. 계명문화사. 1978.

今古奇觀. 정음사. 1963.

南孝溫. 秋江先生文集.

大東野乘. 民族文化推進會. 1985.

文璇奎譯. 花史 周生傳 鼠大州傳. 통문관. 1961.

北　厓·趙汝籍. 揆園史話·靑鶴集. 아세아문화사. 1976.

蘇　軾. 蘇東坡集.

李家源編. 李朝漢文小說選. 민중서관. 1971.

李德懋. 靑莊館全書. 민족문화추진회. 1986.

李　肪編. 太平廣記. 계명문화사. 1982.

李睟光. 芝峰類說.

李　鈺. 沈生傳(김　려. 潭庭遺藁).

林明德編. 韓國漢文小說全集. 동서문화원. 1986.

許　筠. 許筠全集. 성균관대 대동문화연구원. 1981.

2. 著書 論文

姜奉根. 「燕巖小說의 人物研究」. 전북대 박사학위논문. 1985.

姜希顔(李炳薰譯). 『養花小錄』. 을유문고 118. 1984.

金光淳. 『韓國擬人小說 研究』. 새문사. 1987.

金均泰. 「李鈺의 文學理論과 作品世界의 研究」. 서울대 박사학위논문.
　　　　1986.

金起東. 『韓國古典小說研究』. 교학사. 1981.

金錫夏. 『韓國文學의 樂園思想研究』. 일신사. 1973.

金寅初. 『中國古代小說 研究』. 연세대 출판부. 1985.

金一烈. 「金鰲新話의 作品構造」.「周生傳의 作品世界와 悲劇性」.『朝鮮
　　　　朝 小說의 構造와 意味』. 형설출판사. 1984.

金章東. 『朝鮮朝 歷史小說 研究』. 이우출판사. 1986.

金梓洙. 「周生傳 研究」. 한국언어문학 21집. 1986.

김종철. 「서사문학에서 본 초기소설의 성립문제」. 『古小說研究論叢』.
　　　　茶谷 李樹鳳 先生 回甲紀念論叢 刊行委員會. 1988.

金俊榮. 『韓國古典文學史』. 형설출판사. 1983.

金昌龍. 「睡鄕記攷」. 『韓國古典小說의 硏究』. 문예사상연구 1집. 1980.

───. 『韓國假傳文學選』. 정음사. 1985.

───. 『韓國假傳文學의 硏究』. 개문사. 1985.

金台俊. 『朝鮮漢文學史』. 조선어문학회. 1931.

───. 『朝鮮小說史』. 조선문고 6-2. 학예사. 1939.

金鉉龍. 『韓中小說說話比較硏究』. 일지사. 1982.

魯　迅(丁範鎭譯). 『中國小說史略』. 범학사. 1978.

文璇奎. 『韓國漢文學史』. 정음사. 1975.

文一平. 『花下漫筆』. 삼성문고 19. 1972.

朴晟義. 『韓國古小說論과 史』. 예그린출판사. 1978.

───. 「金鰲新話와 剪燈新話의 比較硏究」. 『古典小說硏究』. 국어국
　　　문학회편. 정음문화사. 1984.

朴異汶. 『老莊思想』. 문학과지성사. 1985.

徐大錫. 「夢遊錄의 장르적 性格과 文學史的 意義」. 계명대 한국학논문
　　　집 3. 1975.

薛盛璟. 『古小說의 構造와 意味』. 새문사. 1986.

薛重煥. 『金鰲新話硏究』. 고려대 민족문화연구소. 1983.

蘇在英. 『古小說通論』. 이우출판사. 1983.

───. 「申光漢의 企齋記異」(자료해제). 숭실어문 제 3집. 1986.

───. 「申光漢의 崔生遇眞記攷」. 숭실어문 제 5집. 1988.

───. 「企齋 申光漢論」. 숭실어문 제 6집. 1989.

───. 「何生奇遇傳」. 『국문학통론』. 숭실대 출판부. 1989.

孫炳禹. 「韓國古小說의 意識志向 硏究」. 고려대 박사학위논문. 1984.

宋昌基·黃秉國 共編. 『老子와 道家思想』. 문조사. 1985.

申載弘. 「夢遊錄의 類型的 考察」. 서울대 석사 논문. 1986.

安秉卨.「高麗假傳의 形成과 性格」. 국민대. 북악한학 1. 1978.

──.「李朝 心性假傳의 形成과 그 性格」. 한국학논총. 1979.

──.『中國寓言傳記 研究』. 국민대 출판부. 1988.

柳奇玉.「何生奇遇傳의 構造的 特性과 意味」. 국어국문학 101집. 1989.

──.「崔生遇眞記의 構造와 意味」. 한국언어문학 27집. 1989.

──.「安憑夢遊錄의 형성배경과 문학사적 위치」. 전북대 국어문학
    27집. 1989.

柳鍾國.『夢遊錄小說 研究』. 아세아문화사. 1987.

尹海玉.「大觀齋記夢에 나타난 寓言의 문학적 형상」. 연세어문학 13집.
    1980.

李家源.『韓國漢文學史』. 보성문화사. 1987.

李能和.『朝鮮道敎史』. 보성문화사. 1987.

李文奎.『許筠의 散文文學研究』. 삼지원. 1986.

李炳基.「黃梅泉詩研究」. 전남대 박사학위 논문. 1983.

李丙疇.『韓國漢詩의 理解』. 민음사. 1987.

李相澤・成賢慶 編.『韓國古典小說研究』. 새문사. 1983.

李善榮編.『文學批評의 方法과 實際』. 동천사. 1985.

李演載.「高麗漢詩의 神仙思想 研究」. 한양대 박사학위 논문. 1987.

李月英.「佛家的 꿈형상의 敍事文學的 展開」. 한국언어문학 27집. 1989.

李在秀.『韓國小說 研究』. 선명문화사. 1969.

李在銑.『韓國短篇小說研究』. 일조각. 1975.

李鍾殷.『韓國詩歌上의 道敎思想研究』. 보성문화사. 1981.

林熒澤.『韓國文學史의 視角』. 창작과비평사. 1984.

張德順.『國文學通論』. 신구문화사. 1976.

전정구・김영민.『문학이론연구』. 새문사. 1989.

丁範鎭.「唐代傳奇 研究」. 성균관대 박사학위 논문. 1978.

丁奎福외 공편.『韓國古小說研究』. 이우출판사. 1983.

鄭鉒東.『梅月堂 金時習研究』. 신아사. 1965.

鄭夏英.「沈淸傳의 題材的 根源에 관한 硏究」. 서울대 박사학위 논문. 1983.

鄭漢淑.『小說技術論』. 고대 출판부. 1973.

鄭學城.「夢遊錄의 歷史意識과 類型的 特質」. 서울대 관악어문연구 2. 1977.

――――.「林白湖文學研究」. 서울대 박사학위 논문. 1986.

趙東一.「假傳體의 장르규정」. 장암지헌영선생 회갑기념논총. 1971.

――――.『韓國小說의 理論』. 지식산업사. 1987.

――――.『韓國文學思想史試論』. 지식산업사. 1979.

朱明姫.「傳의 硏究 方向」.『한국문학사의 쟁점』. 집문당. 1986.

車溶柱.「夢遊錄과 夢字類 소설의 同異에 관한 考察」. 청주여사대 논문집 3. 1974.

――――.『夢遊錄系構造의 分析的 硏究』. 창학사. 1981.

車柱環.『韓國道敎思想研究』. 서울대 출판부. 1983.

崔三龍.『韓國初期小說의 道仙思想』. 형설출판사. 1982.

――――.「仙人說話로 본 韓國固有의 仙家에 對한 硏究」. 한국언어문학 17·18집. 1979.

――――.「田禹治傳의 道仙思想研究」. 한국언어문학 21집. 1988.

崔勝範.『韓國隨筆文學研究』. 정음사. 1980.

――――.「五花傳에 대하여」. 한국언어문학 26집. 1982.

――――.「安憑夢遊錄에 대하여」. 전북대 국어문학 24집. 1984.

崔昌祿.『韓國神仙小說研究』. 형설출판사. 1984.

崔 喆.「李朝小說의 讀者에 관한 硏究」. 연세어문학 6집. 1975.

崔海鐘.『韓國漢文學史』. 청구대학. 유인본. 1958.

韓國古典文學硏究會編.『古典小說研究의 方向』. 새문사. 1985.

한영환.『金鰲新話와 剪燈新話의 構成 比較 研究』. 개문사. 1975.

―――.『한·중·일 소설의 비교 연구』. 정음사. 1985.

黃秉國編著.『老莊思想과 中國의 宗敎』. 문조사. 1987.

―――.『莊子와 禪思想』. 문조사. 1988.

黃浿江.『朝鮮王朝小說研究』. 한국학연구원. 1978.

―――.「元生夢遊錄과 林悌文學」.『한국서사문학연구』. 단국대 출판부. 1982.

黃浿江·趙東一 外編.『韓國文學 研究 入門』. 지식산업사. 1982.

허경진.『許筠의 詩話』. 민음사. 1982.

―――.『우리 옛시』. 청아출판사. 1986.

3. 外書

Carloni, J. C. et Filloux, J.C. La critique littérraire(丁奇洙 譯)『文藝批評』. 을유문고 43. 1982.

Creel, H.G. *Chinese Thought; From Confucius To Mao Tse-Tung*(李東俊·李東仁 譯).『中國思想의 理解』. 경문사. 1986.

Eliad, M. *The Sacred and the Profane*, The Nature of Religion(李東夏 譯).『聖과 俗-종교의 본질』. 학민사. 1983.

Frye, N. *Anatomy of Criticism*. Princeton Univercity Press. 1973.

Goldmann, L. Le Dieu Csché(송기형·정과리 역).『숨은 神』. 연구사. 1986.

―――. *Meathod in the Sociology of Literature*(박영신·오세철·임철규 역). 문학사회학 방법론』. 현상과 인식. 1984.

Hernadi, P. *Beyond Genre*(金俊五 譯).『장르론』, 문장. 1983.

Hough, G. *An Essay On Criticism*(高靜子 譯).『批評論』. 이화여대 출판부. 1982.

Jameson, F. *Marxism and Form*(여홍상 · 김영희 공역).『변증법적 문학이론의 전개』. 창작과 비평사. 1984.

Loewe, M. *Chinese Ideas of Life and Death*(이성규 역).『古代 中國人의 生死觀』. 지식산업사. 1987.

Maspero, H. *Taoism and Chinese Religion*. The Univercity of Massachusetts Press. 1981.

Mendilow, A. A. *Time and the Novel*(崔翔圭 譯).『時間과 小說』. 대방. 1983.

Shklovsky, V. 외. *Russian Formalist Criticism*(韓基燦 譯).『러시아 형식주의 문학이론). 月印齋. 1980.

Wellek R. and Warren A. *Theory of literature*. Penguin Books. 1966.

Wing-Tist, Chan. *A source book in chinese Philosophy*. Princeton Univercity Press. 1963.

Woods, R. *Understanding Mysticism*. London : The Athlone press. 1981.

馮友蘭 · Derk Bodde 共著. *A Short History of Chinese Philosophy*(姜在倫 譯).『中國思想史』. 일신사. 1982.

索 引

企齋記異

安憑夢遊錄

有書生 姓安名憑者 累舉進士不第 就南山別業 居閑 所居之後圃 多植名
花異草 日哦詩其間 嘗於暮春末 天氣淸和 生乃吟翫花卉 怡怡往來者不
已 居然氣倦 坐憑老槐樹 摩挲 口自語曰

「世傳槐安之說 甚誕 吁亦怪哉」

徙倚閒 忽思假睡 初覺有彩蝶 大如伏翼 翩翩於鼻端 生怪而逐之 蝶或近
或遠 若導而行 行數里許 抵一洞口 桃李爛開 其下有蹊 彷徨欲回 向來
所逐蝶 焂亦不見 蹊間遇靑衣童子 年可十三四 拍手前笑曰

「安公來矣」

仍趨而去 其行若飛 生嘿認其童 初不相識 心頗怪之 遂尋蹊而入 見一屋
宇 繚以粉墻 朱甍碧瓦 輝映山谷 殆非人間制度 稍進外戶 彩閨齊開 俄
有一女侍出 絳脣翠袖婥約多姿 直至生前 含笑低垂 頗若舊相識者 先叙
遠來良苦 且傳

「寡君 聞公迂道 甚喜 將欲分庭設拜 且可少住」

生仍問

「寡君爲誰」

不敢問宗緒 女曰

「寡君 氏陶唐 堯之胤子丹朱苗裔也 其先多爲虞夏羣牧 因牧有功 遂有
王號 綿歷世代 繼嗣不繁 羣臣共和 擇宗姓女有文德者 立之 雜用木火德
凡威儀制度 尙靑赤 至今 襲是禮焉」

又問

「子爲誰 何姓氏 第幾何」

女曰

「妾 姓絳 名樂 第二十 漢世絳侯嬰之後 以先世封於絳 因以襲姓焉」

答述欲訖 復有一女侍出 艷質輕盈 若不自持 端揖向生 仍戲絳氏曰

「有何秘語 見人卽止」

絳氏笑曰

「適見貴賓 第達姓氏 復何訝乎」

生又問姓名如絳氏 女曰

「妾 名留 第十八 與客同姓 系出金谷」

生欲詰同姓金谷之說則女曰

「猥傳主命 未暇從容 願促入見寡君」

生整冠張拱 隨二女侍而入 歷數十重門 正殿嵬峩 以黃金書牓曰朝元殿 綴露珠爲簾 排金粟飾楄 白玉爲墀 靑璃鋪庭 淨不可踏 左有靑樓 右有紅樓 左則扁曰迎春 右則花萼 雕欄畫棟 華彩奪目 生屏氣鞠躬 凝立廊廡間 忽聞仙樂飄然 若自空下 侍女數百人 擁一雕輿 見女王按輿而出 年可十七八 御紅錦袞龍袍 戴金精舞鳳冠 豊肌紅頰 雪步虛徐 由阼階下 異香芬馥 生遽趨進 欲施拜于庭 王令向者二女侍止之曰

「久揖淸芬 景慕良勤 又無統攝 下堂相見 幸勿爾也」

生答以不敢 遂再拜 王亦答拜 相與揖讓登殿 坐旣定 王顧女侍曰

「可召李夫人來 令與班姬偕」

有頃 李夫人至 靚粧淡飾 步履輕軟 邈若玉妍珠瑩 復報班姬至 未容微酡 翠眉蹙山 纖穠麗質 遠勝紅錦 生不覺下拜 二人者亦答拜 就南席欲坐 李夫人揖班姬 班姬讓李夫人 久未定 王戲二人者曰

「昔李夫人以寵 班姬以踈 今日之坐 勿以爵以色可乎」

班姬整衿笑對曰

「第以終風且暴之故爾 昔之班未知孰與李 且妾聞朝廷莫如爵」

遂就上座 諧笑 未卒 忽聞門外誼呼 閽人急報客至 王徐曰

「久與租徠先生 首陽處士 東籬隱逸約會 此輩適來矣 不穀 嘗待之以賓 未宜坐竣」

遂下殿立 三人者 旣通名 各以次入 王斂容而竢 其一人 蒼髯長身 氣槪 落落 一人梗直峭峻 節操蕭泗 一人黃冠野服 馨德粹面 三人至則長揖不 拜曰

「等野性踈懶 未諳禮法」

王愈禮下之 遂登殿分壁對坐 生末乃趨拜 三人相顧動色曰

「安秀才何得到此 邂逅識面 豈非幸歟」

生尤怪之 不覺其由 三人者 揖生使左 生固讓不就 王曰

「禮當如是 未宜多讓」

生不得已就坐 次租徠 次首陽 次東籬 各叙暄涼 竟 李夫人進白于王曰

「玉妃在近 好會難得 盍相邀諸」

王曰

「諾」

卽令靑衣邀之 可一炊頃 妃至 路由山後 淡粧素服 乘白馬 又有一女伴隨 至 侍衛若王妃公主之屬 王望見 謂坐客曰

「詩云 有客有客 亦白其馬 此亦吾家之賓也 第未知後至者誰」

妃旣入謁 因曰

「芙蓉城主周氏相過 携與俱來 得非唐突盛宴乎」

王曰

「甚起予也 可促入」

周氏隨謁者上謁 光彩動人 顧眄燁然 二人後至 難於坐次 租徠曰

「玉妃可次首陽之下」

妃改容曰

「禮男女不同席 況交臂而坐乎」

王曰

「然 玉妃於屬兄 而亦陋邦之賓也 雖權坐吾下 可也 周氏擅城池爲主
可次王妃」

二人謙讓不獲 則遂引席差後而坐 尋進饌羞 薰香珍異 目所未覩 有樂妓
數十輩 戴花冠 執樂器 各着一色衣裳 靑黃赤白 五彩眩悅 遂分隊列坐堂
下 亦皆國色 王出席於九華觴 酌酴釄酒 向生先稱 生逡巡退跪左右辭 王
曰

「旣坐上座 安得復辭先觴」

於是 衆樂咸擧 有妓對舞 一則衣金縷衣 長要裊裊 一則衣羽衣 輕體翩翩
金縷妓唱折楊柳 其詞曰

　墙頭柳結長思 折贈離人餘幾枝

　年年離別年年折 寄語春風且莫吹

羽衣妓唱蝶戀花 其詞曰

　草綠南園春又謝 夢裏風光 爾豈非吾化

　一會華筵天所借 更尋何處紛紛過

　看盡世間忙裏惱 綠碎紅殘 不禁年芳老

　今日那知明日好 有身莫惜樽前倒

王曰

「俗樂只亂人耳 欲閱吾家舊譜 未知僉意何女」

僉曰

「願聞願聞」

王顧眄侍兒 卽有黃裳細腰妓 持五絃琴 離列特坐 整撥理絃 遂彈南薰之
曲 曲調高妙 滿座皆爲動容 王曰

「不穀則丹朱之後 吾文祖曾製此曲 重華仍歌而彈之 世但知此曲爲重華
之作 而不知實自吾文祖也 以故吾家世傳之 至今不失」

衆皆嘆服曰

「昔吳季札見舞蕭韶者曰 ‘德至矣盡矣 縱有他樂 請勿復觀’ 僉意亦云」

王傳令勿復更奏他樂 仍語客曰

「佳期易阻 好事難又 古人所悲 今日酒未半而樂止 無以娛賓 請各賦一篇詩 以補其缺 何如」

僉曰

「唯唯」

王顧玉妃曰

「朕行爵未卒 兄座次朕 可代主人 敢相屬」

玉妃嬌羞辭謝 左右強請 乃吟一絕 其辭云

　懇懇干里江南信　應到孤山處士家

　一入玉欄春寂寂　自憐疎影爲誰斜

吟訖 玉恨珠愁 嗚咽呑聲曰

「妾家本江南 後移孤山 與處士林逋爲隣 多作雪月之會 自忝入玉欄 每億西湖 縱欲巧笑之瑳 佩玉之儺 得乎 感古傷今 情見于辭」

王聞此語 忽忽不樂 左右請其故 王噫而嘆曰

「絲蘿施蔓 必得其託 女子有行 豈無所從 自惟寡質 嘉與東皇 徽成文定之祥 肅雍桃夭之日 蟲飛月出 夙著齊妃之義 葛覃喬木 期臻南國之化 不虞東皇自恃靑年 霆車風駕 月巡花遊 兄弟歌皇祖之訓 僕馭作祈招之詩 上帝怒棄其天工 偏譴禍 謫于震維 然亦愛其風調 不忍終於索居 一歲九旬 相會十日 過玆而往 音耗不嗣 是猶南北海邈處 風馬牛不及 天津之別 亦足自喩 玉妃之言 所以相感」

左右亦皆噓噫 王令兩侍兒 展雪錦賤一幅 書近體七言律 以示左右 且屬生求和 其辭云

　珍重東皇解誤人　別離如昨怨芳辰

　粧樓暮雨臙脂落　步幛餘香錦繡新

　　天上佳期唯七夕　樽前良會未經旬
　　夜看牛女寬愁思　奏罷南風只阜民
生跪讀再三　注筆奉酬　其詞云
　　偶隨蝴蝶成幽討　驚見山蹊分外春
　　靑鳥忽傳金母信　白頭今拜紫皇宸
　　嬙嬪滿座花齊綻　風月留人酒幾巡
　　自幸宿緣聯玉籍　歸來還訪錦城人
左右齊聲稱道　大是奇才　生又屬周氏　周氏低頭良久曰
　「異乎三子者之撰」
遂歌滄浪曲　歌曰
　　滄浪之水淸兮　可以濯吾纓
　　滄浪之水濁兮　可以濯吾足
王笑曰
　「本欲各言其志　徒能誦古辭　此非欲沂之點　安足與之　可促行罰」
卽浮以太白　周氏起立坫前　受罰爵拜飮　便覺酒暈上臉　乃朗然高咏曰
　　叩主芙蓉歲幾周　等閑花裏棹蓮舟
　　光風霽月無人愛　說到濂溪更作愁
周氏未有所屬　徂徠先生左執盃右擊盤　泠然細吟　淸楚可聽　其詞云
　　徂徠山下老聱公　不爲風霜改舊容
　　最恨周王東狩後　謾留虛譽汚秦封
是後　各以次有作　首陽之辭曰
　　少小生頭角　錦棚初裹身
　　先君多讓德　後裔未成人
　　尙保千年節　休誇九十春
　　無心聞鳳鳥　薇蕨與爲隣
東籬之詞云

　　樂道厭紛華　東籬還是家
　　夕英秋後少　白露夜深多
　　粟里悲陶令　龍山恨孟嘉
　　年年風雨日　無復滿頭花
兩篇句句皆警　王曰
　「首陽之枯槁　東籬之踈放　所謂骨消未變者也　昔魯孔子曰‘周監於二代
郁郁乎文哉　吾從周’唐韓愈亦曰‘惜乎　吾不及其時　進退揖讓乎其間’嗚
呼盛哉　假使兩君生際斯時　亦能終於枯槁踈放而已耶」
意若有諷　處士變色厲聲曰
　「堯舜在上　下有巢許　周德雖盛　遠愧唐虞　吾兩人雖衰　不欲居由父之後」
王賦叔田之首章曰
　「豈無蛾眉眼前取容　所愛於數君者　以有歲寒之姿　吾思夫王道蕩蕩　草木
咸若　一物之微　有不服吾化者　吾自視缺然　不可相助爲理使萬物皆春耶」
首陽賦淇澳首章　東籬賦簡兮卒章曰
　「各有所守　不可相奪」
王曰
　「兩君嫌我衰謝耶」
於是　巡酒且畢　生欲起辭　王曰
　「班姬　李夫人　亦在座　尙未達意　可少延坐　毋使二人落莫　何如」
生敬諾　王謂二人曰
　「安秀才且將去　無以盡慇懃　班與李　盍起舞歌其所爲詩章　以助餘歡」
二人　聞命前拜曰
　「妾等　素未學舞儀　然今日之會樂極　不知手舞足蹈　當一效拙」
遂爲耦而起　進前退後　作月宮素娥之舞　李夫人先唱　其辭曰
　　先帝春遊出建章　當時恩寵冠嬪嬙
　　芳心未歇鉛華盡　一曲秋風恨不忘

班姬繼唱 其辭云

　榮華昔日辭同輦　風雨終朝鎖柏梁

　千載知心唯李白　解憐飛燕倚新糚

王令侍兒 於碼碯盤盛春彩段以償曰

　「可當錦纏頭」

二人拜恩就坐 徂徠先生不悅 目首陽曰

　「旣醉而出 並其受福」

遂不告踰垣徑去 李夫人戲謂首陽與東籬曰

　「昔有處士聞歌而驚 踰垣而逃 座有戲之者曰‘山鳥不知紅粉樂 一聲檀板便驚飛’正謂此也」

二人不答 相繼而出 生亦告辭 左右慰送繾綣 王乃命春官行贐儀 彩段 文繡 金銀 翫好 羅列于庭 生拜謝出門 有一美人立于門外 揖生曰

　「今日之遊 樂乎」

生曰

　「子何人獨立於斯乎」

美人泫然曰

　「諺傳 妾之先 於開元末 得罪于楊妃 事不載籍 語甚無稽 而至今千有餘年 累延後裔 亦未升堂 泛愛之前 宜有玆事」

語未訖 迅雷一聲 劃若地裂 遽然醒悟 乃一夢也 頗覺酒暈在身 芳馨襲衣 恍然起坐 則微雨洒槐 餘雷殷殷 生以爲向之所夢 亦是南柯 繞樹而思 省然記得 仍詣花圃 牧丹一叢 爲風雨所擺 委紅墮地 其後 桃李並立 枝間青鳥噪哳 竹與梅各專一塢 而梅則新移 護以欄 庭中有蓮池 青錢始浮 籬下有菊抽苗 赤芍藥盛開 亞于階上 安榴數株 植於彩盆 墻內垂楊拂地 墻外老松偃盖矣 其餘雜花 絳綠紅紫 蜂彈蝶舞 若見樂妓 生乃矢知此物作怪 又思門外美人 則生嘗得俗所謂黜堂花者 戲謂護花童曰 此花得罪楊妃 故名黜堂 植諸外階可也 僮果植之階下矣 生自此下惟讀書 不復窺園云

書齋夜會錄

有一士夫 略姓名不書 好古落拓 爲世所擯 家雖窘罄 意豁如也 嘗構別墅
于達山村 杜門斷往還 唯以書史自娛 隣比亦不得見其面者數年矣 歲在大
荒落 仲秋望前二日 山雨新霽 夜氣淸悄 長空淡而銀河流 朗月飛而玉露
凋

慄然有宋玉悲秋之意 悠然有李白翫月之興 步出書堂 巡庭獨吟曰

　　丁丁伐木澗之濱 岑寂書齋少有隣

　　搗藥只應憐玉兔 停盃誰與問冰輪

　　楓林滴瀝時聞露 門巷淸深不見塵

　　一別鳳樓今幾載 美人何得更愁人

吟訖 傷嘆數四 凜乎無寐 手取枯梧 據而露坐 時夜已三更 梢無人跡 忽
聞書室中嗷嗷然有聲 若笑若語者 士心動回徨 屛氣凝聽 則果若有人在書
室者矣 士疑其盜竊 跣足累步 迫而察之 時月入虛窓 室中如晝 從窓罅密
伺見有四人環坐 形貌不同 衣冠各異 其一人緇衣玄冠 厚重少文 年最長
一人班衣脫帽 露髻而仰 器字甚銳 一人白衣綸巾 容儀玉雪 一人黑衣黑
帽 面若藍漆 極醜而短 四人相與語曰

　「孰能以無爲身 以生爲假 以死爲眞 孰知動靜黑白之一理者 吾與之友
矣」

四人相視而笑曰

　「祀與犁來足爲之莫逆乎」

遂促膝而坐 白衣者曰

　「今夜乘主人不在 吾輩專房而樂 不已泰乎」

脫帽者掉頭曰

　「主人離羣索居 所與處者吾輩 磨肌戞骨濡首霑背 執役已久 吾被老鈍

之譏 子有輕薄之誚 彼則運盡 此亦拈缺 其與主人處者 能復幾時 於此若
無一言 奈如明月何」

因誦元積白首何歸丹心未泯之句 嗚咽數聲 座中皆掩泣 或揮或拭 白衣者
曰

「徒學南冠楚囚 四座流涕 何以慰懷」

仍戲脫帽者曰

「子黑首而云白首 無心而謂有丹心 可乎」

脫帽者笑曰

「固哉 勾芒氏之爲詩也 此安知素絢之義」

黑衣者目緇衣者曰

「二子閉口 如切如磋如琢如磨者 始可與言詩已矣」

緇衣者譴曰

「吾聞他山之石 可以攻玉 未聞攻墨也」

黑衣者曰

「然 果非玉也歟」

遂相與一握爲笑 脫帽者曰

「吟情一發 自不知衰老 請賦短篇 爲三君倡」

乃詩曰

　　疎簾虛幌夜如書 玉露光凝秋月高
　　頭白尙堪書細字 眼明還欲數霜毫

緇衣者繼吟曰

　　金蟾滴露淸如洗 玉兎秋毫冷不眠
　　寫盡小詩心事苦 淚痕猶在鎖眉邊

白衣者曰

「吾所慕於子者 以有厚德重望 竊效之而不能 今子之末聯 頗類婦人 意
不重厚 子其衰乎」

緇衣者曰

　「子實獲之 吾有衰也之嘆久矣」

白衣曰

　「亦可繼乎」

乃朗然吟曰

　　分明霜月能添白 擬試丹靑寫好詩

　　珍重四人文字會 百年遺跡竟依誰

黑衣者 寡嘿 若不得已於詩者 乃吟曰

　　琢磨薰染能存道 功用當年孰似陳

　　三友更投膠漆分 厭看塵世白頭新

白衣者曰

　「陳詩可貶 但能自敍 曾無一語及光景 不乃固陋乎」

脫帽者曰

　「橐也輕甄短陳 橐也多乎哉」

緇衣者喟然嘆曰

　「於今朋友道喪久矣 旣謂莫逆 又憚切磋」

脫帽者卽頓首謝 左右譁笑 士初擬盜竊 旣知物怪 心亦無恐 欲熟觀其所
爲 緇衣者曰

　「詩不云乎 ‘無已太康 職思其居 好樂無荒 良士瞿瞿’ 若有罅隙 恐見漏
洩」

三人相顧不答 士疑其將散 遂作警欬聲 室中闃然 煥無所見 士卽退而祝
曰

　「子之朋儔 不三不六 謂二竪則多二 謂五鬼則少一 子非困我者 又非窮
我者 旣得子情 敢隱子形 今也無奴星縛草之送 有上客虛左之迎 雖幽顯
有間 誠感必通 四君終能棄我乎」

祝訖 整襟而立 若有所竢 良久不怠 忽聞書北窓外 窣窣然有聲漸近 士知

其有變 堅意不動 時山月欲低 斜影在廳 三人纍纍而來 衣冠形貌 一如室
中所覩 至則羅拜于前 士亦答拜 遽問

「一君安在」

答曰

「不冠 不敢見」

士曰

「山齋夜會 不責禮法 幸速相邀」

脫帽者聞言 從齋後趍起而進 頓首謝無禮 士慰答 相與對坐 欲詰姓名譜
系 以辨山精木魅 而恐汙其意 不敢遽發 遂先自敍曰

「某乃高陽氏之後也 家積善慶 世襲貂蟬 然而志存螢雪 念絶綺紈 師博
審思辨之訓 躬格致誠正之學 自期仰不愧天 俯不愧人 居不愧奧 寢不愧
衾者 有年矣 四君豈不謂然乎」

四人曰

「唯」

「地偏生晚 踽踽涼涼 心知慕古 行不掩過 濱於九死 出於重坎 賓朋相
棄 室人交謫 厄窮女皿此 曾不怨悶 四君豈不謂然乎」

四人曰

「唯」

「今者 枯形墜智 遯世離群 山阿寂寥 草堂孤絶 神交顏氏 夢斷周公 或
沈潛仁義 或譴浪辭章 不有四君 孰從我遊 願托末契 冀聞緒言 諸君幸教
之」

四人齊拜而謝且曰

「吾輩俱以陋質 托于君子 叨入造化之爐 敢爲踴躍之金 明公旣不以不
祥罪之 又從以從遊許之 敷陳平素 呈露肝膽 自惟無狀 何以得此 欲布鄙
懷仰塵淸聽 可乎」

士喜曰

「固所願也」

緇衣者起而拜坐而復曰

「我堪坏氏之後 方舜之側微 有名器者 與舜陶河濱 及舜卽帝位 遂姓陶氏 事不載虞典 其後世 自沮漆從古 公于陶穴 因家西土 至武王伐紂 與聞泰誓 子孫之去 西土移居魏地者 改姓瓦氏 魏亡而始顯 唐貞元間 瓦氏有與李觀交者 遊長安 客死 觀禮葬之 人至今以爲榮 然瓦氏支而甄氏宗也 我實祖甄 始生之日 不折不副 有文在掌 曰池 以池爲名 鄙人譜系姓名則如是 安敢相諱以誣知己 但今年老一敗 萬事瓦裂 縱有微勞於斯文誰復記取 願托瓦李之交 明公肯許之乎」

士未解其意 但曰

「唯唯」

黑衣者進而拜曰

「我燧人氏之後 先世有名霜者 與神農嘗百草 事在本草 有名烏者 與蒼頡作字 事在史記 其後世掌文翰 代不乏人 至周而爲墨氏 有與老聃同作柱下史者 史不載其名 二十代祖翟 磨頂放踵 以利天下 與孔氏並稱二師 至玄祖 變姓陳氏 晦迹松栢之間 微而不顯 先大夫以我有琢磨之資 可增前光 愛而名之曰玉 少耽書籍 兀兀窮年 暨乎晚節 漸成消渴 雖托知己難圖漆身之報 敢依仁人 不作老棄之歎 明公幸垂憐焉」

士曰

「唯唯」

白衣者起敬起拜曰

「我勾芒氏之後 先世韜光草木 不求榮進 在世多修渾沌之術 明白入素無爲復朴 至秦始皇 焚滅詩書 坑殺學士 亦不預其禍 夫積厚者 流澤遠子孫之蕃 始於漢世 有名藤者 聰明强記 絡誦經史 武帝購求亡書 多所獻進 石渠天祿 吾先世頗有功焉 在晉有名繭者 善王右軍 價高天下 及唐事昭陵 因殉葬 世多惜之 自父祖以來 家于剡溪 受形之初 肇名曰藁 復修

渾沌之業 雖疏淪心志 燥雪精神 本非受朶之資 暗蒙輕薄之讒 終覆醬瓿
敢望再收 明公幸蔡之」

士曰

「唯唯」

脫帽者拜手稽首曰

「我疱羲氏之後 先世殺牲 始祭天地 拔毛以爲用 以功得姓毛氏 世謂疱
羲氏之時 燎毛而食者 非也 毛氏世爲史官 簪筆記事 多不自著 至孔子作
春秋 游夏不能有所贊 而毛公終定年次 唐韓愈云見絶於孔子者 是厚誣吾
祖 戰國時 有毛遂 請處囊中 漢世 有毛萇 著詩傳 此吾正派 而韓愈恃其
文華 鑿空駕虛 牽合附會 以亂毛氏之宗 所謂毛穎者 何人也 有虞氏南巡
狩 崩于蒼梧 盖二妃從焉 泣血不及 沈于湘江 二妃之後 散處楚地 遂爲
管氏 十五代祖娶以爲配 自是非管氏不娶 猶曰必齊之姜也 韓愈云封于管
城者 亦傳之妄也 吾祖入中書省之年 父爲知製誥 以我年少氣銳 祖名之
父字之 名曰銳 字曰退之 使我顧名思義 如今老鈍 夙志催盡 短髮脫帽
羞見傍人 願受作塚之榮 不效上楊之詩 明公可無情乎」

士雖唯唯 於四人之言 竟未能解其意 謂四人者曰

「今夜邂逅 天實佑之 但星回斗轉 曉月將落 恐未從容 以展餘蘊 向也
室中 諸君各有篇章 不識可得繼此乎」

四人曰

「敢不唯命」

緇衣者詩曰

　橫雪却月競嬋妍 舉世誰憐舊姓甄

　莫笑石腸今化盡 眼看韓子作銘春

黑衣者詩曰

　搗盡玄霜白免愁 幻形蒼詰學書秋

　從教磨頂能兼濟 不爲楊朱讓一頭

脫帽者詩曰

　傳得詩書歲月長　豪顏不駐鬢毛蒼

　風流舊事無人管　難得樽前作戰場

白衣者詩曰

　悠悠竹帛儘成煙　百孔千瘡自我傳

　磊落石渠收汗馬　月明辜負剡溪舡

士三復吟思盡加嘉獎乃　酬曰

　百年交契將誰托　偶識山中四老人

　他時記得淸宵話　留作書齋篋笥珍

四人且謝且拜曰

　「旣受恩知　幸無遐棄」

遂告去　逡巡不見　士獨臥室中　耿不能寐　追思所遇　庶幾解悟　日已照窓矣
侍兒怪而來問曰

　「今日何晏起耳」

士答曰

　「夜月明甚　遣情吟魔　朝寢甚酣　爾豈不知者而來問耶」

起閲室中筆硯紙墨　舊藏陶硯　爲壁土墮破　有筆一枝　以斑竹爲管　而無頭
匣　老不中書　有墨一枚　磨不盡者未寸　紙則前數日　侍兒云　是處有薄楮
請覆醬瓿　士曰諾　遂召侍兒　取楮觀之　乃藁精之潔且厚者　於是脫然盡解
卽以楮裏三物　瘞于屛地　爲文而祭之　其辭曰

　「維年月日　高陽氏之後某　謹以淸酌庶羞之奠　敬祭于堪坏氏之後甄君池
燧人氏之後陳君玉　勾芒氏之後渾沌者藥　疱羲氏之後毛君銳　四友之神　嗟
嗟乎　天賦性命　與之物則　倫有五倫　德有五德　奧維朋友　二五之一夕死尙
可　無信不立　茫茫墜緖　大道斯塞　死生貴賤　雲雨輕薄　無故而合　莊周所
譏　利盡則疎　達人之悲　孰是同心　誰歟同聲　山木蒼蒼　谷島嚶嚶　嗟我一
室　吊影儜伶　聯翩四友　不速盍簪　良宵晧月　朗吟淸談　語不近俗　始自高

陽 堪坏 燧人 疱羲 勾芒 本草神農 作字蒼黠 虞帝河濱 古公沮漆 春秋
絶筆 戰國處囊 石渠天祿 漢帝唐皇 顚倒錯綜 靡不畢擧 蒼蒼浩浩 孰徵
孰據 風流奇會 實由明誠 不形之形 形於不形 不際之際 際於不際 百年
交契 重以論世 生爲莫逆 死則同穴 矧伊人矣 不如物乎 琅琅別言 敢忘
顧托 夫我何傷 子所藏兮 不昧者存 庶感些章」
是夜夢四人來謝曰

「公之壽 自今以往 四十年有餘矣 以是相報」

後絶無是怪云

崔生遇眞記

眞珠府之西 有山曰頭陀 山之勢 北控金剛 南挹太白 其磅礴穹窿中豁天
衢者 界爲嶺東 西山之高 不知其幾仞也 其間有洞 洞有湫焉 不知其深幾
丈也 湫之上 有玄鶴巢焉 不知其來幾年也 或名鶴巢洞 或名龍湫洞 世指
以爲眞境 莫有尋其源者 臨瀛有崔生者 倜儻 外榮利 好遊覽山水 人笑其
迂 嘗與學禪者證空 久寓頭陀之無住庵 生一日讀淸囊秘訣 罷起而開窓
則秋空晃朗 山木彬斑 飄然有遐擧之思 謂證空曰

「吾生長此地 遊此山熟 所不討者 獨龍湫洞 孰能從我者 吾與之遊」

空哂曰

「果哉 子之迂也 子焉能遊此洞乎 貧道入此山 已二十一年 嘗聞洞之靈
秘 意有眞人存焉 頗懷往從之志 石竇崖罅 泉脈滲漏處 靡不探索 而四面
巉嶔 無線路可遵 但洞之艮方 兩崖微凹 攀緣而上 則崖盡前頭 有盤石可
坐數人 步輒傾搖 雖能履危石如伯昏者 亦難履此 能履此石者 可窺此洞
貧道嘗恃佛力 亟出一履 俯瞰洞口 茫不見物 龍湫蒼然 鶴飛杳然 頭眩膽

悸　匍匐而退　子若能履此石者足矣　子焉能遊此洞乎」

生欣然曰

「願與師試往觀之　盍爲我導」

空止之曰

「殆而殆而　已而往者殆而」

生曰

「可往也　不可陷也　願與師一往焉」

空止不得　遂杖錫而先　旣至崖下　生振迅長王　若翰若羽　顧謂空曰

「履此石如履坦途　師顧誣我哉　欲揖師而進可乎」

空蒙面伏崖　汗流至踵曰

「予其懲矣」

生獨立石上　神氣不變　指道某處有鶴巢　某地有龍湫　語未訖　倏身飜而墜

空愕然呼號　但聞山鳴谷應　靑壁峭然了無聲影　痛哭而返　至寺　則寺之老

僧　張燈而坐　見空曰

「崔君安往」

空詭答曰

「俗生不裁風情　往來山下　定被倡家牽挽也」

因投齋舍　將恐將懼　徹夜念佛而已　久之　寺之僧皆疑空擠殺生　而生之家

亦不來尋者　已數月矣　一日微霰新霽　夜月初明　忽聞剝啄甚急　有呼證空

證空者　則崔生聲也　空倒屣而出　推門而見　果崔生也　空遽握其手曰

「子不聽我而賣我至此　雖然　將非崔子之魂來歟」

生笑而背指　則玄鶴一隻回翔而去　空引入其舍　秉燭相對　且喜且怪　生謂

空曰

「向也　寺之僧有問我者　師道我何歸」

空以實對　遂呼比舍僧徒曰

「崔君還矣」

僧之徒擊節來訝曰

「子之還 差然乖久 敢問何方之遊 吾輩皆疑空師 人固有是黤黮乎」

生曰

「適往眞珠城外 遽被惡緣 不覺滯淹 老和尙尙無恙否」

以實證空之言 夜深 僧徒旣退 空問生曰

「返自洞乎」

曰

「自洞」

「傷乎」

曰

「不傷」

「然則飢乎」

曰

「不飢」

空曰

「噫 異哉 子墜千仞之崗而曰不傷 七旬不火食而曰不飢 子必有異也 請爲貧道言其故」

生笑曰

「初墜積葉 得不傷 後啗靈草 得不飢 其中山水之樂

何可形言 竊看玄鶴一雙下飮湫水 得伺其便 抱其吭而登其背 聽鶴所之 至于寺之庭 鶴亦近地 吾亦墜下 豈非異歟」

空曰

「子言信情乎 子之言 若爲貧道諱者 老僧從子遊 幾年矣 今子有不與老僧同者 請勿復敢見」

生深矉蹙頞曰

「此極難矣 我當爲若無隱 若能爲我無洩乎」

空拍頭曰

「不敢」

生方且肯言

生之始墜下也 怳然若醉若夢 但覺兩耳風鳴 冉冉而下到底 茫然無省 良久方蘇 仰視天宇 如在陷井之中 動搖四體 則無甚覺痛 但一脚穿地 若垂空然 據地欲起 則非地也 乃樹也 其樹蔓而香 葉且柔 細柯相絡 平如布𣰱 撥葉俯視 則其下皆蒼蒼然水也 一邊梢近岩崖 惝惝拮据 向崖而行 至則崖石斗斷 有蘿一條 裊裊而垂 攀援曲僂 一步九蹋 上皆壁立 更無着足 生自分必死 嘆咤悲嘯 一回躑躅 一回彷徨 俄見壁底叢薄間 雲氣翁鬱而出 疑有孔穴 攬蔓而窺 果見一竇 窈而深 歲久 爲積葉所壅 生左足踏葉 右跗已跌 墜亦無傷 徐察之 則竇中足還人馬 生以爲由此竇 或可通 等死雖死竇中可也 遂尋竇而入 但黑闇不辨物色 而步步鏘然 若金砂玉礫 生疲頓亦極索途冥行 如往而復 約行數十里 漸覺開朗 竇且盡 忽有淸溪一派 淺深可愛 泝溪而望 則有山笈嶪 去天咫尺 天色蒼涼 若晝而非晝 山下煙樹參差 如有城闕依稀 生意非人世 心頗自奇 遂臨溪澡洗 拂衣而行 及抵城下 城皆碧石天成 蕩蕩若漆 一面有門曰萬化門 見把門者 皆螭頭白目 鼈甲鮫身 橫槊對立 生愕眙不敢進 其人相嗅掉舌曰

「此間有血肉之臭」

生計無所出 冒死前立曰

「臨瀛崔某 欲謁爾王 爾輩急宜報達」

門者曰

「吾王方宴賓于淸泠閣 是何陽界人 敢通姓名乎」

生叱曰

「我亦爾王賓之一也 爾輩何無禮若是耶」

門者縮恧思 其一人曰

「須與報達可也」

卽入門去 有頃 趨出拜而敬曰

　「謁者且出 可少待」

俄有玄冠紫佩人 出而楫 導而先 生軒眉聳袂 闊步而進 入五重門 有殿曰
朝宗殿 制極宏麗 柱以黃金 礎以蒼碧 中設白玉榻 左右珠璣瑟瑟 錦綉飄
飄 邈若帝所焉 殿之東 有便門 入間則有別閣 所謂淸泠者也 飾以九種琉
璃 玲瓏颯爽 其中人狀 晶瑩洒落 如在鏡裏 謁者引生立于階下 臚傳者曰

　「可上階謁」

謁者又引而上階 方見王坐東床 冠凌虛之冠 帶通天之帶 御靑色袍 皆繡
以雲氣 虬鬚隆準 狀貌環偉 眼光爗爗 生不覺反走再拜 復見三賓坐西床
一着仙衣 一着道服 一則老禪 貌皆高古 生問謁者 則曰一是洞仙 二是島
仙 三是山仙 而不言其名 臚傳者又曰

　「可就座」

別設一床於南 是生之座也 生磬折趨進 不敢上床 王曰

　「賢居陽界 我主水府 自無相管 可速就座」

坐旣定 王勞生曰

　「跋涉遠來 得非餒乎」

生俯伏唯唯 王命侍俸享生如左右 所供非如人世 只具數品 莫辨名物 酒
到 生避席拜飮 纔入喉 醲薰徧體 頓忘飢渴 尋有袍笏人跪請進樂 王頷之
袍笏者退 見堂下有玄夫六人 人持六策 或藏或露 乃歌文命之歌 引頸作
曲 裊裊蜿轉 其詞曰

　洪水橫流兮民失寧 帝思伸乂兮神禹生

　地旣平兮天亦成 洛書呈兮昭文明

　吾王盛德兮更千億 萬岭厥符表休貞

歌罷 周旋盤躄而退 又有介士八人 人持八戈 或抑或揚 遂舞武成之舞 各
樹酋矛 瞋目相對 左呼左曰 '今日之事 不愆于六步七步 乃止齊焉 勖哉
公子' 右呼右曰 '今日之事不愆于六伐七戈 乃止齊焉 勖哉公子' 於是 右

擊右 左攻左 倒戈逐北 甲刃鏦鏦 舞罷 縱橫踊躍而出 王笑曰

　「禹以禪代 武以征得 其歌舞氣像 乃如此 可謂聞其樂 而知其德者矣」

三賓相顧猶然曰

　「使魯相觀此 得無罪齊優乎」

王曰

　「文歌武舞 固非齊優之比也」

王仍語生曰

　「寡人僻居一隅 未嘗聞文士之風 今陰陽幽顯 幷儒釋道仙俱 會合之盛
斯爲極矣 歌詠奇遇 非儒者所當先歟」

生曰

　「雖不才 敬聞命矣」

卽賦龍宮會眞詩三十韻 筆不停綴 詩曰

　　太極含動靜 陰陽互分張
　　根陽旣生靜 靜裏宜有陽
　　水是天之一 龍爲物中王
　　岩嶢朝宗殿 萬古深處藏
　　雪孫主洞庭 遠派連錢塘
　　靈威赫四海 東極本洋洋
　　寅亮萬代功 提挈天維綱
　　飛潛固莫測 大小那有常
　　雷車載轟轟 電火馳煌煌
　　茫洋穹壤開 變化極洪荒
　　孰惡示妖孽 何喜出禎祥
　　畫卦仰聖義 名官稽帝黃
　　九年水唐堯 七載旱商湯
　　無非恭帝命 一一爲黔蒼

於萬億斯年 陽德久彌昌
嗟余蠢蠕資 迥隔泥塗望
常懷致風雲 脫身參翺翔
眞源偶一窺 飛下千仞岡
那知坎有孚 瞻拜日月光
群仙作靈會 環佩鳴丁瑞
淵淵伐雷鼓 嗷嗷歌鳳凰
盤羅帝廚珍 座飛瑤池觴
玄談或霏玉 天葩時散香
入耳妙訣深 擧袂靈風長
願言從此會 高蹈出大方
蓬萊與丹丘 水偃天偃鄉
王前我復後 三偃同在傍
浮遊十千界 眼見波成桑
歸來吊蜉蝣 閔世何茫茫
笙簫擁鶴馭 白日朝玉皇

左右傳觀 嘖嘖稱賞 王再吟九年水七載旱之句 謂洞仙曰

「崔生可謂達理者非耶 世儒有詔其君者 多以水旱 委諸天數 如以水旱
爲天數 而不修人事 則何貴乎堯湯 堯湯能禦水旱 則何患乎天數 故治敎
休明而有元陽愆陰者 是以堯湯勉之 作爲暗昧而有水渴山崩者 是以幽厲
戒之 皆出於帝心之仁愛 而寡德之所寅亮也 時君不察 乃絶于天 可不謂
大哀歟 自世敎衰道德微 圖書之秘久矣 二五之應 惡得若乎 則民之生憫
矣」

洞仙悵然久之曰

「吾爲此故 不欲俯視人世 高居穆淸之傍 已三百年矣 玆者偶吟令威之
詩 仍起鄉井之念 一過故都 悶嘿遲回 有無窮之嘆 孰謂學仙度世樂歟」

乃喟然援筆 書三十韻律詩 風驚雨驟 一揮成章 時曰

運落千年季 名傳四海辰
關河悲歲月 邊徼晴風塵
草檄曾驚賊 乘槎幾問津
糜情方丈侶 遺佩洛濱神
故國同丘首 嘉猷付大臣
伽倻餘舊業 雪氷幻今身
鶴洞燒丹久 蓬山度曲新
偶然懷嶺嶠 容易御飇輪
國號新羅換 城名半月因
三生悲黍稷 一嘯吊人民
謾作丁生感 疑逢玉帝嗔
逍遙循渤海 迢遞憶崑崙
舊友三千散 高峯八萬陳
亭空叢石夜 島遠蔚陵春
捻數笙非澁 騎多鶴自馴
仍呼永郎至 却喚老禪隣
白月碁初罷 清江使已頻
飜成遊水府 高與揖天人
雲殿臨冥漠 波城鎭混淪
玳筵參盛會 法酒賦嘉賓
武舞矛頻轉 文歌頸屢伸
雷師憐鼉鼓 琴子笑文綸
如對吹簫晉 還同杖錫眞
瑤池宴方洽 帝所樂無倫
甲子周千徧 杯觴始一巡

書生應有命 造物本含仁

更學囊中訣 休誇席上珍

槿花難騁艶 人世盆沾巾

雲雨飛眞境 音書有赤鱗

十年蓬島約 淸夢繞嶙峋

書罷 奉呈禑王 王覽訖 笑謂洞仙曰

「公可謂善屬詩 亦可謂善誘人」

洞仙曰

「崔生是我子孫行 而又有可做之資 及之篇末」

王屬島仙山仙曰

「兩君可無語乎」

島仙詩曰

家在茫茫碧海中 水晶臺殿極玲瓏

玉京環佩聞明月 蓬島笙簫響遠風

聊與洞仙飛鶴馭 偶隨江使拜龍宮

南生誤着丹砂字 惹起虛名滿大東

山仙詩曰

早學罌曇晚學仙 一生蹤跡住無邊

風塵世變看三國 龍虎丹成問幾年

靑鶴洞中留作偈 白雲巖下坐參禪

而今又赴淸泠會 洗盡塵塵萬劫緣

王皆稱善 又曰

「一唱一酬 吾獨已乎」

乃吟曰

天蒼蒼兮地茫茫 環大瀛兮極洋洋

懷宇宙兮挾日月 氣混淪兮無時歇

惟余宅兮于無極 妙動靜兮而不測
風雲乘兮陰陽養 皷雷霆兮驅罔象
橫爲緯兮直爲經 亮帝功兮澤萬生
啓伏羲兮八卦畫 詔神禹兮九疇列
天文宣兮人理明 鬼神行兮變化成
含至仁兮混汤穆 歷萬古兮如一日

於是 飮酒極歡 王問生曰

「豈欲歸乎」

生曰

「蜉蝣杳質 塵土愚生 三生結願 一成奇遇 雖執鞭守履 亦所不辭 不願歸也」

洞仙莞爾曰

「不亦善乎 爾是言歟」

仍探肘後 出一粒藥以與曰

「可延十年壽 過十年後 當與吾輩會于蓬島 爾歸人世 努力自愛 愼勿輕播」

生再拜曰

「不敢逾命」

乃又請曰

「吾在世業儒 不成棄之 後耽山水 妄意求道 與學佛人 證空遊 相與約曰 ‘死生相同 無相背也’ 今一朝背之 不祥 願得一刀圭 以無負信誓」

三仙相視而笑曰

「大是信士」

洞仙曰

「爾謂神仙可求歟 人皆可以爲堯舜 不可皆得爲神仙 秦皇徐福之驅使 漢武安期之僕僮 以秦皇漢武之雄傑 不學可爲之堯舜 欲求難得之神仙 徒

煩天下 取笑萬世 雖謚爲暴政愚徹可也 世之無仙分 而服仙藥者 適足以
促其壽也」

生謝曰

「俗儒豈知此乎」

王曰

「旣不可留 亦可遣歸」

令生徧拜而出 生旣出門 則玄鶴一雙 迎舞蹁躚 傍有人 謂生曰

「可控此閉目 須臾則歸矣」

生如其言 來迨時 鶴若集于地 開視則乃寺之庭也

「吾謂此只一日之內也 今已數月乎 所可恨者 不得與師同乘霓馬雲車
遊戲十洲三島間爾」

其後 生入山採藥 不知所終 證空老居無住菴 多說此事云

何生奇遇傳

麗朝有何生者 居平原 家世寒微 早失怙恃 欲娶無所售 窮不能自資 然而
風儀瑩秀 才思穎拔 鄕曲多稱其賢者 州宰聞其名 選補大學 生將整裝上
都 臨發 語婢僕曰

「吾上無父母 下無妻子 尙何顧汝輩刺刺 昔從軍棄繻 相如題柱 弱冠皆
有大志 吾雖駑蹇 頗慕兩子爲人 他日衣錦歸 爲爾輩榮 幸守舊業無墜」

旣赴國學 與諸生較藝 莫能或之先者 生以爲龍頭可捷 靑雲可步 縶然有
高世之志 時朝政旣亂 選擧亦不以公 荏苒四五載 抱屈黌舍 常悒怏不樂
一日語同舍生曰

「蔡澤所不知者壽 從唐生決之 吾聞駱駝橋傍 有卜師 言人壽夭禍福 期

以日月 吾將就卜 以決狐疑」

遂歸私第 探篋中 得寶藏金錢數枚 懷之而往 卜師曰

　「富貴公所固有 但今日甚不吉 占得明夷之家人 明夷者 明入地中之象
家人者 利見幽人之貞 可出國南門疾走 不至日暮 不宜還家 非但度厄 且
得佳偶」

生不能無惑志 瞿然起別 因出國南門 秋山可愛 隨意所適 不覺日已昏黑
四顧敻絶 無所托宿 飢困且至 傍路徘徊 時則仲秋十八日 山月未吐 望見
遠樹間 孤燈點星 意有人家 索途前行 寒煙蔓草 零露瀼瀼 至則月亦明矣
見一屋小而麗 畫堂高出墻外 紗窓裏 燭影靑熒 外戶半開 悄無人跡 生異
之 潛入而窺 有美人 年可二八 欹倚角枕 半掩錦被 愁容麗態 目難定視
乃支頤太息 微吟二絶曰

　寶篆煙消閉洞房 閑愁無意繡鴛鴦

　鴈書一斷秋空冷 落月亭亭照屋樑

　塵留粉匣綠生銅 夢裏逢郞覺是空

　羅幌夜深霜信早 古槐疎柳月明中

觀詩意 則若戍夫之婦 而容儀居止 又似貴家處子 懼有人守之者 慄然而
退 不覺足音跫然 美人呼侍兒曰

　「金環 王環 窓外跫音者誰也」

侍兒齊應而至曰

　「吾兩人方假睡後廳 窓外月明 復何人乎」

女細語曰

　「昨夜有佳夢 吾固告汝矣 莫是吉士來歟」

因相與譃笑 生悅聞其語 又思卜師之說 心內自喜 遂敲門作警欬聲 卽有
二侍兒攟門應曰

　「山堂夜深 客何爲者也」

生曰

「吾非尋春崔護渴酒求漿 獨行失路 願托一宿」

侍兒咄曰

「是處小娘子獨寓 固非客宿之所」

便鎖門而入 生心迷意短 芒若有喪 倚戶彷徨而已 夜久忽驚門開鏗鉉 則前之侍兒啓門曰

「娘子知客定非常人 以爲'山多豺虎 四無隣比 窮而來投 拒之不祥' 許於便房下處矣 客可人宿」

生拜謝 就所含 淨室修然 枕席鮮美 房內置金縷案 上有玉硯綵筆花牋數幅 傍則銀缸蘭膏 寶鴨沈煙 照耀芬馥 又供酒食 皆極香潔 侍兒尋以主娘之命來問曰

「寡居僻陋 客緣何至此」

生度室中無他人 欲嘗女意 乃答曰

「鰍生早負才名 來充國賓 常歌谷鷪之詩 每陋陳良之學 妄意靑紫可收拾 功業可指取 不識富貴在天 吉凶由人 今日過聽卜師之言 乃至於是」

幷以卜師之言告之 侍兒聞言而去 笑而來復曰

「弱質亦信卜師之說 度厄而來 斯非偶然 室雖陋 請好一宿」

生尤異於其言 不勝技癢 卽取案上花牋 書短篇二章 付侍兒曰

「惜館已多 慇懃如是 口難陳謝」

其詩曰

　清淺銀河影半橫　繡簾重下掩雪屛

　不嫌織女機邊過　還怪君平識容星

　香塵脈脈雲初散　玉節迢迢鳳不媒

　腸斷一宵孤枕夢　却憐無路到陽臺

侍兒將去 未須臾 復持花牋 致之生前 乃主娘之所酬也

其詩曰

　昨宵懶倚鴛鴦枕　夢折繁花插滿頭

說與侍兒心內事　欲看粧鏡却生羞

待月疎櫺夜不屙　玉籠鸚鵡睡初成

經心落葉琅玕響　却似無情更有情

生得詩　雖知女意　將信將疑　見女之室近且無閟　侍兒皆就睡　初若便旋然
履行邃進　輕手開窓　則女方悄然愁坐　若有所俟　生就與調笑曰

「豈不聞乎　俚譜曰 ‘有客借門宿　夜深還借堂　主人莫打鴨　打鴨驚鴛鴦’」

女低鬟嬌羞　但曰

「業緣已成　不可躲也」

時殘燈背屏　欲明欲滅　女將就臥　語生曰

「吾嘗愛韋蘇州詩　有曰 ‘幽人將遽眠　解帶飜成結’ 今夜益知其眞也」

相與謔謔　極盡繾綣　夜將曉　女枕生臂　嗚咽流涕　生驚曰

「纔成好會　遽爾如此奚」

女曰

「此實非人世　妾乃侍中某之女也　死而葬此　今已三日矣　吾父久居權要
以睚眦中傷人甚衆　初有五子一女　而五甥皆先父夭折　妾獨在側　今又至此
昨上帝召妾　命之曰 ‘爾父頃鞫大獄　全活無罪數十人　可贖前日中傷人之
罪　五子死已久　不可追也　當遣爾歸’ 妾拜而退　期在曉日　過此則更無其
蘇之望　今者邂逅郎君　是亦命也　欲托永好　終奉巾櫛　未識許否」

生亦泣曰

「苟若子言　當死生以之」

女乃抽枕邊金尺以與曰

「郎君可持此　置之國都市大寺前下馬石上　必有記取者　雖至困辱　幸勿
忘也」

生曰

「諾」

女促生起　遂握手相別　口占一絶送生曰

山花初謝鳥關關　春信無端暗裏還

一托死生恩義重　早將金尺出人間

生亦留一絶以別　且以固女之意　詩曰

花藏繡幕碧雲沈　肯許遊蜂取次尋

分明袖裏黃金尺　欲就人情度淺深

女掩泣曰

「妾非倡類　何待之薄　但得好返　莫慮相渝」

生出門數步顧視　則乃一新塚也　慘然忱淚而歸　至大寺前　果有方石存焉　出金尺置之石　行者不顧　日且高　有女三皆素服市過之　後一女見尺　繞右三環而去　有頃　女率健奴數輩來　縛生曰

「此少娘子殉葬之物　兩其墓賊乎」

生重女之托　情愛亦篤　俛首取辱　不敢開口　見者皆唾鄙之　旣至其第　縛致生階下　侍中倚烏几　坐廳事中　座後垂珠箔　其下侍婢數十　相排競看曰

「貌是儒者　行則賊也」

侍中取金尺認之　泣曰

「果吾女殉葬之尺也」

簾內有哭聲嗚嗚　侍婢皆掩泣　侍中搖手止之　問生曰

「爾是何人　得之何處」

生答曰

「我是大學生　得之墓中」

侍中曰

「汝以詩禮發塚　可乎」

生笑曰

「請解吾縛　得近閣前　欲報吉語　大人將思報德　反加怒歟」

侍中卽命解縛上階　遂歷言之　侍中色慚良久曰

「寧有是耶」

婢僕莫不相顧吁歎 簾中泣且語曰

「事不可測 驗而罪之未晚 聞生之說 則吾女容儀服飾 一如平生 必無疑也」

侍中曰

「然 卽令備畚鍤具兜子 吾其親往」

留數奴守生而去 旣至墓域 丘原依舊 乃異而發之 女顏色如生 心下微溫 令乳媼擁而輿還 不假巫醫 勿撓而已 至日暮方蘇 視父母細哭一聲 氣且定 父母問曰

「爾之死去 有何異也」

女曰

「吾以爲夢 是乃死乎 吾無異焉爾」

怲怋 父母固問 女始肯言 一符生所說 闔門擊節驚怪 於是 館待生甚厚 數日女已復常 侍中張盛宴以慰生 仍問家世 又問娶不 生答以不娶 父則平原校生 沒已久矣 侍中頷之 入與夫人謀曰

「何生容貌才氣 實非常人 妻之何疑 但家世不敵 事又夢誕 因而與之 恐駭物論 吾欲厚遣之」

夫人曰

「此在大人度內 婦子何預」

一日又開宴慰生 問以所欲 曾無一語及婚媾事 生怏怏歸所館 拊膺腐心 怨女渝約 乃成短篇寫小紙 託女乳媼通于女 詩曰

　　泥雖點玉應無汚 鳳已歸巢肯顧鸞

　　臂上淚痕紅未滅 只今還作夢中看

女見詩驚問 始識父母有背生之志 遽稱疾廢飲食 父母心知女意 問疾所祟

女泣曰

「愈疎 不孝也 不可磯 亦不孝也 非敢爲疎 恐爲磯也」

父母曰

「欲言則言 又誰諱也」

女脫簪珥 起拜待罪曰

　父兮生我　母兮鞠我　慈深季女　婉孌婭姹

　室家之壼　酒食是宜　問寢尸饗　庶無貽羅

　上帝疾威　殃此積惡　罔極之恩　反貽伊戚

　有子五人　宛其死滅　哀我無辜　墓門成棘

　昊天曰明　及爾修德　一善陰騭　庸錫女士

　還魂有路　九原可起　中宵竊捫　怨結永夜

　月出皎兮　逢此粲者　綢繆一誓　已成同穴

　穿墉啄屋　生死肉骨　黃泉無間　大隧有空

　融融洩洩　其樂亦孔　仲非折檀　女豈霑露

　宜何報德　乃敢辵好　父兮母兮　自今伊始

　將求多福　貽燕後嗣　云胡奪命　不諒人只

　雝雝鳴鴈　禮宜旭日　灼灼夭桃　戒在迨吉

　重成邂逅　我願我則　柏舟之詩　矢以靡慝

　早矢如此　莫若無生　共姜有鬼　携手同行

侍中揮涕噫噫曰

「我之不忠不慈 使汝至此 悔將及乎 紅繩繫足 自有定命 當爲汝成之」

母夫人亦慰喩之 女始起梳粧 仍乳媼乃酬生 詩曰

　蝦蟆吐月光初滿　桃李含春蝶已知

　石上結怨歌洩洩　玉皇曾定此生期

侍中聞之曰

「此不可緩也」

卽召生喩以結好之意 且曰

「禮幣之具 吾當盡辦」

遂還生于其邸 擇日備禮迎之 生旣與女重遘 錦帳紅燭相對 宛然 莫辨眞

夢 生曰

　「其新孔嘉 其舊如之何 吾與子新歡舊意 自異尋常 誰無夫婦 孰如我員」
女曰

　「嘗聞釋氏有三生之說 是謂去來今 過去已與君爲夫婦 今生又與君爲夫
婦 第未知方來何如 三生結緣 古亦有之乎」
自是夫婦敬愛 雖鴻之光 缺之妻 未足喩也 翌年生捷巍科 初仕寶文閣 後
至尙書令 與女爲夫婦 凡四十餘年 生二男 長曰積善 次曰餘慶 皆顯于世
生定婚之日 求前之卜師 則已易其肆云

跋

自古昔以來 不朽有三 立言其一也 下經史子集而言 若齊諧稗官是已 然
而之人也之書也 徒能騁力於言語文字之末 顧於義理 空空焉 尙論之士
烏足取哉 記異一帙 卽今贊成事 企齋相公所著也 嘗游戲翰墨 無意於奇
而自不能不奇 及其至也 使人喜使人愕 有可以範世有可以警世 其所以扶
樹民彝 有功於名教者 不一再 彼尋常小說 不可同年以語 則盛行於世固
也 第寫本承訛 好事者病焉 校書奢作趙君完璧氏 與余同年進士也 俱出
相公門下 一日會芸閣 語及之 囑余校讎 亟欲鏤諸梓 余難之曰

　「君是擧 甚善 竊念相公方領敝館 不知者謂出於相公之意 則得無近於
嫌乎」
曰

　「咈 相公功名事業 冠冕廟堂 道德文章 衣被儒林 今此編 視平生著述
不啻若泰山一毫 奚足爲相公輕重焉 而樂與人公共者 吾素志也 伏而不出
吾不忍也 古詩云‘一代不數人’吾何暇別嫌焉」

余曰

　「子之言 得矣」

仍略序其語爲跋 時嘉靖紀元之三十二年 孟秋望後三日 門人 校書館別提
申濩 謹百拜以書

金鰲新話

萬福寺樗蒲記

南原有梁生者, 早喪父母, 未有妻室, 獨居萬福寺之東房, 外有梨花一株, 方春盛開, 如瓊樹銀堆, 生每月夜, 逍巡朗吟其下, 詩曰,

一樹梨花伴寂寥, 可憐孤負月明宵.
青年獨臥孤窓畔, 何處玉人吹鳳簫.

翡翠孤飛不作雙, 鴛鴦失侶浴晴江.
誰家有約敲碁子, 夜卜燈花愁倚窓.

吟罷, 忽空中有聲曰,

「君欲得好述, 何憂不遂.」

生心喜之, 明日卽三月二十四日也. 州俗燃燈於萬福寺祈福, 士女騈集, 各呈其志. 日晚梵罷人稀, 生袖樗蒲, 擲於佛前曰,

「吾今日, 與佛欲鬪蒲戲, 若我負, 則設法筵以賽, 若佛負, 則得美女, 以遂我願耳.」

祝訖, 遂擲之, 生果勝, 卽跪於佛前曰,

「業已定矣, 不可誑矣.」

遂隱於几下, 以候其約, 俄而有一美姬, 年可十五六 丫鬢淡飾, 儀容婥妁, 如仙妹天妃, 望之儼然, 手攜油瓶, 添燈插香, 三拜而跪, 噫而歎曰,

「人生薄命, 乃如此耶.」

遂出懷中狀辭, 獻於卓前, 其辭曰,

某州某地居住, 何氏某, 竊以曩者, 邊方失禦, 倭寇來侵, 干戈滿目, 烽燧連年, 焚蕩室廬 虜掠生民, 東西奔竄, 左右逋逃, 親戚僮僕, 各相亂離. 妾以蒲柳弱質, 不能遠逝, 自入深閨, 終守幽貞, 不爲行露之沾, 以避橫逆之禍, 父母以女子守節不爽, 避地僻處, 僑居草野, 已三年矣. 然而秋月春花, 傷心虛度, 野雲流水, 無聊送日, 幽居在空谷, 歎平生之薄命, 獨宿度良宵, 傷彩鸞之獨舞, 日居月諸, 魂銷魄喪, 夏日冬宵, 膽裂腸摧, 惟願覺皇, 曲垂憐愍, 生涯前定, 業不可避, 賦命有緣, 早得歡娛, 無任懇禱之至.

女旣投狀, 嗚咽數聲. 生於隙中, 見其姿容, 不能定情, 突出而言曰

「向者投狀 爲何事也?」

見女狀辭, 喜溢於面, 謂女子曰,

「子何如人也, 獨來于此?」

女曰,

「妾亦人也, 夫何疑訝之有, 君但得佳匹, 不必問名姓, 若是其顚倒也.」

時寺已頹落, 居僧住於一隅. 殿前只有廊蕪, 蕭然獨存, 廊盡處, 有板房甚窄. 生挑女而入, 女不之難, 相與講歡, 一如人間. 將及夜半, 月上東山, 影入窓柯, 忽有跫音, 女曰,

「誰耶? 將非侍兒來耶?」

兒曰,

「唯. 向日娘子, 行不過中門, 履不容數步, 昨暮偶然而出, 一何至於此極耶?」

女曰,

「今日之事, 蓋非偶然, 天之所助, 佛之所佑, 逢一粲者, 以爲偕老也. 不告而娶, 雖違明敎之法典, 式燕以遨, 亦云平生之奇遇也. 可於茅舍, 取裀席酒果來.」

侍兒一如其命而往, 設筵於庭, 時將四更也. 鋪陳几案, 素淡無文, 而醪醴

馨香, 定非人間滋味. 生雖疑怪, 見其談笑淸婉, 儀貌舒遲, 意必貴家處子,
踰墻而出, 亦不之疑也. 觴進, 命侍兒, 歌以侑之, 謂生曰,

　「兒定仍舊曲, 請自製一章, 以侑如何.」

生欣然應之曰,

　「諾.」

乃製滿江紅一関, 命侍兒歌之曰,

　惻惻春寒羅衫薄, 幾回腸斷金鴨冷.

　晚山凝黛, 暮雲張織.

　錦帳鴛衾無與伴, 寶釵半倒吹龍管.

　可惜許光陰易跳九, 中情懘.

　燈無焰銀屛短, 徒收淚誰從款.

　喜今宵, 鄒律一吹回暖.

　破我佳城千古恨, 細歌金縷傾銀椀.

　悔昔時抱恨, 蹙眉兒眠孤館.

歌竟, 女湫然曰,

　「曩者蓬島, 失當時之約, 今日瀟湘, 有故人之逢, 得非天幸耶. 郎若不
我遐棄, 終奉巾櫛, 如失我願, 永隔雲泥.」

生聞此言. 一感一驚曰,

　「敢不從命.」

然其態度不凡, 生熟視所爲, 時月掛西峯, 鷄鳴荒村, 寺鐘初擊, 曙色將暝.
女曰,

　「兒可撤席而歸.」

隨應隨減, 不知所之. 女曰,

　「囚緣已定, 可同攜手.」

生執女手, 經過閭閻, 犬吠於籬, 人行於路, 而行人不知與女同歸, 但曰,

　「生早歸何處?」

生答曰,

　「適醉臥草幅寺, 投故友之村墟也.」

至詰朝, 女引至草莽間, 零露瀼瀼, 無逕路可遵. 生曰

　「何居處之若此也?」

女曰,

　「孀婦之居, 固如此耳.」

女又譎之曰,

　　於邑行路, 豈不夙夜, 謂行多露.

生乃和之曰,

　　有狐綏綏, 在彼淇梁.

　　魯道有蕩, 齊子翱翔.

吟而笑傲. 遂同去開寧洞, 蓬蒿蔽野, 荊棘參天, 有一屋, 小而極麗, 邀生
俱入, 裀褥帳幃極整, 如昨夜所陳. 留三日, 歡若平生, 然其侍兒, 美而不
艶, 器皿潔而不文, 意非人世, 而繾綣意篤, 不復思慮而已. 女謂生曰,

　「此地三日, 不下三年, 君當還家, 以顧生業也.」

遂設離宴以別. 生悵然曰,

　「何遽別之速也?」

女曰,

　「當再會, 以盡平生之願爾. 今日到此弊居, 必有夙緣, 宜見隣里族親,
如何.」

生曰.

　「諾.」

卽命侍兒, 報四隣以會, 其一曰鄭氏. 甚二曰吳氏. 其三曰金氏. 其四曰柳
氏. 皆貴家巨族, 而與女子, 同閭閈親戚, 而處子者也. 性俱溫和, 風韻不
常, 而又聰明識字, 能爲詩賦, 皆作七言短篇四首以贐, 鄭氏 態度風流, 雲
鬟掩鬢, 乃噫而吟曰,

春宵花月兩嬋娟, 長把春愁不記年.
自恨不能如比翼, 雙雙相戲舞靑天.

漆燈無焰夜如何, 星斗初橫月半斜.
怊悵幽宮人不到, 翠衫撩亂鬢鬖髿.

摽梅情約竟蹉跎, 辜負春風事已過.
枕上淚痕幾圓點, 滿庭山雨打梨花.

一春心事已無聊, 寂寞空山幾度宵.
不見藍橋經過客, 何年裴航遇雲翹.

吳氏, 丫鬟妖弱, 不勝情態, 繼吟曰,
寺裏燒香歸去來, 金錢暗擲竟誰媒.
春花秋月無窮恨, 銷却樽前酒一盃.

溥溥曉露浥桃腮, 幽谷春深蝶不來.
却喜隣家銅鏡合, 更歌新曲酌金罍.

年年燕子舞束風, 腸斷春心事已空.
羨却芙蓉猶並蔕, 夜深同浴一池中.

一層樓在碧山中, 連理枝頭花正紅.
却恨人生不如樹, 靑年薄命候凝瞳.

金氏. 整其容儀. 儼然染翰, 責其前詩, 淫佚太甚 而言曰.

「今日之事, 不必多言, 但叙光景. 胡乃陳懷, 以失其節, 傳鄙懷於人間.」
遂朗然賦曰,
　杜鵑鳴了五更風, 寥落星河已轉東.
　莫把玉簫重再弄, 風情恐與俗人通.

　滿酌烏程金叵羅. 會須取醉莫辭多.
　明朝捲地東風惡, 一段春光奈夢何.

　綠紗衣袂懶來垂, 絃管聲中酒百巵.
　淸興未闌歸未可, 更將新語製新詞.

　幾年塵土惹雲鬟, 今日逢人一解顏.
　莫把高唐神境事, 風流話柄落人間.

柳氏, 淡妝素服, 不甚華麗, 而法度有常, 沈默不言, 微笑而題曰,
　確守幽貞經幾年, 香魂玉骨掩重泉.
　春宵每與姮娥伴, 叢桂花邊愛獨眠.

　却笑春風桃李花, 飄飄萬點落人家.
　平生莫把靑蠅點, 誤作崑山玉上瑕.

　脂粉慵拈首似蓬, 塵埋香匣綠生銅.
　今朝幸預隣家宴, 羞看冠花別樣紅.

　娘娘今配白面郞, 天定因緣契瀾香.
　月老已傳琴瑟線, 從今相待似鴻光.

女乃感柳氏終篇之語, 出席而告曰,

　「余亦粗知字畫, 獨無語乎.」

乃製近體七言四韻, 以賦曰,

　開寧洞裏抱春愁, 花落花開感百憂.

　楚峽雲中君不見, 湘江竹下泣盈眸.

　晴江日暖鴛鴦並, 碧落雲銷翡翠遊.

　好是同心雙綰結, 莫將紈扇怨淸秋.

生亦能文者. 見其詩法淸高, 音韻鏗鏘, 嘖嘖不已, 卽於席前, 走書古風長
短篇一章, 以答曰,

　今夕何夕, 見此仙妹.

　花顏何綽妁, 絳脣似櫻珠.

　風騷尤巧妙, 易安當含糊.

　織女投機下天津, 嫦娥拋杵離淸都.

　豔妝照此玳瑁筵, 羽觴交飛淸讌娛.

　殢雨尤雲雖未慣, 淺斟低唱相怡愉.

　自喜誤入蓬萊島, 對此仙府風流徒.

　瑤醬瓊液溢芳樽, 瑞腦霧噴金猊爐.

　白玉牀前香屑飛, 微風撼波靑紗廚.

　眞人會我合巹巵, 綵雲冉冉相縈紆.

　君不見文簫遇彩鸞, 張碩逢杜蘭.

　人生相合定有緣, 會須擧白相闌珊.

　娘子何爲出輕言, 道我掩棄秋風紈.

　世世生生爲配耦, 花前月下相盤桓.

酒盡相別, 女出銀椀一具, 以贈生曰,

「明日, 父母飯我于寶蓮寺. 若不遺我, 請遲于路上, 同歸梵宇, 觀我父
母, 如何.」

生曰,

「諾.」

生如其言, 執椀待于路上, 果見巨室右族, 薦女子之大祥, 車馬騈闐, 上于
寶蓮, 見路傍, 有一書生, 執椀而立, 從者曰,

「娘子殉葬之物, 已爲他人所偸矣.」

主曰,

「如何?」

從者曰,

「此生所執之椀.」

遂聚馬以問, 生如其前約以對, 父母感訝良久曰,

「吾止有一女子, 當寇賊傷亂之時, 死於干戈, 不能窆窆, 殯于開寧寺之
間, 因循不葬, 以至于今. 今日大祥已至, 暫設齋筵, 以追冥路. 君如其約,
請竢女子以來, 願勿愕也.」

言訖先歸, 生竚立以待. 及期, 果一女子, 從侍婢, 腰橐而來, 卽其女也. 相
喜攜手而歸, 女入門禮佛, 投于素帳之內, 親戚寺僧, 皆不之信, 唯生獨見,
女謂生曰,

「可同茶飯.」

生以其言, 告于父母. 父母試驗之, 遂命同飯, 唯聞匙箸聲, 一如人間. 父
母於是驚歎, 遂勸生, 同宿帳側, 中夜言語琅琅, 人欲細聽, 驟止其言曰,

「妾之犯律, 自知甚明. 少讀詩書, 粗知禮義, 非不諳褰裳之可愧, 相鼠
之可柀. 然而久處蓬蒿, 抛棄原野, 風情一發, 終不能戒. 曩者, 梵宮祈福,
佛殿燒香, 自歎一生之薄命, 忽遇三世之因緣. 擬欲荊釵椎髻, 奉高節於百
年, 羃酒縫裳, 修婦道於一生. 自恨業不可避, 冥道當然, 歡娛未極, 哀別
遽至. 今則步蓮入屛, 阿香輾車, 雲雨霽於陽臺, 烏鵲散於天津, 從此一別,

後會難期. 臨別凄惶 不知所云.」

送魂之時, 哭聲不絶, 至于門外, 但隱隱有聲曰,

　冥數有限, 慘然將別.

　願我良人, 無或踈濶.

　哀哀父母, 不我匹兮.

　漠漠九原, 心糾結兮.

餘聲漸減, 嗚哽不分, 父母已知其實, 不復疑問. 生亦知其爲鬼, 尤增傷感, 與父母聚頭而泣, 父母謂生曰,

　「銀椀仟君所用. 但女子, 有田數頃, 蒼赤數人, 君當以此爲信, 勿忘吾女子.」

翌日, 設牲牢朋酒, 以尋前迹, 果一殯葬處也. 生設奠哀慟, 焚楮錢于前, 遂葬焉. 作文以吊乙曰,

　「惟靈, 生而溫麗, 長而淸淳. 儀容侔於西施 詩賦高於淑眞. 不出香閨之內, 常聽鯉庭之箴. 逢亂離而璧完 遇寇賊而珠沉. 托蓬蒿而獨處 對花月而傷心. 腸斷春風, 哀杜鵑之啼血, 膽裂秋霜 歎紈扇之無緣. 嚮者, 一夜邂逅, 心緒纏綿. 雖識幽明之相隔, 實盡魚水之同歡. 將謂百年以偕老, 豈期一夕而悲酸. 月窟驂鸞之妹, 巫山行雨之娘, 地黯黯而莫歸 天漠漠而難望. 入不言兮恍忽, 出不逝兮蒼茫. 對靈幃而掩泣, 酌瓊漿而增傷. 感音容之窈窈, 想言語之琅琅. 嗚呼哀哉. 爾性聰慧, 爾氣精詳. 三魂縱散, 一靈何亡. 應降臨而陟庭, 或薰蒿而在傍. 雖死生之有異, 庶有感於些章.」

後 極其情哀, 盡賣田舍, 連薦再三夕, 女於空中, 唱曰,

　「蒙君薦拔, 已於他國, 爲男子矣. 雖隔幽明 寔深感佩. 君當復修淨業, 同脫輪回.」

生後不復婚嫁, 入智異山採藥, 不知所終.

李生窺牆傳

松都有李生者, 居駱駝橋之側. 年十八, 風韻淸邁, 天資英秀. 常詣國學,
讀詩路傍. 善竹里, 有巨室處女崔氏. 年可十五六, 態度艶麗. 工於刺繡,
而長於詩賦, 世稱

　風流李氏子, 窈窕崔家娘.

　才色若可餐, 可以療飢腸.

李生嘗挾冊詣學, 常過崔氏之家, 北牆外, 垂楊裊裊, 數十株環列, 李生憩
於其下, 一日窺牆內, 名花盛開, 蜂鳥爭喧. 傍有小樓, 隱映於花叢之間,
珠簾半掩, 羅幃低垂. 有一美人 倦繡停針, 支頤而吟曰,

　獨倚紗窓刺繡遲, 百花叢裏囀黃鸝.

　無端暗結東風怨, 不語停針有所思.

　路上誰家白面郎, 靑衿大帶映垂楊.

　何方可化堂中燕, 低掠珠簾斜度牆.

生聞之, 不勝技癢, 然其戶高峻, 庭闈深邃, 但怏怏而去. 還時以白紙一幅,
作時三首, 繫瓦礫投之曰

　巫山六六霧重回, 半露尖峰紫翠堆.

　惱却襄王孤枕夢, 肯爲雲雨下陽臺.

　相如欲挑卓文君, 多少情懷已十分.

　紅粉牆頭桃李艶, 隨風何處落繽紛.

　好因緣耶惡因緣, 空把愁腸日抵年.

二十八字媒已就, 藍橋何日遇神仙.

崔氏, 命侍婢香兒, 往取見之, 卽李生詩也. 披讀再三, 心自喜之. 以片簡, 又書八字, 投之曰,

「將子無疑, 昏以爲期.」

生如其言, 乘昏而往, 忽見桃花一枝, 過牆而有搖裊之影. 往視之, 則以秋千絨索, 繫竹兜下垂. 生攀緣而踰, 會月上東山, 花影在地, 淸香可愛. 生意謂已入仙境, 心雖竊喜, 而情密事秘, 毛髮盡竪. 回眄左右, 女已在花叢裏, 與香兒折花相戴, 鋪罽僻地, 見生微笑, 口占二句, 先唱曰,

桃李枝間花富貴, 鴛鴦枕上月嬋娟.

生續吟曰,

他時漏洩春消息, 風雨無情亦可憐.

女變色而言曰,

「本欲與君, 終奉箕帚, 永結歡娛, 郎何言之若是遽也. 妾雖女類, 心意泰然, 丈夫意氣, 肯作此語乎. 他日閨中事洩, 親庭譴責, 妾以身當之. 香兒可於房中, 賫酒果以進.」

兒如命而往, 四座寂寥, 闃無人聲, 生問曰

「此是何處.」

女曰,

「此是北園中小樓下也. 父母以我一女, 情鍾甚篤, 別構此樓于芙蓉池畔, 方春時, 名花盛開, 欲使從侍兒遨遊耳. 親闈之居, 閨閤深邃, 雖笑語啞咿, 亦不能卒爾相聞也.」

女酌綠蟻一巵, 口占古風一篇曰,

曲欄下壓芙蓉池, 池上花叢人共語.

香霧霏霏春融融, 製出新詞歌白紵.

月轉花陰入氍毹, 共挽長條落紅雨.

風攪淸香香襲衣, 賈女初踏春陽舞.
羅衫輕拂海棠枝, 驚起花間宿鸚鵡.

生卽和之曰,

誤入桃源花爛漫, 多少情懷不能語.
翠鬟雙綰金釵低, 楚楚春衫裁綠紵.
東風初拆竝蔕花, 莫使繁枝戰風雨.
飄飄仙袂影婆娑, 叢桂陰中素娥舞.
勝事未了愁必隨, 莫製新詞敎鸚鵡.

吟罷, 女謂生曰,

「今日之事, 必非小緣, 郎須尾我, 以遂情款.」
言訖, 女從北窓入, 生隨之, 樓梯在房中. 緣梯而昇, 果其樓也. 文房几案,
極其淸楚. 一壁展煙江疊嶂圖, 幽篁古木圖, 皆名畫也. 題詩其上, 詩不知
何人所作.

其一曰,

何人筆端有餘力, 寫此江心千疊山.
壯哉方壺三萬丈, 半出縹緲烟雲間.
遠勢微茫幾百里, 近見崒嵂靑螺鬟.
滄波淼淼浮遠空, 日暮遙望愁鄕關.
對此令人意蕭索, 疑泛湘江風雨灣.

其二曰

幽篁蕭颯如有聲, 古木偃蹇如有情.
狂根盤屈惹莓苔, 老幹夭矯排風雷.
胸中自有造化窟, 妙處豈與傍人說.

韋偃與可已爲鬼, 漏洩天機知有幾.
晴窓嗒然淡相對, 愛看幻墨神三昧.

一壁貼四時景, 各四首, 亦不知爲何人所作.
其筆則摹松雪眞字, 體極精姸. 其一幅曰,
芙蓉帳暖香如縷, 窓外霜霙紅杏雨.
樓頭殘夢五更鐘, 百舌啼在辛夷塢.

燕子日長閨閤深, 懶來無語停金針.
花底雙雙飛蝶蛺, 爭趁落花庭院陰.

嫩寒輕透綠羅裳, 空對春風暗斷腸.
脈脈此情誰料得, 百花叢裏舞鴛鴦.

春色深藏黃四家, 深紅淺綠映窓紗.
一庭芳草春心苦, 輕揭珠簾看落花.

其二幅曰,
小麥初胎乳燕斜, 南園開遍石榴花.
綠窓工女幷刀饗, 擬試紅裙剪紫霞.

黃梅時節雨廉纖, 鸎囀槐陰燕入簾.
又是一年風景老, 楝花零落笋生尖.

手拈靑杏打鸎兒, 風過南軒日影遲.
荷葉已香池水滿, 碧波深處浴鸕鶿.

藤牀筠簟浪波紋, 畫屏瀟湘一抹雲.
懶慢不堪醒午夢, 半窓斜日欲西曛.

其三幅曰,
秋風策策秋露凝, 秋月娟娟秋水碧.
一聲二聲鴻雁歸, 更聽金井梧桐葉

牀下百蟲鳴唧唧, 牀上佳人珠淚滴.
良人萬里事征戰, 今夜玉門關月白.

新衣欲裁剪刀冷, 低喚丫兒呼熨斗.
熨斗火銷全未省, 細撥秦箏又搔首.

小池荷盡芭蕉黃, 鴛鴦瓦上粘新霜.
舊愁新恨不能禁, 況聞蟋蟀鳴洞房.

其四幅曰,
一枝梅影向窓橫, 風緊西廊月色明.
爐火未銷金筋撥, 旋呼丫髻換茶鐺.

林葉頻驚半夜霜, 回風飄雪入長廊.
無端一夜相思夢, 都在氷河古戰場.

滿窓紅日似春溫, 愁鎖眉峰著睡痕.
膽瓶小梅腮半吐, 含羞不語繡鴛鴦.

剪剪霜風掠北林, 寒烏啼月正關心.

燈前爲有思人淚, 滴在穿絲小挫針.

一偏, 別有小室一區, 帳褥衾枕, 亦甚整麗. 帳外熱麝臍, 燃蘭膏, 熒煌映徹, 恍如白晝.

生與女, 極其情歡, 遂留數日. 生謂女曰,

「先聖有言, 父母在, 遊必有方, 而今我定省, 已過三日, 親必倚閭而望, 非人子之道也.」

女惻然而頷之, 踰垣而遣之. 生自是以後, 無夕而不往. 一夕, 李生之父, 問曰,

「汝朝出而暮還者, 將以學先聖仁義之格言, 今昏出而曉還, 當爲何事. 必作輕薄子, 踰垣牆, 折樹檀耳. 事如彰露, 人皆譴我教子之不嚴, 而如其女, 定是高門右族, 則必以爾之狂狡, 穢彼門戶, 獲戾人家, 其事不小, 速去嶺南, 率奴隸監農, 勿得復還.」

卽於翌日, 謫送蔚州. 女每夕, 於花園待之, 數月不還. 女意其得病, 命香兒, 密問於李生之隣, 隣人曰,

「李郎, 得罪於家君, 去嶺南, 已數月矣.」

女聞之, 臥病在牀, 輾轉不起, 水漿不入於口, 言語支離, 肌膚憔悴, 父母怪之, 問其病狀, 暗暗不言. 搜其箱篋, 得李生前日唱和詩, 擊節驚訝曰,

「幾乎失我女子矣.」

問曰,

「李生誰耶?」

至是, 女不能復隱, 細語在咽中, 告父母曰,

「父親母親, 鞠育恩深, 不能相匿. 竊念男女相感, 人情至重. 是以, 標梅迨吉, 咏於周南, 咸腓之凶, 戒於羲易. 自將蒲柳之質, 不念桑落之詩, 行露沾衣 竊被傍人之嗤. 絲蘿托木, 已作渭兒之行. 罪已貫盈, 累及門戶. 然

而彼狡童兮, 一偸賈香, 千生喬怨, 以眇眇之弱軀, 忍悄悄之獨處, 情念日深, 沉痾日篤, 濱於死地, 將化窮鬼. 父母如從我願, 終保餘生, 徜違情款, 斃而有已. 當與李生, 重遊黃泉之下, 誓不登他門也.」

於是, 父母已知其志, 不復問病, 且警且誘, 以寬其心, 復修媒妁之禮, 問于李家. 李氏問崔家 門戶優劣曰,

「吾家豚犬, 雖年少風狂, 學問精通, 身彩似人, 所冀捷龍頭於異日, 占鳳鳴於他年, 不願速求婚媾也.」

媒者, 以言返告, 崔氏復遣曰,

「一時朋伴, 皆稱令嗣才華邁人, 今雖蟠屈, 豈是池中之物. 宜速定嘉會之辰, 以合二姓之好.」

媒者, 又以其言, 返告李生之父, 父曰,

「吾亦自少, 把册窮經, 年老無成. 奴隷逋逃, 親戚寡助, 生涯疎濶, 家計伶俜, 而況巨家大族, 豈以一人寒儒, 留意爲贅郞乎. 是必好事者, 過譽吾家, 以誣高門也.」

媒者, 又告崔家, 崔家曰,

「納采之禮, 裝束之事, 吾盡辦矣. 宜差穀旦, 以定花燭之期.」

媒者, 又返告之, 李家至是, 稍回其意, 卽遣人, 召生問之. 生喜不自勝, 乃作詩目,

　　破鏡重圓會有時, 天津烏鵲助佳期.

　　從今月老纏繩去, 莫向東風怨子規.

女聞之, 病亦稍愈, 又作詩曰.

　　惡因緣是好因緣, 盟語終須到底圓.

　　共輓鹿車何日是, 倩人扶起理花鈿.

於是, 擇吉日, 遂定婚禮, 而續其絃焉. 自同牢之後, 夫婦愛而敬之, 相待

如賓, 雖鴻光鮑桓, 不足言其節義也. 生翌年, 捷高科, 登顯仕, 聲價聞于朝著.

辛丑年, 紅賊據京城, 王移福州. 賊焚蕩室廬, 臠炙人畜. 夫婦親戚, 不能相保, 東奔西竄, 各自逃生. 生挈家, 隱匿窮崖, 有一賊, 拔劍而逐. 生奔走得脫, 女爲賊所虜, 欲逼之, 女大罵曰,

「虎鬼殺啗我, 寧死於豺狼之腹中, 安能作狗彘之匹乎.」

賊怒, 殺而剮之, 生竄于荒野, 僅保餘軀. 聞賊已滅, 遂尋父母舊居, 其家已爲兵火所焚. 又至女家, 廊撫荒凉, 鼠喞鳥喧. 悲不自勝, 登于小樓, 收淚長噓. 奄至日暮, 塊然獨坐, 竚思前遊, 宛如一夢. 將及二更, 月色微吐, 光照屋梁. 漸聞廊下, 有跫然之音, 自遠而近, 至則崔氏也. 生雖知已死, 愛之甚篤, 不復疑訝, 遽問曰,

「避於何處, 全其軀命.」

女執生手, 慟哭一聲, 乃叙情曰,

「妾本良族, 幼承庭訓, 工刺繡裁縫之事, 學詩書仁義之方, 但識閨門之治, 豈解境外之修. 然而一窺紅杏之牆, 自獻碧海之珠. 花前一笑, 恩結平生, 帳裏重遘, 情逾百年. 言至於此 悲慙曷勝. 將謂偕老而歸居, 豈意橫折而顚溝, 終不委身於豺虎, 自取磔肉於泥沙, 固天性之自然, 匪人情之可忍. 却恨一別於窮厓, 竟作分飛之匹鳥. 家亡親沒, 傷殢魄之無依, 義重命輕, 幸殘軀之免辱. 誰憐寸寸之灰心, 徒結斷斷之腐腸, 骨骸暴野, 肝膽塗地. 細料昔時之歡娛, 適爲當日之愁冤. 今則鄒律已吹於幽谷, 倩女再返於陽間, 蓬萊一紀之約綢繆, 聚窟三生之香芬郁, 重契濶於此時, 期不負乎前盟, 如或不忘, 終以爲好, 李郎其許之乎.」

生喜且感曰,

「固所願也.」

相與款曲抒情. 言及家產被寇掠有無, 女曰,

「一分不失, 埋於某山某谷也?」

又問,

「兩家父母, 骸骨安在?」

女曰,「暴棄某處.」

叙情罷, 同寢極歡如昔. 明日, 與生俱往尋瘞處, 果得金銀數錠及財物若干. 又得收拾兩家父母骸骨. 貿金賣財, 各合葬於五冠山麓, 封樹祭獻, 皆盡其禮. 其後生亦不求仕官, 與崔氏居焉. 幹僕之逃生者, 亦自來赴. 生自是以後, 懶於人事, 雖親戚賓客賀吊, 杜門不出, 常與崔氏, 或酬或和, 琴瑟偕樂, 荏苒數年.

一夕, 女謂生曰,

「三邁佳期, 世事蹉跎, 歡娛不厭, 哀別遽至.」

遂嗚咽, 生驚問曰,

「何故至此?」

女曰,

「冥數不可躱也. 天帝以妾與生, 緣分未斷, 又無罪障, 假以幻體, 與生暫割愁腸, 非久留人世, 以惑陽人.」

命婢兒進酒, 歌玉樓春一闋, 以侑生, 歌曰,

干戈滿目交揮處, 玉碎花飛鴛失侶.

殘骸狼藉竟誰埋, 血污遊魂無與語.

高唐一下巫山女, 破鏡重分心慘楚.

從玆一別兩茫茫, 天上人間音信阻.

每歌一聲, 飲泣數下, 殆不成腔. 生亦悽椀不已曰,

「寧與娘子, 同入九泉, 豈可無聊獨保殘生. 向者, 喪亂之後, 親戚憧僕, 各相亂離, 亡親骸骨, 狼藉原野, 儻非娘子, 誰能奠埋. 古人云, 生事之以禮, 死葬之以禮. 盡在娘子, 天性之純孝, 人情之篤厚也. 感激無已, 自媿可勝. 願娘子, 淹留人世, 百年之後, 同作塵土.」

女曰,

「李郎之壽, 剩有餘紀, 妾已載鬼籙, 不能久視. 若固眷戀人間, 違犯條令, 非唯罪我, 兼亦累及於君. 但妾之遺骸, 散於某處, 倘若垂恩, 勿暴風日.」相視泣下數行云,

「李郎珍重.」

言訖漸滅, 了無踪跡. 生拾骨, 附葬于親墓傍. 旣葬, 生亦以追念之故, 得病數月而卒. 聞者, 莫不傷歎, 而慕其義焉.

醉遊浮碧亭記

平壤古朝鮮國也. 周武王克商, 訪箕子, 陳洪範九疇之法, 武王封于此地, 而不臣也. 其勝地, 則錦繡山, 鳳凰臺, 綾羅島, 麒麟窟, 朝天石, 楸南墟, 皆古蹟, 而永明寺之浮碧亭, 其一也. 永明寺, 卽東明王九梯宮也. 在郭外東北卄里, 俯瞰長江, 遠矚平原, 一望無際, 眞勝境也. 畫舸商舶, 晚泊于大同門外之柳磯, 留則必溯流而上, 縱觀于此, 極歡而旋, 亭之南, 有鍊石層梯, 左曰 靑雲梯, 右曰 白雲梯, 刻之于石, 立華柱, 以爲好事者玩 天順初, 松京有富室洪生, 年少美姿容, 有風度, 又善屬文, 値中秋望, 與同伴, 抱布貿絲于箕城, 泊舟艤岸, 城中名娼, 皆出閭閻, 而目成焉. 城中有故友李生, 設宴以慰生, 酣醉回舟, 夜凉無寐, 忽憶張繼楓橋夜泊之詩, 不勝淸興, 乘小艇, 載月打槳而上, 期興盡而返, 至則浮碧亭下也. 繫纜盧叢, 躡梯而登, 憑軒一望, 朗吟淸嘯, 時月色如海, 波光如練, 雁叫汀沙, 鶴驚松露, 凜然如登淸虛紫府也. 顧視故都, 烟籠粉堞, 浪打孤城, 有麥秀殷墟之歎, 乃作詩六首曰,

不堪吟上浿江亭, 嗚咽江流腸斷聲.

故國已銷龍虎氣, 荒城猶帶鳳凰形.

汀沙月白迷歸雁, 庭草烟收點露螢.

風景蕭條人事換, 寒山寺裏聽鐘鳴.

帝宮秋草冷凄凄, 回磴雲遮徑轉迷.
妓館故基荒薺合, 女牆殘月夜烏啼.
風流勝事成塵土, 寂寞空城蔓蒺藜.
唯有江波依舊咽, 滔滔流向海門西.

浿江之水碧於藍, 千古興亡恨不堪.
金井水枯垂薜荔, 石壇苔蝕擁檉楠.
異鄕風月詩千首, 故國情懷酒半酣.
月白倚軒眠不得, 夜深香桂落毵毵.

中秋月色正嬋娟, 一望孤城一悵然.
箕子廟庭喬木老, 檀君祠壁女蘿緣.
英雄寂寞今何在, 草樹依稀問幾年.
唯有昔時端正月, 清光流彩照衣邊.

月出東山烏鵲飛, 夜深寒露襲人衣.
千年文物衣冠盡, 萬古山河城郭非.
聖帝朝天今不返, 閑談落世竟誰依.
金轝麟馬無行跡, 輦路草荒僧獨歸.

庭草秋寒玉露凋, 靑雲橋對白雲橋.
隋家士卒隨鳴瀨, 帝子精靈化怨蜩
馳道烟埋香輦絶, 行宮松偃暮鐘搖.
登高作賦誰同賞, 月白風淸興未銷.

生吟罷, 撫掌起舞踞躍, 每吟一句, 歔欷數聲, 雖無扣舷吹簫, 唱和之樂, 中情感慨, 足以舞幽壑之潛蛟, 泣孤舟之嫠婦也. 吟盡欲返, 夜已三更矣. 忽有跫音, 自西而至者, 生意謂寺僧聞聲, 驚訝而來, 坐以待之, 見則一美娥也. 丫鬟隨侍左右, 一執玉柄拂, 一執輕羅扇, 威儀整齊, 狀如貴家處子. 生下階, 而避之于牆隙, 以觀其所爲, 娥倚于南軒, 看月徵吟, 風流態度, 儼然有序. 侍兒捧雲錦茵席以進, 改容就坐, 琅然言曰,

「此間有蛾詩者, 今在何處. 我非花月之妖, 步蓮之妹, 幸値今夕, 長空萬里, 天淵雲收, 氷輪飛而銀河淡, 桂子落而瓊樓寒, 一觴一咏, 暢叔幽情, 如此良夜何.」

生一恐一喜, 踞躍不已, 作小磬咳聲, 侍兒尋聲而來, 請曰,

「主母奉邀.」

生跋踏而進, 且拜且跪, 娥亦不之甚敬, 但曰.」

「子亦登此.」

侍兒以短屛乍掩, 只半面相看, 從容言曰.

「子之所吟者, 何語也? 爲我陳之?」

生一一以誦, 娥笑曰,

「子亦可與言詩者也.」

卽命侍兒, 進酒一行, 設饌不似人間, 試啖堅硬莫吃, 酒又苦不能啜, 娥莞爾曰,

「俗士, 那知白玉醴紅虯脯乎.」

命侍兒曰,

「汝速去神護寺, 乞僧飯小許來, 寺羅漢像在處」

兒承命而往, 須臾得來, 卽飯也. 又無下飯, 又命侍兒曰,

「汝去洋巖, 乞饌來. 巖下有湫龍在處」

須臾, 得鯉炙而來, 生啗之, 啗訖, 娥已依生詩, 以和其意, 寫於桂箋, 使侍兒, 投于生前, 其詩曰,

東亭今夜月明多, 清話其如感慨何.
樹色依稀靑蓋展, 江流瀲灔練裙拖.
光陰忽盡若飛鳥, 世事屢驚如逝波
此夕情懷誰了得, 數聲鐘磬出烟蘿.

故城南望浿城分, 水碧沙明叫雁羣.
麟駕不來龍已去, 鳳吹曾斷土爲墳.
晴嵐欲雨詩圓就, 野寺無人酒半醺.
忍看銅駝沒莉棘, 千年縱跡化浮雲

草根咽咽泣寒螿, 一上高亭思渺茫.
斷雨殘雲傷往事, 落花流水感時光.
波添秋氣潮聲壯, 樓蘸江心月色凉.
此是昔年文物地, 荒城疎樹惱人腸

錦繡山前錦繡堆, 江楓掩映古城隈.
丁東何處秋砧苦, 欸乃一聲漁艇回.
老樹倚巖緣薜荔, 斷碑橫草惹毒苔
凭欄無語傷前事, 月色波聲摠是哀

幾介踈星點玉京, 銀河淸淺月分明.
方知好事皆虛事, 難卜他生遇此生.
醽醁一樽宜取醉, 風塵三尺莫嬰情.
英雄萬古成塵土, 世上空餘身後名.

夜如何其夜向闌, 女牆殘月正團團.

君今自是兩塵隔, 遇我却賭千日歡.

江上瓊樓人欲散, 階前玉樹露初溥.

欲知此後相逢處, 桃熟蓬丘碧海乾.

生得詩且喜, 猶恐其反也, 欲以談話留之, 問曰,

「不敢問姓氏族譜」

娥噫而答曰,

「弱質, 殷王之裔, 箕氏之女, 我先祖, 實封于此, 禮樂典刑, 悉遵湯訓, 以八條敎民, 文物鮮華, 千有餘年. 一旦天步艱難, 災患奄至, 先考敗績匹夫之手, 遂失宗社, 衛滿乘時, 竊其寶位, 而朝鮮之業墜矣. 弱質顚蹶狼藉, 欲守貞節, 待死而已, 忽有神人撫我曰, 我亦此國之鼻祖也. 享國之後, 入于海島, 爲仙不死者, 已數千年, 汝能隨我紫府玄都, 逍遙娛樂乎. 余曰, 諾. 遂提攜引我. 至于所居, 作別館以待之, 餌我以玄洲不死之藥, 服之累月, 忽覺身輕氣健, 磔磔然, 如有換骨焉. 自是以後, 逍遙九垓, 徜徉六合, 洞天福地, 十洲三島, 無不遊覽, 一日, 秋天晃朗, 玉宇澄明, 月色如水, 仰視蟾桂, 飄然有遐擧之志, 遂登月窟, 入廣寒淸虛之府, 拜嫦娥於水晶宮裏, 嫦娥以我貞靜能文, 誘我曰, 下土仙境, 雖云福地, 皆是風塵, 豈如履靑冥驂白鸞, 挹淸香於丹桂, 服寒光於碧落, 遨遊玉京, 遊泳銀河之勝地. 卽命爲香案侍兒, 周旋左右, 其樂不可勝言, 忽於今宵, 作鄕井念, 下顧蜉蝣, 臨睨故鄕, 物是人非, 皓月掩烟塵之色, 白露洗塊蘇之累, 辭下淸霄, 冉冉一降, 拜于祖墓, 又欲一玩江亭, 以暢情懷, 適逢文士, 一喜一赧, 輒依瓊琚之章, 敢展駑鈍之筆, 非敢能言, 聊以叙情耳.」

生再拜稽首曰,

「下土愚昧, 甘與草木同腐, 豈意與王孫天女. 敢望唱和乎.」

生卽於席前, 一覽而記, 又俯伏曰,

「愚昧宿障深厚, 不能大嚼仙羞, 何幸粗知字畫, 稍解雲謠, 眞一奇事也.

四美難具, 請復以亭秋夜玩月爲題, 押四十韻, 敎我.」
佳人頷之, 濡筆一揮, 雲烟相軋, 走書卽賦曰,

　月白江亭夜, 長空玉露流.
　淸光蘸河漢, 灝氣被梧楸.
　皎潔三千里, 嬋娟十二樓.
　纖雲無半點, 輕颸拭雙眸.
　激灩隨流水, 依稀送去舟.
　能窺蓬戶隙, 偏映荻花洲.
　似聽霓裳奏, 如看玉斧修.
　蚌珠胚貝闕, 犀暉倒蜃浮.
　願與知微玩, 常從公遠遊.
　芒寒驚魏鵲, 影射喘吳牛.
　隱隱靑山郭, 團團碧海陬.
　共君開鑰匙, 乘興上簾鉤.
　李子停盃日, 吳生斫桂愁
　素屛光粲爛, 紈幄細雕鎪.
　寶鏡磨初掛, 氷輪駕不留.
　金波何穆穆, 銀漏正悠悠.
　拔劍妖蟆斫, 張羅姹免罦.
　天衢新雨霽, 右逕淡烟收.
　檻壓千章木, 階臨萬丈湫.
　關河誰失路, 鄕國幸逢儔.
　桃李相投報, 罍觴可獻酬.
　好詩爭刻燭, 美酒剩添籌.
　爐爆烏銀片, 鐺翻蟹眼漚.
　龍涎飛睡鴨, 瓊液滿瘿甌.

鳴鶴孤松警, 啼猿四壁愁.
胡牀殷瘦話, 晉渚謝遠遊.
彷彿荒城在, 蕭森草樹稠.
青楓搖湛湛, 黃葦冷颼颼.
仙境乾坤濶, 塵間甲子猶.
故宮禾黍穗, 野廟梓桑樛.
芳臭遺殘碣, 興亡問泛鷗.
纖阿常仄滿, 累塊幾蜉蝣.
行殿爲僧舍, 前王葬虎丘.
螢燐隔幔小, 鬼火傍林幽.
弔古多垂淚, 傷今自買憂.
檀君餘木覓, 箕呂只溝婁.
窟有麒麟跡, 原逢肅愼鏃.
蘭香還紫府, 織女駕蒼虯.
文士停花筆, 仙娥罷坎侯.
曲終人欲散, 風靜櫓聲柔.

寫訖, 擲筆凌空而逝, 莫測所之. 將歸, 使侍兒傳命曰.
「帝命有嚴, 將騶白鸞, 淸話未盡, 愴我中情.」
俄而, 回飆捲地, 吹倒生座, 掠詩而去, 亦不知所之, 蓋欲不使異話, 傳播
人間也. 生惺然而立, 菀爾而思, 似夢非夢, 似眞非眞, 倚欄注想, 盡記其
語, 因念奇遇, 而未盡情款, 乃追懷以吟曰,

雲雨陽臺一夢門.
何年重見玉蕭還.
江波縱是無情物.
嗚咽哀鳴下別灣.

吟訖, 四盼, 山寺鐘鳴, 水村鷄唱, 月隱城西, 明星嘒嘒, 但聽鼠嗽于庭, 蟲鳴于座, 悄然而悲, 肅然而恐, 愴乎其不可留也. 返而登舟, 怏怏鬱鬱, 抵于故岸, 同伴競問曰,

「昨宵, 托宿甚處?」

生紿曰,

「昨夜, 把竿乘月, 至長慶門外朝天石畔, 欲釣錦鱗, 會夜凉水寒, 不得一 鮒, 何恨如之.」

同伴亦不之爲疑也. 其後, 生念娥, 得勞瘵尫羸之疾, 先抵于家, 精神恍惚, 言語無常, 展轉在牀, 久而不愈. 生一日, 夢見淡妝女人, 來告曰,

「主母奏于上皇, 上皇惜其才, 使隷河鼓幕下, 爲從事, 上帝勅汝, 其可避乎.」

生驚覺, 命家人, 沐浴更衣, 焚香掃地, 鋪席于庭, 支頤暫臥, 奄然而逝, 卽九月望日也. 殯之數日, 顏色不變, 人以爲遇仙屍解云.

南炎浮洲志

成化初, 慶州有朴生者, 以儒業自勉, 嘗補太學館, 不得登一試, 常怏怏有憾, 而意氣高邁, 見勢不屈, 人以爲驕俠, 然對人接話, 淳愿慤厚, 一鄕稱之. 生嘗疑浮屠巫覡鬼神之說, 猶豫未決, 旣而, 質之中庸, 參之易辭, 自負不疑, 而以淳厚, 故與浮屠交, 如韓之顚, 柳之巽者, 不過二三人, 浮屠亦以文士交, 如遠之宗雷, 遁之玉謝, 爲莫逆友, 一日, 因浮屠, 問天堂地獄之說, 復疑云,

「天地一陰陽耳, 那有天地之外, 更有天地, 必誣辭也.」

問之浮屠, 亦不能決答, 而以罪福響應之說答之, 生亦不能心服也. 嘗著一理論, 以自警, 蓋不爲他歧所惑. 其略曰,

「嘗聞天下之理, 一而已矣. 一者何, 舞二致也, 理者何, 性而已矣. 性者
何, 天之所命也. 天以陰陽五行, 化生萬物, 氣以成形, 理亦賦焉. 所謂理
者, 於日用事物上, 各有條理, 語父子則極其親, 語君臣則極其義, 以至夫
婦長幼, 莫不各有當行之路, 是則所謂道, 而理之具於吾心者也. 循其理,
則無適而不安, 逆其理而拂性, 則災逮, 窮理盡性, 究此者也, 格物致知,
格此者也. 蓋人之生, 莫不有是心, 亦莫不具是性, 而天下之物, 亦莫不有
是理, 以心之虛靈, 循性之固然, 卽物而窮理, 因事而推源, 以求至乎其極,
則天下之理, 無不著現明顯, 而理之至極者, 莫不森於方寸之內矣. 以是而
推之, 天下國家, 無不包括, 無不該合, 參諸天地而不悖, 質諸鬼神而不惑,
歷之古今而不墜, 儒者之事, 止於此而已矣. 天下豈有二理哉. 彼異端之
說, 吾不足信也.」
一日, 於所居室中, 夜挑燈讀書, 支枕假寐, 忽到一國, 乃洋海中一島嶼也.
其地本無草木沙礫, 所履非銅則鐵也. 晝則烈焰亘天, 大地融冶, 夜則凄風
自西, 砭人肌骨, 吒婆不勝, 又有鐵崖如城, 緣于海濱, 只有一鐵門宏壯,
關鍵甚固, 守門者, 喙牙獰惡, 執戈鎚, 以防外物. 其中居民, 以鐵爲屋, 晝
則焦爛, 夜則凍烈, 唯朝暮蠢蠢, 似有笑語之狀, 而亦不甚苦也. 生驚愕逡
巡, 守門者喚之, 生遑遽不能違命, 跋踖而進, 守門者, 竪戈而問曰,

「子何如人也?」
生慄且答曰,

「某國某土某, 一介迂儒, 干冒靈官, 罪當寬宥, 法當矜恕.」
拜伏再三, 且謝唐突, 守門者曰,

「爲儒者, 當逢威不屈, 何磬折之如是. 吾儕欲見識理君子久矣, 我王亦
欲見如君者, 以一語, 傳白于東方, 少坐, 吾將告子于王.」
言訖, 趨蹌而入, 俄然出語曰,

「王欲延子於便殿, 子當以直言對, 不可以威厲諱, 使我國人民, 得聞大
道之要.」

有黑衣白衣二童, 手把文券而出, 一黑質靑字, 一白質朱字, 張于生之左右, 以示之, 生見朱字, 有名姓曰, 現在某國朴某, 今生無罪, 當不爲此國民, 牛問曰,

「示不肖以文券 何也?」

童曰,

「黑質者, 惡簿也, 白質者, 善符也. 在善符者, 王當以聘士禮迎之, 在惡符者, 雖不可罪, 以民隷例勅之, 王若見生, 禮當詳悉.」

言訖, 持符而入, 須臾飆輪寶車, 上施蓮座, 嬌童彩女, 執拂擎蓋, 武隷邏卒, 揮戈喝道, 生擧首望之, 前有鐵城三重, 宮闕嶔峨, 在金山之下, 火炎漲大, 融融勃勃, 顧視道傍, 人物於火燄中, 履洋銅融鐵, 如蹋獰泥. 生之前路, 可數十步許, 如砥而無流金列火, 蓋神力所變爾. 至王城, 四門豁開, 池臺樓觀, 一如人間, 有二美姝, 出拜扶携而入, 王戴通天之冠, 束文玉之帶, 秉珪下階而迎, 生俯伏在地, 不能仰視, 王曰,

「土地殊異, 不相統攝, 而識理君子, 豈可以威勢, 屈其躬也.」

挽袖而登殿上, 別施一牀, 卽玉欄金牀也. 坐定, 王呼侍者進茶, 生側目視之, 茶則融銅, 果則鐵丸也. 生且驚且懼, 而不能避, 以觀其所爲, 進於前, 則香茗佳果, 馨杏芬郁, 薰于一殿. 茶罷, 王語生曰,

「士不識此地乎, 所謂炎浮洲也. 宮之北山, 卽沃焦山也, 此洲在天地之南, 故曰, 南炎浮洲, 炎浮者, 炎火赫赫, 常淨大虛, 故稱之云耳. 我名燄摩, 言爲燄所摩也, 爲此土君師, 已萬餘載矣. 壽久而靈, 心之所之, 無不神通, 志之所欲, 無不適意, 蒼頡作字, 送吾民以哭之, 瞿曇成佛, 遣吾徒以護之, 至於三五周孔, 則以道自衛, 吾不能側足於其間也.」

生問曰,

「周孔瞿曇, 何如人也?」

王曰,

「周孔, 中華文物中之聖也, 瞿曇, 西域姦兇中之聖也. 文物雖明, 性有

駁粹, 周孔率之, 姦兇雖昧, 氣有利鈍, 瞿曇警之, 周孔之教, 以正去邪, 瞿曇之法, 設邪去邪, 以正去邪, 故其言正直, 以邪去邪, 故其言荒誕, 正直故君子易從, 荒誕故小人易信, 其極致, 則皆使君子小人, 終歸於正理, 未嘗惑世誣民, 以異道誤之也.」

生又問曰,

「鬼神之說, 乃何?」

王曰,

「鬼者, 陰之靈, 神者, 陽之靈, 蓋造化之迹, 而二氣之良能也. 生則曰人物, 死則曰鬼神, 而其理則未嘗異也.」

生曰,

「世有祭祀鬼神之禮, 且祭祀之鬼神, 與造化之鬼神, 異乎.」

曰,

「不異也. 士豈不見乎, 先儒云, 鬼神無形無聲, 然物之終始, 無非陰陽合散之所爲, 且祭天地, 所以謹陰陽之造化也. 祀山川, 所以報氣化之升降也. 享祖考, 所以報本, 祀六神, 所以免禍, 皆使人致其敬也. 非有形質, 以妄加禍福於人間, 特人焄蒿悽愴, 洋洋如在耳. 孔子所謂, 敬鬼神而遠之, 正謂此也.」

生曰,

「世有厲氣妖魅, 害人惑物, 此亦當言鬼神乎.」

王曰,

「鬼者, 屈也, 神者, 伸地. 屈而伸者, 造化之神也, 屈而不伸者, 乃鬱結之妖也. 合造化, 故與陰陽終始而無迹, 滯鬱結, 故混人物冤懟而有形. 山之妖, 曰魈, 水之怪, 曰魅, 水石之怪, 曰龍罔象, 木石之怪, 曰夔魍魎, 害物, 曰厲, 惱物, 曰魔, 依物, 曰妖, 惑物, 曰魅, 皆鬼也, 陰陽不測之謂神, 卽神也, 神者, 妙用之謂也. 天人一理, 顯微無間, 歸根, 曰靜, 復命, 曰常, 終始造化, 而有不可知其造化之跡, 是却所謂道也. 故曰, 鬼神之德, 其盛矣乎.」

生又問曰,

「僕嘗聞於爲佛者之徒, 有曰, 天上有天堂快樂處, 地下有地獄苦楚處, 列冥府十王, 鞫十八獄囚, 有諸. 且人死七日之後, 供佛設齋, 以薦其魂, 祀王燒錢, 以贖其罪, 姦暴之人, 王可寬宥否?」

王驚愕曰,

「是非吾所聞. 古人曰, 一陰一陽之謂道, 一闢一闔之謂變, 生生之謂易, 無妄之謂誠, 夫如是, 則豈有乾坤之外, 復有乾坤, 天地之外, 更有天地乎. 如王者, 萬民所歸之名也. 三代以上, 億兆之主, 皆曰王, 而無稱異名, 如夫子, 修春秋, 立百王不易之大法, 尊周室, 曰 天王, 則王者之名, 不可加也. 至秦滅六國, 一四海, 以爲德兼三皇, 功高五帝, 乃改王號, 曰皇帝, 當是時, 僭稱之者頗多, 如魏梁荊楚之君, 是也. 自是以後, 王者之名分, 紛如也. 文武成康之尊號, 已墜地矣. 且流俗無知, 以人情相濫, 不足道, 至於神道則尙嚴, 安有一城之內, 王者如是其多哉. 士豈不聞天無二日, 國無二王乎, 其語不足信也. 至於設齋薦魂, 祀王燒錢, 吾不覺其所爲也. 士試詳其世俗之矯妄.」

生退席敷袵而陳曰

「世俗常父母死亡七七之日, 若尊若卑, 不顧喪葬之禮, 專以追薦爲務, 富者, 靡費過度, 炫燿人聽, 貧者, 至於賣田貿宅, 貸錢賖穀, 鏤紙爲幡, 剪綵爲花, 招衆髡爲福田, 立壞像爲導師, 唱唄諷誦, 鳥鳴鼠唧, 曾無意謂, 爲喪者, 攜妻率兒, 援類呼朋, 男女混雜, 矢溺狼藉, 使淨土, 變爲穢瀆, 寂場變爲鬧市, 而又招所謂十王者, 備饌以祭之, 燒錢以贖之, 爲十王者, 當不顧禮義, 縱貪而濫受之乎, 當考其法度, 循憲而重罰之乎. 此不肖所以憤悱, 而不敢言也, 請爲不肖辨之.」

王曰,

「噫哉, 至於此極也. 且人之生也, 天命之以性, 地養之以生, 君治之以法, 師敎之以道, 親育之以恩, 由是, 五典有序, 三綱不紊, 順之則祥, 逆之

則殊, 在人生受之耳. 至於死, 則精氣已散, 升降還源, 那有復留於幽冥之
內哉. 且寃懟之魂, 橫夭之鬼, 不得其死, 莫宣其氣, 嗷嗷於戰場黃沙之域,
啾啾於負命啣寃之家者, 間或有之, 或托巫以致欵, 或依人以辨懟, 雖精未
散於當時, 畢竟當歸於無眹, 豈有假形於冥地, 以受狂獄乎. 此格物君子,
所當斟酌也. 至於齋佛祀王之事, 則尤誕矣. 且齋者, 潔淨之義, 所以齋不
齋, 而致其齋也. 佛者, 淸淨之稱, 王者, 尊嚴之號, 求車求金, 貶於春秋,
用金用絹, 始於漢魏, 那有以淸淨之神, 而享世人供養, 以王者之尊, 受罪
人賄賂, 以幽冥之鬼, 而縱世間刑罰乎. 此亦窮理之士, 所當商略也.」

生又問曰,

「輪回不已, 死此生彼之義, 可聞否?」

曰,

「精靈未散, 則似輪回, 然久則散而消耗矣.」

生曰,

「王何故居此異域, 而爲王者乎?」

曰,

「我在世, 盡忠於王, 發憤討賊, 乃誓曰, 死當爲厲鬼, 以殺賊, 餘願未殄,
而忠誠不滅, 故托此惡鄕, 爲君長, 今居此地, 而仰我者, 皆前世弑逆姦兇
之徒, 托生於此, 而爲我所制, 將格其非心者也, 然非正直無私, 不能一日
爲君長於此地也. 寡人聞子正直抗志, 在世不屈, 眞達人也, 而不得一奮其
志於當世, 使荊璞棄於塵野, 明月沉於重淵, 不遇良匠, 誰知至寶, 豈不惜
哉. 余亦時運已盡, 將捐弓劍, 子亦命數已窮, 當瘞蓬蒿, 司牧此邦, 非子
而誰.」

乃開宴極歡, 問生以三韓興亡之跡, 生一一陳之, 至高麗創業之由, 王歎傷
再三曰,

「有國者, 不可以暴劫民, 民若瞿瞿以從, 內懷悖逆, 積日至月, 則堅氷
之禍起矣. 無德者, 不可以力進位, 天雖不諄諄以語, 示以行事, 自始至終,

而上帝之命嚴矣. 蓋國者, 民之國, 命者, 天之命也, 天命已去, 民心已離,
則雖欲保身, 將何爲哉.」

又復叙歷代帝王, 崇異道, 致妖祥之事, 王便蹙頻曰,

「民謳歌, 而水旱至者, 是天使人主, 重以戒謹也. 民怨咨, 而祥瑞現者,
是妖媚人主, 益以驕縱也. 且帝王致瑞之日, 民其按堵乎, 呼冤乎.」

曰,

「姦臣蜂起, 大亂屢作, 而上之人, 脅威爲善, 以釣名, 其能安乎?」

王良久, 歎曰,

「子之言, 是也.」

宴畢, 玉欲禪位于生, 乃手制曰,

「炎州之域, 實是瘴癘之鄕, 禹跡之所不至, 穆駿之所未窮, 肜雲蔽日,
毒霧障天, 渴飮赫赫之洋銅, 飢餐烘烘之融鐵, 非夜叉羅刹, 無所措其足,
非魍魅魍魎, 莫能肆其氣, 火城千里, 鐵嶽萬重, 民俗强悍, 非正直, 無以
辨其姦, 地勢凹隆, 非神威, 不可施其化, 咨爾東國某, 正直無私, 剛毅有
斷, 著含章之質, 有發蒙之才, 顯榮雖蕆於身前, 綱紀實在於身後, 兆民永
賴, 非子而誰. 宜導德齊禮, 冀納民於至善, 躬行心得, 庶躋世於雍熙, 體
天立極, 法堯禪舜, 予其作賓, 嗚呼欽哉.」

生奉詔, 周旋再拜而出, 王復勅臣民致賀, 以儲君禮送之, 又勅生曰,

「不久當還, 勞此一行, 所陳之語, 傳播人間, 一掃荒唐.」

生又再拜致謝曰,

「敢不對揚休命之萬一.」

旣出門, 挽車者, 蹉跌覆轍, 生仆地驚起而覺, 乃一夢也. 開目視之, 書冊
拋牀, 燈花明滅, 生感訝良久, 自念將死, 日以處置家事爲懷, 數月有疾,
料必不起, 却醫巫而逝, 其將化之夕, 夢神人, 告於四隣曰,

「汝隣家某公, 將爲閻羅王者」云

龍宮赴宴錄

松都有天磨山, 其山高插而峭秀, 故曰天磨山, 中有龍湫, 名曰瓢淵, 窄而深, 不知其幾丈, 溢而爲瀑, 可百餘丈, 景槪淸麗, 遊僧過客, 必於此而觀覽焉. 夙著異靈, 載諸傳記, 國家歲時, 以牲牢祀之. 前朝有韓生者, 少而能文, 著於朝廷, 以文士稱之. 嘗於所居室, 日晚宴坐, 忽有靑衫樸頭官二人, 從空而下, 俯伏於庭曰,

「瓢淵神龍, 奉邀.」

生愕然變色曰,

「神人路隔, 安能相及, 且水府汗漫, 波浪相齧, 安可利往.」

二人曰,

「有駿足在門, 願勿辭也.」

遂鞠躬挽袂出門, 果有驄馬, 金鞍玉勒, 蓋黃羅帕, 而有翼者也. 從者, 皆紅巾抹額, 而錦袴者, 十餘人, 扶生上馬, 幢蓋前導, 妓樂後隨, 二人執笏從之, 其馬緣空而飛, 但見足下, 烟雲苒惹, 不見地之在下也. 頃刻間, 已至於宮門之外, 下馬而立, 守門者, 皆著彭蜥蟞鼈之甲, 矛戟森然, 眼眶可寸許, 見生, 皆低頭交拜, 鋪牀請憩, 似有預待, 二人趨入報之, 俄而, 靑童二人, 拱手引入, 生舒步而進, 仰視宮門, 榜曰, 含仁之門, 生纔入門, 神王戴切雲冠, 佩劍秉簡而下, 延之上階, 升殿請坐, 卽水晶宮白玉牀也. 生屈伏固辭曰,

「下土愚人, 甘與草木同腐, 安得干冒神威, 濫承寵接.」

神王 曰,

「久望令聞, 仰屈尊儀, 幸毋見訝.」

遂揮手揖坐, 生三讓而登, 神王南向, 踞七寶華牀, 生西向而坐, 坐未定, 閽者傳言曰,

「賓至.」

王又出門迎接, 見有三人, 着紅袍, 乘綵輦, 威儀侍從, 儼若王者, 王又延
之殿上. 生隱於牖下, 欲竢其定而請謁, 王勸三人, 東向揖, 坐而告曰,

「適有文士, 在陽界, 奉邀, 諸君勿相疑也.」

命左右引入, 生趍進禮拜, 諸人皆俛首答拜. 生讓座曰,

「尊神貴重, 僕乃一介寒儒, 敢當高座.」

固固辭, 諸人曰,

「陰陽路殊, 不相統攝, 而神王威重, 鑑人惟明, 子必人間文章鉅公, 神
王是命, 請勿拒也.」

神王曰.

「坐.」

三人, 一時就坐, 生乃踽踽而登, 跪於席邊, 神王曰,

「安坐.」

座定, 行茶一巡, 神王告曰,

「寡人止有一女, 已加冠笄, 將欲適人, 而弊居僻陋, 無迎待之館, 花燭
之房, 今欲別構一閣, 命名嘉會, 工匠已集, 木石咸具, 而所乏者, 上梁文
耳. 側聞秀才, 名著三韓, 才冠百家, 故特遠招, 幸爲寡人製之.」

言未旣, 有二丫童, 一捧碧玉之硯, 湘竹之管, 一捧氷綃一丈, 跪進於前,
生俛伏而起, 染翰立成, 雲煙相糺, 其辭曰,

竊以堪輿之內, 龍神最靈, 人物之間, 配匹至重, 旣有潤物之功, 可無衍福
之基, 是以關雎好述, 所以著萬化之始, 飛龍利見, 亦以象靈變之迹. 是用新
構阿房, 昭揭盛號, 集蜃口而作力, 聚寶貝以爲材, 竪水晶珊瑚之柱, 掛龍骨
琅玕之梁, 珠簾捲而山嵐靑蔥, 玉戶開而洞雲繚繞, 宜室宜家, 享胡福於萬
年, 鼓瑟鼓琴, 毓金枝於億世, 用資風雲之變, 永補造化之功, 在天在淵, 蘇
下民之渴望, 或潛或躍, 祐上帝之仁心, 騰鶱快於乾坤, 威德洽于遐邇, 玄龜
赤鯉, 踊躍而助唱, 木怪山魈, 次第而來賀, 宜作短歌, 用揭雕梁.

抛梁東, 紫翠岩嶢撑碧空.
一夜雷聲喧繞澗, 蒼厓萬仞珠玲瓏.

抛梁西, 徑轉巖廻山鳥啼.
湛湛深湫知幾丈, 一泓春水似玻瓈.

抛梁南, 十里松杉橫翠嵐.
誰識神宮宏且壯, 碧琉璃底影相涵.

抛梁北, 曉日初升潭鏡碧.
素練橫空三百丈, 翻疑天上銀河落

抛梁上, 手捫白虹遊莽蒼.
遊海扶桑千萬里, 顧視人寰如一掌

抛梁下, 可惜春疇飛野馬.
願將一滴克源水, 四海便作甘雨灑.

伏願營室之後, 合巹之辰, 萬福咸臻, 千祥畢至, 瑤宮玉殿, 挾卿雲之靉靆,
鳳枕鴛衾, 聳歡聲之騰沸, 不顯其德, 以赫厥靈.

書畢進呈, 神王大喜, 乃命三神傳閱, 三神皆嘖嘖歎賞. 於是, 神王開潤筆
宴, 生跪曰,
「尊神畢集, 不敢問諱.」
神王曰,
「秀才陽人, 固不知矣, 一祖江神, 二洛河神, 三碧瀾神也. 余欲與秀才

光伴, 故相邀爾.」

酒盡樂作, 有蛾眉十餘輩, 搖翠袖, 戴瓊花, 相進相退, 舞而歌碧潭之曲曰,

　青山兮蒼蒼, 碧潭兮汪汪.

　飛澗兮泱泱, 接天上之銀潢.

　若有人兮波中央, 振環佩兮琳琅.

　威炎赫兮煌煌. 羌氣宇兮軒昂.

　擇吉日兮辰良, 占鳳鳴之鎗鎗.

　有翼兮華堂, 有祥兮靈長.

　招文十兮製短章, 歌盛化兮擧脩梁.

　酌桂酒兮飛羽觴, 輕燕同兮踏春陽.

　獸口噴兮瑞香, 豕腹沸兮瓊漿.

　擊魚鼓兮郎當, 吹龍笛兮趨蹌.

　神儼然而在牀, 仰至德兮不可忘.

舞竟, 復有總角十餘輩, 左執籥, 右執翿, 相旋相顧, 而歌回風之曲曰,

　若有人兮山之阿, 被薜荔兮帶女蘿.

　日將暮兮清波, 生細紋兮如羅.

　風飄飄兮鬢鬖髽, 雲冉冉兮衣婆娑.

　周旋兮委蛇, 巧笑兮相過.

　捐余裸兮鳴渦, 解余環兮寒沙.

　露浥兮庭莎, 烟暝兮嵌峨.

　望遠峰之嵾嵯, 若江上之靜螺.

　疏擊兮銅鑼, 醉舞兮傞傞.

　有酒兮如泥, 有肉兮如坡.

　賓旣醉兮顔酡, 製新曲兮酣歌.

　或相扶兮相拖, 或相拍兮相呵.

擊玉壺兮飮無何, 淸興蘭兮哀情多.

舞竟, 神王喜抃, 洗爵捧觥, 致於生前, 自吹玉龍之笛, 歌水龍吟一関, 以
盡歡娛之情, 其詞曰

　管絃聲裏傳觴, 瑞麟口噴靑龍腦.

　橫吹片玉一聲, 天上碧雲如掃.

　響激波濤, 曲翻風月.

　景閑人老, 悵光陰似箭.

　風流若夢, 歡娛又生煩惱.

　西嶺綵嵐初散, 喜東峰氷盤凝灝.

　擧杯爲問靑天明月, 幾看醜好.

　酒滿金罍, 人頹玉崮.

　誰人推倒, 爲佳賓,

　脫盡十載雲泥壹鬱,

　快登靑天.

歌竟, 顧謂左右曰,

　「此間伎戲, 不類人間, 爾等爲嘉賓呈之.」

有一人, 自稱郭介士, 擧足橫行, 進而告曰,

　「僕巖中隱士, 沙穴幽人, 八月風淸, 輪芒東海之濱, 九天雲散, 含光南
井之傍, 中黃外圓, 被堅執銳, 常支解以入鼎, 縱摩頂而利人, 滋味風流,
可解壯士之顏, 形摸郭索, 終貽婦人之笑. 趙倫雖惡於水中, 錢昆常思於外
郡, 死入畢吏部之手, 神依韓晋公之筆, 且逢場而作戲, 宜弄脚以周旋.」

即於席前, 負甲執戈, 噴沫瞪視, 回瞳搖肢, 蹣跚趨蹌, 進前退後, 作八風
之舞, 其類數十, 折旋俯伏, 一時中節, 乃作歌曰,

　依江海以穴處兮, 吐氣宇與虎爭.

身九尺而入貢, 類十種而多名.

喜神王之嘉會, 羌頓足而橫行.

愛淵潛以獨處, 驚江浦之燈光.

匪酬恩而泣珠, 非報仇而橫槍.

嗟濠梁之巨族, 笑我謂我無腸.

然可比於君子, 德充腹而內黃.

美在中而暢四肢兮, 螯流玉而凝香.

羌今夕兮何夕, 赴瑤池之霞觴.

神矯首而載歌, 賓旣醉而彷徨.

黃金殿兮白玉牀, 傳巨觥兮咽絲簧.

弄君山三管之奇聲, 飽仙府九盌之神漿.

山鬼趍兮翶翔, 水族跳兮騰驤.

山有榛兮隰有苓, 懷美人兮不能忘.

於是, 左旋右折, 殿後奔前, 滿座皆輾轉失笑. 戲畢, 又有一人, 自稱玄先生, 曳尾延頸, 吐氣凝眸, 進而告曰,

「僕菶叢隱者, 蓮葉遊人, 洛水負文, 已旌夏禹之功, 淸江被網, 曾著元君之策. 縱刳腸以利人, 恐脫殼之難堪, 山節藻稅, 殼爲藏公之珍, 石腸玄甲, 胸吐壯士之氣, 盧敖踞我於海上, 毛寶放我於江中. 生爲嘉世之珍, 死作靈道之寶. 宜張口而呵呻, 聊以舒千年藏六之胸懷.」

卽於席前, 吐氣裊裊如縷, 長百餘尺, 吸之則無迹, 或縮頸藏肢, 或引頸搖頭, 俄而, 進蹈安徐, 作九功之舞, 獨進獨退, 乃作歌曰,

依山澤以介處兮, 愛呼吸而長生.

生千歲而五聚, 搖十尾而最靈.

寧曳尾於泥途兮, 不願藏乎廟堂.

匪鍊丹而久視, 非學道而靈長.

遭聖明於千載, 呈瑞應之昭彰.

我爲水族之長兮, 助連山與歸藏.

負文字而有數兮, 告吉凶而成策.

然而多智有所危困, 多能有所不及.

未免剖心而灼背兮, 侶魚蝦而屛迹.

羌伸頸而擧踵兮, 預高堂之燕席.

賀飛龍之靈變, 玩呑鳳之筆力.

酒旣進而樂作, 羌歡娛兮無極.

擊鼉鼓而吹鳳簫兮, 舞僭蛟於幽壑.

集山澤之魑魅, 聚江河之君長.

若溫嶠之燃犀, 漸禹鼎之罔象.

相舞蹈於前庭, 或譃笑而撫掌.

日欲落兮風生, 魚龍翔兮波瀚決.

時不可兮驟得, 心矯厲而慨慷.

曲終, 夷猶呪忽, 跳梁低昂, 莫辨其狀, 滿座嗚噱. 戲畢, 於是, 木石魍魎, 山林精怪, 起而各呈所能, 或嘯或歌, 或舞或吹, 或忭或踊, 異狀同音, 乃作歌曰,

神龍在淵, 或躍于天.

於千萬年, 厥祚延綿.

卑禮招賢, 儼若神仙.

玩彼新篇, 珠玉相聯.

琬琰以鑴, 千載永傳.

君子言旋, 開此瓊筵.

歌以採蓮, 妙舞蹁躚.

伐鼓淵淵, 和彼繁絃.

一棹航船, 鯨汲百川.
揖讓周旋, 樂且無愁.

歌竟, 於是, 江河君長, 跪而陳詩, 其第一座曰,
碧海朝宗勢未休, 奔波汨汨負輕舟.
雲初收後月沉浦, 潮欲起時風滿洲.
日煖龜魚閑出沒, 波明鳧鴨任沉浮.
年年觸右多鳴咽, 此夕歡娛蕩百憂.
第二座曰,
五花樹影蔭重茵, 籩豆笙簧次第陳.
雲母帳中歌宛轉, 水晶簾裏舞逡巡.
神龍豈是池中物, 文士由來席上珍.
安得長繩繫白日, 留連泥醉艶陽春.
第三座曰,
神王酩酊倚金牀, 山雨霏霏已夕陽.
妙舞傞傞廻錦袖, 淸歌細細遶雕梁.
幾年孤憤翻銀島, 今日同歡擧玉觴.
流盡光陰人不識, 古今世事大怱忙.
題畢進呈, 神王笑閱, 使人授生, 生受之跪讀, 三復賞玩, 卽於座前, 題二
十韻, 以陳盛事, 詞曰,
天磨高出漢, 巖溜遠飛空.
直下穿林壑, 奔流作巨淙.
波心涵月窟, 潭底悶龍宮.
變化留神迹, 騰拏建大功.
煙熅生細霧, 駘蕩起祥風.
碧落分符重, 靑丘列爵崇.

乘雲朝紫極, 行雨駕靑驄.

金闕開佳燕, 瑤階奏別鴻.

流霞浮茗椀, 湛露滴荷紅.

揖讓威儀重, 周旋禮度豊.

衣冠文燦爛, 環佩響玲瓏.

魚鼈來朝賀, 江河亦會同.

靈機何怳惚, 玄德更淵冲.

苑擊催花鼓, 樽垂吸酒虹.

天妹吹玉笛, 王母理絲桐.

百拜傳醪醴, 三呼祝華嵩.

煙沉霜雪果, 盤映水晶葱.

珍味充喉潤, 恩波浹骨融.

還如餐沆瀣, 宛似到瀛蓬.

歡罷應相別, 風流一夢中.

詩進, 滿座皆歎賞不已, 神王謝曰,

「當勒之金石, 以爲弊居之寶.」

生拜謝, 進而告曰,

「龍宮勝事, 已盡見之矣. 且宮室之廣, 疆域之壯, 可周覽否.」

神王曰,

「可.」

生受命, 出戶盱衡, 但見綵雲繚繞, 不辨東西, 神王命吹雲者掃之, 有一人, 於殿庭, 蹙口一吹, 天宇晃朗, 無山石巖厓, 但見世界平潤, 如碁局, 可數十里, 瓊花琪樹, 列植其中, 布以金沙, 繚以金塘, 其廊蕪庭除, 皆鋪碧琉璃塼, 光影相涵, 神王命二人, 指揮觀覽, 行到一樓, 名曰, 朝元之樓, 純是玻璃所成, 飾以珠玉, 錯以金碧, 登之若凌虛焉. 其層十級, 生欲盡登, 使者曰,

「神王以神力自登, 僕等亦不能盡覽矣.」

蓋上級, 與雲霄並, 非塵凡可及, 生登七層而下, 又到一閣, 名曰, 凌虛之

閣. 生問曰,

「此閣何用?」

曰,

「此神王朝天之時, 整其儀仗, 飾其衣冠之處.」

生請曰,

「願觀儀仗.」

使者, 引至一處, 有一物, 如圓鏡, 燁燁有光, 眩目不可諦視, 生曰,

「此何物也?」

曰,

「電母之鏡?」

又有鼓, 大小相稱, 生欲擊之, 使者, 止之曰,

「若一擊, 則百物皆震, 卽雷公之鼓也.」

又有一物, 如橐籥, 生欲搖之, 使者, 復止之曰,

「若一搖, 則山石盡崩, 大木斯拔, 卽哨風之橐也.」

又有一物, 如拂箒, 而水甕在邊, 生欲灑之, 使者, 又止之曰,

「若一灑, 洪水滂沱, 懷山襄陵.」

生曰,

「然則何乃不置噓雲之器?」

曰,

「雲則神王, 神力所化, 非機括可做.」

生又曰,

「雷公, 雷母, 風伯, 雨師, 何在?」

曰,

「天帝囚於幽處, 使不得遊, 王出則斯集矣.」

其餘器具, 不能盡識, 又有長廊, 連亘數里, 戶牖鎖以金龍之鑰, 生問,

「此何處?」

使者曰,

「此神王, 七寶之藏也.」

周覽許時, 不能遍見, 生曰,

「欲還.」

使者曰,

「唯.」

生將還, 其門戶重重, 迷不知其所之, 命使者而先導焉. 生到本座, 致謝於
王曰,

「厚蒙恩榮, 周覽佳境.」

再拜而別, 於是, 神王以珊瑚盤, 盛明珠二顆, 氷綃二匹, 爲贐行之資, 拜
別門外, 三神同時拜謝, 三神乘輦直返, 復命二便者, 持穿山簸水之角, 揮
以送之, 一人謂生曰,

「可登吾背, 閉目半餉.」

生如共言, 一人揮角先導, 恰似登空, 唯聞風水聲, 移時不絶, 聲止開目,
但偃臥居室而已. 生出戶視之, 天星初稀, 東方向明, 鷄三唱, 而更五點矣.
急探其懷而視之, 則珠綃在焉. 生藏之巾箱, 以爲至寶, 不肯示人, 其後,
生不以名利爲懷, 入名山, 不知所終.

著者 略歷
1955年 全北 完州 出生
全北大學校 國語國文學科 卒業, 同 大學院(碩士 · 博士)
現 又石大學校 敎授

主要論文 : 文房四友系 假傳文學의 變移樣相과 意味
　　　　　　安曄의 文房四友傳 硏究
　　　　　　存齋 朴允默의 假傳 硏究
　　　　　　何生奇遇傳의 構造的 特性과 意味 외 다수

申光漢의 企齋記異 研究

柳奇玉 著

1999년 10월 25일 인쇄
1999년 11월 　5일 발행

발행인: 김진수
발행처: **한국문화사**
　133-112 서울시 성동구 성수 1가 2동 13-156
　전화: 02) 464-7708, 3409-4488
　팩스: 02) 499-0846
　E-mail: munhwasa@hanmail.net, HK77@hitel.net
등록번호 제2-1276호

값12,000원

ISBN 89-7735-673-3　93810